饶宗颐诗词用典

陈韩曦 ◎ 编著

南方出版传媒
花城出版社
中国·广州

图书在版编目（CIP）数据

饶宗颐诗词用典 / 陈韩曦编著. -- 广州：花城出版社，2019.7
ISBN 978-7-5360-8758-3

Ⅰ.①饶… Ⅱ.①陈… Ⅲ.①诗集－中国－当代 Ⅳ.①I227

中国版本图书馆CIP数据核字(2019)第011974号

封面题图：饶宗颐

出 版 人：肖延兵
策划编辑：詹秀敏
责任编辑：李 谓　杜小烨
技术编辑：凌春梅
封面设计：刘红刚

书　　名	饶宗颐诗词用典 RAO ZONG YI SHI CI YONG DIAN
出版发行	花城出版社 （广州市环市东路水荫路11号）
经　　销	全国新华书店
印　　刷	佛山市浩文彩色印刷有限公司 （广东省佛山市南海区狮山科技工业园A区）
开　　本	787毫米×1092毫米　16开
印　　张	23　1插页
字　　数	430,000字
版　　次	2019年7月第1版　2019年7月第1次印刷
定　　价	56.00元

如发现印装质量问题，请直接与印刷厂联系调换。
购书热线：020-37604658　37602954
花城出版社网站：http://www.fcph.com.cn

序一

天地之间犹橐龠，橐龠须知鼓者谁？

老子在《道德经》第五章说："天地之间，其犹橐龠乎？虚而不屈，动而愈出。"其中橐龠就是皮囊做的风箱，当年正是冶炼技术大发展的时候，因为打仗需要铸造兵器，农户需要农具，风箱的出现，为技术提供了一个加速器。老子说天地之间就像这个橐龠一样，像皮囊的风箱一样，不断地运动，然后不断往外输出东西，虽然它中间是虚的，但是它不会塌陷，"动而愈出"，不断的动，不断的往外输出东西。天地之间的状态，就是"道"，我们看不到它，它像是中空的，但是万物全是从这个空的里面出现的。

那"橐龠"跟饶宗颐教授有什么关系呢？饶教授学术领域特别辽阔，学术成就特大，在古今中外都极为罕见。实际上他将自己变成一个像风箱一样的人，"虚而不屈，动而愈出。"他效仿天道，把自己放空，从而使自己创造的成果越来越大。学术界中人都明白饶教授的学术领域远比其他学者来得宽阔。他曾说："我不带徒弟，我干嘛要让人辛苦？我自己折磨自己就够了，不想让别人辛苦，做学问真的很辛苦。"季羡林曾倡导"天人合一"，饶宗颐则更进一步，提出一个新概念"天人互益"，"一切事业，要从益人而不是损人的原则出发和归宿。""我们要从古人文化里学习智慧，不要'天人互害'，而要制造'天人互益'的环境，朝'天人互惠'方向努力才是人间正道。"这便是"橐龠"精神的作用发扬光大。所以，他能贯通中西之学，甲骨敦煌、梵文巴利、希腊楔形、楚汉简帛，无一不晓。他是当代中国百科全书式的古典学者，其茹古涵今之学，上及夏商，下至明清，经史子集、诗词歌赋、书画金石，无一不精。人谓"业精六学，才备九能，已臻化境"，他与钱锺书并称"南饶北钱"，而钱锺书先生称他是"旷世奇才"；他与季羡林并称"南饶北季"，季羡林先生说他是"我心目中的大师"。金庸说，有了他，香港就不是文化沙漠。学术界尊他为"整个亚洲文化的骄傲"。

同时，他深知与其做个诗人，不如做个诗一样的人。因此，除了学术之外，饶教授几十年来在诗词方面始终如一地坚持创作，并长于用典，终成就了其"学人之诗"的特色。饶教授诗词作品引用的中国传统文化经典有很多。知今不知古调之盲瞽；知古不知今，谓之陆沉。饶教授重视传统文化、善于引经据典的特点，看后方知出处高。不论是事典还是语典，古典还是外典，都蕴含着丰富的历史人文内涵，既反映了饶教授的学养和思考，也大大增强了诗词的感染力与说服力。在以儒释道等传统文化作为最宝贵的精神财富的中国，其中所蕴含的修身齐家治国平天下的智慧、以及在教化人心和规范吏治等方面的经验，很值得借鉴发扬。

陈韩曦先生长期深入钻研饶教授的学术论著和艺术作品，对饶教授有深刻的了解。从《饶宗颐诗词用典》中，可以看出陈先生精益求精潜心研究的精神和写作付出的辛苦汗水。书中忠实地介绍了饶教授诗词用典方面的特色和丰富的文化内涵，我非常感恩这些年来陈先生在他所编写的书中，为我们带来一个鲜活的饶宗颐教授的高大形象，一个有灵魂、有人格魅力、学贯中西的学人形象。所以当他嘱托我为本书作《序》时，我欣然提笔，希望能够为饶宗颐教授的诗词的发扬和传承，为中华文化的伟大复兴贡献自己的绵薄之力。

中国工程院院士　香港大学饶宗颐学术馆馆长　李焯芬
2019年2月22日

序二

欣闻韩曦先生的新著《饶宗颐诗词用典》快将出版,非常感恩他十多年来从事饶学研究和推广,更加积极支持饶学联汇的创立。饶学联汇于2016年12月3日成立,由当时香港特别行政区行政长官和饶宗颐教授见证,集合全国及海外以饶教授或饶学为研究课题的学术、艺术、教育和文化单位。至今在中国及香港已举办三场"饶学"分享交流会,让各单位沟通饶学研究的成果和计划,陈先生每次都参与,并介绍他的出版计划。衷心祝贺陈先生的著作面世,更希望新书能得到广大的支持,使社会各界对饶教授的诗词作品、对学问的追求,以及其治学为人精神,有更深入的认识和了解。期望藉此推广饶学研究的普及与发展。

饶学联汇创会会长　饶清芬

2019年2月18日

目录

A

1. 安禅制毒龙   1

B

2. 八叶莲台   2
3. 不知火   3
4. 白鹦鹉碑   4
5. 棒喝   6
6. 白马驮经   7
7. 豹隐   8
8. 伯牙琴   9
9. 百丈倒净瓶   10
10. 彼岸   12
11. 榜加糖法   12
12. 百潨   13
13. 白铜鞮   14
14. 钵龙   15

C

15. 楚缯书   16
16. 参禅精意解救糍   18
17. 出师颂   19
18. 嫦娥化蟾   20
19. 朝彻   21
20. 莼鲈之思   22
21. 侧商   23
22. 莼菜条   24
23. 吹帽   25
24. 叱驭   26
25. 赤水   27
26. 翠微   28

D

27. 大刀头   30
28. 东坡肉   31
29. 东西均   32
30. 杜老出夔门   33

31. 道士救虎　　　　　　　　34
32. 阽危　　　　　　　　　　35
33. 敦煌琵琶谱　　　　　　　36
34. 丁令威　　　　　　　　　37
35. 道旁知苦李　　　　　　　38
36. 祗洹　　　　　　　　　　39
37. 大痴虞山　　　　　　　　41
38. 董绶经　　　　　　　　　45
39. 抵巇　　　　　　　　　　46
40. 夺席　　　　　　　　　　47
41. 蹄筌　　　　　　　　　　48

E

42. 鹅湖之会　　　　　　　　50
43. 鹅溪绢　　　　　　　　　51
44. 陇屯歌　　　　　　　　　52
45. 二柄　　　　　　　　　　53
46. 帝子　　　　　　　　　　54

F

47. 福地　　　　　　　　　　55
48. 翻着袜　　　　　　　　　56
49. 佛头着粪　　　　　　　　57
50. 访戴　　　　　　　　　　57
51. 父老忆相如　　　　　　　59
52. 浮屠与佛　　　　　　　　60
53. 扶篱摸壁　　　　　　　　61
54. 方壶　　　　　　　　　　62

G

55. 鬼门　　　　　　　　　　63
56. 刚柔日　　　　　　　　　63
57. 古登州　　　　　　　　　65
58. 挂瓢　　　　　　　　　　66

H

59. 黄耳　　　　　　　　　　67
60. 侯马盟书　　　　　　　　68
61. 华胥　　　　　　　　　　69
62. 换鹅　　　　　　　　　　70

2

63.	后庭花	70
64.	淮海渺相忘	72
65.	湖州派	72
66.	寒山诗	74
67.	华原突兀难加点	75
68.	濠上数游鱼	76
69.	汉阳画童	77
70.	盍朋簪	78
71.	呵壁	79
72.	何来虚妄东坡耗	80
73.	闤闠	81
74.	壑船	82
75.	回日驭	82

J

76.	菅原道真	84
77.	济胜具	85
78.	碣石调·幽兰	86
79.	积健始为雄	87
80.	旧物青毡	88
81.	劫灰	89
82.	汲冢竹书	90
83.	交州虞	91
84.	巨灵	92
85.	旧观粲新辟	94
86.	匠氏顾	95
87.	九子	96
88.	今荆蛮民	98
89.	巨然	99
90.	建志补罗	100
91.	距跃	101
92.	金丹九转	102
93.	见卵求时夜	102
94.	江山助	103
95.	疥壁	104
96.	绛帐舞风雩	105
97.	箕子	106

98. 鸡犬俱升屋 107
99. 机锋 108
100. 九垓 109

K

101. 蝌蚪 111
102. 勘书图 112
103. 鲲化为鹏 113
104. 空中箫鼓 114

L

105. 卢行者 115
106. 鹿洲 117
107. 流觞曲水 118
108. 六法 119
109. 啰哩嗹与南戏 120
110. 柳毅井 121
111. 老子化胡 122
112. 两河口 123
113. 林婆 124
114. 罗纳河 125
115. 了生死 125
116. 履非凫 127
117. 炼石 128
118. 龙门 129
119. 留花门 131
120. 六鳌 132
121. 笼袖作骄民 133
122. 两仪 133
123. 离堆险 134
124. 老步兵 135
125. 络纬 136
126. 陆可沉 137
127. 龙池 138
128. 六经图 139
129. 力命 140

M

130. 墨磨人 142

131.	蒙古冢	143
132.	孟子章句	144
133.	扪虱	145
134.	莫若廓然而大公	146
135.	木兰	148
136.	良乐	149
137.	目送飞鸿	150
138.	嫫母	151
139.	面壁	152
140.	明神	153
141.	埋金衅筏	154
142.	麻姑	155
143.	苜蓿	156
144.	曼陀罗	157
145.	蛮夷大长	158
146.	米家山	159
147.	蔓草难图	160
148.	木兰舟	161
149.	蛮君山鬼杂鼍鼍	161
150.	迷阳	162

N

151.	鸟窠	164
152.	南岳师	164
153.	南冠一楚囚	166
154.	南面聊可作娱嬉	166

P

155.	劈斧披麻	168
156.	漂母	169
157.	潘党驱六麋	170
158.	片帆安稳	171
159.	辟鸿蒙	172
160.	辟谷	173
161.	葡萄入汉家	174

Q

162.	桥姬	176
163.	顷刻花	176

164.	秦力士	178
165.	轻三重六	179
166.	千尺井	180
167.	迁想	181
168.	去壑藏舟	182
169.	秋山问道图	184
170.	七哀与九章	185
171.	群虱	186
172.	秦佚	187
173.	青眼	188
174.	七圣迷去踪	189
175.	骑牛函谷去	190
176.	祇园	191
177.	秦官博学篇	193
178.	倾杯乐	193
179.	樵爨	194
180.	杞妇哭崩城	195

R

181.	入定	197
182.	入海击磐襄，适楚亚饭干	198
183.	让国真堪比叔齐	199
184.	入座春风	200
185.	入瓮	200

S

186.	涉津涯	202
187.	苏门啸	203
188.	饲鹅	204
189.	色丝	205
190.	双鲤	206
191.	虱处裈中	208
192.	四皓	210
193.	沙画锥	211
194.	四大	212
195.	刹幡	213
196.	四海	215
197.	漱石	216

198.	十洲	217
199.	拾得	218
200.	僧繇虎头	218
201.	神曲	219
202.	三余	221
203.	散花	222
204.	神女峰	223
205.	缩地	224
206.	山间岂易忘岁月	225
207.	树如此	227
208.	三月火	227
209.	上清沦谪	229
210.	上神知乘光	230
211.	丧我	231
212.	三驱	232

T

213.	拖蓝	234
214.	投鞭断流	235
215.	他山	237
216.	橐籥天地间	239
217.	抟风背	240

W

218.	顽石	242
219.	巫山云雨	243
220.	无愁果有愁	244
221.	屋漏痕	244
222.	五车书	245
223.	无外	246
224.	问奇向子云	247
225.	无忧花树	248
226.	翁仲	250
227.	无李论	251
228.	万叶集	252
229.	五丁	253
230.	五十弦	254
231.	雾豹	254

232.	文牺	255
233.	无待	256
234.	乌尾讹城角	258
235.	五里沉雾迷	258
236.	吾与点	260
237.	无生	261
238.	乌丝	262
239.	五岳图	263
240.	尾闾	264

X

241.	西狩获麟	266
242.	惜誓	267
243.	虚白室中生	268
244.	萧八乞桃种	269
245.	殉法	270
246.	西风无用忆鲈鱼	272
247.	宣化	273
248.	徐青山	275
249.	"小草"与"远志"	276
250.	衔石	278
251.	象胥	278
252.	象法	279
253.	羡门期	280
254.	萧寺	281
255.	薜萝	282
256.	向来识佛面	283
257.	雪堂	284
258.	笑啼随赤子	285

Y

259.	隰括体	288
260.	雍门泣	289
261.	优孟哭马	291
262.	耶溪	292
263.	姚黄魏紫	293
264.	鱼山梵呗	294
265.	伊州	295

266.	越缦堂日记	296
267.	阳关曲	296
268.	移我情	297
269.	一阳终可复	298
270.	一夫可当关	299
271.	云成泥	300
272.	云门颂	301
273.	影答形	303
274.	一念生三千	304
275.	喻老	305
276.	幼安床	306
277.	曳尾污泥出	307
278.	忆当会计初，侯伯奔骇汗	308
279.	晏坐	309
280.	野人献曝	310
281.	玉兔捣药	311
282.	衍派隔山	312
283.	鱼尾	313
284.	咬遍春边醉	314
285.	盐柱	315
286.	禹迹	316
287.	云雷何故作经纶	317
288.	尧舜秕糠	318
289.	一曝十寒	319
290.	卮言	319
291.	一以疵十	320
292.	燕喜亭	322
293.	犹龙	322
294.	相吹有野马	323
295.	游圣	324
296.	养生始尽年	325
297.	指天比南巍	326
298.	延露	327

Z

299.	炙手可热	329
300.	拽尸	330

301. 周姬 331
302. 祖师禅 332
303. 坐忘 333
304. 真气 334
305. 知音岩下叟 335
306. 支公 337
307. 自济三衣惭法朗 339
308. 摘云腴 340
309. 坠献不足征 341
310. 招隐辞 341
311. 欑宫 342
312. 智者大师修禅道场碑 344
313. 坠泪如登岘 345
314. 子墨 346
315. 濯足 347
316. 紫微 347
317. 知雨有阴谐，知晏有晖日 348
318. 茧足 349
319. 凿坯 350

A

1. 安禅制毒龙

[饶诗]《西海集》

自疏铃铎（Sorrento）遵地中海南岸策蹇晚行

> 海角犹名是地中，惊涛如此去无踪。
> 淄渑胸次浑难辨，不用安禅制毒龙。

[释义]

　　名副其实的地中海风光，惊涛拍岸来去无踪。佳境罗胸难以辨别，无须安禅亦能制服邪妄。

全诗

> 不知香积寺，数里入云峰。
> 古木无人径，深山何处钟。
> 泉声咽危石，日色冷青松。
> 薄暮空潭曲，安禅制毒龙。

[出典]

　　唐·王维《过香积寺》。

[解读]

　　《西海集·自疏铃铎（Sorrento）遵地中海南岸策蹇晚行》诗中引用"安禅制毒龙"，安禅，佛教语。指静坐入定。俗称打坐。毒龙，佛教故事。佛本身曾作大力毒龙，众生受害。但受戒以后，忍受猎人剥皮，小虫食身，以至身干命终，后卒成佛。见《大智度论》卷十四。后用以比喻妄心。唐·王维《过香积寺》诗："薄暮空潭曲，安禅制毒龙。"

[诗歌浅解]

　　乘驴领略地中海风光，看着格调不同的各种景象，令饶公耳目一新，心胸自然开朗。

B

2. 八叶莲台

[饶诗]《总礜集》

高野山

未敢游山辄慕仙,登高慧海叹无边。
一千六百年来事,八叶莲台总宛然。

[释义]

未敢游山就羡慕山上神仙,登高感叹慧海无量无边。历经一千六百年之兴衰,八叶莲台之说依旧如故。

[出典]

"八叶莲台"佛学术语,乃指胎藏界曼荼罗之第一院中台,因以八瓣莲花描绘,故有此名。又作八叶中台。大日如来坐于其中,称八叶之中尊,四方之八叶分别配以宝生、开敷华王、无量寿、天鼓雷音等四佛及普贤、文殊、观音、弥勒等四菩萨,合为九尊,为三密相应时我人肉团心(心脏)开敷之相(《大日经卷二、大日经疏卷四》)。

[解读]

《总礜集·高野山》诗中引用"八叶莲台",以弘法大师慕仙诗定调,侧面描写佛寺林立、世外仙境般的高野山特色。历经一千六百年之兴衰,八叶莲台依旧如故,体现了佛教的兴盛。

莲花,又称为荷花,在中国古代,又名为芙蕖或芙蓉,生长在沼泽污泥之中。在佛教传入中国之后,无论在美术或是文学上,莲花都是最经常出现,也是风貌最多彩多姿的。其实,不仅在中国,远从上古时代,莲花也深受西方民族的珍视,甚至被视为"生命之树"的象征。莲花在佛教中的象征意涵极为深广,如佛陀就被称为"人中莲花",佛陀不染着世间的烦恼、愁忧,宛若莲花不着水。如《杂阿含经》卷四中,就以大白莲花来比喻解脱的圣者,虽然生于世间而已没有染污执着。在佛教艺术中,莲花纹更是扮演着极为重要的角色,从佛菩萨的台座、背光,到佛塔、栏楯、石柱上的装饰,几乎处处都可以见到莲花图纹。

[诗歌浅解]

高野山是日本佛教密宗真言宗（也称东密）的本山，位于和歌山县的东北部，顶上有弘法大师开创的金刚峰寺。弘法大师空海是日本真言宗的开山祖师，为汉传密宗八祖，作为日本弘扬佛法的先驱者享有崇高的声誉，他是第一个通晓梵文的日本人。饶公以弘法大师慕仙诗定调，侧面描写佛寺林立、世外仙境般的高野山特色。

3. 不知火

[饶诗]《总箵集》

八代

蜃楼不可见，宿雨尚连绵。
海上不知火，人间奈久泉。
近场通鹤木，远霭接云仙。
漫负登临兴，狂歌舟出前。

[释义]

海市蜃楼不可见得，经夜雨水连绵依旧。海上出现不明怪火，人间尚存奈久温泉。近场木鹤可以直通，远霭接连云天仙境。心中满载登临之兴，狂歌舟船浮动于岸。

[出典]

古代日本民间传说中的一种妖怪。不知火在旧历七月晦日（每月最后一日）风弱的时候或新月之夜（农历初一）等时间，在八代海和有明海一带出现。

[解读]

《总箵集·八代》诗中的"不知火"，是日本九州地区传说中的一种怪火。

"不知火"通常发生在距离海岸数千米的地方，开始时出现一个至两个被称作"亲火"的火光。其左右又分别出现数个同样的火光，最终数百至数千个相同的火横向并存着。其距离可达4至8千米。又，退潮最大的凌晨3时及其前后的两个小时的时间为"不知火"最常出现的时间带。

"不知火"可在水面近处看见，其出现的地方从海面至海面之上10米处。此外，从来没有人能够靠近"不知火"，只要走近"不知火"的地域时,"不知火"就移到了远处。从前人认为"不知火"是龙神的灯火,"不知火"出现的日子里,海域附近的渔村都禁止出渔。

根据《日本书纪》《肥前国风土记》《肥后国风土记》等记载,景行天皇征讨九州南部的熊袭时,到达了熊本八代海一带,目睹了"不知火",并将该地区命名为"火国"。

进入大正时代后,日本科学家开始对江户时代以前所谓的妖怪进行研究,认为"不知火"是海市蜃楼的一种。根据昭和时代最为人所接受的一种科学观点,它形成的时间是一年之内海上温度上升最快,或因潮汐而导致水位下降6米出现滩涂(干潟)时,快速辐射冷却,又经过八代海和有明海的特殊地形条件,将在滩涂附近出港捕鱼船只上面的灯光折射到了海上方的空中,从而形成了"不知火"。此说在现代最为科学界所接受。

现代,由于日本进行填海造陆,滩涂被毁坏。又加上都市普遍使用了夜光灯等高强度照明设备,以及海水被污染等缘故,"不知火"这一奇特的现象已经很少见了。

[诗歌浅解]

八代有八代宫、神社等古迹,日奈久温泉(碳酸泉,36℃~38℃)、"不知火"等名胜地。工业发展迅速,为熊本县首位工业城市。工业以电子、水泥、造纸、化学纤维和酿酒为主。港口可停万吨级轮船。海陆交通要冲。此诗纪游,重要阐述八代的风俗文化、自然风光。

4. 白鹦鹉碑

[饶诗]《羁旅集》

为吴仲舆题白鹦鹉碑拓本
碑在韩山韩祠,清潮州知府龙为霖摹泐上石

公文在天下,如水罔不流。公书在人间,片羽不可求。乃有鹦鹉赋,题名于上头。飞动发光怪,寒木缠蛟虬。想见兴酣时,落笔摇九州。后人滋异议,撼树笑蜉蝣。我生后千载,恨未从公游。婆娑祠堂前,橡木枝撑幽。仰止有高山,低徊怅久留。吴侯金石癖,笃志慕前修。珍袭广征题,宝此等琳球。游子久不归,岁时忽我遒。祠堂何处寻,烟波使人愁。高文可解愠,安用更离忧。

[释义]

文公文章闻名天下,如细水般永流不息。文公书法长留人间,如片羽般

珍贵难寻。唯此处的白鹦鹉赋,题名摹泐于石上头。飘逸生动错杂斑斓,耐寒之木如蛟虬绕。如同酒兴正酣之时,下笔有神九州动摇。后有来人敢生异议,动摇大树嘲笑蜉蝣。我比公卿迟生千年,未从公游甚为愧惜。往返驻足祠堂之前,橡木枝繁开辟幽境。高山之德令人敬仰,久久徘徊不愿离去。吴老仲舆喜好金石,专心致志追慕前贤。珍藏拓本征集题诗,以此为宝等同美玉。远去朋友久未相见,岁月忽忽暮年迫近。祠堂之景何处寻得,江上烟雾让人忧愁。高雅拓本可消怨怒,细心学习缓解忧患。

[出典]

《白鹦鹉赋》碑系由清代潮州知府龙为霖于雍正十二年(1734年)主持摹刻,该碑由4块碑石组成,每块高0.77米、宽2.13米,直书12行,行4字或6字不等,全碑计248字,字为狂草,落款"退之"。

[解读]

《羁旅集·为吴仲舆题白鹦鹉碑拓本》诗中,饶公极力推崇白鹦鹉碑之书法飘逸生动、光怪奇骏的风格。

龙为霖在《白鹦鹉赋碑跋》中谓"余来潮,每访求韩公遗迹不可得……岁仲春,有事羊城,偶于故家得睹公手书《白鹦鹉赋》,遒健茂密,浩气溢于毫端,米颠(按,指北宋书法家米芾)盖祖之而未尽其妙,诚希世至宝也。购归摹诸石,勒于祠之东壁,使观者知公之所为绝人者,不徒道德文章,而余之刻此,亦非第为潮郡增旧实也"。与上碑并存的还有龚松林的跋语,其中云:"右昌黎手书王右丞《白鹦鹉赋》,太守龙公得之,摹而镌之石。昌黎公以文章名,翰墨世所希见,余观《汝贴》中所勒寥寥数字,剥落不可以别,此卷姿神飞动,结构谨严,实开南宫(按,米芾尝官礼部员外郎。旧制,礼部郎中掌省中文翰,谓之南宫舍人,故称米南宫)腕法,信足宝也。太守建书院于韩山,力振文教。访公遗迹,方以不得只字片词为惜,乃古轴完好,获留于潮,使公手泽与旌峰(按,韩山古称双旌山)橡木永相峥嵘,遥遥千百载仍有神契,而学者观抚叹赏之下,庶有所仰慕兴起,无徒作寻常碑碣观也已。"从跋语看来,龙、龚皆肯定《白鹦鹉赋》是韩愈手迹,并认定韩书实开米书先河。但自清代以降,对其真伪问题,鉴赏家各执一端,迄今仍无定评。当代学者启功先生在《韩退之遗墨记》中说:"按世行公书狂草大字,率出辗转翻摹,点画纠结,无复笔意可寻,真伪乃更难定。"

碑原立于笔架山韩祠正座北壁。日寇占领潮州时,将它卸下移至西湖,企图偷运回国,后因故未果。抗战胜利后遂镶入景韩亭正壁。

[诗歌浅解]
　　无论石刻书法是否出自韩退之之手，饶公极力推崇白鹦鹉碑之书法飘逸生动、光怪奇骏的风格。诗歌还阐述了写作缘由，对吴仲舆先生传承先贤，视金石碑刻为宝物的品德大加赞赏。同时对友人久未相聚表示遗憾，离忧之情萌生，唯有借此金石之物消解愁情。

5. 棒喝

[饶诗]《羁旅集》

晓行

晨兴嫩日渐成温，雾里看山独拥门。
不塞不流林外涧，自来自去岭头云。
眼前拳石安危系，舌本清泉冷暖分。
聊欲题诗当棒喝，无花法雨已纷纷。

[释义]
　　清晨初阳普照万物回暖，独以门户透过雾气望山。林外涧水平静缓缓流逝，自山岭云端处自由流淌。眼前石头关系我的安危，舌根能够分辨清泉冷暖。想要题诗当作棒喝顿悟，无花法雨纷纷润泽万物。

[出典]
　　宋·释道元《景德传灯录·卷十五·宣鉴传》。

[解读]
　　《羁旅集·晓行》载："聊欲题诗当棒喝，无花法雨已纷纷。"其中"棒喝"一词出自佛教禅宗用语。禅师接待初机学人，对其所问，不用言语答复，或以棒打，或以口喝，以验知其根机的利钝，叫"棒喝"。相传棒的使用，始于德山宣鉴（782~865）与黄檗希运（？~约850）；喝的使用，始于临济义玄（？~867），故有"德山棒、临济喝"之称。以后禅师多棒喝交施，无非借此促使人觉悟，曰"当头棒喝"，即源于此。宋·王安石《答张奉议》诗："思量何物堪酬对，棒喝如今摁不亲。"

[诗歌浅解]
　　清晨山中雾气萦绕，流水平缓，使饶公享受到了欢乐与惬意，感叹自然的大爱精神，引起普度众生的觉悟。

6. 白马驮经

[饶诗]《苞俊集》

荐福寺
旧为义净译经处，小雁塔在焉。

唐都双塔著高标，相去慈恩一里遥。
膜拜遐方还踵接，象胥译事已冰消。
空余行纪传天竺，想见驮经越灞桥。
落日古槐人迹少，西风台殿叶萧萧。

[释义]

　　唐朝双塔为此地最高标，距离慈恩寺有一里之遥。边远之地膜拜依旧多人，象胥翻译之事早已消失瓦解。只有故事游历传于天竺，想见白马驮经越过灞桥。黄昏落日古槐人迹稀少，台殿西风吹拂落叶萧萧。

[出典]

　　北魏·杨炫之《洛阳伽蓝记》卷四："白马寺，汉明帝所立也，佛入中国之始。寺在西阳门外三里御道南。帝梦金神，长丈六，项背日月光明。金神号曰佛。遣使向西域求之，乃得经像焉。时白马负经而来，因以为名。"汉朝时佛教第一次传入中国，用了一匹白马驮经，汉明帝建造了白马寺纪念这匹马，故有了白马驮经的传说。

[解读]

　　《苞俊集·荐福寺》："空余行纪传天竺，想见驮经越灞桥。"白马驮经，行纪的仪规，当年流传这样的故事。相传汉明帝夜间梦见一个金人，顶上有白光，在殿廷间飞行。第二天将此梦告诉朝臣，问他们是吉是凶。傅毅说，梦见的是佛。于是汉明帝派遣郎中蔡和博士弟子秦景等出使天竺，摹写浮屠的遗像。蔡等后来和天竺高僧迦叶摩腾和竺法兰回到洛阳。中国有佛教和跪拜的仪规是从这时开始的。

[诗歌浅解]

　　饶公到位于西安市南门外友谊西路的荐福寺，借诗怀古，诗中用白马驮经之典，讲述佛教传入中国的故事。

7. 豹隐

[饶诗]《题画诗》

题画杂诗（一川雨歇暮催诗）

一川雨歇暮催诗，鼓吹鸣蛙豹隐姿。
画境人家谁会得，登楼好是去梯时。

[释义]

山川雨停暮色催赋诗歌，鼓吹蛙鸣花豹隐伏其中。画中人家之境谁会悟得，登楼最绝的是丢弃楼梯。

[出典]

豹隐，典故名，典出《列女传》卷二《贤明传·陶答子妻》。

[解读]

《题画诗·题画杂诗》（一川雨歇暮催诗）："鼓吹鸣蛙豹隐姿"。周朝时候，有个陶答子。在陶的地方做了三年官，名誉不好。可是家财却比以前富了三倍。他的妻子规谏了几次，陶答子不肯听从他妻子的话。五年后，跟从他的车子有了一百乘，休官归来的时候。宗族里的人杀了牛来恭贺陶答子。独有他的妻子，抱了儿子哭着。婆婆见了很生气，认为这种情形是不吉祥的。陶答子的妻子说，丈夫在陶的地方做官，家里富了，国里穷了。这种要被人唾弃的败亡现象，已经可以看得见了。我听说南山有一种黑色的豹，可以在连续七天的雾雨天气里而不吃东西，这是什么缘故呢？它（黑色的豹）打算使自己的毛更光亮柔顺，来成就美丽的花纹，所以躲避在别处而远离它的天敌。猪狗不选择食物的来使自己的身体肥胖，这证明死亡即将来临。我情愿和小儿子一同逃避。婆婆听了气得很，就把陶答子的妻子赶走了。过了一年，陶答子犯罪，被杀了。他的母亲因为年老免了罪，可是没有依靠，陶答子的妻子就回来把婆婆奉养到老。

[诗歌浅解]

此诗描绘了绘画"登楼去梯"，抛却尘世空寂的忘我精神。

8. 伯牙琴

[饶诗]《羁旅集》

偶作示诸生（二首）

一雨消残暑，行歌杂醉醒。浮云欺白发，沧海有玄亭。诗与裁狂简，心随人渺冥。要令参造化，何事苦穷经。

更试为君唱，云山韶濩音。芳洲搴杜若，涵涧浴胎禽。万古不磨意，中流自在心。天风吹海雨，欲鼓伯牙琴。

[释义]

其一：一场细雨消解暑气，且行且歌亦醉亦醒。天边浮云催生白发，苍茫大海立有玄亭。诗歌可以消蚀轻狂，心随人愿渐行渐远。想要悟透天地奥妙，何必苦苦钻研经籍。

其二：沐浴更衣为君歌唱，脱俗云山雅正古音。芳草小洲折取香草，幽僻溪涧仙鹤戏水。万古长青不磨本意，中流砥柱自在我心。天地风吹夹杂海雨，想要弹奏伯牙之琴。

[出典]

战国·吕不韦《吕氏春秋·本味》。

[解读]

《羁旅集·偶作示诸生二首》（更试为君唱）："天风吹海雨，欲鼓伯牙琴。""伯牙琴"喻指能奏出妙曲的琴。相传生于春秋时代的伯牙操琴，琴声高妙，唯钟子期知音。子期死，知音难觅，伯牙遂破琴绝弦，终身不复鼓琴。后因以"伯牙琴"用为痛悼知音、惜其难遇之典。

[诗歌浅解]

其一：此诗为了勉励学生而作的感怀诗，蕴含人生哲理。人生短暂，岁月催生白发，不如且行且歌，寄情于天地，心随人愿。以上体现饶公豁达、独立自主的精神。

其二：此诗亦为饶公勉励学生做学问的诗歌，亦体现其做学问严谨的态度和独立的精神。做学问，要不忘记古人追求立功、立德、立言三不朽的精神；保持中流砥柱的坚定态度，开创属于自己的精神世界。

9. 百丈倒净瓶

[饶诗]《佛国集》

阿旃陀（Ajantā）石窟歌　　次东坡芙蓉城韵

山深难以测堪冥，凿窟何年费五丁。
一水倒泻玻璃屏，林木萧萧俄停停。
经冬黝石不再青，洞门累累如流星。
倔傀离楼各异形，二十九龛刹那经。
砀基敷彩图仙灵，玄津重楫兼龙軿。
法流是挹常惺惺，阒其无人徒歆馨。
风低草偃闭明廷。洪钟虚受靡由听，
穷巧彩章谁所令。朝日斐亹翼窗棂，
神之去来总无凭。萧疏但赏物象泠，
有扉终岁不复扃。画中金翅鼓修翎，
钧天广乐响春霆，众姝玉立何亭亭。
殿间欲勒千佛铭，共云异岭高羚岼，
仿佛金策声铃铃，振我客愁愁不醒。
群山奔走不遑宁，输与百丈倒净瓶。
拈花意与日同荧，风前一叶警秋零，
溪流半涸石苔腥，凉生火宅掩云溟。
自笑此身同转萍，攀危安若履户庭，
洗虑且去心中螟，于兹悟得无穷龄，
　　伤怀莫学子才邢。

大唐西域记："摩诃剌佗国（Maharuttha）东境大山，重峦绝巘，爰有伽蓝高堂，邃宇疏崖……上有石盖，虚悬无缀……精舍四周，雕镂石壁。"考古家谓此即阿旃陀石窟。

[释义]

山林幽深堪冥之境不易辨别，开凿石窟是要耗费多少时间与人力啊。飞流直泻的瀑布犹如天然的玻璃屏障，萧萧林木亭亭而立高耸庄严。经年累月黝石不再青翠，洞门山石堆积宛如流星。倔傀云起嶔崟离楼形态各异，刹那之间看遍二十九个洞窟。石壁上的仙灵栩栩如生，佛法重楫慧炬常燃。相续不绝的佛法让人清醒机灵，幽僻清静之地徒享馨香祭祀。风吹草卧明廷影闭。虚心聆听接受梵钟的洗礼，感叹夺目涂饰的鬼斧神工。朝日绚丽使窗棂翼亮，神灵行踪古往今来捉摸不定。这里可是常年向人开敞的清静之地，不妨放开束缚欣赏着清冷的景象。画中之大鹏展翅开帆，钧天之乐响彻春天雷霆，仙女亭亭玉立翩翩起舞。殿间欲刻千佛铭，与云岭齐高难以跨越，仿佛端庄典雅的连篇金简，瞬间带我进入忧愁而久久无法舒缓。如此奔走群山不得安宁，还不如沩山踢倒百丈摆的净瓶那样直截了当。拈花是为了与太阳相互映荧，不料引得花前叶落使我警觉秋气来临。清泉即将干涸致使藓生石上，凉意袭来云雾溟溟催生世间苦难。自笑此身的漂泊不定，必须将危途当作坦道谨慎平安跋涉。摒除心中的俗念以及杂念，从中体悟欢乐无穷之境界，不要同邢劭一样触景伤怀。

[出典]

"百丈倒净瓶"是禅宗公案名。

[解读]

《佛国集·阿旃陀（Ajantā）石窟歌次东坡芙蓉城韵》："群山奔走不遑宁，输与百丈倒净瓶。"百丈怀海为择大沩山住持，试验典座灵佑、首座华林二人见解之公案。《景德传灯录》卷九沩山灵佑条（大五一·二六四下）："百丈是夜召师入室，嘱云：'吾化缘在此，沩山胜境汝当居之，嗣续吾宗，广度后学。'时华林闻之曰：'某甲忝居上首，佑公何得住持？'百丈云：'若能对众下得一语出格，当与住持。'即指净瓶问云：'不得唤作净瓶，汝唤作什么？'华林云：'不可唤作木揬也。'百丈不肯，乃问师，师踢倒净瓶。百丈笑云：'第一坐输却山子也。'遂遣师往沩山。"此公案中，百丈怀海欲使灵佑住持沩山，华林不服，百丈乃指净瓶试二人之优劣，华林答"不唤作木揬"，尚落言诠，灵佑则踢倒净瓶，表绝了相待差别之意，胜过华林，遂住持沩山。

[诗歌浅解]

此诗系饶公参观阿旃陀（Ajantā）石窟所作，介绍了石窟凿崖破壁而成的经过，详细描绘石窟四周如画般风景以及二十九个洞穴绚丽多彩的壁画，重新向世人展示了这座远古佛教庙宇的真实情况。诗人借景抒情，感叹世间愁苦之不可避免，要学会"攀危安若履户庭""于兹悟得无穷龄"的安然处世心态，表现诗人积极向上的处世态度。

10. 彼岸

[饶诗]《佛国集》

恒河口乞食如昔，书以志慨

> 人情尽说了生死；乞食何因叩鬼门。
> 菜色两行连彼岸，情根难断况愁根。

[释义]

众人皆盼"了生死"，为何争出鬼门而外出乞食？世人面如菜色却向往着涅槃之境，可连情根都那么难以割舍，何况愁根呢。

[出典]

《文选·王中〈头陀寺碑文〉》。

[解读]

《佛国集·恒河口乞食如昔，书以志慨》："菜色两行连彼岸，情根难断况愁根。"彼岸，佛教语。佛家以有生有死的境界为"此岸"；超脱生死，即涅槃的境界为"彼岸"。《大智度论·十二》："以生死为此岸，涅槃为彼岸。"《文选·王中〈头陀寺碑文〉》："然交系所筌，穷于此域；则称谓所绝，形乎彼岸矣。"李善注引《大智度论》曰："涅槃为彼岸也。"比喻所向往的境界。

[诗歌浅解]

诗中表达了对恒河口乞食依旧的欣慰，也表达了对乞食之举的个人疑惑。人们皆明"了生死"的道理，却为何如此，归根结底还是因为"情根"和"愁根"在作祟，体现了人生身不由己的无奈。

11. 榜加糖法

[饶诗]《选堂诗词补遗》

挽季羡林先生　　用杜甫长沙送李十一（衔）韵

> 遥睇燕云十六州，商量旧学几经秋。
> 榜加糖法成专史，弥勒奇书释佉楼。

史诗全译骇鲁迅，释老渊源正魏收。
南北齐名真忝窃，乍闻乘化重悲忧。

[释义]

遥望燕云十六州北京地，论学切磋经过多少春秋。令榜加制糖术成为专史，《弥勒会见记》译释佉卢书。《罗摩衍那》全译使鲁迅震惊，《浮屠与佛》文为魏收正名。与季老能齐名自觉有愧，听到逝世消息令我哀愁。

[出典]

季羡林《糖史》。

[解读]

《选堂诗词补遗·挽季羡林先生用杜甫长沙送李十一（衔）韵》："榜加糖法成专史，弥勒奇书释佉楼。"榜加糖法，季老的巨著《糖史》。榜加即印度的庞加省，制糖术正是从印度传入中国的。《糖史》的写作始于1981年，最终完成于1998年，是季老用力最勤、篇幅最大的一部学术著作。全书共分三编：第一编为国内编；第二编为国际编；第三编为结束语，共计七十三万余字。

[诗歌浅解]

2009年7月11日北京时间8点50分，当代著名学者季羡林先生在北京301医院病逝，享年98岁。同日，另一位学林巨擘任继愈先生也与世长辞。温家宝总理当天赶到医院送别季老后，马上让人打电话给香港的饶宗颐教授，请他节哀，保重身体。学界的泰斗，如今只有饶公硕果仅存了。饶公即日挥书"国丧二宝，哀痛曷极"，在《南方日报》发表，并作此七律以示哀悼。

12. 百溿

[饶诗]《总辔集》

涛沸湖

割海分成壑百溿，北滨带雨湿花茳。
我来自恨先秋到，只见芦蒿不见枫。

[释义]

分割大海而成上百沟壑，北滨带着雨水沾湿红花。遗憾我比秋天先到此处，只见到芦蒿而不见枫叶。

[出典]

《诗·大雅·凫鹥》。

[解读]

百㳌，小水流入大水，亦指水的交汇处，《诗·大雅·凫鹥》："凫鹥在㳌。"《毛传》："㳌，水会也。"

[诗歌浅解]

涛沸湖是日本网走国家公园七个潟湖之一，饶公有幸到日本涛沸湖赏略佳景，然而不是在最佳游览时机前来，他在诗中流露了遗憾。

13. 白铜鞮

[饶诗]《西海集》

沙波宫（Château de Chambord）听古乐

绛宫近在水桥西，缺月微茫众草低。
遥想沙丘方猎罢，隔江尽唱白铜鞮。

[释义]

沙波宫殿傍水临桥，天无明月众草低伏。遥想当年田猎兴罢，隔江尽唱《白铜鞮歌》。

[出典]

唐·魏征《隋书》。

[解读]

古乐府的曲牌名，梁武帝萧衍在襄阳民歌的基础上，加工创作并形成定制的一种歌舞形式。据《辞源正续编合订本》解释，铜鞮，曲名。(乐府解题)都邑二十四曲，有白铜鞮歌，亦曰襄阳白铜鞮。

[诗歌浅解]

　　沙波宫（Château de Chambord），文艺复兴时期的宫殿代表，矗立在索洛涅沼泽地上，其规模之大可以与凡尔赛宫（Versailles）媲美。1519年，法王佛朗索瓦一世把国家财政倾销，凝固税金开工建造了这座城堡。佛朗索瓦一世喜欢狩猎，Chambord城堡最初是国王举行盛大狩猎的地方，到了国王路易十四时期，城堡的工程才最终完成；仍然把它作为打猎时的住所，让艺术家在这里表演过芭蕾舞以及戏剧。其中莫里哀Moliere于1670年在这里创作表演了"资产绅士"，即布尔乔亚绅士（Monsieur de Pourceaugnac）。

14. 钵龙

[饶诗]《冰炭集》

戊申（1968年）中秋夜月全食，鼓琴待月

凉露秋情动碧空，海滨翩舞芊条风。
霜娥此夕应无恙，一夕为君咒钵龙。

[释义]

　　凉露伴着秋情惊动碧空，海滨翩翩起舞芊风轻拂。嫦娥今夜应该没有大恙，一夕为我们诵念钵龙咒。

[出典]

　　北魏·崔鸿《十六国春秋·前秦·僧涉》。

[解读]

　　钵中之龙。事本北魏·崔鸿《十六国春秋·前秦·僧涉》："僧涉(一作沙公)者，西域人也……能以秘祝下神龙。每旱，坚常使之呪龙。俄而龙便下钵中，天辄大雨。"

[诗歌浅解]

　　1968年10月6日中秋夜，月全食。饶公海滨鼓琴等待月亮显现，在此时间，周边的景象让其浮想联翩，竟想为天庭那个无私为世人祈福的霜娥咒钵龙，饶公认为咒钵龙就能下雨，下完雨，就能出月亮。其丰富奇特的想象力，在诗中全部托出。

C

15. 楚缯书

[饶诗]《羁旅集》

楚缯书歌　　次东坡石皷歌韵

绘画原物既归Sackler博士，哥伦比亚大学特为召开讨论会，由Goodrich教授主其事，诗以记之。

涂月招摇位当丑，是孰维纲讯蒙叟。
久讶俶诡劫灰余，旋出穷泉不胫走。
因思黄缭南方强，问天惠施肆开口。
绷绷铺陈数百言，悠悠况二千年后。
营丘重黎旧有图，平子描绘头唯九。
于斯独举五木精，待起邹生问榆柳。
若从时月揣宜忌，艰于南北辨箕斗。
初读只惊口衔箝，细推倍觉襟见肘。
妙悟偶然矜创获，缺暗通篇多藜莠。
最眷三闾悲长勤，敢云千载许尚友。
窈窕方哀世多艰，神祀但嗟民有毂。
当春行事勤卉木，论书波磔异蝌蚪。
曷以利众会诸侯，欲赍油素叩黄耇。
谁取幼官校时则，漫稽尔雅劳指嗾。
辞清直可追雅颂，篇长何止俪钟卣。
四神格奠尊祝融，九州氾滥思鲧鮾。
留与叔师补楚骚，还笑退之悲屿嵝。
拨柊应手未灰灭，地不爱宝天所厚。
独看神像绕周围，不知指意属谁某。
我行万里获开眼，宝绘喜归贤者有。
考文几辈费猜疑，历劫终欣脱箝杻。
感极咨嗟且涕洟，自古文章抵刍狗。
钻研我意亦蹉跎，摩挲仿佛丧神偶。
方今举国尽奔波，剜苔掘臼走黔首。
欲杜德机示地文，更穷赢缩识天棓。
博古龙威远流传，讲经虎观知去取。

16

且从书证试阐幽，何当爬罗与刮垢。
无复鸾飘叹凤泊，定知神物长呵守。
西顾因兹屡吟哦，扛鼎力犹未衰朽。
莫言尺缣罔重轻，唯有十鼓堪比寿。

[释义]

　　十二月丑时北斗星在上，谁将喜讯告知蒙人庄周。一直感慨奇书经历劫灰，何时墓中被盗不胫而走。想到南方怪僻奇人黄缭，向惠施问天地不坠原由。陈述数百多言连绵不绝，缓慢细长历经两千余年。营丘祝融之墓旧有绘画，张衡描述人皇九首之图。在此独举桃木厌伏邪气，等待邹衍以榆柳来取火。若从时月揣测好恶之分，像南北分辨箕斗般艰难。初次赏读如同口角衔箝，仔细推敲倍感捉襟见肘。偶然妙悟务矜新的想法，通篇导笔漏画良莠不齐。最喜屈原"哀人生之长勤"，敢和古人神交千载为友。感悟美好哀叹世间多难，祭祀天神嗟叹民众心愿。春季适宜行事勤于卉木，书中文字异于蝌蚪之文。如何有利民众安定诸侯，必须备好纸笔请教老者。谁拿《幼官》谋划既分时节？利用《尔雅》查考解释文辞。文字清丽直追诗经雅颂，长篇阔论钟卣一般耦俪。四神格局奠定祝融为尊，九州洪水泛滥追思鲧鲧。留下王逸补注《楚辞章句》，还笑韩愈赋诗悲叹岣嵝。应当欣喜感慨未被毁灭，地不吝啬宝物天厚待。独自仰望神像环绕周围，不知属于何人用意何在。我能羁旅万里增长见闻，宝贵绘画喜归贤者所有。考证费劲几辈人的心思，经历磨难终于重现天日。兴奋感激之极涕泪俱下，自古文章被人视为无用。我有意钻研而年已蹉跎，琢磨深入仿佛远离神偶。如今举国上下为此奔波，剜苔掘穴百姓奔走相告。想要杜塞生机识得地貌，穷观天文星象了解盈亏。通晓古皇风范流传久远，宫廷讲经知道从何学起。且将书中幽深显露出来，如何发掘搜罗去其糟粕。不要鸾飘凤泊般的失意，要知神明呵护守卫我们。遥望西方令我感叹不绝，佳作影响广大意义深远。莫以尺幅大小衡量轻重，唯有石鼓之文与之媲美。

[出典]

　　《楚缯书》在长沙子弹库楚墓出土，是写在丝织品上的书，呈长方形，长约46厘米，宽约38厘米。

[解读]

　　饶公在《羁旅集·楚缯书歌次东坡石皷歌韵》诗中记录哥伦比亚大学关于楚缯书的讨论会，由Goodrich教授主其事。何为楚缯书？其又称四帛书，内容共分三部分，即天象、灾变、四时运转和月令禁忌，丰富庞杂，不仅载录了楚地流传的神话传说和风俗,而且还包含阴阳五行、天人感应等方面的思想。在文字的四周绘有12个怪异的神像,帛书四角有用青红白黑四色描绘的树木。饶公出版过《长沙战国缯书》。

[诗歌浅解]
  楚帛书是1942年9月在长沙东郊子弹库地方的楚墓中被盗掘出土,后来此书流入美国,一度寄存在纽约的大都会博物馆,旋经古董商出售,现存放在华盛顿的赛克勒美术馆,成为该馆的"镇库之宝"。饶公的简帛学研究,就是从考释楚简和楚帛书开始的。在20世纪50年代,他就撰有《战国楚简笺证》《长沙出土战国缯书新释》等著作,是我国研究战国简帛的先驱者之一。与此同时,他也开始关注西北汉晋简牍,发表过《居延零简》《居延汉简目睏耳鸣解》等论文。此后,他对20世纪70年代以来相继发现的大量战国秦汉简牍帛书十分重视,除及时发表相关研究论文外,还在20世纪80年代初与曾宪通教授合作,集中研究楚地出土文献,先后出版《云梦秦简日书研究》《楚帛书》等简帛学著作,为睡虎地秦简《日书》和楚帛书研究做出了重要贡献。后来,饶先生又在马王堆汉墓帛书、汉晋简牍以及新出楚竹书研究等方面发表了许多新的论作,还手创汉简编年体系,主编《敦煌汉简编年考证》《新莽简辑证》《居延汉简编年》,在香港中文大学倡导建立简帛电脑资料库,从各个方面为简帛学的繁荣和发展做出了新的贡献。

16. 参禅精意解救糍

[饶诗]《佛国集》
  见"渡水"条注。

[释义]
  见"渡水"条注。

[出典]
  清·迦陵性音《宗鉴法林》卷四十七。

[解读]
  《佛国集·冒雨游伽利佛洞,汪德迈背余涉水数重,笑谓同登彼岸,诗以记之。用东坡白水韵》:"参禅精意解救糍。"《宗鉴法林》卷四十七:"(黄龙)初参岩头,问如何是祖师西来意。头曰:'你还解救糍么。'师

曰：'解。'头曰：'且救糍去。'后到玄泉，问如何是祖师西来意，泉拈起一茎皂角曰：'会么。'师曰：'不会。'泉放下皂角作洗衣势，师便礼拜，曰：'信知佛法无别。'泉曰：'你见什么道理。'师曰：'某甲曾问岩头。'头曰：'你还解救糍么。'救糍也只是解黏，和尚提起皂角亦是解黏，所以道无别。泉呵呵大笑，师遂有省。幻寄稷云，玄泉若无后笑，几乎带累岩头，黄龙一笑下脱却毛角，尚未免牵犁拽耙。"此事亦见于宋·释普济《五灯会元·鄂州黄龙山海机超慧禅师》。

[诗歌浅解]

见"渡水"条注。

17. 出师颂

[饶诗]《冰炭集》

口占赠畸斋

韦诞张芝去不回，书林谁复辟蒿莱。
为君重咏出师颂，应有昆仑入梦来。

[释义]

韦诞张芝已逝无法挽回，书坛之中谁来开辟新地。让我为君咏诵《出师颂》，定有昆仑之势入梦而来。

[出典]

李翰文《三希堂法帖》。

[解读]

《冰炭集·口占赠畸斋》系1972年饶公在新加坡大学任教时所作，其中有句曰："为君重咏出师颂，应有昆仑入梦来。"《出师颂》自唐朝以来，一直流传有序，唐朝由太平公主收藏，宋朝绍兴年间入宫廷收藏，明代由著名收藏家王世懋收藏，乾隆皇帝曾将其收入《三希堂法帖》。1922年，逊位清帝溥仪以赏赐溥杰的名义，将该卷携出宫外，1945年后散失民间。2003年7月突然在中国嘉德2003年春季拍卖会上亮相，引起业界轩然大波。其作者索靖是晋代著名书法家，《宣和书谱》记载，索靖少年时就有出群之才。索靖书法以章草名动一时，其书法"如风乎举，鸷鸟乍飞，如雪岭孤松，冰河危石",十分的险峻遒劲。索靖在中国书法史上拥有很高的地位,史评其书法"与羲(王羲之)、献(王献之)相先后也",而《出师颂》是其硕果仅存的孤品。

[诗歌浅解]

畸斋即王敦,系国民党的军政人员,与溥仪过从甚密,也是饶公的好友。抗日的"昆仑关大捷"系王敦出奇谋所取得。饶公口占诗句赠送畸斋,借用历史名家韦诞、张芝开辟之功,以索靖《出师颂》之地位,对其书法的造诣和赫赫战功加以褒扬。

18. 嫦娥化蟾

[饶诗]《冰炭集》

登月戏咏

静海翻云黑似乌,再来初地已模糊。
广寒宫里银河路,飞雪扬尘始戒途。
吴质肯将桂树抛,蟾蜍散尽恐难遭。
人间凿险俄天上,此去云霄几羽毛。

[释义]

静海上空云朵乌黑一片,再来初地记忆已经模糊。当年广寒宫里银河之路,飞雪扬起烟尘准备上路。吴刚甘愿将桂树抛弃掉,蟾蜍散尽恐怕再难遇到。人间不怕险峻毅然登天,此去云霄耗费多少羽毛。

[出典]

张衡《全上古文》辑《灵宪》。

[解读]

在《冰炭集·登月戏咏》诗中"吴质肯将桂树抛,蟾蜍散尽恐难遭"与现代流传甚广的"嫦娥奔月"相左,《全上古文》辑《灵宪》则记载了"嫦娥化蟾"的故事:"嫦娥,羿妻也,窃王母不死药服之,奔月。将往,枚占于有黄。有黄占之:曰:'吉,翩翩归妹,独将西行,逢天晦芒,毋惊毋恐,后且大昌。'嫦娥遂托身于月,是为蟾蜍。"嫦娥变成癞蛤蟆后,在月宫中终日被罚捣不死药,过着寂寞清苦的生活。

[诗歌浅解]

饶公《登月戏咏》写出了对人类来到月球的感受，当年广寒宫、银河，如今皆已模糊，唯有尘土飞扬伴着自己上路。对登月之事，赞扬了人们不怕艰难险峻登上月亮的勇气与智略。

19. 朝彻

[饶诗]《长洲集》

第十八首

去日尽如梦，梦中意独倾。
绮语偶一为，聊以破沉冥。
嫣然心花开，帘罅吐春荣。
此心如朝彻，种种今日生。
吟白几茎髭，坐对青灯荧。
灯花与盆花，粲比二难并。
甘苦敢喻人，但取慰吾情。

[释义]

逝去的日子如同梦境般，梦中我的思绪只倾向一种。偶尔创作出美妙的诗句，用来排解低沉冥寂。心里美好的感觉，犹如从帘隙里窥见春天开出美丽的花朵。这种心境如朝彻，淳厚朴实从中而生。日复一日坐着面对着青灯发出微亮的光芒，苦吟而使嘴唇上方的短须变得花白。灯花或是盆栽之花，犹如难得一遇的贤主、嘉宾并现眼前。我哪里敢用之来吟喻他人，只是用它们来慰藉我的心灵。

[出典]

庄周《庄子·大宗师》。

[解读]

《长洲集》第十八首："此心如朝彻，种种今日生。""朝彻"道家修炼的一种境界。《庄子·大宗师》："以圣人之道，告圣人之才，亦易矣。吾犹守而告之，参日，而后能外天下；已外天下矣，吾又守之七日，而后能外物；已外物矣，吾又守之九日，而后能外生；已外生矣，而后能朝彻；朝彻而后能见独，见独而后能无古今，无古今而后能入于不死不生。"

[诗歌浅解]

    1961年春节，饶公于香港长洲岛"勺瀛楼"用五天五夜时间和完阮籍82首咏怀诗。阮诗借日出日入，桃李开花不能久，来喻人世间追名逐利，不过转眼间零落成泥，并由景山松老而弥坚自许，以表内心。饶诗亦以托物起兴的方式来展开，但取意象更为淡泊宁静。由静夜写诗，偶见帘外花开，而笔前灯花闪烁，遂想起昔日王勃写《滕王阁序》之时，笑言"四美具，二难并"。此时之"二难"，乃灯花盆花与作者心花嫣然之绽放，相比《滕王阁序》中之"二难"（美景、名士），看似气势不够恢宏，而陶然之趣却出。而这种感觉，又怎能教得世人知晓呢？也就用来稍稍告慰自己的内心罢了。饶诗中，盆花、灯花、心花，三花俱现，禅意甚浓，极耐品味。

20. 莼鲈之思

[饶诗]《长洲集》

第五十九首

我昔居揭阳，籤弄明月珠。
书巢短檠灯，先人有敝庐。
食荠未觉苦，析糠或为舆。
万里思莼羹，留滞海南隅。
感此怀旧游，入梦只增欷。
永路试望乡，吾意或少舒。

[释义]

    我昔日居于揭阳，闲时耍弄明月珠。书巢安放简单矮架的灯，先君建筑简朴的居室。吃苦荠菜未觉味苦，坐着分糠谷的车子却觉得闲适。万里思念家乡莼菜羹，如今羁留在大陆的最南边。想到这些触动我昔日的交游，只能增加我梦中的叹息哭泣。在这遥远的地方尝试观望我的故乡，或者能稍稍缓解我的忧愁。

[出典]

    刘义庆《世说新语·识鉴》。

[解读]

　　《长洲集》和饶公《咏怀诗》之第五十九首："万里思莼羹，留滞海南隅。""莼羹"即莼菜羹。《世说新语·识鉴》："张季鹰辟齐王东曹掾，在洛见秋风起，因思吴中菰菜羹、鲈鱼脍，曰：'人生贵得适意尔，何能羁宦数千里以要名爵！'遂命驾便归。俄而齐王败，时人皆谓为见机。"后来被传为佳话，"莼鲈之思"也就成了思念故乡的代名词。

[诗歌浅解]

　　阮诗在第五十九首中表达了对成济兄弟被杀的痛快之情，对于附势趋炎的人的愤怒之情，"愤懑从此舒"！尽显快意，是阮籍诗歌中不可多得的抒发痛快而非痛苦的好诗。

　　饶诗回忆孩时父亲建诵书偃息之所，在那里的所见所闻所感，如今羁旅他方，想起那是温馨的场面，却不由得思念故乡，痛哭流涕，只能尝试翘首仰望，以缓解自己的忧伤，世人多为生活为工作客居他乡，无时无刻怀念故乡的难解忧愁，此首小诗读之令人伤感，亦引起众人的共鸣。

21. 侧商

[饶诗]《南海唱和集》

雨夜鼓琴　　十七叠前韵

屋居如乘船，危坐辄终日。
琴丝润慵理，曝一遂寒十。
偶操二三弄，渐觉真味出。
飞雨横江来，点滴响檐隙。
寤言莫予应，伏枕眷遥昔。
古怨奏侧商，秋雁纷入席。
满目起波涛，粘天浑无壁。

[释义]

　　居屋如同乘船远行，终日端坐以消闲暇。鼓琴拨丝驱散慵懒之意，但往往是一时兴起。偶弹二三首曲子，逐渐体验其中的真味。飘飞雨水横江而来，点滴而使砌响檐鸣。卧醒而语莫予应答，伏卧枕边回首往事。古人离怨奏响侧商之调，秋雁南翔纷纷入席。满眼波涛望不尽，天宇四顾无边无际。

[出典]

宋·姜夔《琴曲·侧商调》。

[解读]

《南海唱和集·雨夜鼓琴十七叠前韵》："古怨奏侧商，秋雁纷入席。"侧商，古琴调之一，失佚已久。宋·姜夔《琴曲·侧商调》："琴七弦，散声具宫商角徵羽者为正弄，慢角、清商、宫调、慢宫、黄钟调是也；加变宫、变徵为散声者曰侧弄，侧楚、侧蜀、侧商是也。侧商之调久亡。唐人诗云：'侧商调里唱《伊州》。'予以此语寻之：《伊州》大食调，黄钟律之商，乃以慢角转弦，取变宫、变徵散声，此调甚流美也。盖慢角乃黄钟之正，侧商乃黄钟之侧，它言侧者同此；然非三代之声，乃汉燕乐尔。"

[诗歌浅解]

此诗描写了饶公鼓琴之心境变化，琴声由"润慵理"至"真味"渐出，思绪从雨水之"响檐隙"之感而至"遥昔"之怨奏"侧商"之想，琴意由浅入深、由近及远、由今追古，琴意而至诗意，无不体现饶公之真境界也。

22. 莼菜条

[饶诗]《南海唱和集》

赠立声　　四十二叠前韵

识君在乱离，琴言每竟日。
相忘到尔汝，石交一胜十。
真趣潴心源，春风拂口出。
飞潜罗胸次，濡笔江海隙。
老迟与尺木，抗手力追昔。
彼美莼菜条，犹许让一席。
墙窗泼墨来，云烟生四壁。

[释义]

与君相识与乱离之时，琴画会友无不竟日。念念而不相忘，交往情比金坚。旨趣淡雅心胸舒朗，春风吹拂人心暖暖。飞鸟游鱼尽罗胸次，蘸笔点画江海之隙。从陈洪绶至萧云从，力追昔日诸贤之范。挥霍如莼菜条之美，犹可充占一席之地。墙体窗台如墨泼出，云烟霭霭萦绕四壁。

[出典]

宋·米芾《画史》。

[解读]

《南海唱和集·赠立声。四十二叠前韵》:"彼美莼菜条,犹许让一席。"莼菜条,宋代·米芾在《画史》中记吴道子绘画"行笔磊落,挥霍如莼菜条,圆润推算,方圆凹凸",元代汤垕在《古今画鉴》中载"吴道子笔法超妙,为百代画圣,早年行笔差细,中年行笔磊落,挥霍如莼菜条"。于是,"莼菜条"成了吴道子绘画用笔的主要特征,为后代许多人引用与诠释。

[诗歌浅解]

饶公回顾与友人萧立声相见之情景,晨曦初现直至夜幕降临,竟日吟诗作画,享受一番"墙窗泼墨来,云烟生四壁"的闲情雅致。寄托着对友人的思念,也反映了饶公内心对淡雅生活的渴望。

23. 吹帽

[饶诗]《瑶山集》

登磐石山同巨赞上人

亭亭磐石山,娲皇昔所捐。
其下临清流,独立得天全。
斩新日月明,特地出乾坤。
壮哉南方强,曾经百炼坚。
仰攀若顶天,我意欲无前。
俯视万人家,原畴何田田。
佳节近重阳,吹帽秋风颠。
清谈心无义,独喜僧皎然。
二年客桂东,与山久结缘。
此石尚玲珑,山公所心传。
何当江南去,载将入画船。

[释义]

　　亭亭而立磐石之山，女娲昔日补天所弃。山下临近清澈溪流，天赖矗立乃得以全。即时日月重放光明，格外高耸出乎乾坤。壮哉南方如此顽强，曾经过百炼而愈坚。向上爬山如同头顶即天，我心想要一往无前。从上俯视万户人家，原野是多么的繁茂。重阳佳节即将到来，秋风中登顶山巅。清谈之心无宗之义，独独喜欢皎然之论。客居广西东部两年，与山早已结下了缘。此石自古这般玲珑，全赖山神以心所传。为何不是立于江南，满载着山色随画船而入。

[出典]

　　唐·房玄龄等《晋书·孟嘉传》。

[解读]

　　《瑶山集·登磐石山同巨赞上人》："佳节近重阳，吹帽秋风颠。"吹帽，原指晋人孟嘉的帽子于重阳登高之际被秋风吹落、而其犹应对有节；后代指重阳时登高雅集。《晋书·孟嘉传》："后为征西桓温参军，温甚重之。九月九日，温燕龙山，僚佐毕集。时佐吏并着戎服，有风至，吹嘉帽堕落，嘉不之觉。温使左右勿言，欲观其举止。嘉良久如厕，温令取还之，命孙盛作文嘲嘉，着嘉坐处。嘉还见，即答之，其文甚美，四座嗟叹。"

[诗歌浅解]

　　饶公与巨赞法师同登磐石山，既观赏风景，又相与论道，他钦佩法师的佛学修为，将其与古时名僧皎然和尚相提并论。而本诗咏广西北流磐石山，却偏劝山去往江南、与烟波画船为伴，乍看起来似有夺广西灵秀之嫌。但细想足以察知：饶公对此山的各方面之吟咏，都是在借山而咏人，抒发无锡国专之学人的情志。言山高耸出云，乃谓其人风致之高；言山百炼而坚、隐忍而韧，乃谓其人历劫而气节愈加挺立。因此，劝山何不去往江南云云，实际是鼓励无锡国专师生保持志向操守、期待将来回迁学校故园。

24. 叱驭

[饶诗]《黄石集》

黄石公园

巨壑居然列四门，畴令造化起氤氲。

奔轮叱驭增心悸，去水回肠秖目存。
木死风生春尚在，天荒地老谷仍温。
慧深到此骨惊否？留与畸人仔细论。

[释义]

　　巨壑深沟傲居四方，原野升起茫茫烟气。奔驰险路增加惊惧，水路途艰眼目留光。树死风起春意仍在，天地荒凉谷暖如常。慧深到此是否心惊？留给仙人仔细思量。

[出典]

　　东汉·班固《汉书·赵尹韩张两王列传》。

[解读]

　　叱驭，本意为"呼喝驾车人"，喻指路途艰险。《汉书·赵尹韩张两王列传》："先是，琅邪王阳为益州刺史，行部至邛郲九折阪，叹曰：'奉先人遗体，奈何数乘此险！'后以病去。及尊为刺史，至其阪，问吏曰：'此非王阳所畏道邪？'吏对曰：'是。'尊叱其驭曰：'驱之！王阳为孝子，王尊为忠臣。'"

[诗歌浅解]

　　黄石公园是世界著名的自然景观，饶公到此游览作诗。前两联写景，突出黄石公园的高山峻岭，烟雾蒸腾的景色，以及饶公自己的震撼与惊心。颈联从树木枯死春季复来，天荒地老而峡谷长存，思考人生之渺小。尾联借周游各国的名僧慧深"骨惊"之典再次衬托地势之险峻雄奇。诗歌回味绵长，意蕴不息。

25. 赤水

[饶诗]《黑湖集》

Vevey车中戴老为述当地史迹

我从赤水思玄圃，公与苍山共白头。
人物水乡劳指数，名都行处足淹留。

[释义]

　　我的思绪飞越赤水玄圃，戴公相伴青山共白头。当地的人物史迹劳君述说，游赏名都处处留下我们的足迹。

[出典]

　　《庄子·天地》。

[解读]

　　古代神话传说中的水名。《庄子·天地》："黄帝游乎赤水之北，登乎昆仑之丘而南望，还归遗其玄珠。"《楚辞·离骚》："忽吾行此流沙兮，遵赤水而容与。"洪兴祖补注引《博雅》："昆仑墟，赤水出其东南陬。"

[诗歌浅解]

　　1996年8月饶公应邀到法国著名汉学家戴密微的故乡瑞士Montlaville，他们在瑞士流连一周。戴密微讲述瑞士西部城镇Vevey人物水乡事略，让饶公思绪万千，随之驰想四方，领略游赏名都之雅趣。

26. 翠微

[饶诗]《白山集》

踏雪归来　　用还湖韵

谢公茂形外，天趣属清晖。
背流欲安之，迷岸终识归。
山行雪淹膝，颓阳隐翠微。
朝来云憯憯，夕返霰纷霏。
河山自匪碍，烟水共无依。
畏寒鸟飞绝，趁暖风壃扉。
去国梦魂远，入春鸿燕违。
物色多变化，理一可类推。

[释义]

　　谢公以形外之神为美，其自然的乐趣属于清晖之山水。逆流而上要安然处之，迷途终究会找到归路。山里前行大雪淹没膝盖，落日时分众山掩映于幽深之处。朝早来时云雾蒙蒙,夜幕迟归已是雪子飘洒。河山自然无障无碍,烟水同样无依无主。畏惧寒冷的飞禽早已离开,趁暖风之时将门窗紧闭。离开家乡漂泊遥远他方,春来之时鸿燕交错归回。天地间景随时迁,万物之理可依此类推。

[出典]

汉《尔雅·释山》。

[解读]

翠微指青翠掩映的山腰幽深处。《尔雅·释山》:"未及上,翠微。"郭璞注:"近上旁陂。"郝懿行义疏:"翠微者……盖未及山顶屡颜之间,葱郁蓊莽,望之硲硲青翠,气如微也。"唐·李白《赠秋浦柳少府》诗:"摇笔望白云,开帘当翠微。"另《瑶山集》中《图专讲师欧阳君出长金秀瑶区,诗以贺之》一诗中亦有"翠微",系指江西宁都县有翠微峰,峰顶有易堂。

[诗歌浅解]

饶诗从自然界中的各种变化引申至人生变数之无法预料,告诫众人要调整好心态,以乐观积极向上的精神迎接人生的各种转变。必须"背流欲安之","趁暖风堪扉",在逆境中安然对待,做好迎接挑战的准备,终究能够达到自己期望的结果。自然有着自己运行的规律,我们要掌握这些规律,才能够更好地适应自然,适应社会。

D

27. 大刀头

[饶诗]《总辔集》

能取岬在穷海尽处,灯塔下远眺,重雾不散,莫辨远近

冒寒来此看浮沤,漠漠长空一海鸥。
决眦能临飞鸟背,扫氛须仗大刀头。
山围地角终难尽,水到天涯更自由。
便欲登临望乡国,白云隔岸是神州。

[释义]

冒着寒冷来此观临海峡,寂空无边海鸥独自飞翔。登高张目极视能望鸟背,赶走灾祸还须依仗大刀。山之围地之角终难有尽,流水直至天涯更加自由。想要登临绝顶眺望乡国,白云海岸对面即是神州。

[出典]

汉《汉书·李陵传》。

[解读]

《总辔集·能取岬在穷海尽处,灯塔下远眺,重雾不散,莫辨远近》中引用了"大刀头"的典故。当年汉武帝时李陵败而投降匈奴,昭帝即位之后,遣李陵故人任立政等三人至匈奴招回李陵。当时,单于置酒赐汉使者,《汉书·李陵传》云:"立政等见陵,未得私语,即目视陵,而数数自循其刀环,握其足,阴谕之,言可还归汉也。"即任立政无法与李陵单独讲话,只能借助数刀环来暗喻可以归还汉朝。刀环在刀之头,后即以"大刀头"作为"还"字的隐语。

[诗歌浅解]

能取岬是突向鄂霍次克海的一段悬崖,是鄂霍次克海观光不可错过的重要景点。从海角尖端的断崖向下,可俯瞰澄清的海洋,冬天更是观赏流冰的绝佳之地。饶公登临能取岬,其无与伦比的广阔视野,引起他的乡国之思。

28. 东坡肉

[饶诗]《苕俊集》

食东坡肉　　三次前韵

茗搜文字肠枯槁，一见肥甘甘拜倒。
海南所欠花猪肉，有诗可证公烦恼。
岂真见卵求时夜，但觉思莼计过早。
无端人瘦肉偏肥，玉环哪及张好好。
一啄已令口腹充，再吞难令兴不扫。
几辈屡冒先生名，曲米摊香与娱老。
不见林婆压酒来，藕丝渊胃殊草草。
且语西邻翟秀才，题诗为公诉苍昊。

[释义]

　　茗搜文字已令肠道干枯，一见肥腻回甘心甘拜倒。海南所缺乏的是花猪肉，有诗可以证实苏公烦恼。岂真见蛋化鸡求其报晓，但觉思念莼鲈之意过早。无端人偏瘦而肉偏肥，杨玉环哪里比得上张好好。一咬已让口中腹内充饱，再而吞咽难令人不扫兴。几辈屡次冒用先生之名，曲米散发香气欢度晚年。没有见到林婆取酒送来，藕丝清胃太过仓促草率。姑且和西邻翟秀才道来，题诗为公诉说这般天地。

[出典]

　　宋·周紫芝《竹坡诗话》。

[解读]

　　东坡肉相传为北宋诗人苏东坡所创制。其最早发源地是湖北黄冈。1080年苏东坡谪居黄冈，因当地猪多肉贱，才想出这种吃肉的方法。宋代人周紫芝，在《竹坡诗话》中记载："东坡性喜嗜猪，在黄冈时，尝戏作《食猪肉诗》云：'慢着火，少着水，火候足时他自美。每日起来打一碗，饱得自家君莫管。'"后来，1085年苏东坡从黄州复出，经常州、登州任上返回都城开封，在朝廷里任职，没过多久，受排挤，1089年要求调往杭州任太守，这才将黄州烧肉的经验发展成东坡肉这道菜肴。作为汉族佳肴，后流行于江浙。而现代人考据东坡肉实际上是人们为纪念苏东坡所做，并不是苏东坡本人所创制。饶公在《苕俊集·食东坡肉三次前韵》一诗中谈到，他吃冠以

"东坡"名的东坡肉，却觉得名过其实。并在诗中用丰韵的"杨玉环"和纤瘦的"张好好"为喻，"林婆"取酒洗胃之意，表达出他对肥腻而饱滞的东坡肉的摒弃，也觉得几辈以来冒用苏东坡的名气来做宣传的行为有些投机。

[诗歌浅解]

饶公食冠以"东坡"名的东坡肉，却觉名过其实。诗中用丰韵的"杨玉环"和纤瘦的"张好好"之喻，"林婆"取酒洗胃之意，表达出他对肥腻而饱滞的东坡肉的摒弃，亦觉得几辈以来冒用苏东坡的名气来做宣传的行为有些投机。诗尾之处饶公急切想要获得认可，诉说他的无奈，随即"拉上"苏东坡好友翟秀才来倾诉，这种带有"嬉戏"之意的诗句，体现了饶公坦荡的胸怀。

29. 东西均

[饶诗]《羁旅集》

后饮酒十首和方密之用陶公韵

其二
早识东西均，会通此其时。
循理宁好异，体要谁正辞。
一往古今情，逝者忽如兹。
掩卷兴遐思，梦阑起然疑。
败叶亦有庐，木立自不欺。
茫然观我生，吾道竟何之。

[释义]

早就知道《东西均》书，融会贯通要在此时。遵循规律标新立异，谁能会意端正言辞。昔人已去古今留情，逝去的人皆是如此。合上书卷悠远思索，梦阑酒醒萌生疑问。败叶亦有栖息之处，失神站立心不自欺。茫然体察自己一生，我的道义是什么呢？

[出典]

清·方以智《东西均》。

[解读]

《羁旅集·后饮酒十首和方密之用陶公韵》（其二）云："早识东西均，会通此其时。"此处的"东西均"，是中国明清之际思想家方以智的哲学著作。撰于清顺治九年（1652）前后，代表作者后期思想。全书除《开章》及《东西均记》以外，有《扩信》《三徵》《反因》《颠倒》《全偏》《张弛》《象数》《所以》等26篇，10余万字。关于"东西均"之名，《开章》作了解释："均者，造瓦之具，旋转者也"，"乐有均钟木"，"均固合形、声两端之物也，古呼均为'东西'，至今犹然"。意为旋转的陶钧、调节乐器的均钟木乃至一切事物都是对立两端的统一。方以智认为东西、华梵之学也应经"烹""煮"而"合一"；主张"以禅激理学，以理学激禅，以老救释，以释救老"，把儒、释、道融会贯通，"今而后，儒之，释之，老之，皆不任受也，皆不阂受也"。

[诗歌浅解]

此诗阐述自己对方密之《东南均》的理解，其中蕴含对"道"似懂非懂的解释，其实正是对"道"的最好诠释。

30. 杜老出夔门

[饶诗]《西海集》

中峤杂咏（车间驴背总消魂）

车间驴背总消魂，客舍题襟杂酒痕。
山色如诗诗似梦，不同杜老出夔门。

[释义]

车间驴背令人销魂，客舍题诗酒气相杂。山色如诗诗歌似梦，不同杜老夔门之叹。

[出典]

唐代杜甫晚年到西南漂泊流落夔州的诗歌风格。

[解读]

《西海集·中峤杂咏》有句："不同杜老出夔门。""杜老出夔门"，唐代杜甫晚年到西南漂泊流落夔州，凄苦不堪，加上安史之乱时期他经历了许多重大的社会事件和政治变故，让他的社会心态、政治心态和人生心态发生了深刻变化。在夔州不到两年的时间就创作了四百多首诗歌，在这个时候创作的诗歌体现了他对社会的失望和对人性的窥探以及他一生经历的总结。

[诗歌浅解]

此诗描写了游赏时的痛快欢愉：饮酒、题诗唱和，庆幸自己生逢盛世，亦表现出对杜甫的同情，对人生漂泊、现实社会的种种无能为力感到无奈。

31. 道士救虎

[饶诗]《题画诗》

书黄道周诗卷

散发布沙成细色，垂肌救虎已难摸。
燃灯秋烬三千卷，留得天王歌利图。

[释义]

散发布沙形成如此细色，奋力救虎自己难以估摸。暮秋燃灯读书破三千卷，留得描绘歌利暴君画图。

[出典]

明·刘基《郁离子》。

[解读]

《题画诗·书黄道周诗卷》中有句："垂肌救虎已难摸。""救虎"即《道士救虎》，一天傍晚，山上发了洪水，水上漂着房屋，水充满了整个山溪，顺着溪水向下流去。人们骑着树木登上屋顶，大声求救人的声音接连不断。(有一个)道士准备了一艘大船，亲自披着蓑衣戴着斗笠，站在水边，督促善于游泳的人（拿着）绳索等候在岸边。（如果）有人漂下来，便立即投去木头、绳索，把他拉上岸。所以救活的人很多。第二天清早，有一只野兽被冲来，躯体淹没在波涛中，把头伸出水面左右盼望，好像在向人求救的样子。道士说："这也是有生命的东西，一定要赶快救它！"驾船的人听从他的话去救。用木头把它拉上船，原来是一只老虎。开始时，它有点迷迷糊糊,坐着舔身上的毛。等船一到岸,它就瞪着眼睛看着道士,跳上去把道士抓倒在地。乘船的人一齐涌上去救,道士虽然没有被咬死,却受了重伤。

[诗歌浅解]

人生之交难以估摸,有些人本性难改,轻易同情他们,结果往往害了自己。

32. 阽危

[饶诗]《南征集》

秋兴和杜韵

一叶阽危似累棋,淮南枉赋长年悲。
纪侯大去还无日,陶令归来会有时。
关塞他乡多暝宿,江皋余马苦朝驰。
宾鸿万里无消息,林鸟从知有去思。

[释义]

一叶落下临近累棋之危,《淮南子》枉然伤"长年悲"。纪国灭亡仍旧遥遥无期,陶渊明之士终究会到来。夜晚栖息于边关的异乡,白天骑马驱驰于江岸边。鸿雁远飞万里毫无消息,羁鸟向来依恋旧时之林。

[出典]

北宋·司马光《资治通鉴》卷二百五十八。

[解读]

《南征集·秋兴和杜韵》(一叶阽危似累棋),"阽危",临近危险。《资治通鉴》卷二百五十八,(唐)昭宗圣穆景文孝皇帝上之上大顺元年:先是,(李)克用遣韩归范归朝,附表讼冤,言:"臣父子三代,受恩四朝,破庞勋,翦黄巢,黜襄王,存易定,致陛下今日冠通天之冠,佩白玉之玺,未必非臣之力也。若以攻云州为臣罪,则拓跋思恭之取鄜延,朱全忠之侵徐、郓,何独不讨?赏彼诛此,臣岂无辞!且朝廷当阽危之时,则誉臣为韩、彭、伊、吕;及既安之后,则骂臣为戎、羯、胡、夷。今天下握兵立功之人,独不惧陛下他日之骂乎!

[诗歌浅解]

此诗和杜甫《秋兴》诗,悲秋之愁,并以落叶而引起长年之悲,这是一种非常苦闷的情感。饶公亦无法摆脱悲秋之情,远飞的鸟儿都会思念自己的旧巢,何况是人,长年羁旅于外的苦痛在诗中展露无遗。

33. 敦煌琵琶谱

[饶诗]《冰炭集》

题敦煌琵琶谱二绝

其一
波磔奇胲豁两眸,乐星残谱认伊州。
玉田难觅知音寡,辜负当年菊部头。

其二
清绝五弦岛国哀,天平一纸发沉薶。
凭谁为唱倾杯乐,还逐尊前水鼓来。

[释义]

其一:波磔变化让人眼前一亮,敦煌残谱重现《伊州》曲目。可怜张炎在世无法觅得,也让菊夫人的希望落空。

其二:清绝的弦乐令岛国哀思,天平乐谱沉寂之中发揭。谁能为我们唱起《倾杯乐》,并驱逐尊前恼火的水鼓。

[出典]

敦煌琵琶谱是1900年在中国敦煌石窟藏经洞发现的敦煌写卷,P·3808号长卷中背面用古代谱字记写的一批乐曲,此长卷是用大小不等十一张纸贴成的。敦煌有一很长时期纸张供应不上,土纸又不能使用,因此抄写者即利用旧纸黏连在一起作为长卷,就其背面抄写。

[解读]

《冰炭集·题敦煌琵琶谱二绝》所咏敦煌琵琶谱,据推断抄写于五代后唐时期,为研究唐、五代音乐的重要文献之一。按照卷子谱上的分段标题,全谱计有25首乐曲,曲名分别为:《品弄》《口弄》《倾杯乐》《急曲子》

《长沙女引》等。25首乐曲分为3群，其中1至10首为第一群，11至20首为第二群，21至25首为第三群。

[诗歌浅解]

其一：此诗对敦煌曲谱重现世人的面前表现出由衷的喜悦，同时以张炎、菊夫人无法目睹表示惋惜，也从侧面道出自己能亲见敦煌曲谱倍感荣幸。

其二：此诗阐述日本发现的《天平琵琶谱》弦乐的"清绝"，竟可令举国上下产生哀思，以至于饶公迫切想要知道：如今谁能再次奏起此等雅乐，驱逐我们身心的忧愁呢？

34. 丁令威

[饶诗]《长洲集》

第十九首

海波汩没处，暂分片刻光。
须臾霞彩生，天际见琮璜。
案头隔岁花，犹发去年芳。
彼衣未明起，端坐待初阳。
孤鹤天际来，群鸥已争翔。
逃虚将焉往，恨不置汝旁。
令威久不归，黯然徒自伤。

[释义]

大海的波浪起起伏伏，暂时分得片刻光芒。顿时彩霞生于天际，犹如琮璜美玉般绽放光泽。书桌上的隔岁花，似乎还散发着去年的芳香。天还未亮披上衣裳起来，端坐着等待初阳的升起。孤鹤已在天际畅游，海鸥也在嬉戏飞翔。逃避世俗将往何处去，恨不得永远在你身旁。令威久久不曾归来，自己唯有黯然伤心。

[出典]

晋·陶潜《搜神后记·丁令威》。

[解读]

《长洲集》第十九首："令威久不归，黯然徒自伤。""令威"即丁令威。传说中的神仙名。晋·陶潜《搜神后记·丁令威》："丁令威，本辽东人，学道于灵虚山。后化鹤归辽，集城门华表柱。时有少年，举弓欲射之。鹤乃飞，徘徊空中而言曰：'有鸟有鸟丁令威，去家千年今始归。城郭如故人民非，何不学仙冢累累。'遂高上冲天。"唐·白居易《池鹤》诗之二："池中此鹤鹤中稀，恐是辽东老令威。"

[诗歌浅解]

对"佳人"的描写，实际上是诗人托言圣贤，阮籍根据魏晋人特有的审美标准构建出来的理想人物，此诗是对其"佳人"理想的构建，以旁观者的角度描写了"佳人"的感受，表达了对圣贤之人的渴望和求之不可得的失望之情。而饶诗则从"佳人"的角度来表达，直观地表达了"佳人"自己的"恨不置汝旁"的难受之情，让人产生对"佳人"的同情，对圣贤怀才不遇、感时不遇的感伤，使诗歌能在读者之中产生共鸣。

35. 道旁知苦李

[饶诗]《佛国集》

Bhandarkar 研究所客馆夜读梵经　　次东坡独觉韵

梵经满纸多祯怪，梵音棘口譬癣疥，
摊书十目始一行，古贤糟魄神良快。
积雨连朝卷云起，书声时杂风声里。
思到多歧屡亡羊，树在道旁知苦李。
须眉照水月共明，扰人最是秋虫声，
将迎难证心如镜，输与晖日识阴晴。

[释义]

梵经蕴含许多吉祥与不寻常的道理，梵语拗口难读犹如癣疥小患。摊开书本十目始一行，先贤的典籍诚然精妙而痛快。清晨风驰云卷淫雨霏霏，喃喃诵读声伴随晨风飘向远方。思绪泛滥容易误入歧途而一无所成，怕如生长在大道旁边的李树终被人弃。如今苍老的容貌与明月在水中交相辉映，周围那些秋虫的鸣叫声扰我心扉。岁月更替我难以心如明镜，这连能够识别阴晴安然处之鸩鸟都比不上。

[出典]

南朝·宋·刘义庆《世说新语·雅量》。

[解读]

《佛国集·Bhandarkar 研究所客馆夜读梵经 次东坡独觉韵》有句"树在道旁知苦李。""道旁知苦李"出自南朝·宋·刘义庆《世说新语·雅量》："王戎七岁，尝与诸小儿游，看道旁李树多子折枝，诸儿竞走取之，唯戎不动。人问之，答曰：'树在道旁而多子，此必苦李。'"指路边的苦李，走过的人不摘取，比喻被人所弃、无用的事物或人。

[诗歌浅解]

这是饶诗中读经禅悟的经典诗作。诗歌次苏东坡独觉诗韵，以平常的口吻，以最简单的生活经历生动地描述了读经之时内心深处微妙变化的过程和各种想法。表达了自己对枯燥难懂的佛经情有独钟，对世间纷扰导致心性达到清静的苦恼之叹，以及对恬然宁静心性的追求和向往之情。

36. 祇洹

[饶诗]《佛国集》

暹罗猜耶山访佛使比丘，游室利佛逝遗址，于荒榛中踯躅终日，归来有诗。
偕行者谢大晋嘉，即用谢客登永嘉绿嶂山诗韵，邀其同作

海峤陟彼岨，言造栖禅室。
萧寺寻秋草，怀古情未毕。
祇洹留芳轨，瞻谒惭朽质。
頮础复何有，聊欲拨蒙密。
涓涓石上泉，翳翳桑榆日。
表灵资神理，稽览叹周悉。
山僧昭旷姿，黄裳抱元吉。
玄照澈生死，高蹈故难匹。
坦道欣同登，了悟庶万一。
缅想幽人踪，才调不世出。

[释义]

　　登上矗立海边的高高石山，造访栖禅佛寺。在其旁边寻找逐日黄枯的秋草，怀古感伤之情久久无法平息。佛教经典留传下来的芳轨，我此等衰朽拙劣的资质竟能够有幸朝见。垣颓础断哪里还有？我迫切想要拨开茂密的草木找寻它们。石上清泉涓涓细流，落日光映桑榆之端。冥冥之中的无上威力彰显神道，让我流连忘返感叹此地佛教文化的丰饶。山寺僧人高远旷达之姿，身披尊贵吉祥的黄衣裳。玄妙的道理让人悟澈生死大关，如此的高超让它物难以企及。一同走上这平坦的道路，抱着那万分之一的希望。跟随幽隐之人留下的踪迹，追忆那些世间少有的奇才。

[出典]

　　唐·释道宣《中天竺舍卫国只洹寺图经》卷末圆珍题记。

[解读]

　　《佛国集·暹罗猜耶山访佛使比丘，游室利佛逝遗址，于荒榛中踯躅终日，归来有诗。偕行者谢大晋嘉，即用谢客登永嘉绿嶂山诗韵，邀其同作。》："祇洹留芳轨，瞻谒惭朽质。"祇洹，即祇园，"祇"又写作"祗"。"祇树给孤独园"的简称。梵文的意译。祇园系古印度佛教创始人释迦牟尼（佛陀）传法的另一重要场所。相传释迦牟尼成道后，须达长者购逝多太子的土地建精舍献予佛陀，须达长者按太子所提条件，以金钱布满园中之地，太子感其诚遂施园中所有树木，而人合建精舍，故名祇给孤独园。

[诗歌浅解]

　　室利佛逝，7世纪中叶在苏门答腊东南部兴起的信奉大乘佛教的海上强国。梵文名Sri vijaya，意为光荣胜利。公元7世纪兴起于苏门答腊南部。中国唐代史籍一般称它为室利佛逝，有时简称佛逝或佛齐。宋代以后，中国史籍改称为"三佛齐"。1017年，室利佛逝遭到注辇（即南印度朱罗国）的袭击。1025年，注辇大举进犯室利佛逝本土及其在苏门答腊和马来半岛的各属邦，室利佛逝的国力从此大受削弱。后由于东爪哇新柯沙里王国，特别是麻喏巴歇的崛起，各属邦的分崩离析，马来半岛北部各港口为新崛起的素可泰王朝所侵夺，1377年以后室利佛逝逐渐消亡。饶公与潮州同乡谢晋嘉同游室利佛逝遗址，相邀作诗，以表情意。诗歌在表达怀古伤感同时，更加侧重描写佛教遗迹对人们的精神世界的感染：在佛寺庇护之下，仿佛神道相助，让人悟彻生死，心胸豁然开阔，在游览之中坦道同登，追忆历史，其乐融融。

37. 大痴虞山

[饶诗]《和韩昌黎南山诗》

大千居士六十寿诗用昌黎南山韵

　　河岳公炳灵，万象归笼囿。夫唯无所作，作必入无究。海涵而地负，得曰非天授。初从李曾问，赏奇爱屋漏。学书犹学剑，公孙昔曾觏。腕下走龙蛇，一一竞奔凑。如锥之画沙，譬针之度绣。斯冰为斧刃，力已纸背透。观物契渊微，方春草木茂。出笔混沌开，晴云露高岫。披图幻神髓，大涤画新就。法尽理自生，探骊珠在噣。畸人天眼别，造化蕴神秀。沉酣积岁年，烧灰入醇酎。咫尺论万里，山川供卷覆。北苑真烂漫，唐后无此构。人物骨气道，劲豪见肥瘦。鬼諏且神格，达幽而穷宙。何必莼菜条，自足与雕镂。亦同竖亥步，东西极广袤。洗象峨眉颠，登降变气候，夔门山蔽日，屴崱莫间籀。悲风明月峡，啼猿彻青戊。远涉两河口，下临无底窦。缒幽索为桥，飞泉石可漱。御风渡云海，脚下阴霰糅。威迟大吉岭，积雪辉晴昼。结庐无人境，万古冰流沤。阆风何足论，攀陟惟猿狖。河阳取平远，到此宜惊仆。大痴写虞山，归应自憎陋。古今几胜流，登览如公富。画本恣冥搜，西驰仍北走。物岂淫其性，天下尽在宥。贾勇莫高窟，三载愿终售。天若闷神物，固护蓄精佑。遥源得湑波，休虞来者诟。惟公履其危，璎珞出幽麬。惟公振其秘，慧日发恂憃。惟公启其方，一洗传模旧。彦远曩未收，喜见今日又。诸天神变在，秌缛焕灵兽。方赏崖谷清，莫讶阴阳寇。陶此方寸虑，共资一慈救。乃知象教力，大庇犹哺㲉。微公与瞻摩，此道畴宣奏。经变称楞伽，岁月久迁贸。谓有吴生体，千载罔邂逅。今睹公所模，嗟叹劳颈脰。纷纶荡精魄，昭旷发矇瞀。惟公极汪洋，巨壑收众溜。千汇兼万状，观者骇且复。画史何纷纷，谁得出公右。萍浮亘南北，来往衣冠胄。信美有湖山，入座皆兰臭。收藏可敌国，服食无赢副。或云猿托生，狎之如鼯鼬。时惟掀美髯，何曾眉头皱。风尘忽顽洞，起陆龙蛇斗。居如骇浪船，人作惊弓雏。水国傍鼋鼍，奔车何辐辏。行吟天地远，蹉跎岁月骤。公复尽室南，吉者天所佑。绘事不间作，点石如注灸。或为湖州竹，叶藏枝似籀。或为洞庭浪，酾波沛回逗。偶写山水格，聊助东皋耨。由来鸡林重，一纸万人购。料简尤精绝，识者咸讵谰。落落大风堂，不胫遍老幼。心与古为徒，造次无刺谬。意但撷英华，事岂同饤饾。宝物旷代有，仍岁出荒枢。得公揄扬之，宗庙荐登豆。非牛又非麟，画壁相异兽。道人所未道，喻说警灵鹫。持较苦瓜翁，未知孰先后。公于敦煌日，绝景欣宿留。凿塘移藕根，惜哉不遂媾。今看盈丈荷，翩翩若舞袖。前尘恍如梦，何年得西狩。遹道夫昆仑，登丘而北首。隔海望神山，佳气出馈馏。利涉贞有孚，勿幕占井收。化俗贵奇艺，毋劳假弓彀。追琢金玉相，朴棫须薪榲。又闻枣如瓜，辨吉不待蘥。况公所居处，其民皆夷姼。相忘乎道术，嘉会千秋遘。丹青悬白日，辞藻比列宿。东京盛鸿都，文驷充华廐。观公画室中，插架森琼琇。星榆已种天，玉芝更产溜。祝公无穷寿，海国欢狂狃。如山之不骞，得气之常懋。日月与齐光，天地等营腠。遥进一尊酒，介福且劝侑。他乡久不归，忧心恒孔疚。煮愁难得熟，嘉瑞尚可呪。大荒逆旅中，行处即赁僦。有山桃含笑，有梅蕊攀嗅。他日俟河清，还歌以献酬。

[释义]

　　山川河流焕发灵气，一切事物蕴含其中。君子要么无所作为，一作便要深入探究。负载万物容纳百川，所获得的非天所授。学书法于李曾二家，尤赏雨水漏痕之势。学习书法如同剑术，公孙大娘舞剑可见。手腕之下奔蛇走虺，一笔一画会合成势。锥子画沙书迹圆浑，金针度绣细腻生动。李斯李阳冰作篆书，用力已经透过纸背。观察事物深沉精微，临近春季草木茂盛。出笔宛如混沌初开，云淡天晴高山突显。展阅图画精粹不凡，源于大涤（译者注：原济，本姓朱，名若极，小字阿长，广西人，明宗室。出家后改名原济，字石涛，别号大涤子，康熙时以画名播四海）推陈出新。法度严谨层次自高，笔尖之处探骊得珠。异于常人大开眼界，自然聚集天地灵气。醉心其事积年累月，烧灰入杯浑不知觉。咫尺之处畅想万里，胜过现实高山川流。董元之画天真烂漫，唐后无人这样构图。人物透出遒劲骨气，天付劲豪肥瘦适宜。鬼斧神工似非人工，通晓幽玄到达精微。何必用笔若菠菜条，自觉满意自然雕镂。如同东西漫游一般，画境极其开阔广袤。峨眉山巅洗象池上，白天黑夜气候多变。瞿塘峡高遮蔽天日，旁无高山堪作副贰。明月峡边寒风四起，猿猴嘶啼响彻四周。远游两河口之瀑布，亲身观临无底之洞。缘绳下坠西康索桥，泉流洗漱河底之石。乘着风儿畅游云海，阴霾聚集于脚底下。大吉山岭曲折绵延，积雪晴日交相辉映。建筑房舍于无人处，万古雪洞长久浸渍。昆仑山景不足谈论，惟猿猴乃敢于攀陟。郭河阳短幅开平远，茬临此地亦会惊倒。大痴老人画作虞山，回到家必憎其画丑。从古至今多少名流，攀登观赏必获至宝。恣意寻求写生之处，走过西边又往北走。万物岂会本性放纵，天下皆是宽容对待。莫高窟中勇气倍增，愿花三年于此钻研。上天庇护古老壁画，久不现世精光不损。源头获得不竭深流，不要忧虑来者诟病。惟公敢于冒险探视，幽深之处获得璎珞。惟公能够深入探究，愚昧之中智慧普照。惟公将其传播四方，一洗传统保守画风。张彦远未将之囊收，欣喜如今重见天日。敦煌画作多经变图，精细缜密灵物闪现。赏心悦目崖谷共清，莫惊寇敌没阴阳大。释伽陶方寸之忧虑，共同设置一慈之救。才知佛教教化力度，大加庇佑犹哺雏子。全凭张公瞻摩此事，此种举止世代相传。经变佛事楞伽所长，历史久远几经变迁。感叹吴道子之画风，千年之中难以重现。今天目睹张公临摹，令我翘首感叹无比。气势宏博精魄浩荡，开阔明朗令人开窍。惟公画作意境宽广，如同众流汇成巨壑。浑涵汪茫千汇万状，观赏之人感慨万分。历代画史论述纷纷，谁皆无法与公相比。犹如萍浮漂泊南北，交往善于作画之人。（译者注：唐代张彦远在《历代名画记》曾说："自古善画者，莫非衣冠贵胄，逸士高人，非闾阎之所能为也。"）。美丽迷人江海湖山，列座皆是情投意合。收藏之丰富可敌国，衣服食物却没多余。或说这是猿猴托生，亲近如同鼯鼬一般。时常梳理飘逸胡须，何曾看到眉头紧皱。风尘忽起绵延不绝，腾跃而上龙蛇相杂。如同居于风浪船头。人像是惊弓之野鸡。水边之城依傍鼋鼍，如同车辐集中车毂。天南地北边走边唱，蹉跎岁月骤然而逝。阔别家乡几经迁离，吉人自有上天庇佑。从不间歇创作画本，点石如同艾炷之法。有时画作湖州之竹，叶藏戈法枝如籀文。有时画作洞庭细浪，波流湍急水势迂回。有时画作山水风格，描绘东边水田农事。作品哲理深厚重，佳品万人争相购买。简单质朴精美绝俗，赏识之人难以言表。高超的大风堂（译者注：张大千昆仲画室名）之作，不胫而走老幼皆知。心甘情愿与古为徒，轻率自然毫无违和。其意在于撷取美好，岂同多杂之物相提。如此宝物流芳百世，历经多年经久不变。获得张公大力宣扬，庄重如若宗庙祭器。谢稚画牛非牛非麟，画笔之下如同异兽。敢于道人之所未道，喻说譬如灵山圣地。持较《苦瓜和尚画语录》（译者注：清·石涛撰），未知说法谁先谁后。张公在敦煌的日子，绝美景物吸引留驻。开凿池塘迁移藕根，惋惜不能追随公后。今看塘中盈丈荷花，翩翩飘飞若舞中袖。前尘往事恍如梦境，何年狩猎获得麒麟。（译者注：相传鲁哀公十四年在大野狩猎获麒麟。孔子作《春秋》，至此而绝笔。）转变方向跨越昆仑，登上高山回顾北方。隔着海岸遥望神山，蒸腾之气从中而出。诚信致功而获元吉，并功已成不自掩覆。祛除俗态贵在奇艺，不用假借任何器械。追琢外华内秀之态，山木茂盛贤人众多。（译者注：《诗·大雅·棫朴》："芃芃棫朴，薪之槱之。"毛传："槱，积也。山木茂盛，万民得而薪之；贤人众多，国家得用蕃兴。"后以"薪槱"喻贤良的人材或选拔贤良的人材。）又闻枣瓜欣羡之物，分辨吉凶不待占卜。何况张公所居之处，黎民百姓安乐平和。人有本事忘乎所以，欢乐聚会千年一遇。画卷之中白日高悬，赞辞如同天空繁星。东京鸿都门学兴盛，华美之马充盈棚屋。观赏张公画室摆设，架上藏物珍贵如玉。繁星点点遍布苍穹，地上玉芝（译者注：玉芝代指贤才）更加丰富。祝愿张公万寿无疆，海外国内共同欢庆。如山之寿不骞不崩，获得神气精力旺盛。与日月之光芒相当，天地营卫腠理（译者注：营卫腠理指肤色血气）相同。在远方敬上一尊酒，送上祝福愿君共饮。羁旅他乡长久不归，心中忧虑痛苦万分。何物煮愁难以得熟，美好祝辞尚可呈送。边远荒凉艰难旅途，行到之处寄身他篱。还有山桃含笑相伴，更有梅花香气绕人。他日黄河之水变清，必将高歌报答酬谢。

[出典]

宋·牧仲《论画绝句》。

[解读]

《和韩昌黎南山诗·大千居士六十寿诗用昌黎南山韵》："大痴写虞山，归应自憎陋。"大痴虞山，宋·牧仲《论画绝句》："南宗老笔一峰孤，貌得虞山气韵殊，屏幛迩来模仿遍，何曾梦见富春图？"大痴老人《富春山居图卷》，周臣虎比之右军兰亭，谓圣而神矣。恽南田则谓："画法全宗董源，间以高、米，凡数十峰一状，数百树一树一态，雄秀苍茫，极变化之致。"张浦山《图画精意识》："董文敏语王奉常云：子久画冠元四家，而生平最合作莫如《富春山图》，其神韵超逸，体备众法，而脱化浑融，不落畦径，诚为艺林飞仙，迥出尘埃之外者也。为按图考之，其峰峦则有似营丘者，有似贯道者，林木则有似黄鹤者，有似云林者，所谓体备众法也。其皴擦之长披大抹。似疏而实，似漫而紧，得北苑法外之神，所谓脱化浑融也。其位置之平淡浅近，若人人能之而实无能之者，所谓不落畦径也。其水晕墨彩，不设色而使墨自具五彩者，所谓神韵超轶也。文敏诚善言者矣。盖大痴晚年遣兴率意为之，以较平生矜心之作，自得其天真烂漫耳。"

[诗歌浅解]

饶公年轻时就与张大千先生相识，大千先生曾评价饶公白描画作说："饶氏白描，当世可称独步。"此诗为1958年张大千先生60大寿所作，《南山诗》共102个韵，饶公用昌黎南山韵，是清代以来，敢和《南山诗》的唯一今人之作。钱仲联先生赞此作"使人洞精骇瞩"，能见"选堂之大"。当时大千先生读罢，甚为欣喜，大加称颂，并赠送《蜀江图长卷》给饶公，请饶公于卷上题下此诗。此诗涵盖内容极为丰富，从书法谈起、在阐述取法清湘老人（原济）画风、蜀中景物、敦煌石窟之绝、南美后之绘事谈及张大千画风以及自己身心经历。诗中对张大千先生60大寿送出了祝福，同时又反映了自己艰辛的羁旅生活难以驱散的苦闷，然而，寄身他乡，再苦再累还有山桃相伴、梅花绕人。有了这些乐趣，他日黄河之水变清，还真要高歌报答酬谢。体现了饶公坦然面对困难的豁达之胸襟。

38. 董绶经

[饶诗]《总䙡集》

高野山灵宝馆展出《文馆词林》

　　原有二卷：一为宝寿院藏，一为泠然院藏，题（唐高宗）仪凤二年五月十日，书手吕神福写，皆有嵯峨院印。纸背为天台僧千观撰《法华相对抄》。
　　　　笔如登善更题名，雕板曾劳董绶经。
　　　　镇库兹山推二宝，正书争说金光明。

[释义]

　　行笔上乘胜任题名之事，雕板曾故业劳烦董绶经。镇馆兹山推出二件宝贝，正书争说又有金光明经。

[出典]

　　董绶经即董康，字绶经，自署诵芬室主人。江苏武进人，光绪十五年进士，曾充大理院推丞、法律馆编修。

[解读]

　　《总䙡集·高野山灵宝馆展出〈文馆词林〉》："笔如登善更题名，雕板曾劳董绶经。"维新时，董绶经与梁启超共办《时务报》。1907年刊刻日本汉学家岛田瀚《皕宋楼藏书源流考》。1914年起，先后任北洋政府大理院院长、法制编纂馆馆长、司法总长、财政总长等职。1926年，任东吴大学法学院教授。20年代，刊行《诵芬室丛刊》，刻工甚精，艳称书林。1932年，上海百宋铸字厂拟刻仿宋字，董康出家藏《龙龛手鉴》《广韵》两书以为字范，作《创刊百宋活字序》，称"将舍弃诵芬室雕版故业，而从事于仿宋活字之新生活"。

[诗歌浅解]

　　高野山灵宝馆有《文馆词林》《金光明经》二宝，此诗阐述抄书者笔法之精妙，又谈及董绶经曾为《文馆词林》作雕版之事，饶公见得宝物，甚为欣喜。

39. 抵巇

[饶诗]《南海唱和集》

再答叔雍　　十九叠前韵

诗心譬沉牛，一搁每百日。
偶尔短兵接，奋臂一抵十。
亦不藉鲁酒，自有神思出。
愁阵终披靡，抵巇还蹈隙。
矍铄哉此翁，拔山气犹昔。
幸未鄙曹邻，分庭更让席。
犹可撼三江，隔海且坚壁。

[释义]

　　作诗之心如牛沉海，一搁置则荒废多日。偶尔用以短兵接战，振臂而以一抵十。无须借鲁之淡酒，自然而然神思涌出。愁阵终将所向披靡，乘机抵巇蹈隙不遗余力。赵翁精神健旺依旧，荡海拔山之气犹如当年。不鄙视我为曹邻小邦，分庭抗礼而且让席。情真义切笔力震撼三江，请君坚固信念莫生斗诗弃意。

[出典]

　　战国《鬼谷子·抵巇》。

[解读]

　　《鬼谷子·抵巇》："巇始有朕，可抵而塞，可抵而却，可抵而息，可抵而匿，可抵而得，此谓抵巇之理也。"陶弘景题注："抵，击实也；巇，衅隙也。墙崩因隙，器坏因衅。方其衅隙而系实之，则墙、器不败。若不可救，因而除之，更有所营置，人事亦犹是也。"后用"抵巇"以指钻营。

[诗歌浅解]

　　赵叔雍，系江苏武进人，对词学有很深的造诣。1966年，赵执教于新加坡大学，写成《和苏轼海南赠息轩道士韵》一首寄予饶公。饶公读后，连叠五首。赵见饶公五和前诗，乃叠六首答之，唱和叠韵期间，赵翁在诗中有"降旛"退出之语，饶公则在诗中激励赵翁不要轻易言弃，规劝他不要因一时的困顿而否定自己的才华，轻易放弃诗歌的创作。最后，赵翁"神思自出"神勇赋之，前后叠韵至五十二首。

40. 夺席

[饶诗]《南海唱和集》

题郭熙早春图　　四十一叠前韵

> 晴川矗瑞松，群壑争初日。
> 吾意在荒远，条风拂里十。
> 云树依钦岑，时见层楼出。
> 春归一何早，鹎鵊喧林隙。
> 氤氲笼尺幅，滋味信如昔。
> 休作无李论，即此可夺席。
> 高致增吾狂，且醉亭间壁。

[释义]

　　瑞松环绕于江边，群壑沐浴着初阳。吾意悠然而远，十里东风尽柔情。天长云树依峻峰，桥路楼观掩映其中。春天来得如此的早，鹎鵊喧鸣于林隙。淡雾浮动于尺幅，时光流逝滋味依旧。休要妄作"无李"之论，凭此图即可超越他人。高雅的致趣令我痴狂，且让我于亭壁间一醉方休。

[出典]

　　汉《后汉书·儒林传上·戴凭》。

[解读]

　　《后汉书·儒林传上·戴凭》："正旦朝贺，百僚毕会，帝令群臣能说经者更相难诘，义有不通，辄夺其席，以益通者。凭遂重坐五十余席。故京师为之语曰：'解经不穷戴侍中。'"后因谓成就超过他人为"夺席"。

[诗歌浅解]

　　《早春图》藏台北故宫博物院，系北宋宫廷画家郭熙晚年创作的一幅绢本设色画。此画以全景式高远、平远、深远相结之构图，表现了冬去春来，大地复苏，山间浮动雾气。远处山峦耸拔，气势雄伟；近处圆岗层叠，山石突兀；桥路楼观掩映于山崖丛树。在水边、山间活动的人们为大自然增添了无限的生机。郭熙《早春图》给人们的景象是生机勃勃的氛围，其独特的技法风格和鲜明的艺术特色令人痴狂，饶公道以"即此可夺席"足以证明郭熙绘画艺术的精湛。

41. 蹄筌

[饶诗]《白山集》

Mont-Blanc　　用入华子冈韵

漉沙用构白，着粉堆冰山。
寒飚崩崖吼，哄日明危泉。
雕透伤斧刃，吟啸思前贤。
坤轴昔曾折，天衢若可扦。
硍硍惊走石，悄悄飞冷烟。
今古一成纯，谁复较蹄筌。
群山此为君，云衣万壑传。
象冥定天秩，理幽分化前。
只愁月色孤，猿狖啼潺湲。
艰险骇将压，余悸讶同然。

[释义]

　　漉滤沙丘建构白色之境，附着粉黛堆砌眼前冰山。寒风以崩崖坠峰之势怒吼，白日映照险峻湍急的河流。如此精美的雕饰使斧刃损坏，吟啸徐行思量前贤。地轴昔日为之折断，天空似乎可以触摸得到。沙石硍硍惊走于山地，冷烟悄悄弥漫着天际。古今铸就这精粹纯美的天地，谁还会计较用蹄还是用筌来达到最终目的。群山相拥促成这里的一切，千层云天万条沟壑回于其中。天象冥冥使万物井然有序，事理幽奥让人仿佛身处宇宙分化之前。只愁此处唯有孤单的月色伴人，猿猴凄鸣于流水之旁。艰险的山峦势不可挡，似乎要将我们压倒，令我们感到心有余悸。

[出典]

　　《庄子·外物》。

[解读]

　　语本《庄子·外物》："筌者所以在鱼，得鱼而忘筌；蹄者所以在兔，得兔而忘蹄；言者所以在意，得意而忘言。"蹄，兔罝；筌，鱼笱。谓语言蹄筌都是有形的迹象，道理与猎物才是目的。后常以"蹄筌"指达到某种目的的手段，或反映事物的迹象。

[诗歌浅解]

　　Mont-Blanc：勃朗峰，意为白色之山，因又谓：白朗峰。是阿尔卑斯山的最高峰，位于法国的上萨瓦省和意大利的瓦莱达奥斯塔的交界处。2007年9月15日录得勃朗峰的最新高度为海拔4810.90米，阿尔卑斯山脉最高峰，也是西欧第一高峰。诗中第六句借用《庄子·外物》典政"蹄筌"，写出古今铸就这纯美的天地，谁不用计较蹄或筌来达到最终目的。全诗用鲜明的颜色、形象的比喻以及鲜活的拟人手法突显Mont-Blanc的白、寒、危、险、纯、孤等特点，让人身临其境，体验那惊险的纯然美景，感叹自然的鬼斧神工。

E

42. 鹅湖之会

[饶诗]《苞俊集》

武夷杂咏

其一
千秋嘉会忆鹅湖，吾道从知德不孤。
旧构荒坛巢水鹤，当年曾刻六经图。

[释义]

文明千秋之会追忆鹅湖，我们知道德行不会孤立。旧时荒废祭坛水鹤筑巢，当年于此曾编刻《六经图》。

[出典]

宋·陆九渊《陆九渊集》卷三六《年谱》。

[解读]

《苞俊集·武夷杂咏》（其一）："千秋嘉会忆鹅湖"。南宋淳熙二年（1175年）六月，吕祖谦为了调和朱熹"理学"和陆九渊"心学"之间的理论分歧，使两人的哲学观点"会归于一"，于是出面邀请陆九龄、陆九渊兄弟前来与朱熹见面。六月初，陆氏兄弟应约来到鹅湖寺，双方就各自的哲学观点展开了激烈的辩论，这就是中国思想史上著名的"鹅湖之会"。后比喻具有开创性的辩论会。武夷鹅湖之地自古以来为文化重地，先有"鹅湖之会"在前，后又潮州人郑之侨（1707~1784）搜集编撰鹅湖讲学、篆刻《六经图》（24卷），道德传承从来不曾停息。

[诗歌浅解]

武夷鹅湖之地自古以来为文化重地，先有"鹅湖之会"在前，后又潮州人郑之侨搜集编撰鹅湖讲学、篆刻《六经图》，道德传承从来不曾停息，"文明千秋之会"为饶公所赞叹。

43. 鹅溪绢

[饶诗]《题画诗》

题画杂诗（坐对苍茫始咏诗）

坐对苍茫始咏诗，落花逝水梦生姿。
临风自拂鹅溪绢，添个蜻蜓立片时。

[释义]

坐对苍茫之景吟赋诗句，落花逝水让梦境更美好。迎风亲自拂拭鹅溪绢帛，画上添个蜻蜓立于上方。

[出典]

北宋·宋祁等《新唐书·地理志六》。

[解读]

《题画诗·题画杂诗》有句："临风自拂鹅溪绢，添个蜻蜓立片时。"盐亭安家镇境内在唐代时建鹅溪镇。因此地重农桑，蚕茧出产丰富，丝绸质量上乘，梓州太守献于皇上，富丽堂皇的丝绢让皇上爱不释手，乃命岁岁朝贡，并赐名鹅溪绢，遂成朝廷贡品，闻名于世，盛极一时，并延至宋元明时期。《新唐书·地理志六》："陵州仁寿郡，本隆山郡，天宝元年更名。土贡：麸金、鹅溪绢、细葛。"宋·苏轼《文与可画筼筜谷偃竹记》："书尾复写一诗，其略曰：'拟将一段鹅溪绢，扫取寒梢万尺长。'"亦有简称"鹅溪"者。

[诗歌浅解]

此诗系饶公于新加坡大学任教时所作，系题画杂诗三十多首中之一。用"鹅溪绢"这种贡品来作铺垫，描绘了创作时的准备工作以及心境的变化，面对苍茫之景，铺开画卷，几笔点缀，蜻蜓已立于画卷，让人感受到作画时那种包罗万象，下笔有神的境地。

44. 阢屯歌

[饶诗]《瑶山集》

冼玉清自连州燕喜亭贻书及诗，予避兵西奔，仓皇中赋报

千秋燕喜亭，寂寞今无主。
玉想琼思处，江山伴凄苦。
地似皋桥僻，怀哉暂羁旅。
出郭濑浅浅，入门风虎虎。
攀桂聊淹留，万方惊窜步。
遗我尺素书，未曾及酸楚。
日月苦缠迫，春愁种何许。
山中听蟋蛄，诗祟恐无数。
十年拓诗境，㴠洞复几度。
且试写古抱，宁复怨修阻。
休谱阢屯歌，哀时泪如雨。

[释义]

历经千年燕喜之亭，如今寂寞失去主人。纯真笃定运思之处，江山相伴一同凄苦。此地偏僻如同皋桥，羁旅于外思念故乡。步出城郭急流浅浅，入门之际风声虎虎。爬上枝头周旋踟蹰，举国百姓受惊疾走。收到"岭南才女"冼君（1895~1965）寄来书信，还来不及心酸痛楚。日日月月苦苦相逼，春愁究竟何处萌生。虫鸣山中恍如隔世，诗兴强烈不可计数。十年之内开拓诗境，历经几番汹涌震动。尝试抒写古拙怀抱，宁愿怨恨路遥相阻。不要再谱写《阢屯歌》，听之心哀泪如雨下。

[出典]

《后汉书·赵岐传》。

[解读]

《瑶山集·冼玉清自连州燕喜亭贻书及诗，予避兵西奔，仓皇中赋报》："休谱阢屯歌，哀时泪如雨。"《阢屯歌》，即《厄屯歌》，东汉时赵岐逃难中所作。"厄"古同"厄"，即灾苦之意；"屯"取《周易》中屯卦之卦名，亦是困难艰险的意思。屯卦《象传》："屯，刚柔始交而难生，动乎险中。"屯卦在《周易》卦序中仅次于乾、坤二卦之后，是首个阴阳交

交杂之卦，故曰"刚柔始交"；且其内震外坎，震卦谓动，坎卦谓险，故曰"动乎险中"。《后汉书·赵岐传》："藏岐复壁中数年，岐作《尼屯歌》二十三章。"

[诗歌浅解]
饱经丧乱侵扰的饶公，长期忍受日寇侵略带来的流离，对动乱的时局感到无奈。如今困居山林，犹如隐士，只能与友人相对，赵岐所作《阢屯歌》正是他们苦难深重的写照。

45. 二柄

[饶诗]《瑶山集》

何蒙夫乱离中守其先德《不去卢集》未尝去手，投之以诗

> 余生悬虎口，尽室寄龙头。
> 万户多荆杞，孤村有戍楼。
> 未忘款段马，早作济川舟。
> 二柄终妨汝，因风思旧丘。

[释义]
残存的生命仍悬于虎口，怎奈全家寄身在龙头村。村落万户破败杂草丛生，孤僻之村尚有防御塔楼。未曾忘却昔日安稳生活，却早就发誓要匡救世道。佩戴眼镜终究有碍于你，思绪随风而起思念故乡。

[出典]
战国《韩非子》。

[解读]
原指赏、罚，近代亦以此借代戴眼镜之人。《韩非子》："明主之所以导制其臣者，二柄而已矣。二柄者，刑、德也。"唐·韦庄《和郑拾遗秋日感事一百韵》："九流虽暂蔽，二柄岂相妨。"饶公之句系戏用此句。

[诗歌浅解]
饶公身经艰险、流落山村，尚能在写诗赠与友人时稍微戏谑一番，反

"二柄岂相妨"之意而用之，调侃何蒙夫戴眼镜的样子。不过，开点小玩笑已经是饶公所能自我排遣之极限了，纵在游戏文字之时，感时、思乡的情绪仍不住地涌进他的心中。此时的玩笑话，是满心忧愁之际的强颜欢笑。

46. 帝子

[饶诗]《瑶山集》

桃源洞

势接九嶷山，远甚苍梧野。
漫招帝子魂，悲风木叶下。
浅津莫问源，密花可藏客。
问天天不知，研丹擘危石。

[释义]

地势与九嶷山相接，远可接连苍梧之野。四处去为帝子招魂，悲凄秋风吹落树叶。浅水渡口莫问桃源，桃花身处可藏来者。向天问询天亦不知，磨碎丹砂破开高岩。

[出典]

楚·屈原《楚辞·九歌·湘夫人》。

[解读]

王逸注："帝子，谓尧女也。"指传说中尧的两个女儿——娥皇和女英，死在湘水一带。《楚辞·九歌·湘夫人》："帝子降兮北渚，目眇眇兮愁予。袅袅兮秋风，洞庭波兮木叶下。"

[诗歌浅解]

饶公在避难途中知遇桃源洞，其名称让人想起陶渊明笔下的桃花源。桃花源人为避秦时战乱而躲入其中；当此际，饶公一行亦是因躲避日寇的战火而来到桃源洞。诗中用"帝子"即娥皇、女英的典故，表明其遭际一如古人，怎能不让人感叹沉吟？

F

47. 福地

[饶诗]《江南春集》

过新昌

福地何年委草莱，三辰顶对即天台。
崔嵬陵谷须奇节，自悔云端入觐来。

[释义]

洞天福地何时荒芜，日月星正对天台顶。人在草莽气节过人，自悔离云山而见君。

[出典]

明万历·彭大翼《山堂肆考·卷十七地理·天姥》。

[解读]

道教认为一些山中有神仙居住，把这些名山胜地称为"洞天福地"。道教有"七十二福地"之说，其中第十六福地天姥山在新昌附近，故饶公称新昌为"福地"。明·彭大翼《山堂肆考·卷十七地理·天姥》："天姥山在绍兴府新昌县，名十六福地。"

[诗歌浅解]

饶公行经新昌县，该县在道教福地天姥山附近，首句写"福地委草莱"，是说曾经的福地如今已经荒芜，揭示道家隐逸精神和历史上隐者们高尚气节的丧失，流露出饶公对此惋惜遗憾之情。后一联叙述司马承祯史事，表达对不问俗事的隐逸生活的肯定和认同。归隐是中国文人的传统情怀，饶公此诗亦有以司马承祯自况的意味，表达自己愿归隐山林的高洁性情。

48. 翻着袜

[饶诗]《总辔集》

博多海畔　　用杜甫兜率寺韵

临流思大德，高树望云门。
觅句随波得，检诗着袜翻。
坟窥地岳古，庙拜香椎尊。
白石青松路，还凭海作园。

[释义]

面临海流思忖大德，林木高耸眺望古寺。寻觅诗句随波可得，检诗有那翻着袜法。古坟可窥山岳恒古，寺庙朝拜香椎独尊。白石青松坦途大道，还以大海作为家园。

[出典]

宋·黄庭坚《豫章黄先生文集》卷三十《书梵志翻着袜诗》。

[解读]

《总辔集·博多海畔用杜甫兜率寺韵》云："觅句随波得，检诗着袜翻。"究竟什么是"着袜翻"？亦作"翻着袜"。旧时袜子以布做、以线缝，针脚全部在袜子里面，为美观故。诗人王梵志却要反其道而行之，将有针脚的袜里穿在外，尽管显得不美观，并且也违背了人们穿着的常规，但是自己的脚却舒服了。这是一种行为方式，更表现出了一种不同于流俗的思维方式。实际上，世界上并没有绝对的是非对错，思考问题的角度与标准不同，从而得出的结论与看法也完全不一。只可惜世间循规蹈矩的人太多，不按常规思想的人太少，这就使得人们墨守成规，缺乏创新意识。

王梵志，初唐白话诗僧，身世难考。据晚唐《桂苑丛谈·史遗》载，其为卫州黎阳（今河南浚县东南）人。隋末王德祖于树中拾一婴儿，初名王梵天，后改为梵志。王梵志的白话讽喻诗寓含着佛教禅理、生活哲理及社会伦理，在当时及后世都产生了极大影响。20世纪初，长期失传的《王梵志诗集》在敦煌石室重新发现，更引起了中外学者的关注。

[诗歌浅解]

博多海域是日本出海的主要运道，此诗主咏海，阐述当年圆仁出海入唐寻求佛教奥义、泛海并以海为家的艰难险阻，表达对其辈理想信念的坚定赞赏。

49. 佛头着粪

[饶诗]《羁旅集》

七月六日向夕与诸生泛海至清水湾舟上杂诗

其七
孤屿烟中浮，佛头粪可着。
终古侣鱼暇，何曾问猿鹤。

[释义]

古岛于云烟中漂浮，佛头山上可着粪土。与鱼终生相伴同游，山中猿鹤何须过问。

[出典]

宋·释道原《景德传灯录》卷七。

[解读]

原指佛性慈善，在他头上放粪也不计较。宋·释道原《景德传灯录》卷七："崔相公入寺，见鸟雀于佛头上放粪，乃问师曰：'鸟雀还有佛性也无？'师曰：'有。'崔曰：'为什么向佛头上放粪？'师曰：'是伊为什么不向鹞子头上放？'"后常用以比喻不好的东西放在好东西上面，玷污了好的东西。而在《羁旅集·七月六日向夕与诸生泛海至清水湾舟上杂诗》中饶公用"古屿烟中浮，佛头粪可着"来代指清水湾前的佛头山。

[诗歌浅解]

此诗由景及情，清水湾的山水体现了饶公隐逸的精神气质，表现出一种"出世"的心态。

50. 访戴

[饶诗]《羁旅集》

棪斋书云：伦敦郊居，门外积雪七尺，方霁复降，穷庐呕诗，吹律嘘暖。四叠前韵。题其新什

一雪白无垠，千林青莫辟。

神伤万丈缟，心悬寸草碧。
之子不归来，远游曷娱昔。
内听穷比音，和体压前席。
初月不到处，饮啜倒村醑。
万里访戴难，相思空日夕。
遥想北风尖，歌声出金石。

[释义]

雪色洁白万里无垠，山顶千林青绿不在。感伤哀叹万丈白色，心中牵挂寸草碧绿。这个友人没有归来，远游何不欢度夜晚。屋内配合各种音乐，附和吟唱压倒前席。初升之月未到之处，于村落处饥食渴饮。相隔万里友人难聚，只能早晚思念对方。悠远思索北风凄厉，歌声如此悦耳动听。

[出典]

南朝·宋·刘义庆《世说新语·任诞》。

[解读]

《羁旅集·棪斋书云：伦敦郊居，门外积雪七尺，方霁复降，穹庐呕诗，吹律嘘暖。四叠前韵。题其新什》记载："万里访戴难，相思空日夕。"出自《世说新语·任诞》：某夜，忽降大雪，王羲之的儿子王子猷从睡梦中惊醒，毫无睡意，索性独自饮酒，因景生情，遂吟诵左思的《招隐诗》，其间非常想念好友戴逵（戴安道）。当时王子猷在山阴，戴在剡，王子猷没有犹豫，连夜乘小船访戴逵。天亮到了戴家门口，又原路返回。有人问其为何到了门口却不见逵。王子猷笑道："吾本乘兴而行，兴尽而返，何必见戴。"后称这种显示名士的潇洒自适的访友为"访戴"。

[诗歌浅解]

李棪来诗阐述伦敦雨雪不停，令饶公燃起思友之情。诗中用典故"访戴"和借用雪中青绿难觅比喻友人相隔万里难聚之无奈。但诗歌不失乐观之调：羁旅远游何不尽情欢度，何处安心何处寻欢，及时行乐，莫要辜负美好时光。

51. 父老忆相如

[饶诗]《佛国集》

孟德勒陟古刹远眺八莫二首

其一
铺成玉砌胜琼琚，山影秋林一带疏，
目极金沙犹咫尺，可无父老忆相如。
其二
当年市马屡驮经，叱驭王尊事远征。
日落山城乌鹊噪，传烽万里塞云横。

[释义]

其一：铺砌的玉阶胜过精美的琼玉，一带稀疏的山林呈现于眼前，伊洛瓦底江河岸的金沙宛如近在咫尺，可是这里的父老不会追忆司马相如。

其二：当年经常以马背驮经典书籍，勇士们忠于国家不畏艰险远道出征。夕阳伴随着乌鹊聒噪之声落下山城，烽火在边塞的天地间逐站远传。

[出典]

西汉·司马相如《难蜀父老》。

[解读]

《佛国集·孟德勒陟古刹远眺八莫二首》（其一）："目极金沙犹咫尺，可无父老忆相如。""父老忆相如"出自西汉·司马相如《难蜀父老》，托言难蜀父老，实际上驳朝廷重臣的错误认识，坚定武帝开发西南的信心。指出开发西南是当务之急，是消除混乱、和睦民族、拯救百姓、统一祖国的伟大事业，将使中外更加安乐。而缅北的居民没有司马相如这样高瞻远瞩的人为他们带来繁荣，依旧以淘金为业。

[诗歌浅解]

其一：八莫（Bhamo）华侨称它为"新街"，缅甸北部城镇，属克钦邦，缅北军事要地。位于伊洛瓦底江上游东岸及其支流太平江汇口附近，地当水陆要冲。距中国边境很近，在中缅公路通车以前，一直是中缅两国陆路交通和贸易的重镇。向东可到我国云南的腾冲，南通我国的畹町，自古为滇缅间的大道。也是伊洛瓦底江向北航运的终点。水路南通曼德勒，北抵密支那、孟拱、边迈；公路北经密支那可达片马和孙布拉蚌。饶公用极其简短的语言刻画了八莫最引人注目的景色，玉阶、山林、金沙等等。诗人从眼前的金沙联想到了中国古蜀文明成都以及司马相如，正是因为当时司马相如的远见卓识，才有了巴蜀金沙一带的文明繁荣。诗人在赞叹八莫的生态、古迹、民俗的美丽的同时，也为此地没有如司马相如般伟大的人物扶持而感到惋惜。

其二：饶公远眺八莫，梦回边塞，穿越历史，颂扬征士，远征他乡。征士们胸怀报国之心，身先士卒。战场上，烽火相传，他们不畏艰险，英勇杀敌。诗中流露出征士们慷慨从军的激情，杀敌报国，建功立业的抱负。诗歌从大处落笔，描绘了边塞的奇情壮景，格调积极，气势昂扬。

52. 浮屠与佛

[饶诗]《选堂诗词补遗》

见"榜加糖法"条注。

[释义]

见"榜加糖法"条注。

[出典]

季羡林《浮屠与佛》。

[解读]

《选堂诗词补遗·挽季羡林先生用杜甫长沙送李十一（衔）韵》："史诗全译骇鲁迅，释老渊源正魏收。"释老渊源正魏收，季老的名文《浮屠与佛》。该文曰："中国同佛教最初发生关系，我们虽然不能确定究竟在什么时候，但一定很早……《魏书·释老志》：'及开西域，遣张骞使大夏。还传其旁有身毒国，一名天竺。始闻浮屠之教。'据汤先生的意思，这最后一句，是魏收臆测之辞。因为《后汉书·西域传》说：'至于佛道神化，兴自身毒；而二汉方志，莫有称焉，张骞但著地多暑湿，乘象而战。'据我看，张骞大概没有闻浮屠之教。但在另一方面，我们仔细研究魏收处置史料的方法，我们就可以看出，只要原来史料里用'浮屠'，他就用'浮屠'；原来是'佛'，他也用'佛'；自叙则纯用'佛'。根据这原则，我们再看关于张骞那一段，就觉得里面还有问题。倘若是魏收臆测之辞，他不应该用'浮屠'两字，应该用'佛'。所以我们虽然不能知道他根据的是什么材料，但他

一定有所本的。"辨正魏收《魏书·释老志》有关浮屠的说法,并最终得出:
"'浮屠'的来源是印度古代俗语,而'佛'的来源是吐火罗文"的结论。

[诗歌浅解]

见"榜加糖法"条注。

53. 扶篱摸壁

[饶诗]《佛国集》

康海里(Kanherī)古窟二首

其一

望中寻尺尽松枞,似刃群山不露锋。
有洞无僧伤眇漠,空村回首白云封。

其二

日午点灯可得看,荆林谷碣草漫漫。
扶篱摸壁真无谓,踏断江声到晚寒。

[释义]

其一:苍翠松柏尽入眼帘,群山似刃不露锋芒。如此胜地有洞无僧令人惋惜,荒村回首眺望仅是云雾迷蒙。

其二:中午点燃法灯在古窟中凝望,丛林山谷中荒草遍布。倘若扶篱摸壁在山林中毫无目的地前行,直到江流声断、寒气升起的夜晚。

[出典]

禅林用语。宋·圆悟克勤《碧岩录》。

[解读]

原意谓手扶围墙,作探摸墙壁之势,犹如黑夜寻物之状。在禅林中,转指凡夫以思虑分别,来臆测佛之境界。宋·圆悟克勤(1063~1135)《碧岩录》:"扶篱摸壁,挨门傍户。衲僧有什么用处?守株待兔。"

[诗歌浅解]

其一:诗歌形象地描绘了康海里(Kanherī)的山川美景,亦表达了饶公对古窟荒废的惋惜之情。

其二：这首诗亦是饶公借景抒情之作，描绘了自己在古窟游赏时的心理变化以及对自然意趣的向往。

54. 方壶

[饶诗]《黑湖集》

Chillon读拜伦诗

其三
杰阙方壶峙激流，佳篇天地必长留。
当年漆室今生白，漫道人间不自由。

[释义]

金碧辉煌的宫阙凭水而立宛若"方壶胜境"，美好的诗文必将于天地间流芳百世。当年的暗无天日如今却纯白独生，莫要常说人间并不自由。

[出典]

战国·列御冠《列子·汤问》。

[解读]

传说中神山名。《列子·汤问》："渤海之东，不知几亿万里，有大壑焉……其中有五山焉：一曰岱舆，二曰员峤，三曰方壶，四曰瀛洲，五曰蓬莱。"

[诗歌浅解]

拜伦之诗有着一种侠骨柔情，宛有"神山方壶"之境，"拜伦式英雄"是个人与社会对立的产物，笔下的人物孤傲、狂热、浪漫，却充满了反抗精神，反映了诗人当时在国外流亡生活初期的痛苦和悲哀，而今这些诗歌成为抒发自由、幸福和解放而斗争的代言词。饶诗即对拜伦诗歌的自由思想以及对当今的影响进行简洁的阐释。

G

55. 鬼门

[饶诗]《佛国集》

见"彼岸"条注。

[释义]

见"彼岸"条注。

[出典]

汉·王充《论衡·订鬼》。

[解读]

《佛国集·恒河口乞食如昔,书以志慨》:"人情尽说了生死,乞食何因叩鬼门。"鬼门,传说的鬼进出之门;通往阴间之门。汉·王充《论衡·订鬼》:"《山海经》又曰:'沧海之中有度朔之山,上有大桃木,其屈蟠三千里,其枝间东北曰鬼门,万鬼所出入也。'"中元节(农历七月十五)是岁令中"三元节"中的一个,也是三官大帝中地官的圣诞日,俗称"赦罪日",赦免好兄弟可出鬼门外出乞食,地官之神与玉皇上帝一样尊贵,代表天公接受信众的祈求赦罪,所以中元节祭拜"地官"成为加强自己运势最佳四日之一。

[诗歌浅解]

见"彼岸"条注。

56. 刚柔日

[饶诗]《南海唱和集》

又一首　　四叠前韵

绝学倘无忧,遑论刚柔日。
佳诗真棒唱,闻一已获十。

> 譬彼弄鸣琴，挑我神思出。
> 语笑桄榔下，翱翔舞咏隙。
> 甚欲逐南航，文宴践畴昔。
> 竿拂珊瑚树，月挂沧海席。
> 玄珠伫远投，看坠云间壁。

[释义]

与文化学问断绝而免于忧患，不必为刚日读经，柔日读史而纠结。唯有美好的诗歌令人回味，且能从中获得无尽的感受。宛若悠扬的琴声，撩动思绪扣人心弦。于桄榔树下欢声笑语，载歌载舞。迫切想要启程南航，开设文宴追忆往事。钓竿轻拂珊瑚树，月夜扬帆渡沧海。伫立远方投以玄珠，看其飞坠入云间。

[出典]

战国臻汉《礼记·曲礼上》。

[解读]

《南海唱和集 又一首四叠前韵》："绝学倘无忧，遑论刚柔日。"刚柔日，刚日，犹单日。古以"十干"记日。甲、丙、戊、庚、壬五日居奇位，属阳刚，故称。柔日，也称偶日，凡天干值乙、丁、己、辛、癸的日子称柔日。《礼记·曲礼上》："外事以刚日，内事以柔日。"孔颖达疏："外事，郊外之事也。刚，奇日也，十日有五奇五偶。甲、丙、戊、庚、壬五奇为刚也。外事刚义故用刚日也。"清·钱大昕："有酒学仙，无酒学佛；刚日读经，柔日读史。"

[诗歌浅解]

此诗表达了饶公对诗歌的热爱以及对诗歌创作的追求，开篇借老子"绝学无忧"表达诗歌令人免于忧患的精神价值；更不必为"刚柔之日"读什么书所纠结，诗歌形象生动地反映生活，通过意境进一步表达思想感情，诗歌具有琴音般之音乐美，给人以美好的憧憬。美好的诗歌恰似"玄珠伫远投，看坠云间壁"，是真情所致，自然流露。

57. 古登州

[饶诗]《总辔集》

赤山禅院与藤枝晃同游，怀慈觉大师

旧是登州地，留书赤浦回。
猿随林影尽，秋入峡声哀。
翻叶鸣禽变，移舟对马来。
莫琊如在望，风送晚云开。

[释义]

旧时曾是登州之地，留下经书赤浦归回。猿声相伴山之尽头，秋气入峡声音悲哀。树叶凋零鸣鸟更变，乘舟而上驾马而来。赤山莫琊如在前方，微风徐来晚云散开。

[出典]

诗中古登州系唐武德四年（621）置州，它是唐朝通往朝鲜半岛和日本的重要通道之一，可见其在中国海交史上的重要地位。

[解读]

《总辔集·赤山禅院与藤枝晃同游，怀慈觉大师》诗中讲述饶公与藤枝晃同游京都赤山禅院，一起缅怀慈觉大师。大师留唐十年，其中二年9个月时间居住赤山法华院，归国后著有《入唐求法巡礼行记》极具史料价值，其中有记载："登州牟平县唐阳陶村之南边，去县百六十里，去州三百里。从此东有新罗国，得好风，两三日得到。"又说："从赤浦(赤山浦)渡海，出赤山莫琊口，向正东行一日一夜，至三日平明，向东望见新罗国西面之山。风变正北，侧帆向东南行一日一夜，至四日晚，向东见山岛段段而接连。问艄公等，乃云:是新罗国西熊州西界。"

[诗歌浅解]

此诗追忆840年圆仁法师随唐使来到中国求法，847年他携带大批经典和佛像、佛具等自登州（今山东蓬莱）乘船回国，诗中缅怀其为中日佛法做出的无量功德。

58. 挂瓢

[饶诗]《苞俊集》

题祝南遗墨

诠宋如笺郑，辨骚已迈刘。
微言存《寄托》，身世属离忧。
汲古尊黄耇，挂瓢忆白鸥。
平生最怅悒，契阔滇池头。

[释义]

　　研究宋学如同郑笺，辨析离骚超过刘勰。言论寄存《寄托》之文，身世多舛实属离忧。遵守古法尊崇先辈，蔑视世俗向往自由。平生最为惆怅不乐，辛苦耕耘云南之境。

[出典]

　　《太平御览》卷七六二引汉蔡邕《琴操》。

[解读]

　　《太平御览》卷七六二引汉蔡邕《琴操》："许由无杯器，常以手捧水。人以一瓢遗之，由操饮毕，以瓢挂树。风吹树，瓢动，历历有声。由以为烦扰，遂取捐之。"后以"挂瓢"为隐居或隐者傲世的典故。

[诗歌浅解]

　　1939年8月，经詹安泰推荐中山大学聘饶公为研究员。饶公因病无法前往已搬迁到云南澂江的中册大学应聘。此诗系饶公题詹安泰遗墨时所作。他对詹安泰（1902~1967）的词学、楚辞学成就评价极高，夸詹的宋词诠释胜过郑玄注《毛诗》，辨析《离骚》超越刘勰，并借用典故"挂瓢"形容詹的治学遵循古法，精神向往自由。诗歌结尾阐述了饶公因疾无法赴云南而感到惋惜惆怅。

H

59. 黄耳

[饶诗]《江南春集》

天台宾馆遣兴

钟声不可闻,旅人总早起。
丛林疑布阵,横亘可十里。
此中结危构,有路平如砥。
不惜千里来,岂期遇仙子。
刘阮骨亦朽,逝者同去水。
虚室今生白,共谁说止止。
未敢师康乐,贞观丘壑美。
更不效兴公,作赋夸纨绮。
新诗浑漫与,脱手不移晷。
平生独往愿,利名同一屣。
群公且登临,山中不论齿。
何以遗细君,寄诗烦黄耳。

[释义]

钟声已经无法辨听,旅途之人总是早起。丛林繁密疑似布阵,绵延达到十里之远。这里山石林木高耸,路如磨刀石般平坦。不远千里来此一游,怎能期望遇到仙子。刘晨阮肇死去多年,时光如水流去不返。明净内心悟出智慧,与谁谈论心中困顿。不敢以谢灵运为师,正看山丘沟壑美景。更加不会效仿孙绰,作赋自夸文章美艳。新诗赋作随兴而成,敏捷流畅似丸脱手。一生愿意独来独往,名利视如敝屣一般。诸君姑且登上高山,山中不管年纪岁月。要把什么交给妻子,黄耳为我送去诗篇。

[出典]

《晋书·陆机传》。

[解读]

传说中会送信的狗名"黄耳"。《晋书·陆机传》:"初机有俊犬,名曰黄耳，甚爱之。既而羁寓京师，久无家问……机乃为书以竹筒盛之而系其颈，犬寻路南走，遂至其家，得报还洛。其后因以为常。""寄书烦黄耳"诗境近苏轼《过新息留示乡人任师中》诗："附书未免烦黄耳。"

[诗歌浅解]

饶公居天台山宾馆，清晨早起，欣赏美景并产生无限联想，做成此诗。诗歌前几联写天台山丛林密布，山势高耸，大路平坦的壮观景色；进而由观景想到刘晨、阮肇遇仙的传说，联想到谢灵运和孙绰也曾来此游览并留下千古名篇，而今古人俱已不在。饶公由此产生鄙弃功名富贵，愿归隐山林的超脱隐逸之情。同时也生发出对宇宙广大，人生短暂的慷慨深思，这是诗歌的永恒主题。"山中不论齿"一句表达出饶公忘情山水、烂漫天真的诗人情怀；诗中在末句巧妙用典，请黄耳代自己寄诗作给妻子，诗中同享自然美景之乐和亲切感跃然纸上，堪称佳妙结句。

60. 侯马盟书

[饶诗]《苞俊集》

访侯马盟书出土遗址

且看带厉好山河，玉策盟书久不磨，
灵秀所钟神物出，古芬畴及此邦多。

[释义]

且看如带如厉美好山河，玉片盟书历经久远不损。钟灵秀美自有宝物出现，古代流芳于世此地最多。

[出典]

1965年山西侯马晋国遗址出土了大量盟誓辞文玉石片，称为"侯马盟书"。

[解读]

饶公观临侯马盟书出土遗址，对当地出土如此的宝物尤为欢喜激动，对这种春秋晋国官方文字可以留存至今倍感欣慰。"侯马盟书"，又称"载书"，盟书笔锋清丽，为毛笔所写，多为朱书，少为墨书。它的发现是1949年以来中国考古发现的十大成果之一，也是山西博物院馆藏的十大国宝之一。

[诗歌浅解]

饶公观临侯马盟书出土遗址，对当地出土如此的宝物尤为欢喜激动，对这批珍贵历史文物可以留存至今倍感欣慰。

61. 华胥

[饶诗]《题画诗》

题画杂诗（老圃瓜畴且种诗）

老圃瓜畴且种诗，苔滋雨足树凝姿。
华胥泼墨浑成黑，春在云山懵懂时。

[释义]

旧园瓜地亦可种出诗句，苔滋生雨充足大树展姿。华胥泼墨之作浑然黑成，春天似在云山懵懂之处。

[出典]

《列子·黄帝》。

[解读]

《题画诗·题画杂诗》（老圃瓜畴且种诗）："华胥泼墨浑成黑"。华胥，也称华胥氏，风姓，是中国上古时期华胥国的女首领，她是伏羲和女娲的母亲，炎帝和黄帝的远祖，誉称为"人祖"，被中华民族尊奉为"始祖母"。关于华胥的记载最早见于《列子·黄帝》，其后上百种典籍均有记载。相传她踩雷神脚印，感应受孕，生下伏羲和女娲，伏羲、女娲是炎帝和黄帝的远祖，华胥从而成为中华民族的始祖母。在八千多年前，华胥为了部族生存，带领远古先民们不断游徙，足迹遍布黄河流域，创造了中国的渔猎、农耕文化，开创了中华文明史。

[诗歌浅解]

此诗描绘了水墨瓜园之画。雨水充足，苔藓自生，大树繁茂，春天在云山之中音乐呈现，安乐而平和。

62. 换鹅

[饶诗]《题画诗》

见"去壑藏舟"条注。

[释义]

见"去壑藏舟"条注。

[出典]

见《晋书》卷八十《王羲之列传》。

[解读]

《题画诗·题刘海翁狂草卷,兼谢其远颁红梅画幅 用东坡黄楼险韵》:"向来姿媚仅换鹅,茂赏画图出双鸭。""换鹅"晋·王羲之的典故。山阴地方有一个道士,他想要王羲之给他写一卷《道德经》,他打听到王羲之喜欢白鹅,就养了一批品种好的鹅。王羲之知道后派人去找道士,要求把这群鹅卖给他。那道士要求替他写一卷经,王羲之毫不犹豫地给道士抄写了一卷经,那群鹅就被王羲之带回去了。

[诗歌浅解]

见"去壑藏舟"条注。

63. 后庭花

[饶诗]《冰炭集》

波士顿读画三首

其一
千秋日角帝王家,妙笔阎公世共夸。
画出阿麽追叔宝,最怜重唱后庭花。

其二
凫雁荒陂意自谐,赵家风味在江泽。
开图但见秋无际,一片垂杨似汉南。

其三
北狩龙旗竟不回，六宫粉黛尽蒿莱。
画廊捣练廉纤雨，犹带寒砧入梦来。

[释义]

其一：千百年来日角帝王之家，阎公妙笔生辉世人皆夸。画出美女直追后主叔宝，可惜重唱的还是后庭花。

其二：野鸭大雁荒陂自由自在，赵家画作风趣在于江泽。铺开画图但见秋天无际，一片垂杨让人恍在汉南。

其三：掳到北方竟然无法回来，六宫佳丽如今尽是蒿莱。画中捣练又兼下着微雨，如带寒秋捣衣之声入梦。

[出典]

《陈书·列传·后主沈皇后》。后庭花系乐府清商曲吴声歌曲名。

[解读]

《冰炭集·波士顿读画三首》（千秋日角帝王家）："画出阿麼追叔宝，最怜重唱后庭花。"陈后主编的新曲子《玉树后庭花》，再挑选一千多名长得漂亮的宫女，命令她们学唱。学会后，再分队轮流演唱，用这样的形式来享乐。现通常用此典故比喻历代帝王败国亡家的预兆（先兆），故此曲被喻为"亡国之音"。

[诗歌浅解]

其一：此诗为题画诗，对阎立本《历代帝王像》中帝王的形象惟妙惟肖说出自己的一番见解："追叔宝"，"最怜重唱后庭花"，不仅人物像及当时，就连历史事迹似乎也跃然纸上，仍然唱响《后庭花》。

其二：赵令穰为宋太祖赵匡胤五世孙，工画山水、花果、翎毛，笔致秀丽，此诗对赵令穰江村图卷进行阐述，描绘出一派富有诗意的小景山水，将赵画别具一格的特点展现在我们面前。

其三：宋徽宗仿周昉捣练图，饶公前阙借图讲述了宋徽宗被掳到北方的历史事实，以及对朝代更迭的无奈；后阙回到画作，对画中捣练之景刻画生动表示了赞赏，竟似有捣衣声入我梦来。

64. 淮海渺相忘

[饶诗]《长洲集》

第六十三首

以脚扣两舷，鱼来倘无忧。
淮海渺相忘，春水荡轻舟。
岂无蛟龙种，相从山泽游。

[释义]

　　我用脚扣住船舷，像鱼儿在水里游动一样无忧无虑。小船轻轻地飘荡在春天的河水中，彼此忘却悠然游进那邈远的淮河黄海。这山灵水秀的地方岂会没有蛟龙之类的灵物生长，相互跟随嬉戏畅游在这山川河泽之中。

[出典]

　　《庄子·大宗师》。

[解读]

　　《长洲集》第六十三首："淮海渺相忘，春水荡轻舟。"淮海：指淮河及入海地区。淮河，为我国大河之一，源出河南桐柏山，东流经安徽至江苏入洪泽湖，再入长江进黄海。渺：水远貌。相忘：彼此忘却。"泉涸，鱼相与处于陆，相呴以湿，相濡以沫，不如相忘于江湖。"后因以"相忘鳞"比喻悠游自得者。宋·苏轼《放鱼》："明年春水涨西湖，好去相忘渺淮海。"

[诗歌浅解]

　　阮诗表达了抚剑登轻舟，望后岁复游陂泽的愿望，抒发了诗人唯恐后来不能旧地重游的感伤，为阮籍忧生之嗟。

　　饶诗畅叙自己的闲情逸致，抒发与大自然万物的和睦共处带来的欢喜之情，感悟之深，非一般人所能感悟体会。

65. 湖州派

[饶诗]《佛国集》

中印度班底蒲（Bandipur）向为美素儿（Mysore）名王畋猎之所。沿途古

木参天，来游者夤夜宿峰顶，凌晨坐坦克入森林中，日出骑象而归。次东坡法华寺韵，以记游踪

万林塞断碧落界，千竿犹似湖州派。
夜分时闻虎豹啼，奔车喜同掣电快。
临坻眼讶峰陡绝，入耳秋悲声砰湃。
冥冥鸿飞何所慕，丰草遮天波决隘。
旧是行猎薮泽地，于今池颓峻隅坏。
周陛仿佛辨前踪，老树睢盱藏精怪。
即鹿无虞林中逐，挂枝犊裈花间晒。
畴日名王此叱咤，几时零落归露薤。
荒壑何由访至人，徒闻居死动如械。
清晨跨象出茂林，佳兴惬人等爬疥。
孰与长鸣马剪拂，但见高飞鸟羽铩，
远适莽苍奚以为，分明曾欠行脚债。

[释义]

　　繁茂的森林遮盖住了周围深绿色的海面，树木千竿犹如湖州派之画作。深夜里时常听到不远之处虎豹的吼叫声，坦克驱雷掣电般地驰骋在这片土地之上。身临其境顿感山峰的陡峭险绝，到处充满虫鱼鸟兽悲秋之鸣声。大雁远飞向往何方？只因害怕丰草遮住天地和大水冲溃堤坝。这里曾是繁华的畋猎之所，而今田池荒废墙隅已坏。只能从栏圈中的佛教遗迹辨别以往的景象，周围浑朴的老树看上去似乎潜藏着各种古灵精怪。不熟秉性林中逐鹿白费力气，架竿挂裤于花丛中晒实属穷酸。昔日名王于此叱咤风云，何时开始零落唱《薤露歌》送丧。荒凉的沟壑因何使至人常访？只是听说至人居若死而动若械。清晨骑着大象出此茂林，佳兴惬意如同就像疥疮一样令人心里发痒。想要剪拂使其长鸣的口吻赞誉它，但是见到高飞的鸟儿纷纷羽铩而归，奔向莽苍实际上落得这个下场事实上有何用处呢？分明是自我修持还未得圆满仍需继续努力。

[出典]

　　湖州派，湖州竹派，中国画流派之一。

[解读]

　　《佛国集·中印度班底蒲（Bandipur）向为美素儿（Mysore）名王畋猎之所。沿途古木参天，来游者夤夜宿峰顶，凌晨坐坦克入森林中，日出骑象

而归。次东坡法华寺韵，以记游踪》："万林塞断碧落界，千竿犹似湖州派。"画竹原以唐代萧悦、五代丁谦最有名，但无画迹传世。北宋文同、苏轼画竹著于时。元丰元年（1078）文同奉命为湖州（今浙江吴兴）太守，未到任，病故陈州（今河南淮阳）；苏轼接任湖州太守，未几坐狱贬黄州。他们虽籍隶四川，但画史上皆谓为"湖州竹派"始祖。

[诗歌浅解]

这首记游诗饶公依旧在描绘景象的同时寄托个人情感于其中。诗歌阐发的思想角度独特，在对眼前景色描写的同时突发奇想，抒发诗人在游历中的又爱又恨。诗人既想表达对此次游历所见所闻的赏心悦目，也想表达内心世界对纷扰世间事的辨别充满了无法言喻的矛盾奇怪心态。

66. 寒山诗

[饶诗]《南海唱和集》

人日　二十三叠前韵

俯仰蘩百忧，焚香数人日。
蟪蛄与朝菌，百步笑五十。
手把寒山诗，苦言真味出。
何妨石作肠，待取补天隙。
闲居观气象，疑独外今昔。
寒梅澹无影，翠禽晚投席。
俄顷抵百年，春风与扫壁。

[释义]

俯仰一世心怀百忧，人日焚香以祈平安。蟪蛄与朝菌之辈，五十步笑百步。手捧诵读寒山诗卷，感情凄切真味遂出。语妙何妨以石作肠，留待补苍天之隙。安闲居家以观气象，无论今昔往昔。月澹寒梅无留影迹，翠禽夜晚尽归巢穴。仿佛瞬间百年，春风清扫尘壁。

[出典]

寒山诗，凡三卷，唐代国清寺道翘编，集录寒山之诗颂三百余首，概为五言律诗。

[解读]

《南海唱和集·人日二十三叠前韵》:"手把寒山诗,苦言真味出。"寒山其诗清奇雅致,一洗六朝艳丽绮靡文风之流弊,而专注于心灵与智慧之活泼展现,风格独具。附录丰干诗、拾得诗,三诗合称三隐集。卷首有台州刺史闾丘胤序。本书之异本有宋淳熙十六年(1189)禹穴沙门志南辑本,及明代计益轩刻本。

[诗歌浅解]

正月初七饶公手捧唐代僧人、诗人号寒山子所作的诗,寒山诗蕴含人生哲理,饶公有感生命之短暂,认为人生不应错过美好的东西,要看淡这个纷扰的物质世界,努力去追求内在的真性本来。

67. 华原突兀难加点

[饶诗]《黄石集》

大峡谷

其二
虎踞龙蟠势有余,何年天坠此穹庐。
华原突兀难加点,鬼面皴成总不如。

[释义]

如猛虎蹲坐飞龙盘绕般气势无穷,何时天空垂落一如穹庐。范宽擅画孤立大石此时却难下笔,纵画成鬼面也总不如。

[出典]

北宋·米芾《画史》。

[解读]

《黄石集·大峡谷》:"华原突兀难加点。""华原"指北宋著名画家范宽,他是陕西华原人,故称"华原"。"突兀"是高耸的样子,此处形容范宽的画风,北宋·米芾《画史》:"于瀑水边题'华原范宽',乃是少年所作,却以常法较之。山顶好作密林,自此趋枯老;水际作突兀大石,自此趋劲硬。"范宽善用"点子皴"的画法,以细密的墨点表现雄伟高耸的山峰，此处"难加点"是说范宽想要用"点子皴"画此地风景，却无法下笔，以此形容山石之险峻陡峭。

[诗歌浅解]

　　大峡谷虎踞龙盘，地势险要。饶公作为诗画兼精的艺术家，在描绘此处景观时联想到绘画的学问。诗中说"即使范宽这样擅画怪石的大家要画出如此地势也无从下笔"，有说即使用专门描画凹凸地貌的"鬼面皴"画法，也无法画出此处险要。这两个比喻清晰地展现出大峡谷的地貌，与直接用形容词描述相比更富文化意味。且此诗达到诗中有画，画中有诗，诗画结合的效果，饶公诗画通才，方有此妙笔。

68. 濠上数游鱼

[饶诗]《黄石集》

柏克莱秦简日书会议赋示李学勤

其二
谰时列梦几潜夫，楚冢频惊出异书。
物论由来齐不得，且从濠上数游鱼。

[释义]

　　会议讨论潜夫梦列，楚墓奇书震惊世人。观点从来难以统一，且在濠水乐赏游鱼。

[出典]

　　《庄子·秋水》。

[解读]

　　《黄石集·柏克莱秦简日书会议赋示李学勤》（其一）："且从濠上数游鱼。"濠上数游鱼，"濠"是河名，在安徽境内。庄子与惠施论辩的典故。典故道明一个哲理就是不能以主观意识判断别人。《庄子·秋水》："庄子与惠子游于濠梁之上，庄子曰：'鲦鱼出游从容，是鱼之乐也。'惠子曰：'子非鱼，安知鱼之乐？'庄子曰：'子非我，安知我不知鱼之乐？'惠子曰：'我非子，固不知子矣，子固非鱼也，子之不知鱼之乐，全矣。'庄子曰："请循其本，子曰汝安知鱼乐云者，既已知吾知之而问我，我知之濠上也。'"庄子与惠子争辩，惠子的观点是：你不是鱼，怎么知道鱼儿的快乐呢？庄子反过来问他："你不是我，怎知我不了解鱼儿的乐趣呢？"两者之观点不同，惠子认为人只有自知，不能他知，而庄子则认为人既可自知，又能感知其他事物。

[诗歌浅解]
　　饶公在美国伯克利秦简会议上作此诗，叙述学者的讨论状况与秦简发掘的盛况。讨论激烈，各方意见不一。饶公巧用庄子的濠上数游鱼典故，饱含幽默地劝慰大家："学术观点从来无法统一，大家不要执着于争论，在学术研究之余，不妨放松心情，去体会一下自然之乐。"

69. 汉阳画童

[饶诗]《选堂诗词补遗》

深圳关山月美术馆题壁

汉阳画童接荆关，今古尽驱人笔端。
力健有余成宿构，最宜妆点好江山。

[释义]
　　汉阳画童心系荆关之地，古今传承尽显在其笔下。画作力健心中早有定数，最宜装点祖国美好江山。

[出典]
　　关山月名衔。

[解读]
　　《选堂诗词补遗·深圳关山月美术馆题壁》："汉阳画童接荆关，今古尽驱人笔端。"汉阳画童接荆关：关山月晚年将自己的名衔由"岭南关山月"改为"漠阳关山月"（漠阳指关老家乡的一条小河），因"漠"与"汉"的繁体字字形相似，故常被武汉人误认作"汉阳"。关山月觉得被武汉人惦记非常高兴，称自己虽不是武汉人，但视武汉为第二故乡，因为他在那生活过，那里也给了他很多创作教学、深入生活的机会。

[诗歌浅解]

饶公于深圳关山月（1912~2000）美术馆题壁而书，诗歌以"古今尽驱""力健有余""装点好江山"等表现关山月画作的传承以及画意的精湛。

70. 盍朋簪

[饶诗]《江南春集》

兰亭三首柬青山翁

其一
俱老人书兴未阑，流觞曲水尚潺潺。
旧传鹤观剡川地，笔冢高于天柱山。
其二
过江颠狈未休兵，十纸沧胥想伯英。
老姥何须多愠色，如今五字抵长城。
其三
依旧崇丘集茂林，江干还欲盍朋簪。
登楼四面谁堪语，唯有青山共此心。

[释义]

其一：人书俱老兴致未尽，流觞曲水依旧流淌。旧传鹤观剡川之地，堆集笔冢高于天柱。

其二：颠沛流离战事未停，惋惜丢失张芝草书。老妇何必如此生气？如今五字价值连城。

其三：高坡依然林木茂盛，想在江边与友相聚。登上高楼谁可交谈，唯有青山心意相通。

[出典]

《易·豫》。

[解读]

亦作"朋盍簪"，指读书人间的朋友相聚。《易·豫》："勿疑，朋盍簪。"王弼注："盍，合也；簪，疾也。"陆德明《经典释文》："簪，虞作戠。戠，丛合也。"孔颖达疏："群朋合聚而疾来也。"

[诗歌浅解]

其一：王羲之当年在兰亭"流觞曲水"，写出天下第一行书《兰亭集序》，达到"人书俱老"，炉火纯青的书法境界。此诗首联，饶公即称赞王羲之的书法造诣。后两句中，饶公揭示出王羲之所以能"人书俱老"的原因在于"笔冢高于天柱山"，强调没有勤学苦练，王羲之也无法有如此成就的道理。

其二：本诗连用两典，均与"书圣"王羲之相关。第一联写王羲之在战乱中渡江，丢失十张珍贵的张芝草书；第二联写王羲之为老妇人写字之事。两个典故分别表明王羲之对书法的酷爱及对书法造诣的追求。饶公在书法上有很高建树，因此可与王羲之心意相通，能够切身体会王羲之的心境，也表达出对王羲之高妙书法的尊重与敬仰。

其三：王羲之曾与许迈登上山楼，彼此谈论隐逸志向，为"世外之交"。饶公来到此地，回想历史上的王许之交，十分神往，高丘茂林还与当时一样，饶公也想在此"盍朋簪"。但历史光阴变迁，物是人非，当时贤人早已不在，也只好登上高楼，与青山共语共心。诗中体现一种关乎宇宙人生，时光流逝的历史感慨，亦对贤人远去流露出落寞孤独之感；而"青山共此心"也表现出饶公超脱世俗的高洁品性。

71. 呵壁

[饶诗]《南海唱和集》

题潘莲巢墨兰卷　　十四叠前韵

物情自伤离，葵藿必倾日。
佩纕与结言，百晦此其十。
幽芳发俏茜，曾唤湘累出。
卷葹心未死，犹茁舞咏隙。
盈川苦悲秋，蒿草伤从昔。
彼樧虽充帏，胖不与同席。
魂归睨故乡，何处许呵壁。

[释义]

世间物情伤别离，葵藿倾叶而向日。解佩以表达爱慕，天地广阔此已涵盖。香草绽放俏丽而鲜艳，令人追忆屈子遗风。卷施之草拔心不死，舞咏隙地芬芳犹茁。杨炯悲秋风之一败，伤今不如昔与蒿草为伍。茱萸虽妄想充实香包，亦与其隔绝而不同流合污。魂归而临睨故乡，何处许我呵壁问天。

[出典]

汉·王逸《〈天问〉序》。

[解读]

汉·王逸《〈天问〉序》："屈原放逐，彷徨山泽。见楚有先王之庙及公卿祠堂，图画天地山川神灵，琦玮僪佹，及古贤圣怪物行事，因书其壁，呵而问之，以渫愤懑。"后因以"呵壁"为失意者发泄胸中愤懑之典实。

[诗歌浅解]

此诗为题画诗，饶公在墨兰上寄托了深切的感情，对屈原无端受到谗邪小人的中伤和昏庸的楚怀王的放逐深表同情。在选取香花异草中，屈原特别选取了兰；在咏墨兰之时，饶公特别选取了屈原之事。颂兰而寄情于兰，托兰以讽古今之失；使兰花的高洁形象更加鲜明、突出，亦彰显潘莲墨兰之传神，更是饶公对这花中君子的精神与品格的追求。

72. 何来虚妄东坡耗

[饶诗]《瑶山集》

闻履庵病亟

掉首炉峰又二秋，挂瓢还作桂林游。
我来君去何仓卒，乐尽悲生易白头。
南海衣冠劳寤寐，他乡雨雪动离忧。
何来虚妄东坡耗，岂有生才似此休。

[释义]

悬身于香炉山又已两年，姑且当作隐居桂林之游。我刚来您就走何等仓促，乐极生悲容易催人白头。南粤志士无日无夜劳碌，他乡雨雪飘零生出离愁。哪来虚妄如苏轼之死讯，有才学者岂会轻易逝去。

[出典]

宋·叶梦得《避暑录话》。

[解读]

宋·叶梦得《避暑录话》:"子瞻(苏东坡)在黄州病赤眼,逾月不出,或疑有他疾,过客遂传以为死矣。有语范景仁于许昌者,景仁绝不置疑,即举袂大恸,召子弟、具金帛,遣人周其家。子弟徐言:'此传闻未审,当先书以问其安否,得实吊恤之未晚。'乃走仆以往。子瞻发书大笑,故后《量移汝州谢表》有云:'疾病连年,人皆相传为已死。'"

[诗歌浅解]

饶公听到友人病重的消息,忧心其安危的同时,亦深有同心同理的感触。困居山中本身就艰苦不堪,而病痛对友人的侵袭亦使饶公的情绪受到了影响。怆痛之际,他唯有举出苏轼被误传死讯的典故,并坚称才高者必不易逝,强颜欢笑以排解自己、宽慰友人。

73. 阊阖

[饶诗]《苞俊集》

永乐宫

咸阳尝见重阳碑,风雨中条谒古祠。
阊阖广开无极殿,诸天仙仗朝元时。

[释义]

在咸阳曾经见到重阳碑,风雨中条山中谒见古祠。无极殿的大门长年敞开,诸神朝拜元始天尊之时。

[出典]

《楚辞·离骚》。

[解读]

典故名,原指传说中的天门,后义项颇多。泛指宫门或京都城门,借指京城、宫殿、朝廷等。亦指西风。

[诗歌浅解]

饶公在风雨之中朝拜永乐宫,在清俗的殿门口,体会到了天神朝拜天尊的庄重之感。

74. 壑船

[饶诗]《苞俊集》

武夷杂咏

其四
尝从云笈识神仙，至孝弥天营壑船。
临水凿龛山半肋，五溪遗俗尚依然。

[释义]
　　曾从云笈七签识得神仙，孝道之至在于架壑船棺。临水源地半山之间凿洞，五溪遗留风俗依旧存在。

[出典]
　　"架壑船棺"是古时候聚居在武夷山一带古越族人葬俗的遗物。

[解读]
　　即人死后，亲属殓遗体入棺，将木棺悬置于插入悬崖绝壁的木桩上，或置于崖洞中、崖缝内，或半悬于崖外。

[诗歌浅解]
　　武夷山越族人安葬先人将其置于悬崖绝壁之上，且越高越显其对先人所尽孝道，此种风俗让饶公感叹不已。

75. 回口驭

[饶诗]《白山集》

宿Col de Voza　　用登石门最高顶韵

一山惟白晓，孀娥昔所栖。
酸风欲蚀人，阴气灭前溪。
峨峨千丈冰，凿涧复填阶。
天崩地坼后，鬼雨夜凄迷。
昨来沿何径？晨兴没故蹊。

星痕方变色，霜颜如带啼。
风幔不解语，惜无佳人携。
寒草偏留情，枯尽复生荑。
况乃积香雪，耀眼有珠排。
何须回日驭，且倚入云梯。

[释义]

洁白明亮的山峦，宛若当年嫦娥居所。刺骨寒风侵蚀游人，空气阴冷溪流凝固。高大嵯峨千里冰封，凿涧疏泉冰雪复添。天崩地坼之后，凄冷阴雨暗夜凄迷。昨天前来沿何路径？今晨新雪淹没原来道路。星空刚刚换了颜色，如霜容貌似带啼妆。挡风帷幕不解人语，可惜身边无佳人相伴。傲霜草儿偏偏遍地留情，于枯黄之中又生繁华。况且这里积满香雪，耀眼犹如珍珠般排列。何须却日回行，倚天登入云梯。

[出典]

西汉·刘安等《淮南子·览冥训》。

[解读]

却日回行。《淮南子·览冥训》："鲁阳公与韩构难，战酣日暮，援戈而挥之，日为之反三舍。"日返三舍，回日也。晋·郭璞《游仙诗》之四："愧无鲁阳德，回日向三舍。"日驭：太阳。日形如轮，周行不息，故称。隋·卢思道《从驾经大慈照寺》诗："日驭非难假，云师本易凭。"

[诗歌浅解]

本诗描写了Mont-Blanc中Col de Voza的景象：终年冰雪覆盖，寒气逼人，却清凉脱俗，美景怡人，更让人流连忘返。

J

76. 菅原道真

[饶诗]《总辔集》

九州稿 太宰府三首

其一
榎寺凄凉一梦中,御儿香帐拂灵风。
江枫夜雨归魂处,合唱怨歌泪点红。

其二
关心民瘼动繁忧,逐客伤春易白头。
来去刈萱关上路,秋风吹叶尽离愁。

其三
何处飞梅忘却春,东风吹得柳条新。
名园樟老今犹昔,賸与追傩继古人。

[释义]

其一:凄凉榎寺生活如在梦中,春风吹拂着御驾与香帐。静夜雨打江枫魂归之处,一同高唱悲歌泪眼蒙眬。

其二:关心民生疾苦忧虑重重,贬谪之人伤春头发易白。往返关上之路披荆斩棘,秋风吹落树叶尽是离愁。

其三:何处梅花忘却春天来了,东风吹拂柳枝发出新条。名园樟树已老今日依旧,继承古人唯剩追傩仪式。

[出典]

菅原道真是日本平安时代中期公卿、学者。生于世代学者之家,长于汉诗,被日本人尊为学问之神。幼名阿古,也称菅公。菅原死后因后来发生的清凉殿落雷事件,被尊为"雷神""文化神"。著有《类聚国史》《菅原文草》《新撰万叶集》等。

[解读]

在《总辔集·九州稿·太宰府三首》诗中,饶公讲述了日本被贬太宰府的忠臣,平安时代的学问家菅原道真。太宰府天满宫是位于日本福冈县太宰府市的神社。同时也是菅原道真的墓地。菅原道真在日本誉为"学问之神"与"书法之神",日本醍醐天皇即位后道真受到重用,藤原氏联合中下层贵族对付菅原道真。后被诬告意图帮助齐世亲王篡夺皇位因而获罪,被贬为太宰权帅,流放至九州太宰府。饶公以菅原道真口吻赋成此诗,表达一代忠臣在政治斗争中的无奈与感伤。菅原道真从政期间关心民生疾苦,他被贬为太宰权帅,让饶公感到怜惜。

[诗歌浅解]

其一:太宰府天满宫是位于日本福冈县太宰府市的神社。祭祀平安时代的学问家菅原道真。同时也是菅原道真的墓地。菅原道真在日本誉为"学问之神"与"书法之神",日本醍醐天皇即位后道真受到重用,藤原氏联合中下层贵族对付菅原道真。后被诬告意图帮助齐世亲王篡夺皇位因而获罪,被贬为太宰权帅,流放至九州太宰府。饶公以菅原道真口吻赋成此诗,表达一代忠臣在政治斗争中的无奈与感伤。

其二:菅原道真是个忠臣,从政期间关心民生疾苦,他被贬为太宰权帅,让饶公感到怜惜。诗中用"逐客""伤春""白头""离愁"表现出贬谪之后生活的困顿和哀伤。

其三:此诗由事转而抒情,太宰府今非昔比,名园依旧,然物是人非,优良的传统并没有很好地保留下来,令饶公惋惜。

77. 济胜具

[饶诗]《苞俊集》

恒岳

双脚犹堪踏九州,桑干河上送中秋。
凿空寺古谁镌壁,急雨风来忽满楼。
老去宁无济胜具,收身竟作入山谋。
如今五岳都行遍,自笑南归尚黑头。

[释义]

双脚犹如踏于九州之上,桑干河上迎来中秋之夜。凿空镌刻寺壁古时是谁,风雨忽然到来满楼尽湿。老了宁可没有好的身体,不如退隐来到此山谋生。如今五岳皆已经走遍了,自笑回到南方发黑依旧。

[出典]

"济胜具"出自南朝·宋·刘义庆《世说新语·栖逸》:"许掾好游山水,而体便登陟。时人云:'许非徒有胜情,实有济胜之具。'"

[解读]

饶公在《苍俊集·恒岳》诗中:"老去宁无济胜具,收身竟作入山谋。"他认为登恒山有"济胜具"非常重要。什么是"济胜具"?实际上就是指好的身体素质。在《世说新语》之后,"济胜之具"更被约定俗成以成语而行。当年,许掾,即东晋文学家许询,曾被召为司徒掾。他好游山水,身体很灵活,登山不费什么力。人们称他不是光有寄情山水的雅致,还有实现这种雅致的身体。于是拥有"好身体"自此就便成为登山的一个特定条件了。

明代胡应麟在《少室山房笔丛〈玉壶遐览〉引》就说:"余鄙且怠,未必凤规于大道,益之病靡济胜资,朝夕一壶如守五石瓠,其于六合之外,犹之坐井而窥。"当中的"济胜资"即指"济胜之具"。清人俞樾也在《春在堂随笔》卷五中记载:"钓台、西台,两峰并峙,高出层霄,余无济胜具,不克登其巅。"体现好身体的重要性。

饶公登恒山,面对好山好景,萌生老来隐居于此的想法:"如今五岳都行遍,自笑南归尚黑头。"对自己拥有好身体、头发依旧发黑倍感骄傲。

[诗歌浅解]

饶公中秋登恒山,面对好山好景,萌生老来隐居于此的想法,并且对自己人未老有好身体而五岳已经行遍倍感骄傲。

78. 碣石调·幽兰

[饶诗]《羁旅集》

赠吴纯白

碣石幽兰声久绝,残帙晚自扶桑出。
此弄消息宜缓解,寥寥千载知音难。
川东隐谷有君子,头白眼花劳十指。
时艰孰买调千金,独行空奏凤归林。
偶然操缦鸾凰叫,翠竹啼秋芙蓉笑。
九疑嗣响存若亡,长清短清归混茫。
疗饥徒说紫芝好,谁为置君洞庭傍。

[释义]

《碣石调·幽兰》久绝于人世，喜从日本获得珍贵残卷。此弄宜缓解消息而弹之，寥寥千百年间知音难求。川东地区深隐高雅之士，年事已高仍旧不废琴乐。时世的艰难谁买《千金调》，一意孤行空奏《凤归林》调。兴起操弄琴弦鸾凤啼鸣，秋天竹叶翠绿芙蓉轻笑。天下九疑之风名存实亡，长清短清声音终归混茫。人人皆说紫芝充饥甚好，谁会真正为它置于洞庭。

[出典]

此曲传自南朝梁代隐士丘明（494~590），是我国现存最早的一首文字琴曲谱。

[解读]

《羁旅集·赠吴纯白》诗中，饶公借"碣石幽兰声久绝，残帙晚自扶桑出。此弄消息宜缓解，寥寥千载知音难"抒发知音难觅，雅乐难求之悲。其中阐述的"碣石幽兰"指《碣石调·幽兰》，是中国古代琴曲。该曲琴谱为现存最早的琴曲谱，亦是今天唯一所见的减字谱发明前保存于文字谱上的乐谱。《碣石调·幽兰》相传为孔子所作，是我国现存最早的古琴曲谱。十九世纪末，杨守敬先生在日本访求古书的时候，发现了这首琴曲。

[诗歌浅解]

此诗谈琴乐，诗中抒发知音难觅，雅乐难求之悲。为古乐不存，人心不向往感到无奈。

79. 积健始为雄

[饶诗]《题画诗》

雁荡烟霞

其一
真宰偏留此奥区，移形咫尺即成图。
急皴澹墨难传妙，鬼脸乱云总不如。

其二
娲皇炼得态何奇，虎视龙飞各合宜。
雾里诸峰皆湿笔，画家从此悟华滋。

其三
　　绝壁天留巨壑溇，从来积健始为雄。
　　悬空千丈明珠滴，上代何人此豢龙？

[释义]
　　其一：真宰偏留在此腹地，咫尺之内构成美图。急皴澹墨难传妙义，鬼脸乱云难以相同。
　　其二：女蜗炼得奇骏之态，虎视龙飞总是合宜。雾里诸峰皆用湿笔，画家从此悟得美景。
　　其三：天留绝壁巨壑流出，向来积健方能为雄。悬空千丈明珠滴香，上代何人在此养龙？

[出典]
　　语出自唐代诗人司空图（837~908）的《二十四诗品》。

[解读]
　　《题画诗·雁荡烟霞》（其三）："从来积健始为雄。""积健为雄"原文"大用外腓，真体内充。反虚入浑，积健为雄。""积健为雄"阐述"为雄"是日积月累、学深养到、实实在在、不可作伪，都是积健的结果。

[诗歌浅解]
　　其一：此诗描绘雁荡山烟霞之奇美，饶公认为无论多么高超的画技，都无法绘出真宰鬼斧神工所创造的自然之美。
　　其二：雁荡山山雾弥漫，山色奇骏，山峰如同湿笔画出，画家笔法兴许是从自然风光中悟出。
　　其三：饶公感叹自然造物的同时，亦明白雁荡山的绝壁巨壑是天地年月积累而形成的，积健为雄非常重要。

80. 旧物青毡

[饶诗]《冰炭集》

　　　　题听雨楼杂笔为高伯雨（末世同为膏火煎）

　　　　末世同为膏火煎，无锥可立但青毡。
　　　　丝窠缀露曾何益，须悔当年学草玄。

[释义]

末世同在夜间奔波而作，无立锥地但能保持本性。文章如蛛丝露水有何义，应后悔当年学扬雄著述。

[出典]

唐·房玄龄等《晋书·王献之传》。

[解读]

《冰炭集·题听雨楼杂笔为高伯雨》："无锥可立但青毡。""青毡"，指家传的故物，比喻珍贵之物。东晋时期，大书法家王献之为人宽宏大量。一天夜晚，他因工作到深夜就睡在书房，恰好那天晚上有几个小偷潜入书房，大肆把书房内值钱的东西都装了起来，当他偷一块旧毡子时，王献之说："你们把值钱的东西拿走，青毡子留下。"后遂以"旧物青毡"等指家传的故物，比喻珍贵之物。亦省作"青毡"。

[诗歌浅解]

饶公题高伯雨（1906~1992）《听雨楼杂笔》，表达了对知音惺惺相惜之情。诗的一开始写自己很穷，然后又说自己所作文章也不能经世致用，那是什么能够驱使饶公还如此潜心著述的？当然是那颗为了守着"青毡"的本心所向往。

81. 劫灰

[饶诗]《长洲集》

第三十一首

昔年荆棘处，平地起楼台。
芜秽一以治，峻宇何壮哉。
民生诚多艰，谁为辟蒿莱。
不见踏潮儿，赤足暮归来。
海上苦多风，卷屋作飞埃。
灌莽短墙颓，犹可辨劫灰。

[释义]

昔年山野长满多刺灌木之地，如今平地建起许多高楼。荒芜的天地经过整治，高大的搂宇多么壮观啊。民众的生计艰难困苦，谁能为他们的生活披荆斩棘。谁没有看见那些踏潮奔波人，赤足在暮色中归来的疲惫样子。住在海边狂风多，能卷起屋宇化作飞埃。矮墙边草木丛生尽显颓废状，犹可辨别灾难毁坏后的残迹。

[出典]

南朝·梁慧皎《高僧传·译经上·竺法兰》。

[解读]

《长洲集》第三十一首："灌莽短墙颓，犹可辨劫灰。""劫灰"亦作"刼灰""刧灰"。佛教谓劫火的余灰。南朝·梁慧皎《高僧传·译经上·竺法兰》："昔汉武穿昆明池底，得黑灰，问东方朔。朔云：'不知，可问西域胡人。'后法兰既至，众人追以问之，兰云：'世界终尽，劫火洞烧，此灰是也。'"后因谓战乱或大火毁坏后的残迹或灰烬。宋·陆游《数年不至城府丁巳火后始见》诗："陈迹关心已自悲，劫灰满眼更增欷。"

[诗歌浅解]

阮诗借古喻今，明帝末年歌舞荒淫，不亲贤人，崇尚武力，在外树敌无数，在内奸臣当道，必致亡国，以历史史实来谏今，反映了阮籍忧国忧民的思想。

饶诗反映了民众为社会创造财富的艰难困苦，"哀民生之多艰"，表达了对为人生而持之以恒奋斗的人们的赞扬，同情他们的无助。亦是对自身在奋斗中种种磨炼和艰难的写照，诗中感叹人生在这个世界上同为劫灰过往客。

82. 汲冢竹书

[饶诗]《羁旅集》

董彦堂远塍所著殷历谱报之以诗

九州共识邯郸淳，能读契龟接典坟。
汲冢竹书难辑缀，尧年巧历极纷纭。
何人稽古追秦近，许我问奇向子云。
牢落山川空爱宝，清风兰蕙为谁薰。

[释义]

九州谁人不识邯郸淳君,殷代契刻古籍皆能读懂。汲冢竹书难以编辑撰写,彦堂殷历超群横空出世。何人考察古事直追秦汉,容我讨教子云奇字之法。只慕幽山不爱奇珍异宝,清风吹拂兰蕙为谁而生。

[出典]

唐·房玄龄《晋书·束晳传》《晋书·荀勖传》。

[解读]

《羁旅集·董彦堂远媵所著殷历谱报之以诗》:"汲冢竹书难辑缀,尧年巧历极纷纭"的"汲冢竹书"指晋太康二年,一名叫不准的汲郡人偷盗魏襄王墓(或言安釐王冢)所得的数十车竹书,全是蝌蚪文字书写。内有《纪年》《易经》《易繇阴阳卦》《卦下易经》《公孙段》《国语》《名》《师春》《琐语》《梁丘藏》《缴书》《生封》《大历》《穆天子传》《图诗》及杂书《周食田法》《周书》《论楚事》《周穆王美人盛姬死事》等,共计七十五篇。竹书皆先秦科斗字。晋武帝命荀勖撰次,以为《中经》。原简早已不传。

[诗歌浅解]

当年邯郸淳能写古文字,扬雄能作奇字,而既能读懂契刻甲骨文又能编撰的人绝无仅有,董彦堂(1895~1963)却皆能为之,不得不令人佩服。饶诗从侧面衬托董彦堂殷历谱之超绝,又以"兰蕙"香草表现其脱俗高雅之品格,以表达自己的敬意。

83. 交州虞

[饶诗]《羁旅集》

四十初度,李君栩厂集杜四律枉赠,曾君履川书为长轴,良朋高谊,依韵奉报

其二

佳气茏葱近,清尊磊块无。
下帘谷口郑,枚卜交州虞。
共系斯文重,岂关风土殊。
木根聊结茝,挠栋要人扶。

[释义]

　　青翠茂盛佳气弥漫，清酒驱散心中郁结。郑谷口隐于帘肆，交州虞翻善于占验。皆是文雅读书之人，岂会因风土而改变。树根杂草盘绕相结，脆弱曲折需人扶持。

[出典]

　　虞翻（164~233），字仲翔，会稽余姚（今浙江余姚）人。日南太守虞歆之子。三国时期吴国经学家、官员。

[解读]

　　《羁旅集·四十初度，李君栩厂集杜四律枉赠，曾君履川（1900~1976）书为长轴，良朋高谊，依韵奉报》有句："下帘谷口郑，枚卜交州虞。"虞翻晚年得罪众人被孙权流放交州，到交州后，在那里讲学，学生时常也有数百人；又为《老子》《论语》和《国语》等书籍作注。虞翻善于占卜，历史载其筮卜关羽两日断头，果真灵验。

[诗歌浅解]

　　饶公此诗表达了对文人们惺惺相惜，指出世间良莠不齐，需要惜才识才之人来提携贤能之才。

84. 巨灵

[饶诗]《羁旅集》

王贯之见余游尼亚加拉瀑布诗，以半痴诗禅观瀑十首相示，因用坡翁百步洪韵，赓作长句

　　　　长川料与海通波，织来横练须天梭。
　　　　翻江立壁垂万仞，巨灵终古此莹磨。
　　　　惊洪澎湃纷眩转，传神留句待东坡。
　　　　娱春莫负桃根桨，高吟骤雨打新荷。
　　　　独恨无山可仰止，闪光但骇流银涡。
　　　　宣尼临此休叹逝，圣书早过跋提河。
　　　　嘘烟幻霭难方物，瀑花雨散曼陀罗。
　　　　喧豗无奈欲聋耳，如鸣金鼓千银驼。
　　　　心宽自可纳须弥，即看巨浸同委蛇。
　　　　向来无覆兼无记，羁魂徒尔栖蜂窠。

颇欲于兹涤玄览，奈他念念恒流何。

敢以卮言夸遐迩，诗成恐被祖师呵。

[释义]

  料想长河必与大海交汇，用织女梭编织白绢长流。翻江悬壁直落万仞之山，神灵终古磨治让其光洁。声势浩大令人昏花旋转，传神留句要待苏东坡翁。如此春色莫负眷恋之人，高声吟唱雨打初荷新芽。只是懊恼没有山川可瞻仰，瀑花银光闪闪令人畏惧。孔夫子临此莫感叹逝水，经书比跋提河还要古老。云烟虚幻难以辨别事物，瀑花雨散酷似曼陀罗花。无奈轰响之声震耳欲聋，如同金鼓齐鸣骆驼齐奔。心宽可将山川列其胸次，放眼望去瀑布绵延崎岖。向来不覆障圣道非善非恶，浪迹羁旅栖息小屋之中。颇想于此理清内心乱思，怎奈心绪如同河流一样不绝。敢用只言片语谈论理趣，恐怕会被祖师爷所嘲笑。

[出典]

  《文选·张衡〈西京赋〉》。

[解读]

  《羁旅集·王贯之见余游尼亚加拉瀑布诗，以半痴诗禅观瀑十首相示，因用坡翁百步洪韵，赓作长句》："翻江立壁垂万仞，巨灵终古此莹磨。""巨灵"指神话传说中劈开华山的河神。《文选·张衡〈西京赋〉》："缀以二华，巨灵赑屃，高掌远跖，以流河曲，厥迹犹存。"薛综注："巨灵，河神也……古语云：此本一山当河，水过之而曲行，河之神以手擘开其上，足踢离其下，中分为二，以通河流。手足之迹，于今尚在。"

[诗歌浅解]

  此诗由瀑布声势浩大之景及"巨灵"终古磨治光洁写起，继而对时光易逝发表感慨，诗中寄托着饶公追求恬静自然之境的诗心，同时也表达了追求之事的难以企及。正如诗中所说，"念念"皆如"恒流"，我们无法理清，倒不如安时处顺，豁达开朗地面对人生困境。

85. 旧观粲新辟

[饶诗]《羁旅集》

叔壅归自南溟，趋访不晤。相过又不值，赋此奉约。兼示尤光敏梁荣基二生。五叠前韵

献岁迓归人，旧观粲新辟。
来往苦相左，空濛幻寒碧。
沧波室尚迩，羁愁忽终昔。
肇悦思遥年，南北无暖席。
眉寿古所稀，聊此荐觞醳。
传经游夏在，稍慰风雨夕。
春风吾道东，看取书堂石。

[释义]

新春迎接远方归人，回想王粲开辟之风。不想因事无法相见，寒冷碧空我独茫然。经历骇浪居室尚近，羁旅愁苦从早到晚。系佩巾带回忆当年，无处可以安坐闲居。长寿自古非常稀少，不如觥筹交错尽欢。传经有子游子夏在，风雨之夜稍稍安慰。春风从我东边吹来，且看邵谒筑室攻书。

[出典]

东晋·谢灵运拟诗的序中写王粲"家本秦川，贵公子孙，遭乱流寓，自伤情多"。

[解读]

《羁旅集·叔壅归自南溟，趋访不晤。相过又不值，赋此奉约。兼示尤光敏梁荣基二生。五叠前韵》："献岁迓归人，旧观粲新辟。"王粲的曾祖父、祖父都是三公，他随父亲居于洛阳。后来董卓挟持献帝迁都，王粲也来到长安，后来又流落荆州。荆州平定后又一直在邺或者许居住，或随曹操出征，没有再回秦川去。此代指赵叔壅流寓国外不归来。

[诗歌浅解]

饶公因故无法与赵叔壅见面，甚为惋惜，对羁旅生活带来的愁苦感同身受。阐述读书人传经授典发愤读书的不易，但既然选择了读书的道路，就要坚定不移地坚持下去，永不言弃。

86. 匠氏顾

[饶诗]《佛国集》

印度大榕树歌　　用东坡竹枝歌韵

天长日久蓬莱深，千枝抟聚竟成岑，
苍龙万千化为一，人间几见老榕林。
游丝垂地连渠碧，丝化为根干复及，
如是缘抟还相生，真宰已惊鬼神泣。
观者如山城可阗，柯叶葰茂蔽平原，
咄哉树王何功德，种得魁梧五百年。
参天何止二千尺，干空虫鸟时出入，
鳞鲐相籍著因缘，旃檀呈力见刚直。
自本自根思化人，无花洞古不知秦，
广荫数州庇交丧，真智凭谁转觉轮。
秋深微闻蝉声咽，我独婆娑赏秀折，
迎风不用伤飘零，无家懒复赋弹铗。
高陵深谷识盈虚，风雨如晦龙相呼，
此物终违匠氏顾，佳色分留与老夫。
后凋松柏亦多事，蒙庄山木休流涕。
寄身好在无何乡，并生原不分天地。
业风识浪流转多，过眼山丘已巍峨，
孰如此树谢夭伐，植根万古伴樵歌。

《齐民要术》引《南州异物志》："榕木缘抟他树。"在Madras之巨榕，干逾千百，始恍然于南印度神庙有構栌（pillar）至千数者，殆取象于榕乎？附书以质诸熟稔建筑学者。余所见暹罗呵叻亦有巨榕，远非此之匹。

[释义]

　　天长日久山川草野变得深厚，千万枝叶积聚竟然成了高山。万千枝条汇聚一起，这是人间难得一见的老榕树。从树枝上向下生长着垂挂的碧绿"气根"，虽与树干接连却化为树根，榕木缘抟它树而相互扶持生长，真是使天地惊动使鬼神哭泣啊！多少仰慕者为瞻仰它而来，参观这枝叶茂盛几乎可以覆盖整个平原的榕树，这是万树之王何等的功德啊！也是对它历经百千年成为魁梧之躯的回报。躯干虚空虫鸟时常出入其间，能够鳞鲐相籍皆属缘分，亦表现其刚直有劲。利用本心本根化度众生，无花古洞不知秦已易，永保国家昌盛人民安康，真智不借它力而圆通觉轮。深秋隐约听到寒蝉凄鸣，我独自徘徊欣赏这秀丽而挺拔的枝叶，迎风而行不为漂泊而感伤，即使无家可归者来此亦会暂时忘却思归之念。高陵深谷了解事物的发展变化，刮风下雨龙相呼应，此树应是不符合匠氏的要求才得以保存，今日老夫才有幸欣赏如此美景。岁寒而后凋的松柏亦属多事，但也不至于像庄子所说山木那样流涕。好在托身于这无何有之乡，和谐共处本来也不该划分天与地。善恶之业如风识浪一般能使人飘转而轮回三界，映入眼帘的山丘那么巍峨，谁都无法预料此树能够幸运地避开戕伐，伴随樵夫砍树哼唱小曲而万古植根此地。

[出典]

《庄子·逍遥游》。

[解读]

《佛国集·印度大榕树歌用东坡竹枝歌韵》："此物终违匠氏顾，佳色分留与老夫。""匠氏顾"指树木天全，不为匠氏所顾。1963年，印度班达伽东方研究所聘请饶公为永久会员。7月份，饶公与学生汪德迈（法国汉学家）开始了佛国之行，在印度南部，他参观Madras之巨榕。2004年，饶公亲自绘制大榕树国画一幅，题写《齐民要术》："榕木缘搏他树争。"

[诗歌浅解]

饶公参观印度参天大榕树而为之一振，不仅感叹于它的高大，它的繁茂；而且对它没有遭遇到砍伐之灾表示庆幸。诗人从大榕树联系到庄子"树大无用"的观点，感叹无用之树才能不夭斤斧，安享天年的道理。人生在世，恰恰因为"无用"才得以存活，一个无所作为的人，没有人嫉恨你，只要做好自己的本职就可以自在地活着，这是和强者的生存之道正好相反的两个极端"适者"，不得不引起人们对价值观念的重新思考。

87. 九子

[饶诗]《瑶山集》

瑶人宅中陪瑞征丈饮酒

冬日诚可爱，生事靠围炉。
瑶俗悭卖酒，先生频捋须。
薯蓣久充肠，旬日远庖厨。
闻有落花生，其脂可医癯。

招呼二三子，盍簪入市屠。
得酒出望外，虽薄酌须臾。
一饮足去冰，再饮颜胜朱。
酒债寻常有，兹焉那可无。
平居思九子，志节较区区。
亦复嗤二曲，土室署病夫。
丈夫贵特立，坦荡养真吾。
当知乐处乐，焉问觚不觚。
大道在稊稗，乾坤入酒壶。
请归问瑶妇，痛饮莫踌躇。

[释义]

冬天暖日着实可爱，行事还需紧靠围炉。瑶人风俗少有卖酒，先生为此频频捋须。以山药充饥肠果腹，十天没有开火做饭。听说这里有落花生，其油脂能缓解消瘦。招呼二三个友人，到集市中屠肆聚会。能得到酒喜出望外，虽是淡酒很快喝掉。一杯小酒足以驱寒，两杯入肚脸色深红。没钱买酒可以赊账，却绝对不能没有酒。平日追思易堂九子，志向节操犹嫌略小。又再讥笑二曲先生，自己取号土室病夫。丈夫贵在独立操守，坦坦荡荡养出真吾。应通晓孔颜之乐，怎能只究名物制度。大道出于稊稗之间，天地万物入我酒壶。请允我归问瑶族女，痛饮甘醴不要踌躇。

[出典]

赵尔巽主编《清史稿》。

[解读]

《瑶山集·瑶人宅中陪瑞征丈饮酒》："平居思九子，志节较区区。"九子，明末清初时，魏禧等人号为"易堂九子"，在江西宁都县翠微峰中之易堂隐居讲学，提倡古文经之实学。《清史稿》："魏禧，字冰叔，宁都人，父兆凤，诸生。明亡，号哭不食，剪发为头陀，隐居翠微峰。是冬，筮《离》之《乾》，遂名其堂为易堂。旋卒。"清·陈康祺《郎潜纪闻》："宁都魏祥，与仲弟禧、季弟礼、同邑李腾蛟、邱维屏、彭任、曾灿、南昌彭士望、林时益，号'易堂九子'。"

[诗歌浅解]

瑶山之中，民风不多卖酒，更兼其时内外相隔、货殖不通，酒更值得珍重。有了饮酒的机会，饶公与俞老先生及诸友人都很高兴，借酒聚会，其乐融融。这种境况,在困居山村的日子里,堪称少有的良辰。酒过三巡,大家兴致高涨,不免开始品评人物。乃忆及明清之交时,易堂九子与二曲先生虽然都是擅长学问考据的宿儒,但在乱世中仅能委屈自存,气象不够高扬。饶公认为,名物制度之考据犹属次要,为学之关键在于通晓孔子、颜回之乐,并行践这种"乐道"精神。在生命犹受威胁的前途未定之际,饶公仍心系至真之学问,并保有高昂的人格,实在令人敬佩。

88. 今荆蛮民

[饶诗]《选堂诗词补遗》

自题濠镜画展三首

其一
岭外风流孰起予,玉堂雅聚惜须臾;
不于巧密伤情思,旷代坦推卫协图。

其二
耳剽心悟启幽襟,浓彦初成出重深;
苑柳栖梧如宿构,劲毫天付敌云林。

其三
也曾自署荆蛮民,出入群书若有神;
我谢东皇多指点,滔滔江汉独相亲。

[释义]

其一:岭外风流谁启发了自己,可惜玉堂雅集如此短暂;不做作于巧密影响情思,旷代能与卫协之画媲美。

其二:耳听心悟开启内心情感,笔墨凝重初成如同王维;庭院柳树梧桐预先构思,劲毫如有天意能敌云林。

其三:我曾自署名"今荆蛮民",自此出入群书若有神助;我感谢东皇太一多指点,滔滔江汉唯独与我相亲。

[出典]

饶公曾自署名"今荆蛮民""荆蛮"即楚。周人对荆楚土著的称呼。

[解读]

饶公自题澳门画展诗句中,谓曾自署荆蛮民。荆蛮民是倪云林别号,饶公自号"今荆蛮民",是其在五六十年代写云林笔意山水时,不单得云林简拙神气，而苍辣用笔更有过之。用此号如得神助，1958年在德国乌堡发表了《楚辞与词曲音乐》一文，并将《楚辞》与《离骚》联系起来，提出了"楚文化"。1946年出版《楚辞地理考》、1956年出版《楚辞书录》两部专著，发表了《战国楚简笺证》《长沙楚墓时占神物图卷考释》《楚缯书十二月名核论》等论文，以上是自号"今荆蛮民"后，探索楚事所取得的成果。

[诗歌浅解]

其一：饶公自题濠镜画展，谓平生与赵少昂合作之画多逾五十幅，能与卫协媲美，体现其对自身艺术创作的自信。

其二：诗中描绘此次画展展出画作之风貌，能开启内心情感，风格重、深，颇有南宗神趣，胸有成竹，下笔如有天助，能与天地云林相比美。

其三：饶公曾自署名"今荆蛮民"，自此与楚辞文化研究紧密相连，他回忆此段经历感恩并欣慰。

89. 巨然

[饶诗]《选堂诗词补遗》

题东岳图

齐鲁青青欲际天，阴阳燮理亦徒然；
筛云顶山群仙聚，画笔新来比巨然。

[释义]

自齐至鲁其青未了直入云端，调和理顺阴阳亦是徒然；山巅云绕神仙会聚于此，画笔信手而来堪比巨然。

[出典]

巨然，生卒年不详，五代画家，是著名画僧，钟陵（今江西南昌）人。

[解读]

《选堂诗词补遗·题东岳图》："筛云顶山群仙聚，画笔新来比巨然。"巨然早年在江宁（今南京）开元寺出家，南唐降宋后，随后主李煜来到开封，居开宝寺。擅山水，师法董源，专画江南山水，所画峰峦，山顶多作矾头，林麓间多卵石，并掩映以疏筠蔓草，置之细径危桥茅屋，得野逸清静之趣，深受文人喜爱。以长披麻皴画山石，笔墨秀润，为董源画风之嫡传,并称董巨,对元明清以至近代的山水画发展有极大影响。有《万壑松风图》《秋山问道图》《山居图》等传世。

[诗歌浅解]

饶公题东岳泰山画作,"齐鲁青青"道出泰山之高,"阴阳爕理"指明其鬼斧神工,山巅云雾萦绕似有神仙会聚,画作之美不逊巨然。

90. 建志补罗

[饶诗]《佛国集》

建志补罗(Kanchipuram)怀玄奘法师　　用东坡玉局观韵

达摩当年附舶处,苍苍丛芮塞行路。
事去何人忆往贤,剩有微风吹兰杜。
经过不辨路与桥,西风门巷雨潇潇,
纵然宝塔凌云起,丹霞已取木佛烧。
慈恩陈迹何所有,牛车困顿卧病叟,
空思弹舌受降龙,更无梵住供屏守。
谁殉猛鸷舍中身,始叹今人逊古人,
渐看圆月露松隙,想见清光犹为君。

[释义]

达摩祖师当年附舶之处,繁茂的茅草阻塞前方的道路。时移事去还有谁能够回忆起我们那些先贤,或许只有微风依旧代替着我们颂扬那些德高之人。经过此地分不清道路和桥梁,门庭里巷风雨交加,即使宝塔纵身直上云霄,丹霞天然禅师已取木佛焚烧了。眼前的寺庙陈迹还剩些什么呢?"牛车"已然困顿病叟已卧其上,只能空思奘公弹舌念梵语心经以授流沙之龙之事,更不用说屏守梵住之类了。谁殉肌肤于猛鸷、舍百龄于中身?感叹今人比古人要逊色得多,这时含笑掩映在松隙里,圆月逐渐升起,那清美的风采想必就是为法师您洒下的吧。

[出典]

建志补罗(Kanchipuram),今日为印度教七大圣地之一,寺庙遍布有"千塔之城"之誉。同时也是全印数一数二之大学城,学风颇盛。

[解读]

《佛国集·建志补罗（Kanchipuram）怀玄奘法师。用东坡玉局观韵》，玄奘法师曾形容建志补罗说："达罗毗荼国，周六千余里。国大都城号建志补罗，周三十余里，土地沃润，稼穑丰盛，多花果，出宝物。气序温暑，风俗勇烈。深笃信义，高尚博识……伽蓝百余所，僧徒万余人，并皆遵学上座部法。天祠八十余所，多露形外道也。如来在世，数游此国，说法度人，故无忧王于诸圣迹皆建窣堵坡。"

[诗歌浅解]

建志补罗城也是护法菩萨出生地，然而今天此地佛教的圣迹或湮没，或渐融入印度教，或被替代，这也是饶公在此诗之中抒发惋惜之叹的原因。

91. 距跃

[饶诗]《冰炭集》

登天路

升阶距跃真三百，怀远题诗到上头。
谁管人间鱼烂局，白云脚下但悠悠。

[释义]

阶梯真有三百多级，跻身巅顶正好怀远题诗。谁管得了人间鱼烂之局，但见脚下白云悠悠来去。

[出典]

战国·鲁·左丘明《左传·僖公二十八年》。

[解读]

战国·鲁·左丘明《左传·僖公二十八年》："魏犨伤于胸。公欲杀之，而爱其材。使问，且视之。病，将杀之。魏犫胸见使者，曰：'以君之灵，不有宁也！'距跃三百，曲踊三百。乃舍之。"指欢欣之极。

[诗歌浅解]

1947年饶公为撰写《潮州志》赴台湾调查移台的潮人史事，其间游日月潭，此诗即作于是时。诗由登天路而始，恍如置身天上，但诗人并没有朝游仙一路写下去，而是表达了一种始终关怀人间的情怀，而言外之意，是诗人对时局的无能为力和失望。

92. 金丹九转

[饶诗]《题画诗》

　　　　四十年间千首诗，支公神骏足云姿。
　　　　金丹九转工裁句，偏爱山程水驿时。

[释义]

　　四十年间赋作千余首诗，支公姿态雄健如履云天。裁剪诗句如同修炼金丹，偏爱这山途中的水驿站。

[出典]

　　晋·葛洪《抱朴子·金丹》。

[解读]

　　道教谓金丹的炼制有一至九转之别，而以九转为贵。晋·葛洪《抱朴子·金丹》："九转之丹服之，三日得仙。"九转，九次提炼。

[诗歌浅解]

　　此诗描绘仙境般的画面之景，亦从中表达了自己对诗歌的嗜好以及对淡雅诗风的追求。

93. 见卵求时夜

[饶诗]《苞俊集》

　　见"东坡肉"条注。

[释义]

　　见"东坡肉"条注。

[出典]

　　《庄子·齐物论》。

[解读]

看到鸡蛋,就希求蛋化为鸡,而来司晨报晓。看到弹丸,就想得到鸟的炙肉。比喻言之过早。《庄子·齐物论》:"女亦大早计,见卵而求时夜,见弹而求鸮炙。"

[诗歌浅解]

见"东坡肉"条注。

94. 江山助

[饶诗]《南海唱和集》

寄赵叔雍星洲叠其壁字韵

其一
楼居可摘星,穷海昏送日。
遥想赵邠翁,勤养每拔十。
平生好人伦,务使脱颖出。
雕锼草木余,述作比兴隙。
落南顿多文,吟思不异昔。
莫待江山助,群彦已侧席。
但恨川原纡,无由就东壁。

[释义]

居高楼犹可摘星,于海边目送昏日。遥想当年赵邠翁,勤于长养善于选才。平生赏识才学之人,极力让其脱颖而出。雕琢文句草木余香,吟诗赋词比兴寄情。羁留南地文思泉涌,游吟著文与昔日不异。莫需等得江山神助,群贤早已侧席恭听。但恨路本迂回山本曲,无奈只合东壁而坐。

[出典]

宋·欧阳修等《新唐书·张说传》。

[解读]

江山助即得到江河山川的帮助才能写出好的诗文。比喻好的诗文是不能脱离现实的。《新唐书·张说传》:"张善于写文章,尤长于碑志,既谪官岳州，诗多凄婉，较前为进，人谓'得江山助'。"

[诗歌浅解]

饶公与好友赵叔雍（1898—1965）和东坡《司命宫杨道士息轩》韵至四十七叠，此为其一。诗歌起句借物起兴，后以庞统之典，群彦侧席之举，与赵翁对话；侧面描绘了赵翁才华横溢，提携后辈的姿态，表达了饶公对赵翁才学、文章以及为人的赞赏和敬佩之情。

95. 疥壁

[饶诗]《南海唱和集》

作书　　十八叠前韵

有客不速来，流连竟弥日。
琴尊即佛地，容我姑住十。
荧荧青灯下，墨磨精光出。
须臾鸦满纸，乐此消尘隙。
投南逾十年，兹兴未改昔。
北风助臂指，其势欲卷席。
博君一葫芦，留诗只疥壁。

[释义]

不速之客不请自来，流连往返日已至夕。有琴有樽即是清闲之地，请容许我多驻留片刻。煌煌荧荧青灯之下，墨色闪耀着精光。须臾笔落涂鸦满纸，以此为乐消磨时光。来到南方十年有余，对翰墨的兴致未曾改变。神风相助运笔自如，气势凶猛如同卷席。只为博得君一笑，所题之书仅如疥癣。

[出典]

唐·段成式《酉阳杂俎·语资》。

[解读]

疥壁谓壁上所题书画如疥癣，令人厌恶。唐·段成式《酉阳杂俎·语资》："大历末，禅师玄览住荆州陟屺寺，道高有风韵，人不可得而亲，张璪尝画古松于斋壁，符载赞之，卫象诗之，亦一时三绝。览悉加垩焉。人问其故，曰：'无事疥吾壁也。'"此指有蔡德允相伴，作书才显得更有意义。

[诗歌浅解]

诗歌叙述了自己不请自来到友人蔡德允家中驻留,终日作书,文中笔墨多在表述作书之乐,实际上隐含了朋友相聚不亦乐乎之感,末句即点题。

96. 绛帐舞风雩

[饶诗]《瑶山集》

文墟行

数载苦飘零,衣带日以缓。
故里今安归,异乡常恋栈。
孤舟泊万里,四海寡一盼。
立山多友生,寄身忘荒远。
绛帐舞风雩,黄菊开秋苑。
如何戎马乱,拼作飞鸟散。
李子何豁达,高义逼霄满。
温汤与濯足,说经劝强饭。
文墟权息偃,自喜堪肥遯。
始知终覆巢,未必无完卵。
逃劫栖黄牛,诛茅汲翠筧。
悲歌答风湍,客梦依云巘。
已嗟室翘翘,徒想花纂纂。
交情胜弟昆,挚意兼暄暖。
独怜李下蹊,竟作沟中断。
十室见披发,九有叹微管。
何以妥我魂,庶自涯而返。
心乱诗尤屝,聊用报悾款。

[释义]

这几年来辛苦飘零,束衣腰带日渐宽大。现在如何回到故里,在他乡总思念故乡。如孤舟般漂泊万里,四海之内难有期望。先前立山多有友人,寄身忘记斯是边荒。设起绛帐舞雩求雨,黄菊开在秋天庭苑。怎奈战火如此纷乱,友人被迫散如惊鸟。李先生是何等豁达,义气之高直逼霄汉。准备热水供我洗脚,引述典籍劝我加餐。权且在文墟这休息,欢喜自己遁离乱世。方才知道覆巢之下,未必没有完整鸟蛋。逃脱劫难住在黄牛,斩草结庐以竹引水。迎风悲唱回应湍流，客居梦里依于云山。已然嗟叹房屋倾危，徒然想象花团锦簇。与你交情胜过兄弟，诚挚之意温暖人心。只可怜结果之李树，竟被砍断抛入沟中。到处看到披发百姓，叹息没有管仲之辈。凭什么安顿我的魂，多次至崖边才回头。心乱之时诗力尤弱，聊此报答您的真诚。

[出典]

《后汉书·马融传》。

[解读]

设起红色纱帐、起舞求雨，形容师生相处融洽。《后汉书·马融传》："居宇器服，多存侈饰，常坐高堂，施绛纱帐，前授生徒，后列女乐。"后遂以"绛帐"作为对师长的尊称。"舞风雩"指一种跳舞求雨的仪式，古时鲁国有祭坛名为"舞雩"，《论语·先进》有句："暮春者，春服既成，冠者五六人，童子六七人，浴乎沂，风乎舞雩，咏而归。"

[诗歌浅解]

1945年1月广西蒙山沦陷。日军紧接着大举扫荡，饶公一行只能避难至文墟、黄牛山。在蒙山县时，环境相对安稳，尚有余兴交游赏秋。冬天又辗转流落荒村，饶公的心情自此也开始变得愈发沉郁。虽然能保全一身，但饶公明白：当下，国如覆巢、似颓室、犹断木，个人纵暂能自全，又怎能不为国家、生民而悲戚呢？哀思之切，让饶公终日恍惚，竟连写诗也不胜其力了。乃强为此诗，权且以之报答主人的招待之恩。

97. 箕子

[饶诗]《瑶山集》

访东坡系舟处，即用其至梧示子由韵

西江东去接湖湘，北流此水到何方。
欲寻坡老系筏处，寒波无语烟微茫。
幽人一往悲寂寞，至今犹为索行藏。
独嫌好事添古迹，俯仰江天路短长。
我来后公盖千载，江边举颈遥相望。
感公学道在知国，不教四海叹其亡。
便敢因公诉箕子，辽鹤归来视八荒。

山川无复分南北，澹然水国均吾乡。

[释义]

  西江东流而与湖南交接，圭江北去又将流到何地。想要找寻东坡系舟之处，水寒烟茫令人没有言语。幽居之人一向寂寞而悲，直到今天依旧求索行迹。唯独我等多事喜添古迹，俯仰江天之间道路纷杂。我比坡公晚来此地将近千年，在此江边翘首相互遥望，感慨苏公通晓国家之道，绝不能让四海叹其危亡。斗胆学您之法怒诉箕子，辽东骑鹤归来俯视八方。山河不再裂分作为南北，恬淡水国俱是我的故乡。

[出典]

  《史记·宋微子世家》。

[解读]

  箕子系商代末期贵族，是帝乙之弟、纣王之叔父，官太师。封于箕，因殷商政治混乱、纣王不听劝谏，而佯狂出逃，传说向东逃到了朝鲜。《史记·宋微子世家》："纣为淫泆，箕子谏，不听……乃被发佯狂而为奴……于是武王乃封箕子于朝鲜，而不臣也。"

[诗歌浅解]

  千年以前，苏轼亦在此地停舟驻足。饶公和苏公一如殷末箕子般怀有才德而被迫客行，势必引起跨越时空限制的共鸣。不过，怀想当时，东坡虽然流离南荒，但国家尚且无虞；而饶公今日之逃难，则是个人与国家之难的统一之结果，在自己颠沛之时，还有国家的安危需系在心头。因此，饶公的感怀，又较东坡居士更深一层。

98. 鸡犬俱升屋

[饶诗]《瑶山集》

大安镇水涨

水天相模糊，四顾失平陆。
榜舟直叩门，鸡犬俱升屋。
层波生木杪，九街缘水曲。

俯仰即沧浪，恍然出新沐。

[释义]

水天之际相互模糊，四望平地被水淹没。行舟可以直叩屋门，鸡犬升格住进宅中。层层波涛高于树梢，众街成为水边之岸。忽而所见俱是沧浪，恍惚如同刚沐浴毕。

[出典]

北魏·郦道元《水经注》（四十卷）。

[解读]

鸡犬只能升格住在房屋内。盖戏为化用"鸡犬升天"之典，北魏·郦道元《水经注》："唐君字公房，成固人也。学道得仙，入云台山，合丹服之，白日升天。鸡鸣天上，狗吠云中。"

[诗歌浅解]

在大安镇，饶公经历了一次水患。饶公的逃难生活已足够困苦，偶然遇见大水浸街，虽令生活愈加艰难，却也不妨以戏谑的心态轻松面对。全诗之中，多处使用了夸张的修辞手法，极言水势之大。结篇之处，饶公更幽默地自嘲浑身湿漉、仿佛经历一次沐浴。

99. 机锋

[饶诗]《冰炭集》

一九六六年一月十一日巴黎大雪，郊外深三尺，十年所未有，喜赋

其一
初飞尚似柳绵轻，倏尔琼琚满砌生。
风院却如花一片，做成非雨又非晴。

其二
东来和气阻严冬，一夜坚冰白尽封。
雪北香南方会得，妙天拈出似机锋。

[释义]

其一：初飞雪花似柳絮般飞舞，忽然皎洁如玉满地砌生。风吹入院如花般片片落，如此既非下雨又非晴天。

其二：东边祥和之气阻碍严冬，一夜之间坚冰雪白覆盖。雪北山香山南方会得悟，妙天随意拈出即是禅机。

[出典]

佛教用语，又作禅机。

[解读]

机锋：指问答迅捷锐利、不落迹象、含义深刻的语句，机：指受教之法所激发的内心活动，或指契合真理的关键、机宜；锋，指活用禅机的敏锐状态。意思是说禅师或禅僧与他人对机或接化学人时，常以寄寓深刻、无迹象可寻，乃至非逻辑性的言语来表现一己的境界或考验对方。

[诗歌浅解]

其一：此诗描述了雪落时刻的场景，从轻似柳絮，再到琼琚满砌生，如同落花满院，既非下雨又非晴天，体现了雪的轻、白、满、如花、非雨、非晴等鲜明特点。

其二：饶公看十年未有的巴黎大雪，对雪封千山的壮观景象甚为喜悦，他用沙縢臻禅师答僧问金粟如来下降之典故，表达了天地间浑然天成即是禅机的看法。

100. 九垓

[饶诗]《白山集》

旅窗晓望　　用东山望溟海韵

冬山睡态足，雪飞皑悠悠。
玄裾牵云带，林路塞蓁忧。
枯松如挟犷，层冰覆高丘。
汤穆连九垓，浑茫迷十洲。
毫末劲飚生，几席岩气流。
东风欲解冻，西日忽我遒。
碧空自澄远，昭旷应所求。

[释义]

冬天的山川睡态惺忪,皑皑白雪悠悠飞扬。如衣襟般轻拂天边的云朵,茂密的林荫小路塞聚忧郁。枯松如同披着薄薄的棉衣,层层冰雪覆盖远近的山丘。深微迷茫连及九垓,朦朦胧胧使十洲迷离。细微之处劲风衍生,几席之间岩气流动。东风欲将天地解冻,西日变得如此耀眼。碧空自可澄远,开朗豁达之境应能获得。

[出典]

《国语·郑语》。

[解读]

九垓,亦作"九阂""九陔"。谓九重天。中央至八极之地。《国语·郑语》:"王者居九畡之田,收经入以食兆民。"韦昭注:"九畡,九州之极数也。"

[诗歌浅解]

此诗饶公以远眺的方式写雪景,生动再现冬日法国一侧的阿尔卑斯山脉的雪中景物,而且,饶公还从冰天雪地之中发现万物苏醒的迹象:"毫末劲飚生,几席岩气流。东风欲解冻,西日忽我遒。"因景入情,再次阐发自己内心的澄净以及对豁达心境的追求。

K

101. 蝌蚪

[饶诗]《江南春集》

会稽山

忆望刳儿坪，初识山川首。
今骑天柱背，规模空九有。
亘古扬州镇，戮力唐虞后。
刊旅致沟洫，导山始壶口。
发石得真文，伊谁辨蝌蚪。
落落宛委山，壁立干云岫。
阳明洞天广，龙瑞出培塿。
朝暮南北风，若耶溪上吼。
郑公今何在，随处见樵叟。
凄迷具区远，莽荡杂林薮。
坐临鸥鸟没，落日千帆走。
鉴湖近可掬，饮人如中酒。
缅怀风流客，贺老骨已朽。
去去将安归，城闉空搔首。

宋李宗谔著《龙瑞观禹穴阳明洞天图经》现存《道藏》鞠字号，颇详会稽山事迹。

[释义]

追忆回望刳儿坪处，初次认识山川之首。如今骑在天柱山背，地势宏阔九州空旷。万古不变扬州镇山，尧舜之后奋力治水。开山通路疏通水道，治理水患壶口开始。凿开岩石得到天书，谁能分辨蝌蚪古文。高耸入云之宛委山，山壁傲立直上云霄。阳明洞天广袤开阔，龙瑞观屹立山丘上。早吹南风晚来北风，伴随溪流发出震吼。郑公如今身在何处，处处可见砍柴之人。凄清迷蒙太湖缈远，山林水泽气势苍莽。坐看云中鸥鸟起落，落日之下千船竞逐。临近鉴湖双手捧水，清饮湖水如同醉酒。深切怀念风流先人，贺老已然死去多年。离开此处将回何方？面对城郭挠头沉思。

[出典]

宋·李宗谔《龙瑞观禹穴阳明洞天图经》。

[解读]

"蝌蚪"指一种古老难读的先秦文字,蝌蚪文。"发石得真文,伊谁辨蝌蚪。"此句述大禹治水中发掘岩石,得到天书,了解治水之法的典故。宋·李宗谔《龙瑞观禹穴阳明洞天图经》:"禹斋,登山发石,果得其文,乃知四渎之限,百川之理,遂周天下而尽力于沟洫矣。"

[诗歌浅解]

大禹曾在会稽山治水并会合诸侯,成就大业,因此大禹的文化精神与会稽山紧紧相连。饶公开篇便将会稽山与大禹联系在一起。他描写会稽山的历史和传说而非仅描绘风景,突出其文化凝结与历史蕴含,比之单纯描写风景更加深刻和厚重。饶公对大禹治水、为天下万民兴利除害,克服重重困难,取得治水成功,表达出崇敬之心;又写到郑洪遇仙,为樵夫们带来恩泽之事;继而写李白缅怀贺知章之事。这些内容并非单纯记录历史,而是与饶公的心境融合在一起,"郑公今安在""贺老骨已朽"的句子无疑都表达出饶公对历史沧桑变化,人世渺小短暂的幽深感慨。结尾一句为读者留下一幅开阔而富于想象的图景,仿佛将读者也带入冥思之境,使全诗意味悠长无尽。

102. 勘书图

[饶诗]《选堂诗词补遗》

金陵流连,饱览宝物,最后得见勘书图,二苏兄弟、王晋卿题跋皆在焉,喜赋

砖镌搔背溯南齐,挑耳还惊满宋题;
连日摩挲双至宝,墨缘长愿此幽栖。

[释义]

砖头镌刻搔背之图直追南齐,挑耳之事惊动全宋名家题字。几日下来摩挲端详眼前宝物,与墨交缘愿留吾身栖息于此。

[出典]

《勘书图》,此卷一名《挑耳图》。

[解读]

《选堂诗词补遗·金陵流连，饱览宝物，最后得见勘书图，二苏兄弟、王晋卿题跋皆在焉，喜赋》其中提到《勘书图》，此图绢本，设色，纵28.4厘米，横65.7厘米，现收藏于南京大学。据苏东坡于北宋元祐六年（1091）六月二日《跋南唐挑耳图》记载，此图先为著名画家王诜(晋卿)所有，王氏是宋英宗的女婿，家中有"宝绘堂"，收藏极富。王诜之后，此图转入朝奉大夫王定国手中。此时此图名曰《挑耳图》，后经宋徽宗赵佶御题命为《勘书图》。《勘书图》描绘文士勘书之暇挑耳自娱情景。

[诗歌浅解]

此诗阐述金陵一行窥得至宝的喜悦之情，诗意亦透着隐逸之思。

103. 鲲化为鹏

[饶诗]《题画诗》

题画杂诗

鲲化为鹏意比诗，庄生漫衍故多姿。
山河大地都如许，收拾赋心入定时。

[释义]

鲲化为鹏其意堪比诗歌，庄子放荡不羁英姿飒爽。山河大地皆是如此境地，收拾赋作心情入于禅定。

[出典]

《庄子·逍遥游》。

[解读]

《庄子·逍遥游》："北冥有鱼，其名为鲲。鲲之大，不知其几千里也。化而为鸟，其名为鹏。鹏之背，不知其几千里也。怒而飞，其翼若垂天之云。是鸟也，海运则将徙于南冥。南冥者，天池也。"传说有一种大鸟叫鹏，是从一种叫作鲲的大鱼变来的。大鱼鲲长不知几里，宽不知几里，一日冲入云霄，变做一大鸟可飞数万里，名曰鹏。杜甫《泊岳阳城下》诗："图南未可料，变化有鲲鹏。"

[诗歌浅解]

此诗谓山河大地与人心皆有其积淀而蜕变的过程,宛如鲲化为鹏,人如禅定。亦可体现画中景象的生动与真实,令人渐入佳境。

104. 空中箫鼓

[饶诗]《苍俊集》

武夷杂咏

其二
毛竹流霞赖品题,丹山绿篆满前溪。
空中箫鼓何年洞,凄绝名山第一诗。

[释义]

毛竹彩霞赖人细细品味,丹山绿竹布满前方蹊径。空中箫鼓传于何年之洞,有凄绝的咏武夷第一诗。

[出典]

唐《诸山记》。

[解读]

"空中箫鼓"典出于中唐时期的笔记小说《诸山记》:"武夷山神号武夷君,秦始皇二年,一日语村人曰:'汝等以八月十五日会山顶。'是日村人毕集,……闻空中人声,不见其形。须臾乐响,亦但见乐器,不见其人。"唐·李商隐《题武夷》:"只得流霞酒一杯,空中箫鼓几时回。"

[诗歌浅解]

武夷山毛竹苍翠挺立,毛竹立于山中,使山色与世隔绝,空中箫鼓之音悦耳,不知从何而出,更有李商隐咏武夷之诗,增其脱俗之境。

L

105. 卢行者

[饶诗]《总辔集》

唐招提寺瞻谒鉴真大师坐像，时仪仗方从北京返洛

其一
一钵东征去，回头望齐州，
千年归故里，中道长悠悠。

其二
众叶正青时，万方瞻大德，
寸泪不须弹，池荷如眼碧。

其三
飞鸟集重洋，压舟舟欲没。
此心何泓澄，不动看皓月。

其四
行四羯磨法，持此不坏身，
慧泉流不竭，谁及广陵人。

其五
猊座绕宝香，如参卢行者，
出海露须弥，象教被天下。

[释义]

其一：一瓶一钵东征而去，回头遥望齐州故城，千年之后回归故里，道路如此漫长遥远。

其二：枝叶正值茂盛碧绿，四面八方瞻仰大德，无须弹去眼上寸泪，池塘荷叶如眼碧绿。

其三：飞鸟聚集远涉重洋，积压于船船要沉没。此心如同水般清澈，如如不动眺望明月。

其四：潜心修行四羯磨法，保持无生无灭法身，智慧之泉流之不竭，谁比得上广陵鉴真。

其五：狮状香炉萦绕宝香，如卢行者参悟佛法。大海之中须弥山现，佛教教义泽被天下。

[出典]

《坛经》《神会语录》（第六代唐朝慧能禅师）。

[解读]

卢行者（639—713），卢行者父亲叫卢行，生活在唐代初年，原籍河北范阳，迫于生计，迁徙于南海新州（今广东省新兴县）。在卢行者3岁时，卢行病故，因此孤儿寡母生活十分困难。及至少年，卢行者就在新州街上靠卖柴挣点钱，帮助母亲维持一家生活。有一次，在街上卖柴时听到有善男信女在诵念《金刚般若经》，卢行者对此十分感兴趣，就到处打听此经的来龙去脉。后来得知，《金刚般若经》是由禅宗五祖（弘忍禅师）传授的。卢行者了了决心，要到诣东禅寺（址在今湖北省黄梅县）拜弘忍禅师为师，学习《金刚般若经》。

唐高宗仪凤元年（676年）。卢行者来到南海法性寺（今广州市光孝寺）。他先在寺中听法。有一回恰遇上两位僧人在辩论。一个僧说是风动，另一个僧说是幡动，双方各不相让。众僧亦分成两派。争论愈加激烈。卢行者在场倾听，冷不防平心静气地插入一句"不是风动，亦不是幡动，而是你们心动"。众僧回头往发话人看去，都大为惊异。这时主讲人印宗法师走下讲台，到卢行者座位前礼请卢行者高坐上席。印宗法师细观卢行者仪容，脑海浮现一种念头，就在台上询问卢行者："听说黄梅法衣南来，莫非就是行者？"卢行者当众出示弘忍禅师所赐衣钵。印宗法师及众僧人都万分欢喜，当时立即聚众在法性寺的菩提树下，为卢行者剃发。尔后请著名高僧智光法师临坛，为卢行者受具足戒，取法号惠能。

[诗歌浅解]

1980年5月，饶公出席在日本京都醍醐寺举行的东方学会，讲论殷易卦。讲学之余参观招提寺，瞻谒鉴真大师坐像，并作诗一首。

其一：鉴真大师当年东征日本，成为南山律宗的开山祖师，如今仪仗方从北京返洛回到故里，事隔千年，令饶公感叹。

其二：阐释佛法对陶冶心性的作用，佛法对于生活而言，就是控制自己的情绪，让自己更好的生活；从出时间的角度而言，佛法对于生命而言，它教会我们了生死、求解脱、行菩萨道，走向永恒。

其三：唐天宝元年（742），普照、荣睿两位法师到扬州大明寺，邀请鉴真大和尚东渡日本，济度众生。鉴真慨然应允，弟子祥彦、思托、倒航、如海等21人随同前往，天宝七年至越州浦止署风山。鉴真夜梦次一洋，纯见飞鸟，集于舟背，压舟几乎要沉没。诗中反映此典，阐述佛教修行的面对一切世间的境缘，心里不产生执着，面对一切事物，心理上完全以随缘与平静来应对的境界。

其四：此诗用"四羯磨法""不坏身"等暗示鉴真修佛诚心以及佛法修行之深入，诗中无不反映饶公对鉴真大师的崇敬之情。

其五：此诗富有禅意，蕴含佛教的典故以及佛法无边之理。

106. 鹿洲

[饶诗]《冰炭集》

水里坑

千里东来水尽浑，万山合处见孤村。
鹿洲先我曾来此，艰绝悬崖手自扪。

[释义]

水至千里而来自然浑浊，万山汇合之处见一孤村。鹿洲翁比我先来到此地，艰绝悬崖让我紧捏手臂。

[出典]

"鹿洲"蓝鼎元，字玉霖，号鹿洲，福建省漳浦县人。

[解读]

《冰炭集·鲲岛欸乃·水里坑》："鹿洲先我曾来此，艰绝悬崖手自扪。""鹿洲"，康熙六十年（1721年），蓝鼎元随蓝廷珍出师入台，平台后又在台湾住了一年多。他出入军府，筹划军机，处理政务，著书立说，提出了很多治理台湾的策略；蓝廷珍的文移书檄多出自他手。因而被誉为"筹台之宗匠"。雍正三年以贡士进内庭参修《大清一统志》，雍正五年（1727年）七月任普宁知县，十月兼署潮阳知县，秉公执法，因得罪上司，于六年被诬贪赃革职入狱。八年案情明晰，适潮州知府胡恂重修《潮州府志》，慕其才聘任为府志主纂，乃出狱主持修志。

[诗歌浅解]

水里坑水势浩荡，孤村存于山中，缅怀当年蓝鼎元对台湾的贡献，与先贤神交，饶公怡然自乐。

107. 流觞曲水

[饶诗]《南征集》

樟宜杨氏远籁别业旧为苏丹行宫

贝阙珠宫竟属公，北溟西海此潜通。
暮红分霭惊移岸，浮绿横波欲撼空。
凉月渐生新雨后，清风半在茂林中。
群星此夕词人聚，异代流觞事许同。

[释义]

帝王宫阙竟然属于杨公，北地西地在此暗自联通。暮色红分霞霭扰人离岸，水面横波泛绿欲撼云空。凉月新雨之后逐渐浮现，清风茂林之中徐徐吹拂。星光璀璨今夜词人相聚，异代流觞曲水应是相同。

[出典]

晋·王羲之《兰亭集序》。

[解读]

《南征集·樟宜杨氏远籁别业旧为苏丹行宫》一诗中，饶公借旧时行宫之雅、饮酒咏诗之趣借指与友人会聚杨氏远籁别业的雅事。其中提到了"流觞"。古人每逢农历三月上巳日于弯曲的水渠旁集会，在上游放置酒杯，杯随水流，流到谁面前，谁就取杯把酒喝下，就叫作流觞。东晋永和九年（353年）三月初三的上巳节，会稽内史王羲之偕亲朋谢安、孙绰等四十二人，相聚会稽山阴（今浙江绍兴）的兰亭，修禊祭祀仪式后，举行流觞曲水的游戏，四十二人饮酒咏诗，所作诗句结成了《兰亭集》，王羲之为该集作《兰亭集序》。从此流觞曲水，咏诗论文，饮酒赏景，历经千年而盛传不衰。

[诗歌浅解]

饶公与友人会聚杨氏远籁别业，借旧时行宫之雅、饮酒咏诗之趣表达人生之求。即是纪事诗，亦是骋怀诗。

108. 六法

[饶诗]《苍俊集》

题伍蠡甫丈长卷八段锦小景

其六
谁会枯中腴，且验彭泽诗，
象外得其辞，六法安所施。

[释义]

谁会枯中求得丰腴，并且应验彭泽之诗，超然物象获得醇厚，六法之韵可施展。

[出典]

南朝·齐·谢赫《古画品录》。

[解读]

《苍俊集·题伍蠡甫丈长卷八段锦小景》（其六）有句"六法安所施"，饶公借"六法"咏画中圣山树石。"六法"中国古代绘画术语，系中国古代评美术作品的标准和重要美学原则。南朝·齐·谢赫在其著作《古画品录》中，依据人物画的创作实践，归纳整理的绘画社会功能以及品评绘画的六条标准，被称之曰"六法"，分别为：气韵生动、骨法用笔、应物象形、随类赋彩、经营位置（或经营置位）、传移模写（一作传模移写）。称其枯中含丰腴，如同陶渊明诗歌般透出淡雅脱俗之姿，超然物象之外，符合古人绘画"六法"之上品。

[诗歌浅解]

此诗咏画中圣山树石，称其枯中富含丰腴，真似应验彭泽之诗，超然物外，符合古人绘画"六法"。

109. 啰哩嗹与南戏

[饶诗]《苞俊集》

题《潮剧志》三首

其一
梨园事往自堪夸，一帙丽情纪岁华。
鳄渚风谣随去水，教坊依旧唱桃花。

其二
哄堂摘耳闻啰哩，待溯鄮峰粉蝶儿。
正字菱花南戏在，三更听唱水心词。

其三
轻三重六咏弦诗，拍板来源未易知。
斟酌半音成律准，由来丝竹是宗师。

[释义]

其一：梨园之事让我一直夸赞，绮丽情思纪念失去年华。祭鳄歌谣早已随波而逝，教坊依旧歌唱桃花曲目。

其二：哄堂大笑摘耳如听啰哩，追溯史浩鄮峰的粉蝶儿。正字菱花南戏关系密切，三更听唱水心即事之词。

其三：轻三重六调咏潮州弦诗，拍板来源实在难以寻知。斟酌半音测定声调标准，原来丝竹即是拍板宗师。

[出典]

宋·叶适《水心即事》。

[解读]

《苞俊集·题〈潮剧志〉三首》中讲述闽乐唱啰哩嗹与南戏的联系与传承，当年，在潮州凤塘出土宣德六年九月《金钗记》剧本封底小楷写"奉神禳谢弟子廖仲"，及"宣德七年六月在胜寺梨园置立"。伴出品有元吉路胡东有作铜镜。为国内现有最早南戏写本。清初曹寅讽闽乐唱啰哩嗹为蛇语，其实宋代南戏已极普遍，如史浩《鄮峰真隐漫录》之粉蝶儿，叶适《水心即事》云："听唱三更哩啰论。"温州民间之流行此类和声，足见其与南戏关系之早，非始于闽乐也。

[诗歌浅解]

1994年春，饶公为《潮剧志》题诗，诗中呈现了他对家乡戏剧钟爱之情。他认为戏文是潮州学研究的一个重要项目，并论证潮剧正字戏出自南戏，渊源甚早。

其一：饶公咏潮剧，借日本所存之《苏六娘·桃花过渡》剧目，以及韩愈祭鳄之事来表现自己对潮剧依旧生生不息的喜悦。

其二：主要阐释闽乐唱啰哩嗹与南戏的联系与传承，主要针对清初曹寅讽闽乐唱啰哩嗹为蛇语的事实进行辩说。

其三：咏潮州弦诗，追溯拍板的渊源，并于诗中阐明其由来。

110. 柳毅井

[饶诗]《苍俊集》

柳毅井

社橘湖阴不复存，传书争说泾川君；
甘泉浸透银针美，尽有余香处处闻。

[释义]

社橘湖阴早已不复存在，传书争说泾川君之故事。甘泉浸透银针茶叶之美，到处都有芳香扑鼻而来。

[出典]

唐·李朝威传奇小说《柳毅传》。

[解读]

《苍俊集·柳毅井》讲述了泾川君柳毅的故事。君山东麓中部山坳里有一口井，石井栏上刻有"柳毅井"。唐·李朝威有著名传奇《柳毅传》。《柳毅传》写洞庭龙女远嫁泾川，受其夫泾阳君与公婆虐待，幸遇书生柳毅为传家书至洞庭龙宫，得其叔父钱塘君营救，回归洞庭，钱塘君等感念柳毅恩德，即令之与龙女成婚。柳毅因传信乃急人之难，本无私心，且不满钱塘君之蛮横，故严词拒绝，告辞而去。但龙女对柳毅已生爱慕之心，自誓不嫁他人，几番波折后二人终成眷属。

[诗歌浅解]

诗中描写君山的柳毅井,并由此引出关于柳毅与龙女的传奇故事,同时阐述君山地区特产银针茶叶的茶香。诗歌言简意赅,却蕴含丰富。

111. 老子化胡

[饶诗]《佛国集》

冒雨游伽利(Karlī)佛洞,汪德迈背余涉水数重,笑谓同登彼岸,诗以记之　用东坡白水韵

夏坐已终雨犹纵,天公于客颇愚弄。
平畴无际交远风,众流截断齐奔洞。
地湿欺人脚陷泥,波翻逞势马脱鞚。
赖彼应真力渡水,深厉浅揭情何重。
山前红碧纷夺目,林底龙蛇招入瓮。
乍悟虚空山巍然,尚喜雷风心不动。
窟中佛像百丈高,气象俨与天地共。
参禅精意解救糇,闻道痴人强说梦。
江花微含春山笑,归路又劳秋霖送。
身外西邻即彼岸,悟处东风初解冻。
可有言泉天半落,顿觉慧日云间涌。
老聃旧曾化胡来,道穷何必伤麟凤。

[释义]

见"渡水"条注。

[出典]

在道佛论争之前,《后汉书》《三国志》已经有明确记载老子化胡事,似乎事出有因。或许在两汉前,"老子经"确实已在西域传播,老子出关化胡,道往中土传孔圣,道达西域化尼佛。

[解读]

《佛国集·冒雨游伽利(Karlī)佛洞,汪德迈背余涉水数重,笑谓同登彼岸,诗以记之　用东坡白水韵》:"老聃旧曾化胡来。"老子化胡,西晋惠帝时,天师道祭酒王浮每与沙门帛远争邪正,遂造作《化胡经》一卷,

记述老子入天竺变化为佛陀，教胡人为佛教之事。后陆续增广改编为十卷，成为道教徒攻击佛教的依据之一，借此提高道教地位于佛教之上。由此引起了道佛之间的激烈冲突，唐高宗、唐中宗都曾下令禁止。元世祖至元二十二年，下令焚毁《道藏》伪经，第一种即为《化胡经》，从此亡佚，故明《正统道藏》不存。清末敦煌发现此书唐写本残卷，有的作《老子西升化胡经》，有的作《太上灵宝老子化胡妙经》，系同书异名。

[诗歌浅解]

　　此诗描绘了饶公与学生汪德迈冒雨同游伽利（Karlī）佛洞全程的闲情雅趣。诗中从天气、山林、佛洞景色联想到罗汉渡水、慧明禅师、黄龙诲机禅师禅悟等佛中雅事，游玩归途中诗人悟出了"身外西邻即彼岸"这个超然脱俗的道理。诗人就事论事，末句以反问的语气阐述了自己对历史中"老子化胡"之争的具体看法，反映了诗人对佛教的敬仰与尊重，对历史现实深刻的反思与见地。

112. 两河口

[饶诗]《和韩昌黎南山诗》

　　见"大痴虞山"条注。

[释义]

　　见"大痴虞山"条注。

[出典]

　　张大千曾有《西康纪游》，两河口，位于西康。

[解读]

　　《和韩昌黎南山诗·张大千居士六十寿诗用昌黎南山韵》："远涉两河口，下临无底窦。"饶公丁亥岁游西康，经雅州，渡泸定，止于打箭鑪，记西康景物云："虽无危峦奇峰之胜，然丛山万重，急湍奔逝，亦复雄伟深远，有拍塞天地之概。"印刊西康游屐，计山水八，番女跳锅庄舞一，金刚寺番僧一。其两河口瀑布，系诗云："老雨不离山，痴云常恋岫。对面语不闻，龙蛇酣方阙。"题日地云："岩岩日地山，劳崴无寸土，特立而豪峙，由来绝附。日地岩岩千仞，不阶寸土，西来第一奇也。"

[诗歌浅解]

见"大痴虞山"条注。

113. 林婆

[饶诗]《冰炭集》

学苑林杂题

黄昏缺月逾墙来，谁是西邻翟秀才。
只惜林婆难压酒，一杯暂与略形骸。

[释义]

无月黄昏暗色逾墙而来，谁作我西边邻居翟秀才。可惜没有林婆酿出美酒，予我一杯暂且脱略形骸。

[出典]

宋·苏轼·《上梁文》。

[解读]

《冰炭集·学苑林杂题》有句："只惜林婆难压酒，一杯暂与略形骸。""林婆"北宋大文豪苏东坡的邻居林婆以罗浮山甘洌泉水，以独有密方酿造出醇厚、淡雅的"林婆酒"，大受天生嗜酒的苏东坡的青睐，东坡先生除了在其《上梁文》一文中提到"年丰米贱，林婆之酒可赊"，还写下了"于美诗中黄四娘"的诗句赞誉林婆，林婆酒继而广受名人雅士的喜爱。

[诗歌浅解]

1968年8月饶公应新加坡国立大学林溪茂校长邀请，前往该校任中文系主任。后因国大只注重实用性，不太重视中国文化的学习，加上新加坡政府压挤中国文化，故饶公在星洲过得不大如意，心中的困顿无法消解，他期盼有如东坡翁当年一样的邻居：可与亲善的有德有才之人翟秀才，能够酿出美酒的林婆，能够帮自己暂时摆脱尘世的束缚。诗歌忧郁的语调流露出他渴望自由、精神独立的心思。

114. 罗纳河

[饶诗]《黑湖集》

Rhône河

急滩对我尽情啼，万顷波涛石夹泥。
雾里看山成一快，晓风云水欲平堤。

[释义]

河滩急流冲着我尽情奔泻，万顷波涛夹泥卷石击打河岸。透过云雾欣赏远近的山峦舒缓心中的郁结，拂晓风起连接天地间的水气欲与堤坝齐平。

[出典]

Rhône河，罗讷河，也称作罗尼河（法语Rhône，普罗旺斯语Roun，德语Rhone，意大利语Rodano，都从拉丁语Rhodanus来）流经瑞士和法国的大河。

[解读]

1996年饶公好友戴密微教授招游其家乡Montlaville，他俩在瑞士流连一周。山色湖光，村庄河流，奔进笔底，该诗系沿途卅余首诗之一。《黑湖集·Rhône河》，罗纳河是欧洲主要河流，法国五大河流流域之首，流往地中海的除非洲的尼罗河以外的第二大河流。源出瑞士境内南阿尔卑斯山达马施托克峰南侧罗讷冰川。在法、瑞边界通日内瓦湖（莱芒湖）流出后经法国东南部流入地中海。全长813千米，流域面积9.9万平方千米。在欧洲史上占有重要地位。

[诗歌浅解]

罗讷河沿岸河网纵横，支流众多，河水含沙量较大，大量泥沙淤积于河口，水流湍急、冲刷强烈，饶诗即形象地描绘了其显著的特点。

115. 了生死

[饶诗]《佛国集》

别徐梵澄　　次东坡送沈达赴岭南韵

海角何来参寥子，黄帽青袍了生死。
知我明朝将远行，携酒欲为消块垒。

宿昔读君所译书，君名如雷久阗耳。
相逢憔悴在江潭，无屋牵舟烟波里。
罗胸百卷奥义书，下视桓惠蚊虻矣。
嗜欲已尽心涅槃。槁木死灰差相似。
劝我何必事远游，中夏相悬数万里。
我言雪山犹可陟，理胜胸无计忧喜。
赠诗掷地金石声，浮名过实余深耻。
凭君更乞竹数竿，便从寂灭追无始。

[释义]

　　天涯海角参寥子从何而来，只有徐君真正与我志趣相投。知道我明早将要远游，把酒言欢让我抛却烦恼与忧愁。夜里拜读贤君所译之书，贤君之名如雷贯耳。当年漂沦憔悴在江边相遇，周围无屋可聚我们一起乘舟于江中畅游。古书奇辞奥义罗列于胸中，比起那些辩者之流，真如蚊虻一样不足道也。心入涅槃而无过多的嗜好与欲望。犹如槁木死灰般对事物无动于衷。贤君劝我何必远游他方，这里离祖国已相去数万里了。我说只要理胜不诡俗、不淫陋、点胸有涅槃妙心，而雪山犹可陟。相赠之诗掷地有声，我深耻那些浮名虚誉。请君赠我数竿竹，从此我便超脱生死追求无始之境了。

[出典]

　　"了生死"，学佛真正的目的是"了生死"，"出三界"是附带说的。

[解读]

　　《佛国集·别徐梵澄次东坡送沈达赴岭南韵》："海角何来参寥子，黄帽青袍了生死。" "了"是明了，"生死"就是缘起因果的总说；换言之，就是对于宇宙人生种种现象的认知。对于个人因果的转变，乃至于一切众生、十法界依正庄严的转变，都清楚、明白，才称作"了生死"。所以，了生死的意思很深广，一般说"了生脱死"，那是别意，不是本意。如同一般说"众生"，是众缘和合而生起的现象，这是本意；说众生是很多人，那是别意。所以，了生死是佛家教学的根本义。

[诗歌浅解]

　　1963年春，饶公在印度与徐梵澄（1909~2000）认识时，徐在一个修道院做书记，非常不得志。饶公在离开印度前夕专门前往修道院辞行，临别时，徐赠诗一首，饶公即以东坡送沈达赴岭南韵回赠这首古风。饶公此诗所用的佛典、道典，皆与赠诗的对象徐梵澄息息相关，成功地塑造了一个"了生死"、能忍受在"中夏相悬数万里"的异国中过着"无屋牵舟烟波里"的生活的徐梵澄崇高形象。

116. 履非凫

[饶诗]《佛国集》

初发捧地舍里（Pondicherry） 次东坡将往终南韵

朝行野日照髭须，客中举目非葭莩。
雨风何惮久漂濡，大雅不作要谁扶。
林籁为我起笙竽，中原远霭入看无。
此邦自昔劫灰余，滨海故多摩羯鱼。
其民所见皆黑肤，汲水家家顶擎壶。
白云回首天际乌，渺渺南渡将焉如。
婆罗门僧罕跏趺，头留短辫履非凫，
额间涂灰似泥淤，殊俗使我生踌躇。
萧条闾巷且安居，远遊毋谓胜辕驹。

[释义]

　　清晨原野上的初阳照耀着髭须，来往的访客非有葭莩之亲。风雨肆无忌惮地飘洒沾湿所及之处，诗道久已不振要谁来扶持呢？风吹林木为我吹奏笙竽，身处于云雾霭霭中原地区。这里曾经饱受战乱之苦，临海之滨有许多摩羯鱼。民众大多皮肤黝黑，人人头顶擎壶来汲水。回头一望天际边的云纱逐渐变得乌黑，渺渺渡水往南将去何方？已经难以见到婆罗门僧结跏趺坐了。他们头上留着短发履非有凫，前额涂炭状如淤泥。异于流俗的装扮让我极度痛心。不如在萧条的巷陌姑且安居，远游见多识广未必要比少见世面器局不大之人好。

[出典]

　　《后汉书·方术传上·王乔》。

[解读]

　　《佛国集·初发捧地舍里（Pondicherry）次东坡将往终南韵》："婆罗门僧罕跏趺，头留短辫履非凫。"履非凫，指王乔化履为凫而乘之往来的传说。《后汉书·方术传上·王乔》："乔有神术，每月朔望，常自县诣台朝。帝怪其来数，而不见车骑，密令太史伺望之。言其临至，辄有双凫从东南飞来。于是候凫至，举罗张之，但得一只舄焉。乃诏尚方诊视，则四年中所赐尚书官属履也。"

[诗歌浅解]

　　本地治里（Pondicherry，旧译"捧地舍里"），在Tamil Nadu省，宁静而优美的海边小城，附近有出名的印度庙宇。徐梵澄在《〈周天集〉译者序》讲述过这个城市的故事。经过战乱和变更的此地，已经今非昔比了。饶公在此诗中抒发"远遊毋谓胜辕驹"的感叹可以反映他对此是多么的惋惜，对这一变化发出沧海桑田的无限感慨，其心酸程度与刘禹锡《乌衣巷》之中的"堂前燕"，"飞入寻常百姓家"无差。

117. 炼石

[饶诗]《南征集》

金马仑高原二首

其一
群峰万壑似军屯，霹雳溢亨此最尊。
车碾苍烟天恐裂，林分峭路日常昏。
九千里外惊初到，百八盘高许等论。
绝顶清池堪浴梦，飞飞蝴蝶自成群。

其二
炼石真宜补奥区，只怜乱木塞荒途。
山前残月微微见，肘后寒云渐渐无。
十里林霏生幻景，百年潭水照真吾。
行行莫与山争路，归撷繁英作友于。

[释义]

　　其一：群峰万壑如同军队驻扎，溢亨如雷贯耳以此为尊。车马穿过苍烟天恐裂开，繁密林木分路遮蔽天日。九千里路途外远道而来，八百米高哪敢相提并论。绝顶清澈天池洗涤俗梦，成群蝴蝶翩翩起舞飘飞。

　　其二：炼石填补缺陷如此相宜，可惜乱木充斥荒凉之境。山前残缺之月隐约若现，身后寒天之云逐渐淡去。十里云气变化虚幻景象，百年潭水照出真实自我。羁旅远行莫与群山争路，归乡撷取花儿赠兄友。

[出典]

西汉·刘安《淮南子·览冥训》。

[解读]

"炼石补天",古神话,相传天缺西北,女娲炼五色石补之。比喻施展才能和手段,弥补国家以及政治上的失误。刘安《淮南子·览冥训》:"往古之时,四极废,九州裂,天下兼覆,地不周载……于是女娲炼五色石以补苍天。"

[诗歌浅解]

此诗系70年代初期,饶公在新加坡国立大学任教时所作,此二首诗写马来西亚半岛中央的金马仑高原。这里的景点包括丛林瀑布、茶园,还有可观赏的园林和奇花异草。

其一:此诗为游记诗,金马仑高原唯我独尊的气势令人折服,饶公更是给予了"九千里外惊初到,百八盘高许等论"的高度评价,诗中"霹雳""尊""恐""惊""清"可见金马仑高原并非徒有虚名。

其二:自然与人的心境往往相宜,令人能够真实地审视自我、表现自我,人生羁旅有此机遇足以聊解心中愁闷,亦即是饶公希望与友人分享的自然旨趣。

118. 龙门

[饶诗]《瑶山集》

清湘行　次放翁山南行韵

秦人昔破荆楚日,鏖兵先自黔中出。
制敌奇正环相生,回首龙门意怫郁。
灵渠无竭气尤豪,远同河海分朋曹。
湖南从古清绝地,清湘弄碧九嶷高。
百年草草征伐处,丛薄深菁宛如故。
海阳山峻阵云深,陆梁地僻烟尘暮。
长川形胜接中原,暂将坚壁掣鲸吞。
前事不忘殷鉴在,恢宏庸蜀为本根。

[释义]

秦人昔日击破楚国之时，激烈奋战自黔中郡而出。制敌需以奇正循环相生，回首伊阙战场令人愤懑。千载不竭灵渠气势豪迈，远连河海分隔朋曹之地。湖南自古就是清幽绝俗，湘水碧绿九嶷险峻高耸。百年纷纷扰扰征战之处，草木幽深依旧如同往日。海阳山高耸入战阵之云，陆梁岭南偏远日暮烽烟。山河壮美险要接连中原，且以坚壁阻止巨鲸侵吞。不要忘记殷商历史之鉴，发扬光大川渝以为根基。

[出典]

西汉·司马迁《史记·秦本纪》。

[解读]

《瑶山集·清湘行》："制敌奇正环相生，回首龙门意怫郁。"龙门，在今洛阳市南郊，古称伊阙。在对楚国发动黔中之战的十三年前，秦国曾在这里对抗韩国、魏国联军。《史记·秦本纪》："十四年，左更白起攻韩魏于伊阙，斩首二十四万，虏公孙喜，拔五城。"按《战国策》所载，韩魏互相有所保留，希望先消耗对方的兵力，而白起利用这点，绕道攻其薄弱，各个击破，以少胜多，乃至俘虏联军主帅，彻底击溃韩魏。日后秦昭襄王在召白起奏对时，曾将伊阙之战和黔中之战并举，目之为势如破竹的大胜。

[诗歌浅解]

饶公困居广西山中，临近湘江的源头。海洋河从广西流入湖南，成为湘江，其流域之所在，恰是古时楚国南部一带。这里重峦叠嶂，是天然的防御壁垒。战国末年，楚国对此地却不够重视，没有在此布下重兵，以至于被秦国奇袭黔中郡，遭到了重创。而当日寇侵华、国民政府迁都重庆之际，饶公想起了古事。湘桂黔既是当年楚国的西南屏障，也是如今重庆的东方门户。可是，在1944年，中国军队却溃败于湘桂。如果不能奋起阻击日寇，那么重庆的命运将与两千年前的楚国一般无二。念及于此，饶公难以抑制心头的焦虑，乃为是诗，希望国民政府以史为鉴，把握住战略要地，从而抗击侵略、赢得胜利。

119. 留花门

[饶诗]《瑶山集》

柬方子

耳君名早识君迟，七星岩畔立多时。
如何三月建章火，一角沧桑付与谁。
吾行久滞蒙山麓，君归却卧昭潭曲。
咫尺可思不可望，徒闻乌尾讹城角。
残山剩水好平章，知君涕泪满奚囊。
病马可无千里志，余生但取还故乡。
咄咄蒙夫同卧起，检点光阴如梦里。
已知诗外尽穷途，却笑春蚕心不死。
多忧天谴罹艰屯，人间行处有朝暾。
十年原野厌膏血，中兴待咏留花门。

[释义]

　　久闻大名却太晚结识您，已在七星岩旁伫立多时。如建章宫被火连烧三月，沧桑一角不知付与谁看。我此行久滞在蒙山之麓，您却归卧在昭潭的岸边。咫尺中可思念却无法见，只能听到城头乌鸦振尾。好山好景残破不忍入目，知道君您眼泪流满锦囊。病马岂可没有千里之志，生命残存只想回到故乡。有何人与我共同作息，计算逝去时光犹在梦里。纵知诗外现实处处困顿，却自嘲不死心如同春蚕。总担忧上天让我遭艰险，不过世间到处犹有朝阳。多年原野已洒太多膏血，中兴炎黄待咏诵《留花门》。

[出典]

　　唐·杜甫《留花门》。

[解读]

　　《瑶山集·柬方子》："十年原野厌膏血，中兴待咏留花门。"留花门，唐·杜甫有《留花门》之诗，作于唐肃宗乾元二年秋。清代仇兆鳌注谓："《唐书》甘州有花门山堡，东北千里至回鹘衙帐。"唐时，西北有花门山，唐初在山上设有堡垒，天宝年间被回纥所占，故以"花门"作为回纥的代称。杜诗虽题为"留花门"，但其诗意却是谓不可留花门、不可对回纥隐忍放纵。杜诗最后谓："花门既须留，原野转萧瑟。"饶诗此句乃谓：何时能立下彻底驱除日寇的决心、而不再畏缩绥靖，方才能够中兴国家、光复神州。

[诗歌浅解]

饶公与友人久久隔绝而不能相见，只能寄诗问候。诗中讲述了自己的生活起居情况，思与友人一同嗟叹世事之艰难。同时，他还借对友人所说衷肠的机会，抒发了自己的思乡之情。饶公终究对自身命途、对国家运势均抱有信心，故而在卒章之际，期待英雄彻底击溃日寇、终止神州上的战乱，以此和友人共勉。

120. 六鳌

[饶诗]《西海集》

自疏铃铎（Sorrento）遵地中海南岸策蹇晚行

其二
唾月推烟百里抛，征车独自念劳劳。
天风吹发泠然善，容我孤篷钓六鳌。

[释义]

唾月推烟思飘百里，乘车远行劳苦奔波。鬓发迎风轻盈美好，容我于舟独钓六鳌。

[出典]

六鳌，神话中负载五仙山的六只大龟。

[解读]

《西海集·自疏铃铎（Sorrento）遵地中海南岸策蹇晚行》（其二）："天风吹发泠然善，容我孤篷钓六鳌。"相传渤海之东，有一深壑，中有岱舆、员峤、方壶、瀛洲、蓬莱五山，乃仙圣所居之地。然五山皆浮于海，常随潮波上下往还。"帝恐流于西极，失群仙圣之居，乃命禺强使巨鳌十五，举首而戴之。迭为三番，六万岁一交焉。五山始峙而不动。而龙伯之国有大人，举足不盈数步而暨五山之所，一钓而连六鳌，合负而趣归其国，灼其骨以数焉。于是岱舆、员峤二山流于北极，沉于大海，仙圣之播迁者巨亿计。"事见《列子·汤问》。

[诗歌浅解]

乘车赏景，飘飘欲飞。微风拂面，轻盈舒适。身处其中，如入仙境。悠然自闲，心旷神怡。快哉如饶公也！

121. 笼袖作骄民

[饶诗]《佛国集》

初抵锡兰

暂劳微雨洗征尘，万里波涛一叶身，
吹暖海风秋似夏，不妨笼袖作骄民。

[释义]

　　暂时劳烦细雨为我洗去灰尘，只身如一叶飘荡在万里的波涛，暖暖海风吹来秋季如同夏季，不妨潇洒双手伸入两袖做个骄民。

[出典]

　　董源（？—约962），中国五代南唐画家。相传《笼袖骄民图》为其所画，现藏于中国台北故宫博物院。

[解读]

　　把两手相对伸入两袖中。五代·王定保《唐摭言·敏捷》："温庭筠烛下未尝起草，但笼袖凭几，每赋一咏一吟而已，故场中号为'温八吟'。"

[诗歌浅解]

　　此诗描写了饶公初抵锡兰时的心境，对一路征程劳累的心理安慰，当时当地触景感悟的情绪变化。"不妨笼袖作骄民"亦可看为是饶公在人生风雨征尘中从容自得豁达心境的诠释。

122. 两仪

[饶诗]《总辔集》

将重访飞鸟寺，听二弦琴未果

其一
枯木岂无情，兴亡几弹指，
指上生两仪，心在秋声里。

　　　　　其二
　　泠泠正须听，待访此灵琐，
　　冰炭置回肠，何当泯人我。

[释义]

　　其一：枯朽之木岂会无情，兴亡更替在弹指间，指上萌生两仪之象，心绪秋声之中游荡。

　　其二：凄美之音我辈须听，迫不及待访此灵寺，冰炭不融思虑回肠，为何如此灭我兴致。

[出典]

　　《易经》。

[解读]

　　指天地。《易经》："易有太极，始生两仪，两仪生四象，四象生八卦。"孔颖达疏："不言天地而言两仪者，指其物体；下与四象（金、木、水、火）相对，故曰两仪，谓两体容仪也。"

[诗歌浅解]

　　1980年饶公在日本京都整理了访日诗作《总辔集》。此首诗写想听飞鸟寺的二弦琴而未果，却由琴而悟道。

　　其一：先以枯木（琴的底座）暗示琴声，极为形象，引导读者进入诗境，接着，由琴而道出历史兴亡，不正是弹指之间之事吗？后面则是由琴悟道，指上弹琴仿佛生出了太极两仪。尾句听琴而心沉浸于秋声之中，其言下流露出曲高和寡的孤独感。

　　其二：诗中收据"泠泠"化用《楚辞·初放》"下泠泠而来风。" "冰炭"句表达饶公听二弦琴未果的遗憾萦绕心头，长久不能消失。

123．离堆险

[饶诗]《黄石集》

Hoover Dam

　　四塞山河水一方，临流只惜迫昏黄。
　　人间无数离堆险，自有神功接混茫。

[释义]

山环四野河水一方,身临其境可惜天暮。人间无数离堆险境,自有天地神功造成。

[出典]

唐·颜真卿《鲜于氏离堆记》。

[解读]

"离堆"是山名,在今四川省南部县东南,因险峻得名;故"离堆"专指险峻峭拔的山势。唐·颜真卿《鲜于氏离堆记》:"阆州之东百余里,有县曰'新政'。新政之南数千步,有山曰'离堆'。斗入嘉陵江,直上数百尺,形势缩矗,欹壁峻肃,上崢嵘而下洄洑,不与众山相属,是之谓离堆。"

[诗歌浅解]

黄昏时候,饶公来到美国的胡佛大坝(Hoover Dan)游览,因巨山环水,地势险要,发出"无数离堆险,神功接混茫"的感慨:天地间的雄景奇观都是自然之力造成,震撼之情让饶公对大自然造物无比敬畏。

124. 老步兵

[饶诗]《黄石集》

狼溪

怪石嶙峋不可名,狼溪此去几多程。
修途万里添诗料,忙煞车中老步兵。

[释义]

怪石陡峭难以描摹,狼溪距此多少路程。万里长途添作诗料,忙坏车中衰老步兵。

[出典]

三国时著名诗人阮籍曾任步兵校尉,世称"阮步兵"。

[解读]

阮籍崇尚自由,生性放达,故"步兵"代指追求自由、怡情山水的诗人形象。清·许兆椿《青县道中九日》诗其一："推篷辜负登高兴，笑倚黄花老步兵。"

[诗歌浅解]

饶公游览美国狼溪国家公园，眼望嶙峋怪石，身经万里长途，随处寻找赋作诗歌的灵感，他寄情山水，怡然世外的心境形象跃然纸上。晋·阮籍常常远离尘世出游作诗，饶公将自己与阮籍相比，体现出他对阮籍品性的追慕之情。"忙煞老步兵"还颇有一丝幽默调侃的语气，读来不禁为饶公的天真性情莞尔。

125. 络纬

[饶诗]《冰炭集》

读唐人张碧诗

其一
天教下笔证兴亡，剩有心声接混茫。
见说髑髅浑欲语，野田磷火又成行。

其二
络纬风前晚自哀，飞花飞雨落苍苔。
何人为续游春引，会见勾芒入梦来。

[释义]

其一：天让其用文字记录兴亡，赋作新声接连天地混茫。路见头骨立刻张言欲语，田野之中鬼火忽又成行。

其二：迎风莎鸡傍晚独自哀鸣，雨飞花飘落入青色苔藓。谁人来续写张碧《游春引》，在梦想中会见春神勾芒。

[出典]

唐·李白《长相思》（其一）。

[解读]

虫名。即莎鸡，俗称络丝娘、纺织娘。夏秋夜间振羽作声，声如纺线，故名。唐·李白《长相思》（其一）："长相思，在长安。络纬秋啼金井阑，微霜凄凄簟色寒。孤灯不明思欲绝，卷帷望月空长叹。"

[诗歌浅解]

其一：唐末诗人张碧诗歌具有现实意义，其诗风受李白、李贺、贯休影响较深，遇不平之事必抨击，遇百姓疾苦必感叹，作品透出深刻的爱国爱民思想，饶公在诗首句引用唐·孟效《读张碧集》："下笔证兴亡，陈辞备风骨。"指出了张碧诗词的创作特色，借诗歌表达了对历经世间纷争的穷苦百姓的同情与自己的无奈之情。

其二：张碧有《游春引》诗，描绘了春季造化万物之工，饶公借用诗意，阐述了春季多愁的事实，虫儿哀鸣，细雨蒙蒙，花自凋零，并以春愁表达了对诗人张碧的缅怀以及对其作品的感叹。

126. 陆可沉

[饶诗]《瑶山集》

别石渠

等是无家别，难为去国心。
南风终不竞，荒谷唯穷阴。
食蕨颜逾美，生鱼陆可沉。
寄言分手者，相守在东林。

[释义]

犹如无家可归之别，难为您仍心怀故国。南方之乐终究靡弱，荒谷中天色昏暗。食用野菜脸色渐好，生民遭灾可堪隐居。寄言即将分别之人，约在东林书院相聚。

[出典]

《庄子·则阳》。

[解读]

"陆沉"犹言非在水中却能下潜于平地，即隐居。《庄子·则阳》："方且与世违而心不屑与之俱，是陆沉者也。"郭象注："人中隐者，譬无水而沉也。"

[诗歌浅解]

　　该诗系饶公在1944年夏至1945年秋于广西蒙山、瑶山之中写成，该时期为抗战的最艰难阶段，饶公在避难过程中创作了不少诗词，后编成诗集《瑶山集》，其中有二首诗是为好友无锡国立师专讲师蒋石渠（庭曜）（1898~1979）写的。

　　诗中道出好友蒋石渠即将离开，令饶公极为感伤。与友人之分别，又牵动了客居他乡的愁绪。值此灾厄之年，每个人都安危莫测，饶公只希望将来能与友人在无锡的国专故园处相聚、彼此皆平安无事。

127. 龙池

[饶诗]《苞俊集》

郭茂基君以潞琴见假，故人高罗佩旧物也。抚之终日，朱弦三叹，作此谢之。偶讽东坡月石风林屏诗，辄依其韵

　　　　故游零落如晨星，老去嗜琴试鼓灵。
　　　　殊乡妙手岂易得，空携遥梦寄云屏。
　　　　郭子持来潞国宝，敛袂一抚几忘形。
　　　　王泽久竭正声寝，龙池有字可推蓂。
　　　　当年列品凡三百，藩国好乐比优伶。
　　　　神交遗物弥足宝，招魂我欲叩沧溟。
　　　　余音激越堪抖擞，振衣若助屈平醒。
　　　　三弄不觉日移晷，铿锵韵落太霞庭。
　　　　自有寒飔澹相应，踌躇古意到湛冥。
　　　　何人还作风雷引，立懦端为乞春霆。
　　　　潇湘云水故人远，客窗残夜月清荧。
　　　　座上知音倘共赏，鸿号外野难为听。

[释义]

　　往日之游如同晨星零落，老来嗜好琴艺尝试鼓奏。身在他乡妙手也难施展，空携遥远梦想寄情云屏。郭茂基持来国宝潞王琴，整理衣袖轻抚让人忘形。王泽早已衰竭雅乐消失，龙池刻字可以推算年月。当年制作之琴一共三百，潞王喜好音乐超过艺人。与之神交遗物弥足珍贵，为你招魂我要叩问苍天。余音绕耳激越令人抖擞，整理衣衫若助屈平苏醒。反复演奏不觉日影移动，铿锵之韵飘至云霞之空。自有寒风恬然交相呼应，从容古意而至深沉

玄妙。还有谁弹奏风雷引名曲，振奋人心乞求春天惊雷。潇湘云水古人远在他方，异乡窗外夜空月亮清荧。在座的知音且共同赏略，孤鸿野外鸣叫不忍细听。

[出典]

宋·赵希鹄《洞天清录·古琴辩》。

[解读]

琴底的二孔眼之一。上孔曰龙池，下孔曰凤沼。宋·赵希鹄《洞天清录·古琴辩》："雷张制槽腹有妙诀，于琴底悉洼，微令如仰瓦，盖谓于龙池凤沼之弦徽，令有唇余处悉洼之。"

[诗歌浅解]

1979年4月瑞士日内瓦大学教授郭茂基曾请饶公到瑞士电视台演奏《搔首问天》古琴曲。后来饶公有幸见得郭所藏潞王古琴，用之弹奏《塞上鸿》曲。此诗阐述了此琴的由来以及音色的卓绝。明潞王朱常淓（1607—1646）爱好古董书画，有一手绝活儿就是设计制作古琴，潞王除编撰琴谱外，还自己监制了数以千计的仿古琴，一般称为"潞琴"，潞琴在明朝后期已十分名贵。饶公由诉琴转而描写音乐之美，将音乐对人的感染和感化作用用优美之辞表现出来，亦体现了饶公对文艺的酷爱和追求"人琴"合一的恬然之心境。

128. 六经图

[饶诗]《苞俊集》

见"鹅湖之会"条注。

[释义]

见"鹅湖之会"条注。

[出典]

《宋史·艺文志》。

[解读]

《六经图》是世界最早刊印之地图。《宋史·艺文志》载："杨甲《六经图》六卷。"比德国最早的印刷地图早三百多年。清郑之侨重编《六经图》。

[诗歌浅解]

见"鹅湖之会"条注。

129. 力命

[饶诗]《白山集》

地中海晚眺，Nice作　　用始宁别墅韵

一望青未了，方知物不迁。
沙际远分星，栏外足忘年。
沧海波不兴，抱蜀意弥坚。
小立不易方，自得静者便。
翔鸥下千万，浩荡没前山。
去者入微渺，来者自洄沿。
夕阳譬回甘，余味正缠绵。
放眼任张弛，清影落漪涟。
丧我要无功，观海须造颠。
六龙骛不息，万化纷周旋。
力命休相争，海若久忘言。

[释义]

远望青山一片，才知道人虽非而物不迁。沙洲分列远方的星次，栏外美景足以令人忘却年月。沧海水波不兴，抱持祠器意志更加坚定。立身于世而不改变作人的态度，自能体悟淡泊恬静之境。翔鸥展翅千里，浩浩荡荡遮蔽眼前山峦。离开的已经幽微杳远，到来的自然顺逆自如。夕阳犹如回甘谏果，余味浓浓情意深厚。放眼尽情眺望，清朗的光影与水波辉映。忘记自我不以功为念，观于海者须登上巅峰。日神驾以六龙奔驰依旧不息，万事万物竞相逐。力量与命运不要再相互比较，大海似乎早已忘言了。

[出典]

战国·列御寇《列子·力命》。

[解读]

《列子·力命》："力谓命曰：'若之功奚若我哉？'命曰：'汝奚

功于物而欲比朕？'力曰：'寿夭、穷达、贵贱、贫富，我力之所能也。"命曰："彭祖之智不出尧舜之上，而寿八百；颜渊之才不出众人之下，而寿四十。仲尼之德不出诸侯之下，而困于陈、蔡；殷、纣之行，不出三仁之上，而居君位。季札无爵于吴，田恒专有齐国。夷齐饿于首阳，季氏富于展禽。若是汝力之所能，奈何寿彼而夭此，穷圣而达逆，贱贤而贵愚，贫善而富恶邪？'力曰：'若如若言，我固无功于物，而物若此邪，此则若之所制邪？'命曰：'既谓之命，奈何有制之者邪？朕直而推之，曲而任之。自寿自夭，自穷自达，自贵自贱，自富自贫，朕岂能识之哉？朕岂能识之哉？'"

[诗歌浅解]

　　1966年3月，饶公在巴黎遍和谢灵运（385~433）诗韵，创作诗作《白山集》，该集描绘冬日在法国一侧的阿尔卑斯山脉，《地中海晚眺》系36首诗之一。

　　尼斯（Nice）是法国南部一个怀旧气氛极为浓郁的海岸城市。它面向地中海，是法国南部Cote d Azur省的首府。此诗写日暮黄昏之景，以通达虚静且又独立不移的人生态度对地中海晚景进行审美观照。诗中不仅仅是写地中海风平浪静的景象，而且寄寓着清静无为的意趣。整首诗，显示诗人是站在一个很高的人生高度，凭深厚的学养与宽广的胸襟，对自然景象进行富于意味的"眺望"。诗人在其学问修养中已然安顿好自身，已然没有了俗世的烦忧，因而自然地，在其艺术表现中就超越了暝色起愁落日生悲的古典抒情模式。

M

130. 墨磨人

[饶诗]《总辔集》

赠东京波多野太郎

朗照开茅塞，谦光减刹尘。
不堪霜满鬓，长是墨磨人。
绝国辎轩语，深杯浩荡春。
粤风欣有托，偏共木鱼亲。

[释义]

朗照之光顿开茅塞，谦虚美德削减凡尘。目不忍见白发满鬓，岁月磨砺人的品性。辽远邦国使君妙语，浩荡春光满杯共饮。粤地之风欣所寄托，偏偏共与木鱼亲近。

[出典]

宋·苏轼诗《次韵答舒教授观余所藏墨》。其中诗云：人生当著几两屐，定心肯为微物起，此墨足支三十年，但恐风霜侵发齿。非人磨墨墨磨人，瓶应未罄罍先耻。逝将振衣归故国，数亩荒园自锄理。

[解读]

《总辔集·赠东京波多野太郎》诗中云："不堪霜满鬓，长是墨磨人。"这里的"墨磨人"出自苏轼诗"非人磨墨墨磨人"，颇为有意思，仿佛道出古代文人一生创作的艰辛。古人写字用毛笔，吟诗作文，都得磨墨才能挥毫，故古代文人也多喜欢藏墨。苏东坡藏墨颇丰，其为得佳墨，留芳于世的典故也不少，许多也成为后世佳话。典故出处的诗词就是说苏轼所藏之墨足可供其使用三十年，不禁感叹于文人长年磨墨为文，日夜绞熬脑汁的那份艰辛，表面上看，是人在磨墨，但往深里想却是墨在磨人，文人的一生都被墨给磨掉了，实际上就是岁月磨砺人之品性。

[诗歌浅解]

波多野太郎（1912—2003），自称湘南老人，广岛文理科大学（今广岛大学）文学博士。为日本的中国语学会会长，国际上驰名的汉学家，在日本汉语学界中以训诂校勘之学成名，中国古代文学戏曲史研究家。诗中反映饶公遇到波多野太郎这位能和自己"偏共木鱼亲"、有着共同兴趣爱好的异国学者内心的喜悦之情，诗中亦不乏人生苦短，知音难觅之思。

131. 蒙古冢

[饶诗]《总辔集》

蒙古冢

劳师夸十万，遗骨海山隈。
野日荒荒白，松风谡谡哀。
德王手植在，蜀客首重来，
应记樊南语，穷兵是祸胎。

[释义]

兴师动众遣兵十万，遗留尺骨海岛山隈。旷野日头黯淡苍白，松林之风哀伤劲吹。德王手植之树尚在，征人如果重新选择，应该铭记樊南之语，滥用武力本是祸胎。

[出典]

日本福冈蒙古军防垒遗址。

[解读]

饶诗《总辔集·蒙古冢》中，讲述了位于九州岛西端的博多湾志贺岛玄海国定公园中的蒙古冢。蒙古冢是从何而来的？

元朝忽必烈两次攻打日本，派兵十几万，遭遇台风，绝大部分船只被摧毁。也就是日本史书所说的"弘安之战"。元军袭日失败后，便有了这样一个蒙古冢。而日本民间开始广泛流传着这样的传奇故事："神风"在元朝时期曾两度施威摧毁蒙古入侵者的船舰，将日本从危难之中解救出来。元军两次攻击日本的努力都遭到了吉利风的袭击——日本人愿意这么说，从而创造了"神风"的概念。此后数百年中，日本人一直对"神风"顶礼膜拜，兴起了大规模拜神的活动。

[诗歌浅解]

此诗反对战争,对兴师动众发动战争的行为表示强烈谴责,对战争带来的民不聊生表示痛惜。

132. 孟子章句

[饶诗]《南征集》

秋兴和杜韵

其七

作稼难邀一溉功,河山回首日方中。
赵岐系志鸣孤愤,屈子何因欷绪风。
牢落鬓非鸦背黑,浅清句共海绡红。
江头多少王孙老,最忆沧洲此秃翁。

[释义]

耕作难以一次便有收获,回望河山正处骄阳之下。赵岐系志翰墨抒发孤愤,屈原为何伤感残余寒风。鬓发稀疏没鸦背般黑亮,浅雅诗句与海争鸣斗艳。江头多少有意隐居之人,最欣赏的是沧洲支伯翁。

[出典]

东汉·赵岐《孟子题辞》。

[解读]

饶公在《南征集·秋兴和杜韵》一诗借赵岐的生世,宣泄自己一生忙碌而漂浮生活的苦闷以及对山林隐逸生活的向往。赵岐(约108—201),字邠卿。京兆长陵(今陕西咸阳)人。初名嘉,字台卿,后因避难所以自改名字。赵岐遭受过宦官的严重迫害。生于东汉中期安帝时的他,90多岁卒于曹操当政的建安六年(201)。30多岁时,他"有重疾,卧蓐七年",后来遭逢"主荒政谬""纲纪大乱"的桓灵之世,仕途坎坷。永寿年间(155—157),他曾因京兆尹延笃之召为功曹,因故得罪了宦官唐衡之兄唐玹。延熹元年(158),以"宽仁"著称的延笃罢官,唐玹继任京兆尹;赵岐怕惹祸亡命于外,"江淮海岱靡所不历",家属宗亲都被杀害,幸得安邱大地主孙嵩的收容,藏匿于复壁之中历数年之久。延熹七年,唐衡死,赵岐虽得被赦,但不久又遭党锢十余年。据赵岐自述,正是在那长年累月的"心剿形瘵"、"精神遐漂"之中，他只好"系志于翰墨"，"述己所闻，征以经传"，为《孟子》作章句，假以排遣忧思（《孟子题辞》）。

[诗歌浅解]

此诗借用赵岐"系志于翰墨"、屈原《涉江》、淮南小山《招隐士》、沧洲支伯等典故，宣泄自己一生忙碌而漂浮生活的苦闷以及对山林隐逸生活的向往。

133. 扪虱

[饶诗]《羁旅集》

狮子山坐对朝昏，悠然成咏

窥牖狮子山，当头一棒喝。
揖我如大宾，见我如挂笏。
我行方施施，日来步林樾。
郊卉靓吐妍，斑鲜纷清发。
晨兴寂无人，鸟啼山欲活。
烹茶扪虱坐，面壁书空咄。
夜半山雨来，诸峰翠似泼。
有时层阴生，云过山竟没。
果有负而趋，恍兮极通侻。
乃知大无外，何处有凹凸。
建以常无有，乾坤此秀骨。
供养得朝霞，从之餐野蕨。

[释义]

窗台窥探狮子山峰，其险峻如当头棒喝。向我作揖以礼相待，闲情雅兴心中萌生。我于山中缓缓而行，日头移影穿越林隙。百花争妍生气勃勃，鲜艳斑驳清明焕发。清晨早起空寂无人，众鸟争啼群山复苏。烹茶扪虱悠然而坐，读书吟诗化解不平。夜半时分山雨袭来，诸峰翠绿如水泼洗。时而山中浓云密布，云过之处山没其中。果有负而趋走之事，通达脱俗难以说清。方可知道至大无外，哪里辨得凹凸之别？万物建于恒先无有，天地弥漫不凡之气。绚烂朝霞滋养我辈，随山饱餐野外之蕨。

[出典]

唐·房玄龄等《晋书·王猛传》。

[解读]

前秦王猛少年时很穷苦。东晋大将桓温兵进关中时，他前去谒见，一面侃侃谈天下事，一面在扪虱，旁若无人。桓温见他不凡，问他：我奉天子之命讨逆，而三秦豪杰未有至者何也？王猛说：你不远数千里而来，但"长安咫尺而不渡灞水"，百姓还不知你到底要怎么样，所以不至。桓温无言以对。饶公在《羁旅集·狮子山坐对朝昏，悠然成咏》即以"扪虱"表达自己悠然烹茶，闲读诗书之趣。

[诗歌浅解]

此诗饶公描绘了清晨狮子山中超俗之景，并由景及情，以庄子"建之以常无有"反映脱俗之情怀，发达之心态。

134. 莫若廓然而大公

[饶诗]《苟俊集》

衡岳　　用退之谒衡山庙韵

丹灵四顾廓然公，敢谓须弥在掌中。
下视紫盖如培塿，天柱石廪丧其雄。
潮阳太守尝到此，绝顶未登胜难穷。
精诚能扫三峰雾，炎方颛顼想高风。
黄帝盐传古乐曲，霓裳仿佛神相通。
落日亭皋遥望极，清词野鹤唳清空。
厚坤万古称赤帝，简书分明陈祝融。
妈祖庵前哀磨镜，邺疾祠畔思巍宫。
一从霜雪交摧折，山花尚放浅深红。
于今祠宇空无有，升阶何以明至衷。
灵期曩记人莫识，成行松柏徒鞠躬，
庙貌诚可比嵩岱，岳渎佳气古今同。
我行万里斯仰止，欲觅怀让与韩终。
俯临突兀峰千百，征车立可收奇功。
来时冥冥羌昼晦，归去云雨兼曈昽。

神仙邈矣不可接，何必苦索东海东。

[释义]

  君神丹灵四顾廓然大公，敢说须弥就在自己掌中。下视紫色车盖如小土丘，天柱石廪丧失雄伟之姿。潮阳太守曾经登高到此，绝顶未曾登上胜境难观。精诚所至能扫三峰雾气，炎热之地期盼强劲之风。黄帝争地盐传古乐曲风，霓裳古谱仿佛与神相通。日落水边平底遥望极远，姜夔清词野鹤唳阐清空。大地自古而来称为炎帝，简书书写分明陈上祝融。妈祖庵前感叹磨镜之苦，邺疾祠畔追忆巍巍宫廷。任凭霜雪摧折自己枝干，山花尚且绽放浅深红韵。如今祠堂庙宇空空无有，攀登阶梯何以诉说衷情。生死有命人们无法预料，成行松柏亦徒然而鞠躬，庙貌可与嵩山泰山相比，五岳四渎佳气古今相同。我行万里向往此处高山，想要觅得情怀共随韩愈。俯临这突兀的千百山峰，远行而至立即收到奇功。来时冥冥担忧白日昏暗，归去云雨霏霏眼睛蒙眬。神仙之邈远不可靠近，何必苦苦求索东海之东。

[出典]

  北宋理学家程颢（1032~1085）在《定性书》说："君子之学，莫若廓然而大公，物来而顺应。"

[解读]

  《苞俊集·衡岳用退之谒衡山庙韵》云："丹灵四顾廓然公，敢谓须弥在掌中。"程颢在《定性书》说："君子之学，莫若廓然而大公，物来而顺应。"这里面其实有两层意思：第一，首先是忘我，将个人的私欲抛开，物我两忘，以天地万物为一体；第二，事物本来的道理，即天理，按照天理行事。按饶公个人的理解，做到第一层意思，可以叫作廓然半公；以一颗廓然半公的心去做每一件事，就是格物，今日格一物、明日格一物，终有豁然贯通，体贴出"天理"的一刻，那时就是廓然大公，即廓然公。

[诗歌浅解]

  1980年12月10日，饶公登临南岳衡山，他参观了大庙和寺院，又登上了海拔1290米的衡山之绝顶祝融峰。感慨衡山奇峻之势，领略了山水的自然神韵，诗中阐述衡山的神仙传说以及姜夔在祝融峰上觅得霓裳古谱的历史故事，进而表达了生死有命、人事更替之感，结尾之处"神仙邈矣不可接，何必苦索东海东"体现了饶公主张一切顺应自然的人生观点。

135. 木兰

[饶诗]《苞俊集》

承德避暑山庄远眺围墙

车书混一信无俦,来往燕云十六州。
想见木兰秋狝罢,武功文治已全收。

[释义]

统一各族无人能及乾隆,来往于燕云十六州之地。想见木兰围场秋天之后,文治武功借以大获全胜。

[出典]

"木兰",本系满语,汉语之意为"哨鹿",亦即捕鹿。

[解读]

《苞俊集·承德避暑山庄远眺围墙》有句:"想见木兰秋狝罢,武功文治已全收。"由于满族一般情况下是在每年的七、八月间进行捕鹿,故又称"秋狝"(古代指秋天打猎为狝,如秋狝。称春天打猎为搜,夏天打猎为苗,冬天打猎为狩)。清代皇帝每年秋天到木兰围场巡视习武,行围狩猎。这是清代帝王演练骑射的一种方式。

[诗歌浅解]

承德避暑山庄是康熙、乾隆时期修建的避暑行宫,它汇集了全国各地不同的建筑风格,既有小布达拉宫,又有草原蒙古包,还有江南园林。它的围墙是仿万里长城式样的虎皮墙,有供军队行走的上下马道。山庄的围墙高3米,宽约2米,长达10公里。墙上筑有垛口,可供巡逻和作战,当地人叫它"小长城"。1980年11月1日,饶公到该山庄游玩,他登上高处远眺,缅怀当年于此狩猎的帝皇,感叹朝代更替,旧时显赫之势如今已荡然无存,留给后人的只有闲暇游赏时的感叹罢了。

136. 良乐

[饶诗]《长洲集》

第二十八首

犹观山海图，眼中是十洲。
排闼两山青，对峙如簿仇。
一水浸其中，哀鸣若有求。
世已无卢敖，仍期汗漫游。
日月互出没，阴阳载沉浮。
百年责丘墟，何遽蹈沧洲。
尧舜等糠秕，清浊此分流。
良乐今则无，骥骆徒倚辀。
默思老氏言，绝学故无忧。

[释义]

犹如观看画中的山海那样，映入眼中的是像仙境般的胜境。推开门只见两排青山，相对而立犹如抗衡的两个仇敌。中间隔着一条河流，鸟儿在树上哀鸣似乎有所求索。世上已经没有卢敖，但仍然期待漫游之远。日月交替着出没，昼夜的更替反映着盛衰消长。中原百年来成为一片废墟，王衍等人摆脱不了他们的罪责，现今事未了怎么能隐居此山林。是像尧舜一样的圣人还是糠秕无价值之辈，善恶、高下从他们的所作所为辨别。王良、伯乐之辈今已无存，良马也只能默默靠着车辕而没有被相中。默思老子教导我们的言行，则可以不用担心绝学会失传。

[出典]

汉·班固《答宾戏》。

[解读]

《长洲集》和阮籍《咏怀诗》第二十八首："良乐今则无，骥骆徒倚辀。""良乐"春秋时晋王良和秦伯乐的并称。王良善御马，伯乐善相马。汉·班固《答宾戏》："良乐轶能于相驭，乌获抗力于千钧。"唐·贾岛《寄令狐绹相公》诗："良乐知骐骥，张雷验镆铘。"明·张居正《应制题画马》诗之一："良乐一顾价千金，争似君王宝爱深。"

[诗歌浅解]

　　阮诗往往摆脱不了诗人心里丝丝的忧愁，那是在诗人所处时代的一种反映，诗人承认阴阳变化，任何事情都有始有终，自己要追求自己的理想，而不应与"驽骏同一辀"，去贪图名利而忘却自己的追求，体现阮籍淡泊名利，坚持己见的崇高人格。饶诗表达了对阮籍的同情，对其所处时代理想的难以实现表达了无奈之情，对于王良、伯乐无存的时代，作为"良马"的仁人志士也只能默默地淹没在历史的长河之中，在这种境况之下，我们还是必须读圣贤书，做圣贤事，在逆境之中继续保持独立的人格，追求美好的理想，社会才不会在历史中变质，而向好的方面发展，在这方面，饶诗表现出卓识的远见。

137. 目送飞鸿

[饶诗]《西海集》

中峤杂咏

残雪高低久未消，盘纡云栈入青霄。
山尖径仄风成朔，目送飞鸿过石桥。

[释义]

　　山顶残雪久未消融，栈道迂回直入云霄。山巅小路北风吹拂，目送鸿雁迈过石桥。

[出典]

　　三国·魏·嵇康（224~263）《四言赠兄秀才入军》。

[解读]

　　《西海集·中峤杂咏》有句："山尖径仄风成朔，目送飞鸿过石桥。"嵇康有"手挥五弦，目送归鸿"的诗句，顾恺之把它变成绘画题材后说："手挥五弦易，目送归鸿难。"东晋大画家顾恺之在论画时，常咏嵇康的这句诗，他说"手挥五弦易，目送归鸿难"，意思是对于画家来说，运笔作画并不难，而"目送电鸿"，涉及人物的精神活动，就远非易事了。

[诗歌浅解]

Puy Mary绝顶，冰雪未曾融化，空中栈道迂回，饶公迈步于石桥之上，目送鸿雁飞过，回车下山，给人一种愉悦轻松之感。

138. 嫫母

[饶诗]《题画诗》

题画杂诗

画家或苦不能诗，嫫母西施各异姿。
物论何曾齐不得，且看一画氤氲时。

[释义]

画家苦闷没有能力赋诗，嫫母西施各有各的姿态。物与物间何曾不能齐聚，且看此画云起飘荡之时。

[出典]

楚·屈原《楚辞·九章》。

[解读]

《题画诗·题画杂诗》首句："画家或苦不能诗，嫫母西施各异姿。"5000年前，黄帝为了制止部落"抢婚"事件，专门挑选了品德贤淑，性情温柔，面貌丑陋的丑女（封号嫫母）作为自己第四妻室。楚·屈原《楚辞·九章》："妒佳冶之芬芳兮，嫫母姣而自好。" 嫫母虽然丑陋，但是黄帝对她信任有加，把管理后宫的责任交给了她，在黄帝周游巡视天下时，黄帝的元妃嫘祖病逝，黄帝命令嫫母指挥祀事，监护灵柩。嫫母不但有非凡的组织能力，黄帝授以"方相氏"的官位，利用她的相貌来驱邪。

[诗歌浅解]

此诗对画与诗是否可以融合进行辩解，以"嫫母西施"美丑不一却皆以品貌留世，来阐述物与物之间没有不能齐聚融合的现实，画家从画境中表达诗意，诗家用诗歌展现画境，"画中有诗，诗中有画"出此处可证。

139. 面壁

[饶诗]《题画诗》

题画杂诗

九载居然此面壁,一峰天半削成石。
此翁活计怪可怜,歪屋数间无人迹。

[释义]

九年多来居然在此面壁,半空中山峰被削成奇石。此翁的修行足让人怜悯,人迹罕至之地楼屋倾斜。

[出典]

宋·道原《景德传灯录》(三十卷)。

[解读]

《题画诗·题画杂诗》有句:"九载居然此面壁"中提到"面壁"。据《景德传灯录》等书记载,南朝梁武帝时,天竺国的高僧达摩从海外来到中国。他先来到梁都金陵,和梁武帝萧衍讨论佛教哲理,发现萧衍并不能领会玄机妙理。于是,达摩便渡江北上,来到嵩山少林寺修行。在嵩山,他整整用了九年时间,终日面对着石壁静坐。相传他的身影印入石壁中,如果谁想把它从石壁上擦掉,它反而显得更清晰,人们因此都说他的精诚可以贯穿金石。达摩通常被称为达摩祖师、达摩老祖,被视为中国文化的佛教禅宗的"初祖"。

[诗歌浅解]

此诗所题之画当为达摩祖师画像,达摩祖师面壁,九是一个虚数,不是实数。因为从一数到九后,就要重新开始计数,九实是数中之最大者,也是数的极限。意思是说,人们只有修行修到极处,功行圆满,才能够明心,开始新的生命。此诗表达了对达摩面壁之事的佩服和对清幽之境的向往。

140. 明神

[饶诗]《题画诗》

金墨白山雪景卷
二〇〇六年

来时飙回雪，去夕日沉峰。
攀条生别意，愁睨青青松。
冰块久未消，水面浮玲珑。
那知万山外，更有百丈㳠。
巉岩四围里，绝顶寻仙踪。
琉璃开诡巧，连蜷图灵容。
高台何偃蹇，安惮披蒙茸。
明神将夕降，袅袅生和风。
征今念独深，眷往情弥重。
驱车临崇冈，骋望孰与同。
怀哉佳山水，不与世穷通。

[释义]

　　来到此地风雪大作，归去之时日落西山。攀折枝条怜生离别之意，青松弥漫愁苦之情。冰块久久未曾融化，沉浮于水面闪闪发亮。谁知道万重云山之外，更有河冰百丈。险峻的山岩四面环绕，攀上顶峰寻访仙人的踪迹。山上诡异奇巧碧绿一片，山峦连绵起伏魅影灵动。这个"高台"（指山）何其高啊！怎会担心被葱茏丛生的草木掩盖。明神伴着夕阳降临此处，天地间和风袅袅。征引今日思念独深，眷恋往昔情意弥重。驱车光临崇冈峻岭，放眼远望别有一番滋味。感怀这美丽的山水之境，这与世隔绝超凡脱俗之地。

[出典]

　　明神是王朝统治前(公元前3100年前)的神。最早他被称为"天堂的首领"是天空之神。直到中王朝时期他被认为是荷露斯神（战神）并被称为是拉神和苏神（空气之神）的儿子。在新王朝时期，敏神变得和阿蒙-拉神非常密切。在这个时候，明神开始流行并享受丰富的祭祀庆典。

[解读]

　　《题画诗·金墨白山雪景卷》："明神将夕降，袅袅生和风。"明神是生产和收获之神，他被认为是赋予男人男性能力。他还是一位雨神。在最重要的节日里，法老要像明神一样锄地。在收获的季节，法老需要在明神的监督下举行耕种的纪念仪式。当法老有了子嗣，他也把这个归功于明神的帮助。明神被描述成一个长胡子的男人形象，穿着和太阳神一样的服装。他的祭祀动物是白色公牛和特别的植物：长莴苣。

[诗歌浅解]

此诗描写了登顶Assy高原的见闻和自身的感触。诗中先述纪行，继写景物，后归情理，介绍了Assy高原仙境般的环境，罗奥、马蒂斯、勃拉克、列热、巴赞等艺术家参加装饰的阿西教堂，由此而引发了饶公的一连串感叹，内心那种追求自由、独立之精神在这山巅之上得到了升华，一片祥和之气油然而生。

141. 埋金岬筏

[饶诗]《冰炭集》

打鼓山

打鼓山空水势移，烟笼鹿耳尚迷离。
洪涛拍岸天无际，想见埋金岬筏时。

[释义]

打鼓山空水流也已迁移，烟雾萦绕鹿耳依旧迷离。波涛拍岸水天一望无际，想见当年道乾埋金之地。

[出典]

林道乾打鼓山埋金传说。

[解读]

《冰炭集·打鼓山》："洪涛拍岸天无际，想见埋金岬筏时。""埋金岬筏"林道乾埋金之事。林道乾，明代人，又名林悟梁，生于澄海县苏湾都南湾村（今属湾头镇）。青年时曾为潮州小吏，善机变，有智谋。从事海上反海禁活动达30多年。万历元年（1573年）总兵张元勋等合兵围剿，他率众突围，到达柬埔寨，被柬埔寨王任命为把水使。明朝制置使刘尧海后闻林道乾所在，乃传令搜捕，但其时林道乾已潜回潮州，发掘往时埋藏的金银财宝，又招募百余名潮人，带往暹罗，改名为林悟梁，与暹王歃血为盟后，定居北大年港（今泰国南部），任掌管该港客长。

[诗歌浅解]

　　该诗系饶公1947年修《潮州志》初游台湾所作,打鼓山在台湾高雄市港口北侧,海拔356米。打鼓山历经多年,水势迁移,烟雾笼罩,惊涛拍岸,遥想当年林道乾在此叱咤一时,割据一方自雄。饶公的到来为静穆的山景平添一点人气。

142. 麻姑

[饶诗]《长洲集》

第六十二首

高山即高士,自为天外宾。
搔背有麻姑,几见海扬尘。
我诗不自惜,出句若有神。
如植空中花,奈何多翳人。

[释义]

　　高山即为高士,自为天外之宾。可使麻姑代为搔背,阅尽人世沧桑变化。我的诗歌不自惜,出句自有神力相助。如植空中之花,奈何世人蒙蔽双眼。

[出典]

　　晋·葛洪《神仙传》。

[解读]

　　《长洲集》和阮籍《咏怀诗》第六十二首有句:"搔背有麻姑,几见海扬尘。""麻姑"神话中仙女名。传说东汉桓帝时曾应仙人王远(字方平)召,降于蔡经家,为一美丽女子,年可十八九岁,手纤长似鸟爪。蔡经见之,心中念曰:"背大痒时,得此爪以爬背,当佳。"方平知经心中所念,使人鞭之,且曰:"麻姑,神人也,汝何思谓爪可以爬背耶?"麻姑自云:"接待以来,已见东海三为桑田。"又能掷米成珠,为种种变化之术。唐·李白《短歌行》:"苍穹浩茫茫,万劫太极长。麻姑垂两鬓,一半已成霜。"宋·司马光《昌言有咏石发诗三章强为三诗以继其后》之二:"金阙银城仙客居,欲传消息问麻姑。"

[诗歌浅解]

　　阮诗想象力极丰富，借白日见所思所想的仙人，以及仙人"须臾相背弃，何时见斯人"来表达自己内心的追求与惆怅。饶诗颇有劝慰之意，似与阮公道：何不即高山而为高士，自为天外之宾，可使麻姑代为搔背，阅尽人世沧桑变化。前四句，既是劝慰，亦是自谓。言人生应处应持之心境。唯有此心境，才能笔下言语纵横真如，所吟咏之处，皆成曼妙之境。只可惜世人不懂这个道理。结尾之叹，是对世人蒙蔽双眼之感叹，亦是对当年朝代更替，阮籍不想侍奉新王，借酒做醉人，或托病不见人，消极避世，就像将自己双眼遮蔽，自成瞽人，不管世事的惋惜。

143. 苜蓿

[饶诗]《黑湖集》

Mont-la-ville

一上高丘百不同，山腰犬吠水声中。
葡萄叶湿枝头雨，苜蓿花开露脚风。

[释义]

　　一登上高高的山丘风景自然不同，家犬吠叫隐约交杂于山腰水潺声之中。细雨浸湿葡萄枝叶，苜蓿花开露水迎风。

[出典]

　　西汉·司马迁《史记·大宛列传》。

[解读]

　　《黑湖集·Mont-la-ville》："葡萄叶湿枝头雨，苜蓿花开露脚风。""苜蓿"大苑语buksuk的音译。植物名。豆科，一年生或多年生。原产西域各国，汉武帝时，张骞使西域，始从大宛传入。又称怀风草、光风草、连枝草。花有黄紫两色，最初传入者为紫色。可供饲料或作肥料，亦可食用。《史记·大宛列传》："（大宛）俗嗜酒，马嗜苜蓿。汉使取其实来。于是天子始种苜蓿、蒲陶肥饶地。及天马多，外国使来众，则离宫别观旁尽种蒲陶、苜蓿极望。"

[诗歌浅解]

　　1966年8月，饶公在好友戴密微教授陪同下，在瑞士流连一周，此诗系游途中所作。诗中简短而又生动地描绘了Mont-la-ville乡镇的田园风光，山中闻犬吠，细雨浸葡叶，苜蓿露脚风，一片祥和恬淡之境应景而生。

144. 曼陀罗

[饶诗]《羁旅集》

　　见"巨灵"条注。

[释义]

　　见"巨灵"条注。

[出典]

　　"曼陀罗"，梵语的译音。意译为悦意花。

[解读]

　　《羁旅集·王贯之见余游尼亚加拉瀑布诗，以半痴诗禅观瀑十首相示，因用坡翁百步洪韵，赓作长句》："嘘烟幻霭难方物，瀑花雨散曼陀罗。"曼陀罗在印度被视为神圣的植物，特栽培于寺院之间。为一年生有毒草本，叶子互生，卵形，花白色，花冠像喇叭，结蒴果，表面多刺。全株有毒，花、叶、种子等均可入药，是麻醉性镇咳镇痛药，又称风茄儿。《法华经·序品》："是时天雨曼陀罗华。"

[诗歌浅解]

　　见"巨灵"条注。

145. 蛮夷大长

[饶诗]《佛国集》

哥里益（Bernard P. Groslier）教授掌安哥窟重建之责，余笑谓君真神庙之毗湿奴（Vishnu）矣。媵之以诗

到此休惊九折魂，江流石转斡乾坤，
凿山绩可追神禹，呵壁辞应待屈原。
老屋数间权作主，平湖千里识真源。
蛮夷大长今何在，无复深山叫夜猿。

[释义]

到此莫要惧怕九折的山路，江流石转天地斡旋，凿山开路的业绩可以直追夏禹之功德，不要像屈原般的呵壁问天以泄愤懑。这里的一切全由您全权负责，千里平湖都理解您的一片真心。岭南人文始祖南越王现在哪里？不再有深山中的夜猿凄婉哀啼。

[出典]

《史记·南越列传》。

[解读]

《佛国集·哥里益（Bernard P. Groslier）教授掌安哥窟重建之责，余笑谓君真神庙之毗湿奴（Vishnu）矣。媵之以诗》："蛮夷大长今何在，无复深山叫夜猿。"蛮夷大长，汉·南越王赵佗对汉廷的自称。《史记·南越列传》："陆贾至南越，王甚恐，为书谢曰：'蛮夷大长老夫臣佗。'"赵佗本身就是北方人，不但自称"蛮夷大长"，而且穿越服，鼓励与越人通婚，他带领十万兵士长驻岭南，安居乐业，更在南越推广中原的典章制度，推进了南越的政治、经济发展进程，建立的丰功伟业一直被当地人所称颂，享年104岁的南越王的领袖精神对后世影响是不可估量的。

[诗歌浅解]

对于哥里益（Bernard P. Groslier）教授掌安哥窟重建之责，饶公将其比作真神毗湿奴（Vishnu）。毗湿奴为印度教三大主神之一，她是世界维护者、宇宙万物保护者；手上持有海螺、法轮与权杖，象征生命起源、时间循环与知识的力量。这是对教授所负之责的赞赏和鼓励。诗中表达了饶公对重建工作的支持，认为此项工作"绩可追神禹"，意义重大。饶公无时无刻鼓励着哥里益教授：抛开一切杂念"权作主"，投入重建工作，这与开拓岭南

疆域的南越王赵佗同样令人敬仰，对教授工作的完成充满了信心和期待。

146. 米家山

[饶诗]《南海唱和集》

下大屿山遇暴风雨涧水陡涨追记六首　　三十三至三十八叠前韵

其三
谁作米家山，泼墨遮云日。
披麻复解索，变化何止十。
游心大化中，妙笔与争出。
于兹悟至理，无劳钻穴隙。
古人骨已朽，披图梦凤昔。
何如真山水，日日供案席。
取舍自吾侪，寻幽且搏壁。

[释义]

　　是谁作此米家山水，泼墨挥洒遮蔽云天。脉里披麻复解索，变化多端姿态各异。浮想畅思于大化之中，妙笔丹青争相呈现。从中悟出深微至理，无需钻穴隙相窥。古人骨已朽败，而今只能睹物追昔。何如眼前的真山真水，天天供在我的案席之前。取舍皆由吾辈，搏壁傍崖寻幽胜。

[出典]

　　米家山，北宋米芾与其子南宋米友仁，世称"二米"或"大小米"。

[解读]

　　《南海唱和集·下大屿山遇暴雨涧水陡涨追记六首 三十三至三十八叠前韵》（其三）有句"谁作米家山，"米家指米氏父子，为我国宋代著名书画家。"米家山水"是指由他们共同创立的，用湿笔水墨写意来表现江南烟云变幻景色的画风。画史上称为"云山墨戏"，又称"米氏云山"或"米点山水"。

[诗歌浅解]

　　80年代初，饶公与友人在大屿山遭遇大暴雨，涧水陡涨，只好涉水下山。本是大煞风景之事，然饶公以乐观主义精神创作此诗，将内心的真情实感自然流诉笔端，景生情而情又生景，达到物我两忘之最高境界。"取舍自吾侪"告知人们要善于发现身边之美，享受当下。

147. 蔓草难图

[饶诗]《佛国集》

Angkor城杂题

其一
寂寥宫殿日西斜，尽道芜城是帝家。
蔓草难图人去后，一藤终古接天涯。

[释义]

夕阳斜照着寂静空旷的宫殿，眼前的荒芜掩盖不住这曾繁华的帝皇之都。人去楼空蔓草依旧滋长难于铲除，一条露根藤蔓足让时代蔓延接连天涯。

[出典]

战国·鲁·左丘明《左传·隐公元年》。

[解读]

蔓草难图：蔓草，蔓延生长的草。蔓生的草难于彻底铲除。《左传·隐公元年》："不如早为之所，无使滋蔓。蔓，难图也。蔓草犹不可除，况君之宠弟乎？"

[诗歌浅解]

Angkor城，即吴哥(Angkor)城，柬埔寨的古都和游览胜地，是闻名于世的高棉文化古迹，也是世界著名的佛教建筑。杂题诗描写了饶公在吴哥城各种奇闻逸事，这首诗以"残甃老树"作为吟咏对象，将"芜城"与"蔓草"进行对比，文明可以像吴哥城般的脆弱，生命也可以如蔓草般的顽强，这两种看似矛盾的现象贯通全诗。人们无法抵抗兴衰成败的历史规律，但许多不畏艰险如蔓草般顽强的生命依旧勇敢地拼搏着，这值得我们歌颂。

148. 木兰舟

[饶诗]《苞俊集》

千帆日昨自南京来书，适有洞庭之行，报之以诗

丹青画出古今愁，芳草萋萋镜里游；
看尽白萍皆不是，思君心系木兰舟。

[释义]

画卷画出了古今的愁苦，芳草茂盛犹如镜中游赏。看尽人间浮沉不为所动，思君心系那远处的小舟。

[出典]

南朝·梁任昉《述异记》。

[解读]

用木兰树造的船。南朝·梁任昉《述异记》卷下："木兰洲在浔阳江中，多木兰树。昔吴王阖闾植木兰于此，用构宫殿也。七里洲中，有鲁班刻木兰为舟，舟至今在洲中。诗家云木兰舟，出于此。"后常用为船的美称。

[诗歌浅解]

程千帆（1913—2000），男，汉族，九三学社社员，中国著名古代文史学家、教育家，南京大学教授。程教授寄书信与饶公，恰逢饶公在洞庭湖畔游行，立刻借洞庭湖景之意赋诗回赠，诗歌表达出饶公对友人的思念以及对时光易逝人事兴衰的无奈之苦。

149. 蛮君山鬼杂鼌鼍

[饶诗]《冰炭集》

集集道上

蛮君山鬼杂鼌鼍，危磴艰如判命坡。
到此豁然开大道，方知人力胜天多。

[释义]
蛮人山鬼夹杂虫鱼走兽，高险难登如同判命之坡。到达此镇视野豁然开朗，才知道人力能够胜过天。

[出典]
宋·苏轼《王维吴道子画》。

[解读]
蛮君对蛮人的戏称。山鬼，阎王。鼋鼍，是指巨鳖和猪婆龙（扬子鳄）。宋·苏轼《王维吴道子画》诗："蛮君鬼伯千万万，相排竞进头如鼋。"

[诗歌浅解]
通往台湾南投县集集镇的道路艰险崎岖，宛如通完地狱审判之路。谁也无法料想这样的艰途中竟隐藏人类现代化的成果，集集镇繁华的气息，让饶公感叹人力胜天的人类智慧。

150. 迷阳

[饶诗]《白山集》

读Rimbaud诗　　用庐陵王墓下韵

舟如蝶迷阳，飘飘到何方。
冷眼看乾坤，热泪洒平冈。
沉忧虹贯日，隐爱雪充肠。
至道生无名，崭新出悲凉。
空中传恨语，百世不敢忘。
我邦称鬼才，长爪差雁行。
万星灿暮夜，千凤焘奇芳。
后不见来者，勇往意何伤。
睿哲天所忌，遘播岂相妨。
沧海穷矘黑，岁月念方将。
夭枉无足悲，辉光讵寻常。
江河万古流，盛藻随风扬。
尚论他与我，余蕴待平章。

[释义]

　　小舟如迷阳之蝶，随波飘至何方。冷眼仰视天地，热泪抛洒平冈。虹霓贯日譬其沉忧，恻隐垂爱白雪充肠。达到极精深微妙的境界衍生无名天地之始，于无有处求新趣显现悲伤凄凉之情。那些空中传恨之语言，千百年来未曾被忘记。与唐朝鬼才诗人李贺，比肩而同列。浩瀚星空使暮夜明亮，千凤高飞九天瑞绽奇芳。后人之所不及，勇往亦无伤大雅。上天忌妒睿哲英才，令其遗播亦终不能妨碍他。日暮降临覆盖沧海桑田，经历岁月走向未来。英年早逝有什么可悲伤的，Les Illuminations的辉光早已深入人心。江河万古长流，华美的辞藻随风传颂。回想Rimbaud诗歌与我异同，待后人品味其中的余蕴。

[出典]

　　《庄子·人间世》。

[解读]

　　《庄子·人间世》："迷阳迷阳，无伤吾行。"郭象注："迷阳，犹亡阳也。亡阳任独，不荡于外，则吾行全矣。"成玄英疏："迷，亡也；阳，明也……宜放独任之无为，忘遣应物之明智。"陆德明释文引司马彪曰："迷阳，伏阳也，言诈狂。"一说，谓有刺的小灌木。王先谦集解："谓棘刺也，生于山野，践之伤足，至今吾楚舆夫遇之犹呼迷阳踢也。"

[诗歌浅解]

　　阿尔蒂尔·兰波（Arthur Rimbaud），19世纪法国著名诗人，早期象征主义诗歌的代表人物，超现实主义诗歌的鼻祖。他用谜一般的诗篇和富有传奇色彩的一生吸引了众多的读者，成为法国文学史上最引人注目的诗人之一。

N

151. 鸟窠

[饶诗]《苞俊集》

始信峰

鸟窠一乘渺遗踪，补隙扶疏三两松。
谁劈中天擎片石，攀梯始信是危峰。

[释义]

　　化身飞鸟俯视飘渺遗迹，填补空隙有繁茂的松树。谁劈天际放此擎天石峰，攀登方信此是险峰。

[出典]

　　黄山传说。

[解读]

　　《苞俊集·始信峰》提到："鸟窠一乘渺遗踪，补隙扶疏三两松。"黄山有方士，名叫"鸟窠"，系江苏淮安人。有一年，为了采药，他来到黄山，因为留恋黄山始信峰景色奇丽，在始信峰独居三年，拒绝见外人，自题其室额为"活死人墓"。其愿自己化身为一只鸟，自由翱翔黄山之中。

[诗歌浅解]

　　饶公借用黄山鸟窠之典，表达自己游览始信峰有遨游天际的感触，并巧用始信峰的名头化入诗作，"始信是危峰"，巧妙地将山峰的奇峻艰险一展无遗。

152. 南岳师

[饶诗]《南海唱和集》

谢彭袭明赠画　　十一叠前韵

多君摘云腴，挥写销夏日。

疑见南岳师，佛前且合十。
风月不到处，暂放数峰出。
危叶坠曾波，微阳生霁隙。
山林与皋壤，遥思俨古昔。
与可诚可人，坐我蒹葭席。
尚欲起坡翁，重与论照壁。

[释义]

感谢彭君邀品名茶，挥毫消遣以度炎炎夏日。达到懒瓒和尚绝虑忘缘的境地，佛前合十参禅悟道。风月无法企及之处，巧妙地勾勒出险峻数峰。枯叶飘落荡起层叠波纹，初生之阳透过霁隙披散微光。山中之林泽边之地，颇能感受到古风遗存。文与可确实是可爱的人，我坐于蒹葭席亦知足。想要借助苏东坡之语，再次探讨这照壁之论。

[出典]

南岳师，懒瓒，是唐代高僧，又名懒残，法号明瓒，是北宗著名禅师普寂禅师的弟子。

[解读]

《南海唱和集·谢彭袭明赠画十一叠前韵》："疑见南岳师，佛前且合十。"懒瓒和尚于唐天宝初年居衡山南岳寺为执役僧，性懒而食残，力大无穷，能推巨石，擒虎豹。曾以牛粪煨笋头，分一半给隐居南岳的隐士李泌吃，预言"领取十年宰相"，后果然言中，懒瓒和尚由此名声大振。他常游集贤峰下的衡岳禅寺，挂锡数月或半年之久。后殁于集贤峰，后人在集贤峰下用乱石垒其墓，筑有"仙残坟"。

[诗歌浅解]

关于彭袭明（1908~2002）的画作，饶公极力推崇，曾写挽联《梦魂犹欲绕青城》赠彭袭明："下笔出嶔奇，画作自堪追墨井；填胸余耿介，梦魂犹欲绕青城。"此诗亦然，对彭袭明画作"外师造化，中得心源"的境界加以阐述，并借苏轼"艺道两进"之论表现彭君德艺双馨的艺术人格。

153. 南冠一楚囚

[饶诗]《瑶山集》

毅庵自瑶山归赣,道经文墟,信宿饯之以诗

> 出山还作入山谋,憔悴南冠一楚囚。
> 零乱飘灯惊暝宿,分飞劳燕惜迟留。
> 君从惶恐滩头住,吾向茱萸江上休。
> 肠断朔风行万里,一川鼙鼓月如钩。

[释义]

出山立即要为入山打算,憔悴一介南人客居他乡。灯影零乱惊扰让我失眠,劳燕分飞友人离别珍惜暂伫。您要往惶恐滩那里居住,我则到茱萸江边上休憩。肠断北风行程远达万里,一江战鼓声月影如钩。

[出典]

《春秋左传·成公九年》。

[解读]

"南冠"即楚人之头冠,"楚囚"即楚人被囚于他国,后代指在异乡困居或遭到监禁。《春秋左传·成公九年》:晋侯观于军府,见钟仪,问之曰:"南冠而絷者谁也?"有司对曰:"郑人所献楚囚也。"

[诗歌浅解]

饶公终于得见蒋毅庵,却是在对方将跋涉回江西之际。短暂重逢后又将久别,唯期盼将在战乱中经行万里的友人能平安珍重。

154. 南面聊可作娱嬉

[饶诗]《瑶山集》

国专讲师欧阳君出长金秀瑶区,诗以贺之

> 六一能文未算奇,奇在折箠笞胡儿。
> 平南大小六七战,使虏辟易怯西窥。

铜章出为瑶僮宰，瘴烟满面生于思。
岂其以此列戟当营卫，抑乃哦诗正要捻吟髭。
书生大言君莫嗤，十万大山即雄师。
大王墟里多子弟，鬃首椎髻供驱驰，
藤峡天险逾冥陀，纵有伏波未敢越雷池。
老夫佗旧有壮语，南面聊可作娱嬉。
君今潭潭如卧虎，春风百骑拥旌旗。
我非陆生艰作记，南来稍馈一囊诗。
最难彭魏连翩至，诛茅仿佛翠微时。
交州好士称士燮，君应乐此忘其疲。
滔滔天下皆兵革，微君谁与巢南枝。

[释义]

　　您如六一能文未足称奇，奇在能够治理少数民族。平南县大小六七次战役，胡虏退避不敢向西窥视。持印任瑶族聚居地长官，瘴烟之中脸上长满胡须。难道以须作戟守卫军营，抑或吟诗正需捻断髯髭。一介书生大话您莫嗤怪，十万大山即是您的雄兵。大王墟里多有族人兄弟，少数民族为您奔走效劳。大藤峡要比冥陀更加艰险，纵是马援也不敢越一步。赵佗老夫曾有壮志豪言，南方称帝聊可自娱嬉闹。您今心胸深广威如卧虎，春风中军队簇拥着旌旗。我不是陆游历艰而作记，南方来只赠您一囊诗句。最难如彭魏诸接连而至，斩草结庐宛如翠微易堂。交州名士当要首推士燮，您应乐居此地不思厌倦。世道纷乱兵革到处可见，没您又靠谁在南方暂居。

[出典]

东汉·班固《汉书·西南夷两粤朝鲜传》。

[解读]

　　赵佗在去帝位而上疏汉文帝时，称之前称帝是因为周边小部族亦多称王，故而称帝以自娱。《汉书·西南夷两粤朝鲜传》："老夫故敢妄窃帝号，聊以自娱。"

[诗歌浅解]

　　1944年，抗日战争进行到最为艰苦的阶段，饶公和无锡国专师生在广西蒙山、瑶山中避难，受到了欧阳革辛的照顾。如今他将成为当地的官员，饶公更为其仕途进步感到高兴。管理西南山区，工作不易，饶公因引古代典故，以极言在此等偏远之地亦能有所作为，鼓励欧阳革辛努力为百姓在战乱中创造可以安居之地。

P

155. 劈斧披麻

[饶诗]《总辔集》

小函锦系泷

劈斧披麻此一奇，堆红叠绿满岩碕。
飞泷雾下悬千尺，想见人天合一时。

[释义]

劈斧披麻之势令人称奇，红绿枝叶辉映山岩弯碕。雾气之中飞流悬下千尺，如同观见人天合一之时。

[出典]

元·汤垕《画鉴》、清·唐岱《绘事发微·皴法》。

[解读]

《总辔集·小函锦系泷》中以"劈斧披麻此一奇，堆红叠绿满岩碕"，体现日本层云峡之景小函锦系泷之奇。"劈斧披麻"，实际上是山水画皴法之一，斧劈皴，即唐李思训所创之勾斫方法，笔线遒劲，运笔多顿挫曲折，有如刀砍斧劈，故称为"斧劈皴"，这种皴法宜于表现质地坚硬、棱角分明的岩石。麻皮皴，由五代董源创始，如元·汤垕《画鉴》所述：董源"山水有二种：一种水墨矾头，疏林野树，平远幽深，山石作麻皮皴"。其状如麻披散而错落交搭，故曰"披麻皴"。

[诗歌浅解]

小函锦系泷，日本层云峡之景，以多奇岩怪石著称。每年10月的红叶季节里，绝壁的岩石与红叶相辉映，瀑布飞下千尺，美妙绝伦。

156. 漂母

[饶诗]《羁旅集》

读陶公乞食诗

伍胥奔吴市，吹箫动九阍。
野人或与块，归国思晋文。
贤哲伊昔然，乞食安足论。
陶公初投耒，岂独为温饱。
拂衣竟安之，行行归田园。
叩门亦何事，其奈拙语言。
呜呼天地宽，无处可安贫。
如何思冥报，长怀漂母恩。
士为知己死，徒抱千载冤。
嗟嗟眼难瞑，悬之国东门。

[释义]

伍子胥流浪于吴国，吹箫乞讨惊动吴王。乡下人馈赠他土块，晋文归国难离百姓。自古以来贤者如此，乞讨得食不足论道。陶公当年求仕当官，岂是为了温饱问题。振衣而去归隐安处，于田园间行走自由。敲门乞食所为何事，话到嘴边欲言又止。感叹天地如此宽广，却无一处栖息之地。白吃白拿如何报答，感谢漂母急难施惠。为赏识自己者而死，他人误解蒙冤千年。感慨如此难以瞑目，将我眼睛悬挂东门。

[出典]

西汉·司马迁《史记·淮阴侯列传》。

[解读]

"如何思冥报，长怀漂母恩"引出了"漂母"的典故。《史记》记载韩信（？~前196）少年时虽有才能却得不到别人的赏识，做生意又不善于谋划，所以只好寄人篱下，受到人们的辱骂和鄙视。有一次，韩信在淮阴城下钓鱼，眼看已到中午吃饭的时候，他还没有地方可去。河边有一些老年妇女在漂洗棉絮，有位善良的老人看见韩信饥饿难耐的样子，自己的饭菜拿出来给韩信吃，这样接连着十几天，韩信非常感激，发誓以后定要重报这位老大妈。老人听了这话后，生气地说："大丈夫不能自己养活自己，我是可怜你才给你饭吃，根本没有指望你来报答。"后来，人们就有这个典故来表示馈赠食物。宋·苏轼的《石塔寺》就运用了这个典故："虽知灯是火，不悟钟非饭。山僧异漂母，但可供一荒。"漂母的无私大爱不仅影响了韩信，还深深地影响了一代又一代的人们，历代学者多有诗文对其赞颂，历朝官府也纷纷建祠树碑以示褒扬。至今，漂母墓、漂母祠仍巍然屹立在淮安境内，成为国内著名的母爱文化教育基地。

[诗歌浅解]

饶公读陶公《乞食诗》，借陶渊明乞食之无奈来表达自己对伍子胥蒙冤而亡的历史事实的愤恨。伍子胥遇吴王赏识，尽职尽忠，肯为知己者而死，多次规劝吴王伐越，然遭伯嚭谗言诬害，被吴王赐死，死前愤慨说道："我死了以后，一定要在我的墓上种上梓树，让它长成之后可以派用场，把我的眼睛摘下来悬挂在都城东门之上，我要亲眼看到越寇的入侵、吴国的灭亡。"是他身遭诬害的愤怒，也是对吴王昏庸的憎恨。

157. 潘党驱六麋

[饶诗]《西海集》

沙维尔尼行宫（Chateau de Cheverny）晚宴

主人殷勤意不疲，招呼远客来荒陂。
背山临流开爽垲，百里漫劳车载脂。
当年皇族畋游地，别馆近在水中坻。
珠帘甲帐宛如昔，罗列宝鼎蟠蛟螭。
髹床远自中原至，西渐声教良可稽。
裔皇绘画更妙绝，僧繇虎头颐指麾。
旧笳曲美动林薮，绛袍猛士雄武资。
青云为纷虹为缳，想见潘党驱六麋。
西山日坠游未散，起烧庭燎环阶墀。
繁俎绮错乐无已，义渠哀激人心脾。
攒头万鹿满堂壁，京台渚宫无此奇。
抽毫欲试羽猎赋，酒酣尚闻风飔飔。

[释义]

主人殷勤留客不疲，招呼远客来此荒境。依山傍水爽朗干燥，驱车起程百里奔波。皇族畋猎游乐于此，邻江水洲渚之行宫。珠帘帐幕如同往昔，罗列宝鼎蟠蜿蛟螭。漆金之床源于中原，声威教化有迹可循。典美绘画精妙绝伦，如若僧繇虎头之笔。旧调重弹撼动林泽，猛士红袍雄霸天下。青云为带虹霓作绳，遥想潘党驱射六麋。夕阳西下意犹未尽，点燃灯炬环阶再聚。美酒佳肴常乐无疆，慷慨悲凉摄人心脾。万千鹿角高悬墙壁，京台渚宫无可比奇。提笔欲仿羽猎之赋，酒酣尚闻飕飕凉风。

[出典]

春秋·左丘明《左传·宣公十二年》。

[解读]

《西海集·沙维尔尼行宫（Chateau de Cheverny）晚宴》："青云为纷虹为缳，想见潘党驱六麋。"晋国的魏锜请求做公族大夫，没有达到目的，因而发怒，想要使晋军失败。他请求单车挑战，没有得到允许；请求出使，允许了。于是就去到楚军中，请战以后而回国。楚国的潘党追赶他，到达荥泽，魏锜看到六只麋鹿，就射死一只，回车献给潘党，说："您有军事在身，打猎的人恐怕不能供给新鲜的野兽吧？谨以此奉献给您的随从人员。"潘党下令不再追赶魏锜。

[诗歌浅解]

1956年9月，饶公出席了在巴黎召开的第九届国际青年汉学家研讨会，结识了法国著名汉学家戴密微教授，饶公与戴认识的日子让人难忘，那一天刚好是纪念第二次世界大战结束的隔天。会后，戴密微陪同他游览了法国著名的沙维尔尼行宫，设宴于狩猎馆，馆内悬鹿角逾千，蔚为奇观。行宫外列武士衣古红色猎装，共数十人，奏狩猎古调，声震林木。行宫耸立森林中，有湖沼之胜，为1634年Henri Hurâult伯爵所建，四壁绘画瑰丽，出于Blois画家Jean Mosnier之手。路易十五曾驻驿于此，其御用物有来自中国之漆器。亨利·于罗特（Henri Hurâult）是沙维尔尼（Cheverny）地区曾经的领主。在十七世纪，为了向妻子证明自己的爱，他拆毁了当地的防御工事，并且在原址上修建了当今美丽的沙维尔尼城堡。

158. 片帆安稳

[饶诗]《黑湖集》

自Evian经Leman湖中瞻眺

其二

涕柳垂堤绿正繁，看山一路落平原。

片帆安稳西风里，领略湖阴顷刻温。

[释义]

涕柳垂堤绿荫繁茂，绵延山势接连平原。孤帆携风稳泛湖心，领略湖中的片刻温情。

[出典]

南朝·宋·刘义庆《世说新语·排调》。

[解读]

南朝·宋·刘义庆《世说新语·排调》："顾长康作殷荆州佐，请假还东。尔时例不给布帆，顾苦求之，乃得发。至破冢，遭风大败。作笺与殷云'地名破冢，真破冢而出，行人安稳，布帆无恙。'"

[诗歌浅解]

饶公瞻眺日内瓦湖Leman远景，水光山色如痴如梦，仿佛将其引入画境，他为此赋写精彩的诗篇。诗中他描写湖岸、湖中之美景，绿柳垂荫，孤舟泛游，令人顿时产生温郁之情。

159. 辟鸿蒙

[饶诗]《黄石集》

大峡谷

其一
赤嶂连霄一片红，巨灵手自辟鸿蒙。
俯临无地昆仑小，七圣自应迷去踪。

[释义]

赤红山壁远接云霄，巨灵大神开辟天地。俯不见地昆仑渺小，七圣到此迷失踪迹。

[出典]

《庄子·在宥》。

[解读]

传说中宇宙形成前的混沌状态称为"鸿蒙",《庄子·在宥》:"云将东游,过扶摇之枝,而适遭鸿蒙。""辟鸿蒙"是开辟天地的意思,清·谢元淮《石公山》诗:"石门辟鸿蒙,幽洞临重渊。"

[诗歌浅解]

美国大峡谷是世界知名的自然景观,雄奇壮丽,体现造化之神功,但由于美洲开发很晚,人类历史的痕迹较浅,所以风光的人文不够厚重。相比之下,我国的名山大川则不同,每一处山水景观都有史籍记载和诗文流传,游览过程即是观赏自然风光与追忆人文历史的融合。饶公在写诗记录大峡谷美景时,采用"巨灵""昆仑""七圣"等诗歌意象和典故,这是把我们中国诗歌传统中丰富的文化蕴涵附加到大峡谷上,使大峡谷的自然风味融入人文和历史情趣,焕然一新,深远耐读。

160. 辟谷

[饶诗]《瑶山集》

寄题牛矢山房课子图为简又文

乱峰合沓号六排,祆氛未豁此低回。
千里连山利御寇,一村断发辟蒿莱。
虎尾何堪青草瘴,牛矢竟似黄金台。
未能滋兰启九畹,直须辟谷消百灾。
野人曝背献芹子,田夫泥醉卧苍苔。
说与儿曹添至乐,莫因患离妄生哀。
破觚聊以供占毕,长歌还要起岻陨。
冥冥寂观尽寥廓,区区藜藿足生涯。
野旷春寒扉昼闭,山深夏木手亲栽。
厚地高天存正气,百沴千劫思人才。
曾闻牛骥同一皂,却看身世真齐谐。
同君避地甘茶荈,为君题句心颜开。
寄诗喜见晴云霁,相思独卧空山隈。
图成示我不辞远,会当一饮三百杯。

[释义]

重峦叠嶂名曰六排山峦,云气未散在低洼之地徘徊。山势连绵千里利于御敌，南人披荆斩棘开辟天地。虎尾之险不及青草瘴气，牛屎高堆如同黄金楼台。未能在此滋种一片兰草，须以断绝粮草消除灾祸。野人争相献日照献野芹，农夫烂醉如泥卧于青苔。与小辈谈说可增添至乐，莫要因离恨而过分哀伤。削开竹简作为占筮之用，歌咏长叹从而唤起病颓。冥冥静观渺茫极尽旷远，小小野菜足以维持生存。旷野春季湿寒门扉昼闭，深山之中夏树亲手所栽。地厚天高天地蕴含正气，百疾病千劫难令人思才。曾听说过牛马共处一槽，看着世道如此怪异难分。和您共同避难惯食苦菜，有幸为您题画心情欢快。作诗欢喜看见云散天晴，独卧空山之中枉自思念。图画作成示我不辞遥远，定当与你豪饮三百余杯。

[出典]

西汉·刘安等《淮南鸿烈·人间训》。

[解读]

辟谷同"避谷""辟毒""却谷""断谷""绝谷""休粮"等，即不吃五谷，然后启动心能量，而是食气，吸收自然正能量，进入自然辟谷状态的一种养生技术。是道家修炼的一种方法。《淮南鸿烈·人间训》："不衣丝麻，不食五谷，行年七十，犹有童子之色。"是为史籍所载最早之辟谷实践者。

[诗歌浅解]

1945年1月15日，日军攻占蒙山县城，无锡国专师生避入蒙山文墟镇梁羽生的陈家祖屋，次日逃往六排山中的"牛矢山房"。无锡国专师生在这里继续授受课业，并未因避难而停止教学。无论是艰苦的起居环境，还是嚼之无味的果腹野菜，都不能阻止学人们传道授业、砥砺学术。祖籍台山的广州著名画家叶因泉，趁此而创作了《牛矢山房课子图》。简又文邀饶公为画题诗，饶公欣然落笔作诗。

161. 葡萄入汉家

[饶诗]《苞俊集》

吐鲁番夕宴

酒面随杯泛紫霞，穹庐瀚海各无涯。
交河故垒淹黄土，喜种葡萄是汉家。

[释义]

杯中之酒映衬天上紫霞,苍穹瀚海皆是无边无际。交河的旧堡垒黄土遮掩,喜欢栽种葡萄的是汉家。

[出典]

汉·司马迁《史记·大宛列传》。

[解读]

诗中"喜种葡萄是汉家",典出自汉·司马迁《史记·大宛列传》,记载张骞如何率领使团顺利到达乌孙,又到了大宛,他的随员将西域的葡萄、苜蓿引入汉朝,成功凿通了丝绸之路等经历。

[诗歌浅解]

80年代初,饶公作为著名的敦煌学家到吐鲁番参加会议,会后,他到吐鲁番市作实地考察,看到交河故城这座世界上最大最古老的土建筑城市至今保存完好,他感到十分欣慰。在交河之旁,他领略天高地远的边疆风景,联想当年先祖凿通西域开辟了丝绸之路的艰辛,赞叹这条商路对加强东西方的经济文化交流,增进各国人民之间的友谊做出了重大贡献。

Q

162. 桥姬

[饶诗]《总礜集》

桥姬社

佳人底事怅离群，玉笛频吹海上闻。
剩向三间供御食，山城风土足消魂。

[释义]

　　佳人离群往事令人惆怅，玉笛频吹奏海上可听闻。唯剩宇治桥上三之间供奉侍候，山城遗留风俗令人销魂。

[出典]

　　见于《明治妖记》。

[解读]

　　在《总礜集·桥姬社》中饶公阐述了供奉桥姬的祠堂，也引出了日本的桥文化。桥姬是一种出现在桥边的女妖(算是一种被神格化的妖怪)、神祇，属于日本水妖和水神。由于痴爱他人，又不能和心爱的人在一起，她就从桥上跳到水中自杀。如果晚上有男子过桥，她就会出现，并把其引到水中溺死，如果有女子过桥，就会强行拉其入水。

[诗歌浅解]

　　在古代日本，桥是国与国之间的通道和界线，因此桥姬是为了防止外敌入侵而产生的神祇信仰。桥姬既是桥的妖怪，也是桥的守护神，大桥基本上都会有供奉桥姬的祠堂。

163. 顷刻花

[饶诗]《羁旅集》

圣诞大伤风，杜门偃卧。越二日，俭甫招雪曼伉俪同游新巴黎农场。至则卉

木向荣，群动飞潜，饶有生意，积痼为之顿失。归来读东坡和子由园中草木，走笔依韵，得十一首

其三

今岁春早回，海棠开旋老。
无烦烧烛照，红妆堪拜倒。
寇莫大阴阳，万汇恣意造。
为此顷刻花，徒尔伤天巧。
何劳大匠斫，手伤神自耗。
看看明朝雨，坠茵活野草。

[释义]

今年春季早早来临，海棠花儿鲜媚绽放。无须劳烦烛光烧照，美女盛妆黯然失色。伤害没有大于天地，气吞万汇恣意汪洋。为了开放神奇花朵，不惜用尽自然之巧。何须劳烦名匠雕饰，劳神伤手损耗精力。请君待到明朝雨落，海棠花落野草抽泣。

[出典]

事见北宋·刘斧《青琐高议·韩湘子》。

[解读]

《羁旅集·圣诞大伤风，杜门偃卧。越二日，俭甫招雪曼伉俪同游新巴黎农场。至则卉木向荣，群动飞潜，饶有生意，积痼为之顿失。归来读东坡和子由园中草木，走笔依韵，得十一首》（其三）诗中饶公借"为此顷刻花，徒尔伤天巧"来咏海棠花为了开放神奇花朵，不惜用尽自然工巧。"顷刻花"的典故出自唐·韩愈侄韩湘子，当年韩湘子落魄不羁，喝酒则醉，醉则高歌，韩愈教诲他都听不进去，即作《言志》诗一首，中有"解造逡巡酒，能开顷刻花"之句，愈想要验证他的说法。便开了宴席，韩湘子坐于末位，取来泥土放于盆中，用笼盖在上方，喝酒之间，花已开二朵，如同牡丹，在座的无不惊异。后因以"顷刻花"指忽然开放的神奇花朵。

[诗歌浅解]

此诗写于60年代。圣诞后的第二天，饶公伤风初愈，与友人莫俭甫和谢雪曼等同游新巴黎农场。郊游途中忘却身体不适，全然投身于春意黯然的大自然之中，心中郁积得到释放。全诗恬静轻快，充满意趣。

164. 秦力士

[饶诗]《苞俊集》

槟城怀康南海四绝示黄晚香

其一
夏云筛月认前踪，王路仓皇比教宗。
莫道婆娑生意尽，移风尚有柳丝松。

其二
大庇堂前日已斜，吻矶门巷有朱家。
可怜北阙三千牍，剩付南天一片霞。

其三
繁碧依然到户庭，小红花好共谁登。
楼台梦后仍高锁，蔓草由来管废兴。

其四
投止望门历大艰，鹤山留墨在人间。
风前忍讽绝交论，畸士徒思秦力山。

[释义]

其一：夏云遮蔽明月追溯前踪，帝王之路仓皇堪比教宗。莫道枝叶扶疏生意已尽，移风易俗终使柳丝拂动。

其二：大庇阁堂前日影已斜，吻矶门巷內有鲁地侠士。可怜北面宫门上书奏疏三千，只剩付诸南天一片云霞。

其三：繁荫绿树依然屹立户庭，红艳花娇好谁与我同登。深夜梦回楼台朱门紧锁，蔓生之草向来反映废兴。

其四：望门投止经历大艰大难，鹤山留下墨迹长存人间。风前不忍讽刺绝交之论，独行拔俗让人想到秦力山。

[出典]

秦力山（1877~1906），自立军统领。原名鼎彝，也名邮，字力山，别号遁公、巩黄。原籍江苏吴县（今苏州市），善化（今属长沙）人。

[解读]

《苞俊集·槟城怀康南海四绝示黄晚香》其四："畸士徒思秦力山。"光绪二十六年（1900）夏天，秦力山去天津联系义和团，想要改"扶清灭洋"口号，没有结果。到武汉参加唐才常等所组自立军，任前军统领。七月去安徽主持大通一路自立军起义，与清军激战数日。失败后，到新加坡，知康有为贪污公款劣迹，遂与绝交。复至日本东京，与陈犹龙等同责梁启超。至此，他由亲近康、梁转而接近孙中山，并在《清议报》上撰文讥讽康、梁保皇行为。

[诗歌浅解]

　　其一：此诗以只言片语将康有为戊戌变法之事的功绩和影响蕴含诗中，虽然变法失败，但移风易俗之果已经深入人心，无法抹灭。

　　其二：日落时分饶公来到康有为住过的大庇阁，用《史记》中的"朱家"借指亚历山大对康的帮助。诗中感叹康有为六次上书，奏疏三千，在历史面前堪比南天一片霞，虽显渺小但意义重大。

　　其三：大庇阁草木不知人事改，繁荫绿树依旧屹立，岁月淘尽了英雄，唯有饶公独自凭吊康有为。

　　其四：康有为变法在当时的社会下非常艰难，直至后期变法失败后众叛亲离，让人感到惋惜。饶公对康有为的大举即崇敬又同情，政治的失败归根结底不是因为康有为，而是当时的政治与社会的局限性。

165. 轻三重六

[饶诗]《苕俊集》

　　详见"啰哩唯与南戏"条注。

[释义]

　　详见"啰哩唯与南戏"条注。

[出典]

　　英国出版的《辛格罗夫音乐大辞典》"中国音乐"条中称：南方主要以潮州筝学派为代表。潮州筝以其风格鲜明、色彩浓郁、曲目众多、清秀优雅、韵味悠长、银色柔和，加上演奏中变奏繁多而自成系统、别具一格。"轻三重六"调则是取"轻六"调的前半部音阶"561"和"重六"调的后半部音阶"245"，合二为一而形成的特殊音阶"561245"。

[解读]

《苞俊集·题〈潮剧志〉三首》（其三）咏潮州弦诗，追溯拍板的渊源，并于诗中阐明其由来。潮州筝早先是用"二四谱"作为原始谱的，这是一种只能以潮州方言念唱的古乐诗谱。早期的"二四谱"只记"板"不记"眼"，以二三四五六七八（即简谱的5 6 1 2 3 5 6）为标记。它基本上是一种五声音阶的谱式，音调的变化要靠左手按、滑而产生的"轻三六调"（简称"轻六调"）"重三六调"（简称"重六调"）"活三五调"（简称"活五调"）"轻三重六调"的变调奏法来体现。

[诗歌浅解]

详见"啰哩嗹与南戏"条注。

166. 千尺井

[饶诗]《西海集》

自疏铃铎（Sorrento）遵地中海南岸策蹇晚行

凭谁管领日冥冥，眼见奔流注不停。
如得出人千尺井，西来山似佛头青。

[释义]

此地谁管昏日冥冥，奔腾急流倾注不停。不假寸绳而出千尺井，西边之山如佛头青发。

[出典]

宋·普济《五灯会元》卷第四（上）。

[解读]

《西海集·自疏铃铎（Sorrento）遵地中海南岸策蹇晚行》（凭谁管领日冥冥）："如得出人千尺井，西来山似佛头青。""千尺井"潭州石霜山性空禅师，僧问："如何是祖师西来意？"师曰："如人在千尺井中，不假寸绳，出得此人，即答汝西来意。"僧曰："近日湖南畅和尚出世，亦为人东语西话。"师唤沙弥，拽出这死尸着。沙弥即仰山。山后问耽源："如何出得井中人？"源曰："咄！痴汉，谁在井中？"山复问沩山。沩召慧寂，山应诺。沩曰："出也。"山住后，常举前语谓众曰："我在耽源处得名，沩山处得地。"

[诗歌浅解]

饶公乘驴在地中海南岸晚行,他从眼前之景联想到石霜山性空禅师答僧西来意之典,亦借西来意阐释地中海景物之超绝。

167. 迁想

[饶诗]《题画诗》

题南田画次其东园原诗三首韵

其一
云过水边兴自闲,不须辛苦作荆关。
高风黄叶添萧瑟,迁想神游海上山。
其二
画到无工倍见工,欲将妙理续崆峒。
春光呈媚知何处,尽在先生尺楮中。
其三
心通造化叩幽扃,笔挟河山袖里青。
不用抚琴山已响,松风谡谡正堪听。

[释义]

其一:白云飘过水边兴致正好,不须辛苦就能作出荆关。风吹落叶平添冷清之境,迁想妙得神游海上之山。

其二:画到无工境界更见功夫,要将妙理延续崆峒之地。春光呈现媚意身知何处,尽在先生这幅画作之中。

其三:心通造化叩响深锁门户,笔落山河呈现袖里藏青。不用抚琴弹奏山已作响,松林风声谡谡正好聆听。

[出典]

东晋·顾恺之《魏晋胜流画赞》。

[解读]

《题画诗·题南田画次其东园原诗三首韵》有句:"迁想神游海上山。""迁想"是中国画术语。东晋·顾恺之《魏晋胜流画赞》:"凡画,人最难,次山水,次狗马,台榭一定器耳,难成而易好,不待迁想妙得也。"与西晋·陆机《文赋》中所谓"浮藻联翩"含意相若。但"迁想"比之"联想"更广泛，更有目的性，画家的"想象力"出于"迁想"，也是画家"神思"的基础。故历来论中国画学的"气韵生动"，赖"迁想妙得"有以致之。

[诗歌浅解]

其一：饶公题南田画作并用其东园原诗韵作诗，将画作中秋高气爽、落叶满地的风致生动地表现出来，并用"迁想"来展现画作的创造力与想象力之绝。

其二：此诗以"无工"表达对其画工的最高褒扬，其画可逼崆峒，媚意萌生，进一步阐述其绝美之境。

其三：此诗指出艺术与自然相通的奥义，唯有人道相通、天人合一，自然琴声四起，笔下河山跃然纸上，体现道法自然之理。

168. 去壑藏舟

[饶诗]《题画诗》

题刘海翁狂草卷，兼谢其远颁红梅画幅　　用东坡黄楼险韵

奔蛇走虺谁能说，烟墨澶漫看波发。
气盛空阔欲无前，古劲真堪药流滑。
羡公锋抵屋漏痕，惭我浪学翻着袜。
冷艳远颁来千里，温煦何当献一呷。
范水模山事已勤，去壑藏舟且负锸。
绿衣鸟挂朝暾回，红萼香销秋肃杀。
柳侯归来亲传语，喜揖高轩如古刹。
相望情比潭水深，晤言何及思轧轧。
清光北斗月照人，仙云南海风低压。
笔肆人与花俱老，枝斜势共山争巀。
向来姿媚仅换鹅，茂赏画图出双鸭。
乞公还写江南春，预赋新诗咏苕霅。

[释义]

奔蛇走虺之势谁能道来，墨中烟雾缈远波涛汹涌。气势盛大开阔空前绝后，古朴雄劲不会直率流滑。羡慕刘翁锋如屋漏雨痕，惭愧我乱学翻着袜之说。送我冷艳清绝红梅画幅，如沐阳光温暖由衷感叹。描摹山水已经成为习

惯，背负铁锹把舟藏在深沟。绿鸟清晨披着阳光归回，秋天寒气逼人红花凋零。如同柳公归来亲自传语，欢喜乘坐高车直奔古庙。相盼之情比潭水还要深，见面也难表达思念之苦。北斗明月之光清亮照人，晨风压低南海仙境般的云朵。狂笔肆墨人花更为老练，枝叶倾斜与山一同争媚。炫耀媚人书法仅可用来换鹅，赏略画作创作出鸳鸯图。恳请刘翁绘写江南春色，准备赋作新诗歌咏苕霅。

[出典]

"去壑藏舟"即壑舟，典故名，典出《庄子集释》卷三上《内篇·大宗师》。

[解读]

《题画诗·题刘海翁狂草卷，兼谢其远颁红梅画幅用东坡黄楼险韵》："范水模山事已勤，去壑藏舟且负锸。""去壑藏舟"即壑舟，典故名，典出《庄子集释》卷三上《内篇·大宗师》。"夫藏舟于壑，藏山于泽，谓之固矣。然而夜半有力者负之而走，昧者不知也。"将船儿藏在大山沟里，将渔具藏在深水里，可以说是十分牢靠了。然而半夜里有个大力士把它们连同山谷和河泽一块儿背着跑了，睡梦中的人们还一点儿也不知道。将小东西藏在大东西里是适宜的，不过还是会有丢失。假如把天下藏在天下里而不会丢失，这就是事物固有的真实之情。人们只要承受了人的形体便十分欣喜，至于像人的形体的情况，在万千变化中从不曾有过穷尽，那快乐之情难道还能够加以计算吗？所以圣人将生活在各种事物都不会丢失的环境里而与万物共存亡。以少为善，以老为善，以始为善，以终为善，人们尚且加以效法，又何况那万物所连缀、各种变化所依托的"道"呢！

[诗歌浅解]

此诗题写刘海粟（1896~1994）狂草书法长卷，并答谢其送予的红梅画幅。诗歌对刘海粟的狂草开一代之风极为褒扬，以书法技法"奔蛇走虺""药流滑""屋漏痕"等对其书风详尽描述。诗歌后半部分由字及情，表达了对刘翁的友人之思以及思乡之情，并阐述了自己在书画上追求独立而自然之风格与自身不愿与世俗逐流的思想有关，体现了饶公肆意傲荡的心胸与对独立自由精神的推崇。

169. 秋山问道图

[饶诗]《题画诗》

题秋山问道图　　四十叠前韵

巨师水墨间，坐对辄移日。
一峰何葱郁，矶头不止十。
老衲破庵前，未敢呼之出。
钟声落上方，隐隐度林隙。
即此窥神理，泯然契今昔。
何苦规倪黄，自蹑北宋席。
少豁胸中尘，日日张粉壁。

[释义]

巨然水墨画作之中，坐赏画作时间已久。山峰何其郁郁葱葱，矶头林立不止十个。老衲立于破庵之前，不敢将其呼唤出来。钟声从上方传过来，隐隐约约度过林隙。从此处可窥探神理，开阔之貌契合古今。何苦限制倪黄之思，皆从北宋一路传承。年少看透胸中苦闷，白色墙壁日日作画。

[出典]

《秋山问道图》是五代宋初画家巨然之作。

[解读]

据画史介绍，《秋山问道图》采用淡墨长披麻皴法绘制山川，画出土多石少的浑厚质感。山头转折处重叠了块块矶头，不加皴笔，只用水墨烘染，然后，以破笔焦墨点苔，点得非常沉着利落，使整个大山气势更加空灵。庵中和尚亦增添了禅道之境，令人心气平和。

[诗歌浅解]

饶公在诗中详解五代宋初画家巨然《秋山问道图》的技法，将其绘制的秋景山水的姿态以诗歌形式表现出来。

170. 七哀与九章

[饶诗]《长洲集》

第十六首

狂攘此何世，海啸转强梁。
息我乎沈墨，携我乎苍茫。
冯夷欲我归，风伯挟我翔。
过眼如风灯，契阔徒相望。
寒梅可着花，丛菊几经霜。
一念泉下人，喟焉增心伤。
滔天如此水，百变异其常。
君莫赋七哀，我已废九章。

[释义]

猖狂作乱这是个什么样的时代啊，世俗之人都犹如海啸般的强横凶暴。对此我当以沉默对待，同时让我陷入迷茫的状态。冯夷要我同他归去，风伯挟我同他飞翔。人生过眼之事迅疾短暂犹如泡沫风灯一样生命短促，久别只能徒劳相望。梅树在寒风中可以长出美丽的花朵，菊花几经秋霜可以绽放。怀念已经奔赴黄泉的人，只能感叹并心伤。浩浩滔天如此大水，千变万化改变其常态。劝君莫赋七哀诗，我对九章之事早已倦怠。

[出典]

文选·曹植《〈七哀诗〉》。

[解读]

《长洲集》第十六首："君莫赋七哀，我已废九章。""七哀"魏晋乐府的一种诗题。起于汉末。汉王粲、三国魏曹植、晋张载皆有《七哀诗》，为反映社会动乱，抒发悲伤感情的五言诗。《文选·曹植〈七哀诗〉》唐吕向题解："七哀，谓痛而哀，义而哀，感而哀，怨而哀，耳目闻见而哀，口叹而哀，鼻酸而哀也。"隋·江总《在陈旦解醒共哭顾舍人》诗："独酌一樽酒，高咏七哀诗。"唐·杜甫《垂白》诗："甘从千日醉，未许七哀诗。"

"九章"古代帝王冕服上的九种图案。此喻当时的统治阶级《周礼·春官·司服》"享先王则衮冕"。汉·郑玄注："冕服九章，登龙于山，登火于宗彝，尊其神明也。九章初一曰龙，次二曰山，次三曰华虫，次四曰火，次五曰宗彝，皆画以为缋；次六曰藻，次七曰粉米，次八曰黼，次九曰黻，皆希以为绣。则衮之衣五章，裳四章，凡九也。"《南齐书·陆澄传》："泰始六年，诏皇太子朝贺，服衮冕九章。"

[诗歌浅解]

阮诗此诗据何焯所考是指司马师废齐王芳立高贵乡公髦之事。诗人对此无能为力，却也并不甘心，诗中表达了他的抗议。

饶诗亦表达了对当世的无能为力，认为如此的社会，就连《七哀》都莫赋了，那个时代除了沉默已经没有什么可以付诸行动，这是一种极端的心境，如此的悲哀恰到好处地表明了时代的疮痍惨淡和破败萧条，与阮诗相比，有过而无不及。

171. 群虱

[饶诗]《长洲集》

第五十三首

小人计其功，君子道其常。
不见风中松，卓立不易方。
谁明忧患故，而具此刚肠。
诗心与易通，百世资稻粱。
至人安所归，萱草树芝房。
炎丘已火流，群虱犹在傍。

[释义]

人格卑鄙的人常常居功自傲，德高望重的人却保持不变的品德。谁都知道在寒风中的松树，巍然耸立而不轻易改变其位置和仪容。谁能洞明忧患的因果，能够保持刚直的气质。诗歌的本性与《易》相通，是百世千代凝聚起来的精神食粮。超凡脱俗的人向往的地方？那是在萱草茂盛灵芝成长的山林之中。然而南方已经水深火热，那些依附的寄生虫好像已经等待在其旁边。

[出典]

三国·魏·阮籍《大人先生传》。

[解读]

《长洲集》和阮籍《咏怀诗》第五十三首:"炎丘已火流,群虱犹在傍。""群虱"指礼法之士。《晋书·阮籍传》:"上欲图三公,下不失九州牧。独不见群虱之处裈中,逃乎深缝,匿乎坏絮,自以为吉宅也。行不敢离缝际,动不敢出裈裆,自以为得绳墨也。然炎丘火流,焦邑灭都,群虱处于裈中而不能出也。君子之处域内,何异夫虱之处裈中乎!"指那些依附统治阶级犹如寄生虫样的礼法之士。

[诗歌浅解]

阮诗表达了人生中的常理,无论是贫富贵贱死生祸福,皆为自然之理,谁都无法逃脱此等范围,花有繁荣亦有凋落,人有兴盛亦有衰落。

饶诗表达了对人格卑鄙的人的鄙视,认为道德至关重要的品格,如果无法保持,道德沦丧,人心不古,待到那时,一些不道德的人用卑鄙的手段依附于权势旁边,使社会处于水深火热之中而导致亡国,那样是多么可怕的啊!因此,人要修身养性,通过诵读如《易经》一样的书籍来保持自己的道德品格,如风中之松一样,保持劲节,不与群子合流。

172. 秦佚

[饶诗]《羁旅集》

汤展云挽词 用东坡李台卿韵

萧然瘦鹤姿,芳风出言笑。
啸歌审唇吻,神理通关窍。
韵溯梁山温,想属詹公钓。
平生半面新,颇接三语妙。
世衰默守玄,道丧余观徼。
睿音忽已遐,世事吁难料。
律谷春罢暖,慧灯昏安照。
波澜思老成,德业追年少。
一卷汲古欢,九弄识宗要。
遗编待杀青,潜德久弥耀。
九原文子悲,三号秦佚吊。
由来太古心,岂辞末代诮。

[释义]

潇洒自得消瘦如鹤,言谈举止风雅幽渊。长啸歌吟口才了得,精神理致诀窍直通。韵律追溯梁朝守温,遵循詹公得道之理。一生之中推陈出新,颇能提出精妙之语。衰落之时保持玄静,道德沦丧观察归趋。睿智音容忽已消逝,世事变化出人意料。山谷春季暖意消散,慧炬暗处安然照耀。诗文跌宕思想老成,德行功业追逐年少。文章一卷继承古风,九弄反纽识别宗要。遗留著作有待编印,隐藏美德光耀后人。九州文人悲痛万分,秦佚凭吊哭号三声。有亘古不变的真心,哪里会怕后代责骂。

[出典]

"秦佚",老聃的朋友,生卒年不详,约生活于春秋时期。道家学派的代表人物。《庄子·养生主》:"老聃死,秦失(佚)吊之,三号而出。"

[解读]

《羁旅集·汤展云挽词用东坡李台卿韵》:"九原文子悲,三号秦佚吊。"老聃死时,秦佚到其灵前拱手致意,然后哭了三声就停止。他的理由是他以为老子是得道的圣人,现在知道不是的。哭号三声,并不是因为悲哀,是在与老聃辞别。一号,是说他的出生合乎自然之理;二号是说他的死也是合乎自然之理;三号是说他所传授的自然无为的道理也是合乎自然之理。

[诗歌浅解]

此诗饶公表达对汤展云先生的突然辞世感到悲痛万分,回忆汤展云先生的音容、人品、在标音学的贡献等事迹,化用秦佚三号之典表达对其辞世的惋惜和无奈。

173. 青眼

[饶诗]《南海唱和集》

自题长洲集　　二十二叠前韵

阮公在竹林,青眼送白日。
飞鸿号外野,赋篇遂八十。
江山助凄婉,代有才人出。

东坡谪惠州，和陶饱饫隙。
归趣终难求，兴咏敢攀昔。
独有幼安床，坐久已穿席。
望古意云遥，旧尘空污壁。

[释义]

阮公于竹林肆意酣畅，青眼以送白日。鸿雁于外野哀号，咏怀赋诗八十余。得助江山诗亦悽婉，每个时代皆有才人。东坡翁谪居惠州，饭饱之余和陶公诗作。其中的雅趣难以言表，歌以咏志抚今追昔。独有管幼安之床，坐久而木榻膝穿。思古情深云更遥，往事旧尘恐污岩壁。

[出典]

南朝宋·刘义庆《世说新语·简傲》。

[解读]

《南海唱和集·自题长洲集十二叠前韵》："阮公在竹林，青眼送白日。"青眼，眼睛平视则见黑眼珠，上视则见白眼珠，此谓之"青白眼"。语出《世说新语·简傲》"嵇康与吕安善"刘孝标注引《晋百官名》："嵇喜字公穆，历扬州刺史，康兄也。阮籍遭丧，往吊之。籍能为青白眼，见凡俗之士，以白眼对之。及喜往，籍不哭，见其白眼，喜不怿而退。康闻之，乃赍酒挟琴而造之，遂相与善。"后因以"青白眼"表示对人的尊敬和轻视两种截然不同的态度。

[诗歌浅解]

魏晋阮籍之诗能尽其清，陶公则尽其性，东坡翁贬谪惠州而尽和陶诗，饶公甚爱阮诗，特次其韵，写己忧劳，抒哀乐于一时，表邈心于百代（饶公《长洲集》小引）。诗歌阐述了饶公和阮诗的缘由和创作思想，追求心境恬淡自得之雅趣，对历代文人怀才不遇、不能自主的遭遇甚感惋惜。

174. 七圣迷去踪

[饶诗]《黄石集》

见"辟鸿蒙"条注。

[释义]

见"辟鸿蒙"条注。

[出典]

《庄子》。

[解读]

《黄石集·大峡谷》有句:"七圣自应迷去踪。"七圣迷去踪,黄帝等七位圣人在襄城之野迷路之事。《庄子》:"黄帝将见大隗于具茨之山,方明为御,昌寓骖乘,张若、谐朋前马,昆阍、滑稽后车。至襄城之野,七圣皆迷,无所问途。"《襄城县志·七里迷处》:"车从填山谷,谁知道者栖,若非逢牧马,七圣至今迷。"饶公自注"谷中地名有孔子、孟子、毗泾奴等号",故用此典故。

[诗歌浅解]

见"辟鸿蒙"条注。

175. 骑牛函谷去

[饶诗]《瑶山集》

黄牛山。山在永安州西二十里,州人避寇,结茅绝顶焉

昔我读水经,知有黄牛峡。
掩卷辄神住,肺腑若与狎。
岂知后十年,其境果身及。
地仄异西陵,径险逾西狭。
重岩远际天,壁立如骈胁。
駃騠属稠林,弥望疑马鬣。
澄潭余尺水,甘苦堪一歃。
下窥万鸦沉,烟雨可吐欱。
不用悬身登,已觉筋力乏。
弧矢暗江海,罔象浮炭棐。
兹焉结茅茨,弥想古耒耜。
吾生百炼钢,万险那能劫。
政可追冥搜,山卉即象法。
易堂隐翠微,守志乃鸿业。

嗟哉二三子，临履莫云怯。

[释义]

昔日我曾读《水经注》，知道有黄牛峡存在。合上书就心驰神往，内心与之十分亲近。怎么想过十年之后，居然能够身临其境。地势起伏甚于西陵，山径艰险超过西狭。重叠山岩远与天齐，崖壁耸立如同骈胁。密林如马起伏奔腾，放远而望如同马鬣。澄净潭水一尺多深，味道如何值得一尝。向下望见群鸦低飞，烟气雨水均可吐吸。不须亲身登上高山，望时已觉筋骨乏力。战火已使四方离乱，水及山齐乾坤颠倒。在此结茅屋而居住，遥想古时禹之耒耜。我们如同百炼精钢，千难万险岂能摧折。政可上追神思玄想，山花已然含有佛法。易堂隐于翠微峰上，坚守志向恢宏大业。我同行的友人们啊，处境艰难切莫胆怯。

[出典]

西汉·司马迁《史记·老庄申韩列传》。

[解读]

《瑶山集·黄牛山歌和天水赵文炳》："携家黄牛岭头住，几时骑牛函谷去。"骑牛函谷去，像老子一样骑着牛离开乱世。《史记·老庄申韩列传》："居周久之，见周之衰，乃遂去。至关，关令尹喜曰：'子将隐矣，强为我著书。'于是老子乃著书上下篇，言道德之意五千余言而去，莫知其所终。"唐·司马贞《史记索隐》注之谓："李尤《函谷关铭》云'尹喜要老子留作二篇。'""又按《列仙传》：'老子西游，关令尹喜望见其有紫气浮关，而老子果乘青牛而过。'"据此而有老子骑青牛出函谷关之说。

[诗歌浅解]

抗日战争时，饶公避难行至黄牛山，对其险峻大加感叹。他想到了明末清初隐居翠微峰之易堂而不仕清廷的魏家父子，于是以此勉励同行的友人。魏兆凤为避清兵而隐于翠微，饶公等人因日寇侵略而困居山中，两者何其相似。

176. 祇园

[饶诗]《白山集》

和《石壁立招提》

偷来五岳图，兼天净未已。

远霭在空濛，穷照到无始。
毋劳大匠斲，登高损屐齿。
悲风千里来，深谷寒云起。
虚室既生白，河清应可俟。
须弥旧有山，祇洹今无轨。
何缘露电叹，已入冰壶里。
欲观空非空，须尽理外理。

[释义]

偷来了五岳真形图，天地间澄净一片。远远的云霭虚无飘渺，穷形尽照直到无始之境。不用劳烦技艺高超之大匠斲琢，登此高山就会将屐底之齿磨损。凄厉的寒风千里袭来，幽深的山谷寒云涌起。人能清虚无欲则道心自生，黄河水清之日是可以等到。须弥旧曾有山，祇园今已人烟罕至。何以感叹时光稍纵即逝，此心如玉壶之冰般洁净。想要体悟空非空的真谛，需要懂得理外之理。

[出典]

祇洹：即祇园。"祇树给孤独园"的简称。梵文的意译。印度佛教圣地之一。

[解读]

《白山集·和〈石壁立招提〉》："须弥旧有山，祇洹今无轨。"相传释迦牟尼成道后，憍萨罗国的孤独长者用大量黄金购置舍卫城南祇陀太子园地，建筑精舍，请释迦说法。祇陀太子也奉献了园内的树木，故以二人名字命名。玄奘去印度时，祇园已毁。后用为佛寺的代称。北周·庾信《王张寺经藏碑》："舍卫之国，祇洹之园。"

[诗歌浅解]

饶诗从不同的角度阐发了顿悟解脱的佛理，乐观地认为"虚室既生白，河清应可俟"。与其感叹时光易逝，不如泰然面对，领悟"理外理"，进入清虚无欲的"空非空"之境。"祇洹今无轨"道出玄奘去印度时，祇园已毁，从历史长河看，祇园也同万物，朝露易干，闪电瞬逝，饶公在诗中暗示人民务必珍惜当下。全诗清静恬淡，自然高雅。

177. 秦官博学篇

[饶诗]《冰炭集》

罗子期以手摹楚简见贶报之以诗

其一
残赠千年不化烟,更能留命待桑田。
天教疏凿词源手,为补秦官《博学篇》。

[释义]

残简千年不曾化为烟缕,汝更能长年留命以待桑田。上天创造汝成书写能手,是为了续写秦朝《博学篇》。

[出典]

秦·胡毋敬《博学篇》。

[解读]

《博学篇》,字书。秦太史令胡毋敬作,为幼童习字的课本。秦始皇初兼天下,丞相李斯奏罢其不与秦文合者,于是把原来的史籀大篆简化成小篆,由李斯作《仓颉篇》,赵高作《爰历篇》,胡毋敬作《博学篇》,这三部书既作为学童的识字课本,又是推行小篆的范本。

[诗歌浅解]

罗振玉之子罗福颐(子期)系著名古文字学家,他以手摹楚简书传赠送饶公,饶公特写此诗回赠。饶公在诗中称子期作为"疏凿词源手"可补秦代《博学篇》之未及者。从侧面称赞友人书法的造诣以及在古文字学方面的贡献。

178. 倾杯乐

[饶诗]《冰炭集》

见"敦煌琵琶谱"条注。

[释义]

见"敦煌琵琶谱"条注。

[出典]

《乐府杂录》。

[解读]

《乐府杂录》云：《倾杯乐》，宣宗喜吹芦管，自制此曲。见《宋史·乐志》者，二十七宫调。柳永《乐章集》注：宫调七。一名《古倾杯》，亦名《倾杯》。根据钦定词谱注，唐教坊曲《倾杯乐》调名本于《倾杯令》。

[诗歌浅解]

见"敦煌琵琶谱"条注。

179. 樵爨

[饶诗]《瑶山集》

遣怀

贷得青山樵爨缺，去来赤脚水云间。
凿垣聊可追王霸，作赋何曾让小山。
隔县贼尘惊眯目，绪风晓角下茅菅。
千忧缧绕还成笑，剩觉题诗力未屠。

[释义]

已向青山借得所需木柴，光着脚来回于云水之间。凿建垣墙堪比王霸武将，写词作赋不逊小山之美。县外贼寇尘埃惊眯双眼，号角报晓北风吹拂野草。千种忧患竟还化成一笑，只觉身上余力尚能写诗。

[出典]

北齐·魏收《魏书·燕凤传》。

[解读]

生火做饭用的木柴。北齐·魏收《魏书·燕凤传》"军无辎重樵爨之苦，轻行速捷，因敌取资，此南方所以疲敝，北方之所常胜也。"

[诗歌浅解]

  1944年夏天，因广西桂林被日本侵略者占领，饶公避难在蒙山县，他亲身参加劳动，劳作的充实让他颇感自矜。蒙山县虽尚属平静，能让饶公一行人容身，但县外日寇依旧肆虐，且随时可能侵扰蒙山。因此，暂时的宁静，并不能抚平饶公的身世忧虑。忧愁到了极致，竟只能化为无奈的一笑。

180. 杞妇哭崩城

[饶诗]《集外诗》

香墨林翰屏将军筹款建忠烈祠出所藏古画古物展览为咏此作

  将军博古世所罕，四海久夸金石眼。
  兵中能启佩文斋，入座荆关不待柬。
  愿假尊罍销兵气，天与云烟供湔盥。
  十年长作岭东人，且喜他乡有别馆。
  漫嗟旧日征战劳，摧枯譬以石投卵。
  一洗残倭摅宿愤，海滨人同叹微管。
  霜凛刀气增冬寒，律吹荒谷赎春暖。
  回首出生入死地，多少忠躯目犹悍。
  几闻杞妇哭崩城，一念国殇涕焉潸。
  即今未许休鼓鼙，韭歌麦饭不胜悲。
  将军用意诚深远，旌功待矗昭忠碑。
  扁舟了不惮还往，十车捆载修丰穰。
  堂开宁止证古欢，时人但作连城赏。
  呜呼！谁不曾蒙疆场国土恩，峻宫何以报重壤。

[释义]

  将军博识古物世所罕见，四海长期夸您精于金石。军中能够修建佩文书斋，与荆浩、关仝同席不须邀。愿能借酒消除烽烟之气，天空和云烟将它们洗涤。我十几年作为岭东之人，欢喜知他乡有吾地公馆。不须嗟叹旧时征战之苦，摧折敌军犹如以石击卵。清洗日寇抒发长久之愤，沿海人民感叹您如管仲。霜使刀肃杀更增添冬寒，吹律于荒谷换来了春暖。回首那出生入死的地方，多少忠躯依旧目光未瞑。数次听见遗孀哭崩城墙，想到捐躯之人泪水潸潸。到今日亦不能停止战鼓，韭歌麦饭令人不胜悲哀。将军用意良苦实在深远，表功须要树碑祭祀忠魂。扁舟不曾害怕往回泛行，先载数十车来丰富文物。陈列于堂不止赏古之乐，时人却把它当欣赏珍品。呜呼！谁不曾受征场战士之恩，祠堂岂能回报地下英魂。

[出典]

西汉·刘向《列女传·齐杞梁妻》。

[解读]

古时齐杞梁战死，其妻子哭号，使城墙崩塌；此处指军属遗孀因家人战死而哭泣。西汉·刘向《列女传·齐杞梁妻》："道路过者莫不为之挥涕，十日，而城为之崩。"

[诗歌浅解]

抗战胜利之后，有爱国将军以展览卖出家中文物而筹资为阵亡将士修建祠堂。饶公对此举深表钦佩，赠诗咏之。开篇之初，饶公先夸赞将军精于收藏、藏品丰富；而后，又感谢将军与军队一同抗日卫国，保护了百姓；进而，谈及烈士们为国为民而牺牲，更指出民众皆应感怀烈士的恩德，不能仅留心与观赏文物、而忘记了此次展览的根本目的。全诗起承转合兼备，一气呵成，所指之弊，发人深省。

R

181. 入定

[饶诗]《题画诗》

题画杂诗

鲲化为鹏意比诗，庄生漫衍故多姿。
山河大地都如许，收拾赋心入定时。

[释义]

鲲化为鹏其意堪比诗歌，庄子放荡不羁英姿飒爽。山河大地皆是如此境地，收拾赋作心情入于禅定。

[出典]

唐·玄奘《大唐西域记》（十二卷）。

[解读]

《题画诗·题画杂诗》有句："收拾赋心入定时。"入定即入于禅定。有时得道者的示寂，也称为入定。定为三学、五分法身之一，能令心专注于一境。可区分为有心定、无心定等种。有为佛道修行而入定者，亦有为等待多年后将出现于世的圣者而入定者。若欲入定者出定，以向其人弹指为佳。据《大唐西域记》载，摩诃迦叶受佛遗嘱，入定于鸡足山中；清辩论师则没身于南印度阿素洛宫，以待弥勒出世。

[诗歌浅解]

饶公借庄子《逍遥游》谓山河大地与人心皆有其积淀而蜕变的过程，宛如鲲化为鹏。如何做到掌握它们的变化，饶公认为收拾自己的"赋心"入于"禅定"，人如"入定"便能整我天地人三才之道。此诗亦可体现画中景象令人渐入其境的生动与真实。

182. 入海击磬襄，适楚亚饭干

[饶诗]《长洲集》

第六十九首

寥寥千载下，自是知者难。
入海击磬襄，适楚亚饭干。
看尽长安花，谁为置一餐。
犬羊虚有鞟，已矣复何言。

[释义]

寥寥千载之下，上下五千年，自是知道知音难求。击磬乐师襄到海滨去了，亚饭乐师干到楚国去了。尽览长安所有繁花，谁能为我安置一顿饭？即使犬羊之皮与虎豹之皮相同亦无其能，已经逝去的还有什么可以说的呢。

[出典]

《论语》。

[解读]

《长洲集》录阮籍《咏怀诗》第六十九首："入海击磬襄，适楚亚饭干。"《论语》："大师挚适齐，亚饭干适楚，三饭缭适蔡，四饭缺适秦，鼓方叔入于河，播鼗武入于汉，少师阳、击磬襄入于海。"意思是：太师挚去齐国了，亚饭乐师干去楚国了，三饭乐师缭去蔡国了，四饭乐师缺去秦国了，击鼓的方叔去了黄河，摇小鼓的武去了汉水，少师阳和击磬乐师襄到海滨去了。

[诗歌浅解]

此诗录饶公和阮籍《咏怀诗》的第六十九首，饶、阮两诗皆以友情难求来阐述自己的心境，阮诗以"交友诚独难"，表达自己与司马氏的不合，将损彼之有余而益我不足，而"生怨毒"，犹言公道之不持也。

饶诗表达知音难求的想法，对今世"犬羊虚有鞟"的无奈表达了自己的看法，既是对阮籍当时的同情，亦是对自己在当世无知音而倍感孤独。

183. 让国真堪比叔齐

[饶诗]《总辔集》

宇治川咏古

其二

让国真堪比叔齐，候人三度听鹃啼。
春风自拂无情水，助得阿兄泪涨堤。

[释义]

让国之举可与叔齐相比，平等院候人三度听鹃啼。春风吹拂着无情之逝水，阿兄涕泪涟涟如涨堤坝。

[出典]

西汉·司马迁《史记·伯夷列传》。

[解读]

商代有孤竹国，国君墨胎氏，也称墨姓，东周初期，先君有名初字子朝的国君生有几个公子，太子伯夷、三公子叔齐。墨初君主曾遗嘱传位叔齐，为弟的却遵从长幼有序请兄长伯夷登基。伯夷父命难违奔逃；叔齐仍不肯继位跟随兄长一起离开了孤竹国。

[诗歌浅解]

平等院候人作为藤原氏的家臣，不仅效力于平等院，在茶被引进到宇治后，他们还用心经营茶园，成了茶师。随着候人与足利将军家相交愈深，其地位逐渐上升并成了统治者，在宇治乡的行政方面也拥有着权势，但元龟四（1573）年，足利家在槙岛城之战中败给了织田信长，候人们权势也随之衰落，而候人们依旧在经营茶园的同时，从表里各个方面支撑着宇治和平等院。之后的明治时期，因维新运动和排佛毁寺等政策，导致神社寺庙一片荒废，幸有当时的平等院住僧以及继承候人意志的茶师们，平等院才得以重建，诸多文化遗产才能一直保存至今。因此饶公在诗首巧用"让国"的典故，点明了统治权让给贤者的意义。

184. 入座春风

[饶诗]《羁旅集》

北美绝句赠杨联升

霜鬓他乡尚草玄，传经心事岂徒然。
十年宾至如归日，入座春风许我先。

[释义]

鬓发灰白异国潜心著述，传授经学之志岂会徒然。十年未见如此待客亲切，邀我入座待我温暖如春。

[出典]

宋·朱熹《伊洛渊源录》。

[解读]

像坐在春风中间。比喻同品德高尚且有学问的人相处并受到熏陶。宋·朱熹《伊洛渊源录》："朱公掞见明道于汝州，逾月而归。语人曰：'光庭在春风中坐了一月。'"

[诗歌浅解]

此诗描述了饶公美国拜访杨联升（1914~1990）之事，诗中对杨联升在异国他乡传授国学知识极为褒扬，又对杨联升热情待客之道大加赞赏。

185. 入瓮

[饶诗]《瑶山集》

三十四年元旦值无锡国专二十四周年校庆，石渠置醴瑶山精舍，酒后赋呈座上诸公

我似羸牛鞭不动，尚欲与公偕入瓮。
薄酒浇胸如泻水，一饮百杯嫌未痛。
江海相逢值元日，觥筹手挥兼目送。
穷山华筵岂易得，此乐要当天下共。

太湖三万六千顷，伊昔曾开白鹿洞。
崔巍瑶岭播迁来，最高寒处能呵冻。
师友呻吟各一方，二十四年真一梦。
我行叠嶂叹观止，如吞八九于云懵。
群公坚苦餐藜藿，要为国家树梁栋。
平时蟠胸有万卷，可与山灵一披讽。
潢潦终当归巨浸，蛮荆自昔生屈宋。
西溪一脉此传薪，南荒万象足抟控。
汀洲鸿雁渐安集，风雪纸窗余半缝。
倾壶但愿长周旋，破眼梅花春欲纵。

[释义]

我早已如瘦牛鞭策不动，却仍旧想要与你们共饮。淡酒浇胸如同倾泻之水，一次喝尽百杯犹未痛快。从四方来此相聚正值元旦，行酒挥手弹琴眺望远方。困塞山中岂易有此盛筵，这等欢乐应与天下分享。太湖千顷如此广袤无边，昔此地曾设白鹿洞书院。崔巍瑶山我辈流离到这，最冷高处嘘气能使墨汁融解。师友遍布各地吟诵文章，二十四年校史如梦一场。我们到此重山叹为观止，如同占据大半云梦大泽。诸公坚贞历苦餐食野菜，要为国家育出栋梁之才。从来胸中包藏万卷诗书，可与山神一同披阅讽咏。流淌之水终要归入大河，楚国荒蛮曾出屈原宋玉。西溪一脉在此以薪传火，足以执掌南荒万象之地。鸿雁暂时安心集于汀洲，纸窗在风雪中缝隙半露。愿与诸君长相往来同饮，睁眼见梅花知春色将展。

[出典]

北宋·司马光《资治通鉴·唐纪》。

[解读]

原指进入大瓮受刑，此处指专心喝酒、倾心酒瓮。《资治通鉴·唐纪》："兴曰：'此甚易耳！取大瓮，以炭四周炙之，令囚入中，何事不承！'俊臣乃索大瓮，火围如兴法，因起谓兴曰：'有内状推兄，请兄入此瓮！'兴惶恐叩头伏罪。"

[诗歌浅解]

1945年，迁校至广西的无锡国专迎来了24周年校庆，正值元旦之际，饶公同流落瑶山荒村中的无锡国专师生一起庆祝校庆，大家共同宴饮，享受深山中难得的盛筵。饶公回顾学校的来途，并不以当下学校置于荒山中而悲，认为在僻远之地依然能育出国之栋梁——这正是国难当头时学校育人之意义所在。于是乎，饶公乃为此诗，与同行众人共勉。

S

186. 涉津涯

[饶诗]《黄石集》

和锲斋三首

瘦西湖
薄游湖水涉津涯,弱柳依依集晚鸦。
叠石嶙峋谁省识,最怜清瘦似黄花。

[释义]

湖边散步恣意游览,细弱柳枝晚鸦聚集。山石层叠谁能认得,清瘦如菊最惹人怜。

[出典]

先秦诸子《尚书·商书·微子》。

[解读]

"津涯"指岸,水边。《尚书·商书·微子》:"今殷其沦丧,若涉大水,其无津涯。"孔传:"言殷将没亡,如涉大水,无涯际,无所依就。""涉津涯"指到水边游览。

[诗歌浅解]

饶公在湖边游览,见弱柳迎风、晚鸦栖息之景,遂作此诗。此诗关键突出一"瘦"字,西湖之"瘦",石之"瘦","黄花"之瘦,饶公言"叠石嶙峋"中最爱那"清瘦似黄花"之石。中国文化的传统审美观念,山石以"瘦硬"为美,"瘦硬"象征坚毅,耿介。从人的审美观念中亦可见其为人;饶公偏爱"瘦石",正可见其精干矍铄的精神状态和坚毅耿介的品性操守。

187. 苏门啸

[饶诗]《总辔集》

与静慈圆宏作共饮,以高野山豆腐下酒,即咏二首

其一
酒面生微涡,会心在不语。
盘中有本山,清凉满灵府。
其二
心海无波澜,湛然起圆照。
相看阮籍徒,不必苏门啸。

[释义]

其一:酒面生浅小酒窝,彼此会心不在言语。盘中装有本山珍味,清凉之感满盈心胸。

其二:思绪平静没有波澜,湛然寂静圆照诸法。重看当年阮籍遇孙登,现在苏门啸咏多此一举。

[出典]

《晋书》(卷四十九)《阮籍列传》。

[解读]

在《总辔集·与静慈圆宏作共饮,以高野山豆腐下酒,即咏二首》其二中"相看阮籍徒,不必苏门啸"出自《阮籍列传》中提到,"籍尝于苏门山遇孙登,与商略终古及栖神导气之术。登皆不应,籍因长啸而退。至半岭,闻有声若鸾凤之音,响乎岩谷,乃登之啸也。"

阮籍曾经在苏门山遇到孙登,同他一起讨论往古以及神仙导引气功的方术,孙登都不回答,于是阮籍长啸而退。走到半山上,听到像鸾凤的声音,回响在岩谷,正是孙登在长啸。阮籍回去后便著《大人先生传》,其大略是:"世人所说的君子,只修法度,只行礼义。手上拿着圭璧,脚下踩在绳墨规矩内。行为要成为当今的模式,言论要成为后世的法则。年幼时在乡党中称颂,长大后声闻于邻国。在朝廷要做三公,在地方也不失为九州牧。偏偏没见一群虱子钻在裤裆缝隙里,逃到深缝中,藏在破棉絮内,自以为那就是最好的住宅了。行动不敢离开衣缝的边缘,活动不敢离开裤裆的空间,自以为完全合乎规矩绳墨。然而炎夏热浪如火,烤焦了它的城邑,毁灭了它

的都市，而这群虱子还住在裤裆中不能出来。现在的君子处于规定的区域之内，与那裤裆中的虱子有什么两样呢？"这也是阮籍的胸怀和本旨的表露。后以"苏门啸"指啸咏，亦比喻高士的情趣。饶公在诗中感慨：今日与静慈园宏共饮，就像不必学他们长啸，重要的是彼此会心，不在于形成，关键在于彼此达到圆照湛然的境界。

[诗歌浅解]

其一：此诗系即席口占，饶公在诗中叙与静慈圆酒中之乐，如同当年的阮籍遇孙登，从一杯小酒，一盘高野山豆腐，以及清凉之境，侧面反映饶公与静慈圆志趣之相投。

其二：饶公与静慈圆两人都有很高的佛学修养，都能达到心无挂碍、大圆觉智的境界，而今彼此相遇，不必长啸而得，重要的是达到彼此会心的境界。

188. 饲鹚

[饶诗]《总辔集》

宇治道中遇雨

饲鹚门外绿岩稠，西望长安隔九州。
万叶风吹秋似梦，一江雨集屋如舟。
山连黄檗分灯统，水带青萝豁旅眸。
聊欲烹茶寻一憩，云津雾海共悠悠。

[释义]

饲养鸬鹚门外绿岩稠叠，西望长安远隔九州大地。万叶风吹秋天如同梦境，江水雨水交汇小屋如舟。山色接连黄檗越祖分灯。水带青萝眼眸豁然开朗。想要烹茶寻一休憩之处，天空如同雾海如此飘渺。

[出典]

日本平安时代·紫式部《源氏物语·藤花末叶》。

[解读]

《总辔集·宇治道中遇雨》："饲鹚门外绿岩稠，西望长安隔九州。"诗中提到"饲鹚"，《源氏物语·藤花末叶》卷提到用鸬鹚捕鱼，宫中御厨里主管饲鸬鹚的人与六条院中饲鸬鹚的人，在御驾经行时表演鸬鹚捕鱼。这个传统至今依旧能够在日本宇治川见到，夏季到来之时，宇治热闹非凡的鸬鹚捕鱼便开始盛行。鸬鹚捕鱼是利用驯服好的海鸬鹚捕捉河鱼的传统捕鱼方式，游客可乘坐客船观看鸬鹚捕鱼。为使香鱼更为活跃，用篝火照明河面，使周围一片如同舞台一般，海鸬鹚用尖锐的喙捕捉香鱼，让捕鱼表演更有气氛。身着传统服饰的鸬鹚驯养人的技艺精湛，这个"禁用渔具渔法"的古老行当，给游客带来了欢乐。

[诗歌浅解]

1980年饶公和友人清水茂教授到位于日本京都府南部的宇治市旅游，他俩在途中遇雨，迷蒙景象更添意趣。诗中道出宇治自然、人文之景和谐的氛围，亦道出饶公旅途中悠然自得的心境。

189. 色丝

[饶诗]《羁旅集》

读棪斋诗稿五色印本，即仿其体制题首

千音随风发，寸心带泪滋。
迷离耽客梦，歌吹契春词。
瑶华遗远人，芳馨方奈兹。
攒念在交亲，切响忘渴饥。
色丝巧织缀，驰思难逐追。
筠枝端可可，章制何迟迟。
燕婉剥新蓬，晻暧裹游丝。
已悲行役逼，曷辞叩问痴。
往来无歇绪，抵死以为期。

[释义]

千万音符随风而发，方寸之心携带泪水。迷惘阻碍游子之梦，歌声契合美好诗篇。愿此佳篇贻赠远客，芳香更加持之以久。聚集信念友好交往，斟酌切响忘记饥渴。绝妙好辞慢慢积累，思绪万千难以追逐。竹枝端立毫不在意，规章韵律迟迟未合。安详温顺拨弄新叶，昏暗温暖蛛丝缠绕。被逼无奈羁旅生活，试问为何如此痴妄。往来没有停歇之意，鞠躬尽瘁死而后已。

[出典]

南朝·宋·刘义庆《世说新语·捷悟》。

[解读]

《羁旅集·读栐斋诗稿五色印本，即仿其体制题首》有句："色丝巧织缀，驰思难逐追。"魏武帝曾经从曹娥碑下经过，杨修跟随着，碑的背面题写了"黄绢、幼妇、外孙、齑臼"八个字。魏武帝对杨修说："你懂不懂得它的含义？"杨修回答说："懂得。"魏武帝说："你不要讲出来，让我想想看。"走了三十里路，魏武帝才说："我也已经懂得了。"于是让杨修另外记下他所理解的意思。杨修记道："黄绢，是有色之丝，在字当中是一个'绝'字；幼妇，是年少女子，在字当中是一个'妙'字；外孙，是女儿之子，在字当中是一个'好'字；齑臼，是受辛之器，在字当中是一个'辞'字，合起来就是'绝妙好辞'的意思呀！"魏武帝也记下了这八个字的含义，与杨修所记相同，于是他感叹说："我的才思比不上你，竟然相差了三十里。"

[诗歌浅解]

李栐斋系当代世界有名的史学家和甲骨文研究专家，许多年来饶、李多有学术互动，1962年11月，饶公在《长洲集》附录《与李栐斋论阮嗣宗诗书》。1983年他俩同游美国落基山，在冰凫饶公与李栐斋一起乘缆磴悬渡绝顶。本诗则系饶公读李之诗后，仿其体例而作，诗中阐述了饶公自己一生的追求：独立之精神、坚持之意志，寻求自然本真之生活，为此理想不惜赴汤蹈火死而后已。

190. 双鲤

[饶诗]《苞俊集》

挽丁衍庸

圣诞前来法南，12月26日在万斯（Vence）访芦沙教堂（Chapelle du Rosaire），马蒂斯（Henri Matisse）寻丈画样三幅在焉，绘于砖砌之壁上，纯墨不设色，笔势纵横。欧洲宗教画之尤瑰奇者也。亟驰书与丁衍庸先生，谓公学马蒂斯，若此类画，马蒂斯应学公，公且有过之，不知尝莅此一游否。书未达而君已于是月23日谢世。平生未通书札，此为初次，而君竟不及见，悲夫！为诗以哭之。用东坡次王定国南迁韵墨可从心如治水，笔不求铦懒加砥。
适来海角不知年，思君聊寄一端绮。
我书未达君已瞑，三号还仗此双鲤。
至人相喻不蕲言，视弃其世如遗履。
马家旧迹苦摩挲，欲说与君徒聒耳。
笔墨双遣况设色，休较夭桃与秾李。
雪个所得一何廉，君尝于斯三洗髓。
上神乘光不待光，无何有里真吾里。
我早劝君捐故技，自足裁形非取拟。
彷徨何必计东西，欲问故乡随脚是。
看花走马质已无，运斤谁与证缘起。

[释义]

　　墨法跟从心意如同治水，笔端不追求锋利懒加砥砺。往来海角天涯不知年岁，思念君卿聊寄一封书信。我的信函未达君已谢世，凭吊还须依仗此封书信。至人相互赞赏不求繁言，看世俗之事如遗弃之鞋。马蒂斯旧迹费我苦端详，本想要与君卿探讨细说。斟酌笔墨况且敷彩着色，莫要将桃花与李花相比。八大山人所得多么端庄，君曾于他身上改变画风。神人驾驭光亮不待光亮，空无所有才是真理之处。我早劝君展现传统技艺，自己创作而非效法模仿。行走何必在乎东西南北，想要安定随处都是可以。走马观花毫无质量可言，纵有慧眼又能与谁谈论。

[出典]

　　典故最早出自汉乐府诗《饮马长城窟行》："客从远方来，遗我双鲤鱼，呼儿烹鲤鱼。"

[解读]

　　《苞俊集·挽丁衍庸》一诗中云："我书未达君已瞑，三号还仗此双鲤。"此中的双鲤，古时汉族对书信的称谓。纸张出现以前，书信多写在白色丝绢上，为使传递过程中不致损毁，古人常把书信扎在两片竹木简中，简多刻成鱼形，故称。

[诗歌浅解]

　　饶公访芦沙教堂（Chapelle du Rosaire），观赏马蒂斯（Henri Matisse）三幅八尺到一丈长度的黑白壁画，感觉友人丁衍庸（1902~1978）饶有情趣的画作可与之媲美，或有过之。饶公随即写信予丁公，不料丁公已于1978年12月23日辞世。既悲伤又惋惜。1979年1月10日于巴黎作诗《挽丁衍庸》，对丁公的缅怀之情在诗中表露无遗，他盛赞丁公奇倔幽默、稚拙而奔放的画风，并寄言于诗中，谓"上神乘光不待光""无何有里真吾里"是其画作的超然脱俗之处，自由创作不刻意模仿的独立精神是其风格，诗末对丁公提倡东西结合，不拘一格的画法再次肯定。

191. 虱处裈中

[饶诗]《西海集》

哥多瓦（Cordoba）歌　　次陆浑山火韵

一水东流百里浑，残甃废垒据其源。
八荒抉眦安足吞，阴阳为寇风腾轩。
宫墉百雉红如燔（Aljama Mosque），我来黄昏登古原。
思昔回回撼乾坤，阿米亚（Omayyads）势伸无垠。
崛起新朝（Abbasids）修巍垣，敞开万户更千门。
神工鬼斧丽朝暾，虫沙飞伏鹤欤猿。
长桥卧波谁叱鼋，随阳就温聚鸿鹓。
帆樯千里争飞奔，报达（Bagdad）以外兹最尊。
体天作制辟华园，嘉树幽茂花秾繁。
玛瑙充闾珂珮喧，金声玉润吹箎埙。
八维九隅森旗旛。
学人纷至虱处裈，挂辖牵靷摩肩臀。
重城阒尔且驻辕，扬尘周道垂雕鞯。
坏墙霞染日烧轓，郁蒸广陌飙缙帉。
穹庐万柱似蜂屯，绮疏璀璨玻璃盆。
车渠石碗凤皇樽，梁四公子所未言。
人间久历欲风翻，往事千秋笑平反。
袄神赪眼今犹暖，玄以为门净为根。
火经副墨雏诵孙，真人踵息气归跟。
教泽如山浩荡恩，一一皆可究其原。
谁谓天关不可援，帝赐可兰（Koran）万古论。
文字蛟螭缠陛阁，柑林（Orange Tree Courtyard）依旧留薛痕。
于兹游目兼遨魂。
幽房临春曾锁冤，婵媛古泪至今存。
悬知秀色美可飧，多少佳丽通媾婚。

向来兵马资长昆,献阶干戚舞蹲蹲。
百兽轩轚凤騫骞,一洗西海诸仇怨。
蒙庄博侬等鹏鲲,长春亦复逾昆仑。
莫思西狩战尘昏,木司塔辛玉石焚。
时清久已驱忧烦,逝矣有舌休重扪。

[释义]

  江水东流百里浑浊,昔日官殿依水而建。胸怀并吞八荒之心,天地为寇大风腾跃。百丈宫墙红如烤火,黄昏登此古老之地。思惊天动地之往事,阿米亚其势不可挡。新朝崛起修建城府,屋宇深广万户千门。鬼斧神工丽如晨光,士兵战死鹤怨猿惊。长桥卧波谁人驱驾,鸿雁随太阳而迁徙。千里破浪帆船飞奔,报达之外此最尊贵。体天作制开辟家园,树木繁茂花意正浓。玛瑙嵌门珂珮鸣喧,篪埙合奏声润优绝。四面八方旌旗森然。学人咸集追名逐利,车头挂辖鞠带磨肩。都城死寂军队驻扎,大道扬尘奔马垂弓。霞染坏墙日烧战车,郁蒸大地大风狂飙。蒙古毡帐如蜂簇拥,窗花璀璨玻璃作盆。车渠为杯凤凰作樽,《梁四公子记》未曾提及。人间艰难困苦繁多,千秋往事一笑而过。祆神红眼今日犹暖,玄妙为门心净为根。《火经》副墨反复诵读,呼吸徐缓气归丹田。教育恩重如山浩荡,一一皆可追其源流。谁说天关无法救援,天赐可兰万古传送。文如蛟龙缠绕宫门,橙树庭院仍留藓痕。游目骋怀神游此地。近春深房曾锁冤屈,婵嫣古泪残留至今。谁料想到秀色可餐,多少佳丽联姻通婚。兵马之任资于长昆,庭阶献舞干戚飞扬。百兽争喧凤凰争飞,洗尽西海诸多仇怨。庄周意息等与鲲鹏,长春子越昆仑之巅。切莫追思西征战事,木司塔辛玉石俱焚。如今清平忧烦已驱,往事莫要扪心重提。

[出典]

  晋·阮籍《大人先生传》。

[解读]

  据饶公题记:哥多瓦与报达、亚历山大,为中古回教三大中心圣地,学者咸集。1258年旭烈兀(Hulagu Khan)西征,破报达,以马蹄躏平之,杀回教徒80万人,遂使数百年中亚天方烈焰忽焉衰绝。堵阻回教势力东侵之势,此蒙古人之贡献也。

  元史宪宗纪云:"八年春正月,诸王旭烈兀讨回回哈里发(Khalifa),平之,禽其王。"此为蒙古征服之末代哈里发,即穆斯塔辛(Mostassim)。事又详《新元史·报达传》。至顺三年,瞻思撰《哈珊神道碑》云:"仲讳速混察,从皇弟旭烈育适西域。"(沈涛《常山贞石志》二十一)旭烈育,《诸王表》作旭烈兀,《百官志》《食货志》《察罕传》《郝经传》作旭烈，《速不台传》作吁里兀，《本纪》作旭烈或旭烈兀，附记于此。

《西海集·哥多瓦（Cordoba）歌次陆浑山火韵》："学人纷至虱处裈，挂鞯牵鞘摩肩臀。""虱处裈中"是阮籍《大人先生传》中所用的一个比喻。他用处于裤裆中的虱子比喻那些"唯法是修""唯礼是克"的所谓君子，说明这些追求功名的君子活在世上，与裤裆中的虱子无异。后常以此形容人见识短浅，庸碌无为。又作"虱处裈""裈虱"。《大人先生传》："独不见群虱之处裈中？逃乎深缝，匿乎坏絮，自以为吉宅也；行不敢离缝际，动不敢出裈裆，自以为得绳墨也。然炎丘火流，焦邑灭都，群虱处于裈中而不能出也。君子之处域内，何异夫虱之处裈中乎？"

[诗歌浅解]

此诗继承了韩愈原诗"以文为诗"的特点，展现了哥多瓦地区的历史变迁（具体详见饶公注解），劝诫世人以史为鉴，以便更好地把握自身，大到治理国家，小到自我修养。

192. 四皓

[饶诗]《题画诗》

自题山水

登高谁解说山川，老树魁梧已百年。
商略云端今四皓，人间回首几桑田。

[释义]

登高而望谁能体悟山川，老树魁梧已经历经百年。要与云端四皓共同赏略，回首人间看透多少世事。

[出典]

西汉·司马迁《史记·留侯世家》。

[解读]

《题画诗·自题山水》有句："商略云端今四皓。""四皓"指的是秦末汉初（前200年左右）的东园公唐秉、甪里先生周术、绮里季吴实和夏黄公崔广四位著名学者（秦博士）。他们不愿意当官，长期隐居在商山（今陕西省丹凤县境内），出山时都八十有余，眉皓发白，故被称为"四皓"。刘邦久闻四皓的大名，曾请他们出山为官，而被拒绝。刘邦登基后，立长子刘盈为太子，封次子如意为赵王。后来，见刘盈天生懦弱，才华平庸，而次子如意却聪明过人，才学出众，有意废刘盈而立如意。刘盈的母亲吕后闻听，非常着急，便遵照开国大臣张良的主意，聘请商山四皓。有一天，刘邦与太子一起饮宴，他见太子背后有四位白发苍苍的老人。问后才知是商山四皓。四皓上前谢罪道："我们听说太子是个仁人志士，又有孝心，礼贤下士，我们就一齐来做太子的宾客。"刘邦知道大家很同情太子，又见太子有四位大贤辅佐，消除了改立赵王如意为太子的念头。刘盈后来继位，为惠帝。四皓随即回商山，皆卒于商洛、葬于商山脚下，丹江之滨，现在四皓陵墓已建成四皓碑林。

[诗歌浅解]

饶公自题山水画作，借自己登高之想，如入画境，试跨越时空，与商山四皓商榷，沧海桑田如今是否看透。

193. 沙画锥

[饶诗]《题画诗》

题日本摹刻韩干圉人呈马图

右卷为和工某氏所刻，题"韩干圉人呈马图"，上钤"建业文房之印"，则是南唐旧物。考河南《邵氏闻见后录》廿七，载南唐李侯《阁中集》，第九一卷画目，其上品九十五种，内有《奚人习马图》三，注云："韩干。"又今人注："一在野僧家。"此集后有李伯时跋，谓其中名品，多流散士大夫家。所言今注，殆出伯时手也。《阁中集》为卷近百，想见建业当日收藏之富，此卷未知是否为《奚人习马》三卷之一。莘农出示此图，叔雍先有诗，命赓作，因再步东坡韵

天马西来青海垂，络头玉勒鞯青丝。
镌共妙镂韩干墨，健笔真同沙画锥。
跃然纸上穷殊相，草木披靡朔风驰。
汗血奋飞可及日，莫使奚奴任縶羁。
阁中上品称神骏，建业墨印尤环奇。
岂同解甲辞庙日，万骑齐喑甘伏雌。
焚余回鸾今无恙，倘有鬼神呵护之。

伯时经眼若摹绘，定必刳形而去皮。
张髯搜奇偶获此，骊黄以外谁能知。
写神还待吴兴赵，相骨毋劳支遁师。

[释义]

　　天降骏马传留东方之海，青丝紧系玉饰的马笼头。精细镂刻韩干妙手生辉，落笔雄健真如锥画沙般。活现纸上彰显与众不同，风到之地草木随之倒伏。挥洒汗血疾驰而可逐日，莫为奚奴套绊索所束缚。《阁中集》赞为上品称神骏，建业文房收藏叹为神奇。岂能等国家沦亡而卸甲，万马沉寂无声如同母鸡。历经劫难回归如今无恙，天地倘有神灵保护它们。伯时见之如果摹绘下来，必定破开其形去其皮肉。莘农搜奇寻宝偶获此图，牝牡骊黄之外谁能参透。逼真传神惟吴兴赵孟𫖯，识别面相不劳烦支遁师。

[出典]

　　唐·颜真卿《张长史十二意笔法意记》。

[解读]

　　《题画诗·题日本摹刻韩干圉人呈马图》："镌共妙镂韩干墨，健笔真同沙画锥。"沙画锥，指笔触遒劲匀整，不露锋芒。唐·颜真卿《张长史十二意笔法意记》："后闻于褚河南曰，用笔当须如印泥画沙，思所以不悟。后于江岛，遇见沙地平净，令人意悦欲书，乃偶以利锋画其劲险之状，明利媚好，乃悟用笔，如锥画沙，使其藏锋，画乃沉着"。宋·黄庭坚《咏李伯时摹韩干之马》："李侯写影韩干墨，自有笔如沙画锥。"

[诗歌浅解]

　　此诗对摹刻《韩干圉人呈马图》中骏马的形象进行阐述，从侧面展现此摹本画工之细腻沉着，品类之上乘，对此上品之作能够历经战争劫难而保存下来表示欣慰，亦对中国画家技法精湛、人才辈出的局面感到自豪。

194. 四大

[饶诗]《冰炭集》

　　京都僧俗秋祭焚山祈禳禳灾，与清水茂大地原两教授登高同观

　　　　风吹野火山林间，妙法相传不等闲。

生世有谁空四大，但看残烧满秋山。

[释义]

　　山林之中野火随风蔓延，妙法火中相传实不寻常。人世中谁能够四大皆空，且看这已被烧残的秋山。

[出典]

　　四大原是古印度用以分析和认识物质世界的传统说法，佛教加以改造，并分各派。佛教以地、水、火、风为四大。认为四者分别包含坚、湿、暖、动四种性能，人身由此构成。因亦用作人身的代称。晋·慧远《明报应论》："夫四大之体，即地、水、火、风耳，结而成身，以为神宅。"

[解读]

　　《冰炭集·京都僧俗秋祭焚山祈禳禳灾，与清水茂大地原两教授登高同观》："生世有谁空四大，但看残烧满秋山。"古印度佛教以外的各学派，对四大的解释各有不同。顺世派对于物质世界不论能造所造，都说是四大，并认为是常住不变的。胜论派认为四大属于实句义（实体范畴），是常与无常。数论派认为，地水火风既是所造也是能造，说四大是色、声、香、味、触五尘（五唯，即五种细微元素）所造。佛教各派对四大也有不同的见解。

[诗歌浅解]

　　1964年秋天，饶公赴日本京都讲学时，与好友清水茂、大地原同登高处，观赏日本全年最盛大的火祭，看到火中出现了四大及妙法等字。饶公从祭礼这种大众化的传统文化中，感叹妙法火中相传实不寻常，人生能够做到四大皆空实属不易，焚山秋祭是否人与自然界诸神对话只能由人自己感悟。

195. 刹幡

[饶诗]《题跋集》

禅趣四首和巴壶天

其一

　　劫火连云吹不断，业风随浪更无端。
　　置身还寓诸庸外，莫问菖蒲可作团。

其二
移花临境自生春，袚垢如销霁后尘。
相去仙凡宁尺咫，林间乞取着等身。
其三
水影山容尽敛光，灵薪神火散余香。
拈来别有惊人句，无鼓无钟作道场。
其四
拂衣一笑首重回，面壁还当肆口开。
日日刹幡原不动，好风偏与役心来。

[释义]

其一：大火洞烧连绵不绝接云，业风随波逐流没有尽头。置身其中寄托有用之外，莫问菖蒲能否杂糅成团。

其二：移花到此春意自然而生，斋戒沐浴如去晴日扬尘。宁愿与仙凡能咫尺相近，归隐林间附着闲身。

其三：水影山容一同凝聚光辉，炼丹之火散发余留香气。信手拈来总有惊人之句，没有钟鼓亦能修行学道。

其四：轻拂衣袖笑而回首一看，面壁静修亦可恣意而为。日日风扬刹幡原来不动，好风只是为心役使而来。

[出典]

宋·普济《五灯会元》卷一。

[解读]

《题跋集·禅趣四首和巴壶天》（其四）有句："日日刹幡原不动，好风偏与役心来。""刹幡"六祖惠能刹幡之典，《五灯会元》卷一："祖寓止廊庑间，暮夜，风扬刹幡。闻二僧对论，一曰幡动，一曰风动。往复酬答，曾未契理。祖曰：'可容俗流辄预高论否？直以风幡非动，动自心耳。'"惠能去广州法性寺，值印宗法师讲《涅槃经》，有幡被风吹动，因有二僧辩论风幡，一个说风动，一个说幡动，争论不已。慧能便插口说：不是风动，也不是幡动，是你们的心动！大家听了很为诧异。"不是风动，不是幡动，仁者心动"这个典故深刻地传达了万物皆空无、一切唯心造的大乘佛教的根本教义。

[诗歌浅解]

其一：此诗充满禅理，自然万物无穷无尽，其中奥义并非人在一朝一夕能够理解，各种无用均寄托于有用之中，即使我们置身其中也未必能够观察到其本真，所有的东西都无法强求解释，那就不如不闻不问，且待时间来给我们解开谜题。

其二：此诗阐述了与自然山林亲近的重要性，不管是不是人为的"移花"刻意来接近自然，都是能够"生春"。与仙凡咫尺接近，向山林乞求灵感进行创作，是饶公的希望。

其三：此诗阐述了顺其自然的禅理，亦是饶公在诗词书画上所追求的境界，八大山人说："文字亦以无惧为胜，矧画事！""无鼓无钟，空所有"（石涛语），然后才能无惧，才能"有"，诗中"拈来"得才能获得最好的境界，做人、创作皆是如此。

其四：此诗阐述了心境的重要性，诗中借用面壁、刹幡之典，表达出修心可不拘形式，只要心静，即使恣意而为，亦能看清世间之事。

196. 四海

[饶诗]《长洲集》

第二十三首

四海环此堂，崇山在其阳。
乐只古君子，四方且为纲。
沆瀣既充闾，云气接洞房。
日出露已晞，犹恋叶上霜。
吾生直如寄，惜此炳烛光。
澄怀独乐处，飞鸢与翱翔。

[释义]

天下环绕此堂，崇山在其南面。快乐的古君子啊，能为天下之纲纪立法度以理治之。夜间水气充满门庭，云气连接着洞房。太阳初升晨露已晞发，寒霜却犹恋叶子久久没有散去。我的一生犹如暂时寄居在天地间那样短促，要更加珍惜炳烛学习的美好时光。清心单独享受此种快乐，并有翱翔的老鹰伴随着我。

[出典]

《尚书·虞书·益稷》《孟子·告子下》《淮南子·傲真训》。

[解读]

《长洲集》录阮籍《咏怀诗》第二十三首："四海环此堂，崇山在其阳。""四海"古以中国四境有海环绕,各按方位为"东海""南海""西海"和"北海",但亦因时而异,说法不一。《尚书·虞书·益稷》:"予决九川,距四海。"孔传:"距,至也。决九州名川通之至海。"《孟子·告子下》:"禹之治水,水之道也,是故禹以四海为壑。"《淮南子·俶真训》:"神经于骊山、太行而不能难,入于四海、九江而不能濡。"此处犹言天下,全国各处。

[诗歌浅解]

阮诗借仙人不食人间烟火来表达自己"岂安通灵台,游潆去高翔",不甘追逐凡俗的独立人格。饶诗则表达了对人生如寄的感叹,要珍惜这来之不易又短促的人生旅程,享受其中追求人生理想的乐趣,饶诗总透露出积极的人生观,这与诗人所处的时代环境有着很重要的关系。

197. 漱石

[饶诗]《长洲集》

第二十七首

临海成四塞,披山且带河。
江行何所见,野卉纷吐葩。
山石睨向人,阅尽几春华。
水落石乃出,无用以相夸。
难得如尔寿,吾意亦蹉跎。
漱石复枕流,不乐复如何。

[释义]

临海的陆地四壁有天然的屏障,背靠着山四周环绕着河。江中航行所闻所见,缤纷的野花绽放于旁。奇形怪状的山石向人倾斜着,屹立在这山头不知览阅了多少代人。水落石乃出,不需借此来相互夸耀。难得有石头那样的年寿,我已经虚度了我的年华。我欲漱石枕流过悠闲的日子,如果这样还不够快乐那还有什么能吸引我的呢?

[出典]

南朝·刘义庆《世说新语·排调》。

[解读]

《长洲集》录阮籍《咏怀诗》第二十七首:"漱石复枕流,不乐复如何。""漱石"南朝·刘义庆《世说新语·排调》:"孙子荆(楚)年少时欲隐,语王武子(济),当'枕石漱流',误曰'漱石枕流'。王曰:'流可枕,石可漱乎?'孙曰:'所以枕流,欲洗其耳;所以漱石,欲砺其齿。'"咏隐居生活。宋·苏轼《次韵孙巨源寄涟水李盛二著作》:"漱石先生难可意,啮毡校尉久无明。"

[诗歌浅解]

阮诗充满了惆怅,以为盛衰在须臾间,纵使再美,再牢固的东西,也抵不过时光漫过。名誉权势弹指飞灰烟灭,言尘世不可贪恋。而饶诗则更达观豁然,以举目天下,言山河壮阔与内心之释然。最喜"山石睨向人,阅尽几春华。水落石乃出,无用以相夸"两句,其中对答,确为神来之笔!石头历经世代,看尽世间沧桑,确有斜眼看人之资格;而诗人却笑语,不过"水落石出"。似与石头机锋相对,极有妙趣。而又以"无用以相夸"言彼此皆不足骄傲。人与石,巧妙结合在一起,似人在石边,人已化石,人石之寿,之乐,自然形成一体。写尽归隐之妙趣!

198. 十洲

[饶诗]《长洲集》

见"良乐"条注。

[释义]

见"良乐"条注。

[出典]

西汉·东方朔《海内十洲记》。

[解读]

《长洲集》和阮籍《咏怀诗》第二十八首:"犹观山海图,眼中是十洲。""十洲"道教称大海中神仙居住的十处名山胜境。亦泛指仙境。《海内十洲记》:"汉武帝既闻王母说八方巨海之中有祖洲、瀛洲、玄洲、炎洲、长洲、元洲、流洲、生洲、凤麟洲、聚窟洲。有此十洲,乃人迹所稀绝处。"唐·卢照邻《赠李荣道士》诗："风摇十洲影，日乱九江文。"宋·晏几道《清平乐》词："正在十洲残梦，水心宫殿斜阳。"

[诗歌浅解]

见"良乐"条注。

199. 拾得

[饶诗]《长洲集》

见"无外"条注。

[释义]

见"无外"条注。

[出典]

"拾得"拾得禅师。唐朝贞观年间人，佛法高妙，更兼诗才横溢，不为世事缠缚，洒脱自在。佛门弟子认为他普贤菩萨转世。

[解读]

《长洲集》第六十六首："拾得真吾师，神与化俱遊。"昔日寒山禅师问拾得曰："世间谤我、欺我、辱我、笑我、轻我、贱我、恶我、骗我，如何处治乎？"拾得云："只是忍他、让他、由他、避他、耐他、敬他、不要理他，再待几年你且看他。"

[诗歌浅解]

见"无外"条注。

200. 僧繇虎头

[饶诗]《西海集》

见"潘党驱六麋"条注。

[释义]

见"潘党驱六麋"条注。

[出典]

僧繇，南朝·梁·张僧繇吴（苏州）人。虎头，晋·顾恺之，字长康，小字虎头，汉族，晋陵无锡（今江苏无锡）人。

[解读]

《西海集·沙维尔尼行宫（Chateau de Cheverny）晚宴》："裔皇绘画更妙绝，僧繇虎头颐指麾。"僧繇，梁天监中为武陵王国侍郎，直秘阁知画事，历右军将军、吴兴太守。苦学成才，长于写真，并擅画佛像、龙、鹰，多作卷轴画和壁画。成语"画龙点睛"的故事即出自于有关他的传说。虎头，晋·顾恺之，博学有才气，工诗赋、书法，尤善绘画。

[诗歌浅解]

见"潘党驱六麋"条注。

201. 神曲

[饶诗]《西海集》

但丁墓下作

曩者诵神曲，谓与天问参。
天果有九野，地宁缺东南。
天衢惟无梗，恬虚安且耽。
天心惟秉正，众恶归海涵。
有怨试呵天，嘘气蒸蔚蓝。
有泪或经天，下滴成渊潭。
惟天行水上，六龙不停骖。
地实居其中，如黄卵中函。
而君不谓然，云有水晶含。
其外曰无穷，天府此灵龛。
其下则幽都，魔怪走趁趯。
爰有爱神存，万类独力担。
善者叨其光，温煦如春酣。
恶者被其惩，净界去嗔贪。
厥意将毋同，道一复生三。
大明比日月，智者固同谙。

惜君膏自煎，寿未齐彭聃。
兹来叩墓门，重译契玄谈。
四顾阒无人，悲风生石楠。
苍鼯惊窣窣，绿草骇毵毵。
感世久溷浊，蔽美而专婪。
上苍终不寤，下民非所堪。
有怨不可申，怪子苦呢喃。
有泪多于酒，邀子倾其甔。
安得起九原，重与细评探。

[释义]

昔日但丁赋作《神曲》，力作穷究天地之理。天空果真有九重高？大地宁缺东南之方。天空开阔畅通无阻，恬淡冲虚心安神宁。天之本意持心公正，世间万恶宽容对待。心存怨恨呵斥上天，蔚蓝之色能解郁积。眼中有泪经过天际，泪水下滴聚成渊潭。世间惟天行于水上，六龙驱车永不停息。大地居其正中部位，如蛋黄覆裹蛋白中。而君对此大不谓然，云中蕴含冰晶之物。其外表被称为无穷，真正天堂在此之中。其下方为地狱冥府，妖魔鬼怪游走其间。哪里会有爱神庇佑，各种磨难独自承担。善灵于此忏悔涤罪，温暖如春天之酣意。恶灵于此接受惩罚，炼狱之中祛除嗔贪。不同心境遭遇不同，独一无二道生万物。以大明比日月之辉，智者同样深谙天道。怜惜君子如膏自煎，寿未能与彭聃相比。此次前来墓门缅怀，跨越异域谈玄论理。环顾四周空无一人，凄冷之风石楠中出。仓鼠惊恐低声吱叫，绿草垂拂散散落落。感叹世间浑浊已久，道德沦丧贪欲横流。上天始终毫无觉悟，黎民百姓无力承受。有冤屈却无法申冤，责怪世上埋怨不断。催人滴泪多于酒水，相邀倾尽杯中之酒。如但丁君死而复生，一定与之细谈评探。

[出典]

《神曲》，但丁的长诗。

[解读]

但丁的长诗，写于1307年至1321年，这部作品通过作者与地狱、炼狱及天堂中各种著名人物的对话，反映出中古文化领域的成就和一些重大的问题，带有"百科全书"性质，从中也可隐约窥见文艺复兴时期人文主义思想的曙光。在这部长达一万四千余行的史诗中，但丁坚决反对中世纪的蒙昧主义，表达了执着地追求真理的思想，对欧洲后世的诗歌创作有极其深远的影响。许多初次阅读的人却会感到，诗人正越过许多世纪直接对他们讲话，但丁真实地描绘了人性本质的正面与负面，重新定义了人生的目标，提供了帮助人们在真是世界里进行选择的洞察力。

[诗歌浅解]

饶公于墓前赋诗缅怀中古时期意大利文艺复兴中最伟大的诗人但丁，对《神曲》"为了对万恶的社会有所裨"的主旨进行阐述，那些映照现实，启迪人心，臻于善和真的思想正是饶公心中所向往之事。现实中的不公令人惋惜，上天并没有对人类对加垂爱，正如《神曲》中但丁借奥德修斯之口指出"你们生来不是为了走兽一样生活，而是为着追求美德和知识"。不管世间是否有上帝，是否有天堂炼狱，我们必须学会自救，学会抱诚守真。

202. 三余

[饶诗]《题画诗》

题画绝句

画里硐阿可卜居，一丘一壑足三余。
临流独欲思濠濮，林水云山胜道书。

[释义]

画中山沟涧水适宜居住，一丘一壑足以安享闲暇。独自面临流水追忆濠濮，林水云山胜过道家之书。

[出典]

三国·陈寿《三国志·魏志·董遇传》。

[解读]

"三余"指闲余时间。董遇"三余"读书，指读好书要抓紧一切闲余时间。三国·陈寿《三国志·魏志·董遇传》裴松之注引《魏略》："人有从学者，遇不肯教，而云'必当先读百遍'。言'读书百遍，而义自见'。从学者云：'苦渴无日。'遇言'当以三余'。或问三余之意，遇言：'冬者岁之余，夜者日之余，阴雨者时之余也。'"

[诗歌浅解]

　　山中沟壑密布，适合人们居住度过休闲时光，随着饶公的诗笔思路，领略山林、流水、云霞等胜景，饶公诗画相生，情味隽永，诗人让读者如临其境。

203. 散花

[饶诗]《黄石集》

牛仔城二首

其一
急流涌出老人河，依旧长桥瞰逝波。
犊子城中演法久，散花聊媲病维摩。
其二
人间万事一嫣然，开辟要冲百六年。
花落花开今似昔，重来共尔酌甘泉。

[释义]

　　其一：湍急之流水涌出老人河，长桥俯瞰波涛一去不返。牛仔城中传道授业已久，散花功劳堪比病维摩诘。

　　其二：人间万事何其美妙，开创开埠百六十年。花开花落如同往昔，再来此地同饮甘泉。

[出典]

　　《维摩经·观众生品》。

[解读]

　　佛教天女散花的传说。《维摩经·观众生品》："时维摩诘室有一天女，见诸大人闻所说说法，便现其身，即以天华散诸菩萨、大弟子上，华至诸菩萨即皆堕落，至大弟子便著不堕。一切弟子神力去华，不能令去。"

[诗歌浅解]

　　其一：饶公来到卡尔加里城，看到老人河的流水，思绪万千。第二句中"依旧"二字写长桥犹在而十年已去，颇有感慨时光飞逝的意味。饶公学生吴铭森先生是卡尔加里大学考古学教授，在此教书十年，饶公称其"演法久"。将吴教授教书比喻成"散花",堪比"病维摩"自由穿梭于入世与出世的各种场合中,弘法度众,诗中表达对于吴教授学识及其传道之功劳的肯定,亦可见饶公与吴教授间深厚的师生情谊。

其二:人间万事一晃而过,小城开辟已经一个半世纪,花开花落如同往昔,可是人已不再年轻,诗歌充满对时光飞逝,人生易老的感慨,读来颇有沧桑之感。末句写饶公重来此地,与吴铭森教授重聚的喜悦之情。由于卡尔加里城在西文中的原意为"Clean Spring water",所以饶公以"酌甘泉"的意象来表示来此相聚的意思,极有新意,其中洋溢着欢快喜悦的心情,更展现出饶公的诗性智慧与文学敏感。

204. 神女峰

[饶诗]《黄石集》

重到此湖,方知湖名西文原为女性,更赋一绝

曩岁尝寻神女峰,弥天云雨识蚕丛。
湖光淡泊胜西子,油壁香车喜再逢。

[释义]

当年曾寻找神女峰,满天云雨认得蚕丛。湖景明净美胜西施,香车神女欢喜重逢。

[出典]

战国·楚·宋玉《高唐赋》。

[解读]

巫山十二峰之一,又名望霞峰、美人峰,传说巫山神女居住之地,宋玉著名的《高唐赋》所写即此处。宋·陆游《入蜀记·卷六》:"过巫山凝真观,谒妙用真人祠,即世所谓巫山神女也。祠正对巫山,峰峦上入霄汉,山脚直插江中……惟神女峰最为纤丽奇峭,宜为仙真所托。"

[诗歌浅解]

饶公描写路易斯湖,全诗却无一字提及"路易斯",将路易斯湖代换至巫峡神女峰,原因有二:一是路易斯湖以公主命名而神女峰同样有与女子相关的美丽传说;二是路易斯湖具有巫峡神女峰那般迷离、幽美的景致。代换

后，着笔描摹神女峰，实是描摹路易斯湖，把我国文化传统中的美赋予路易斯湖。后两句反用典故，苏轼"欲把西湖比西子"，饶公却说湖光胜西子；晏殊说乘坐"油壁香车"的神女"不再逢"，情绪悲观落寞，饶公却言"喜再逢"，将情绪扬起。如此写法既赞扬路易斯湖之美，也表现饶公得见美景而洋溢着喜悦之情。

205. 缩地

[饶诗]《南征集》

对月三首和杜

其一

独往和云八千里，天孙几辈想衣裳。
他心婉娈悲秦赘，别意支离对楚狂。
沾雾臂寒怜旧态，隔林花暖奈殊乡。
人间火宅输云汉，犹怕前头是夕阳。

其二

不闻江濑雁流哀，百折惊涛到此回。
近水气蒸千梦去，遥山波送一诗来。
平添短发生明镜，旋觉余辉满翠台。
为语瞿塘城下客，泱泱南顾海如杯。

其三

缩地谤能勘大宙，御风浩浩极秋高。
锄荒已惯凌穷发，耐冷何堪入不毛。
俯仰商声歌尔汝，指扬佳气属吾曹。
旧山落木知多少，乌鹊南飞未算劳。

[释义]

其一：独自随白云行走八千里，织女想织出可媲美衣裳。只奈身心柔弱入赘他家，惆怅分离令人如此伴狂。臂膀沾雾冷意哀怜旧态，林花布暖怎奈身在异乡。人间俗界完败云汉天际，很怕前头等待的是夕阳。

其二：不闻雁子激流边上哀鸣，惊涛骇浪蜿蜒至此而回。水汽蒸腾之流让梦消逝，远方山峦为我赋作诗句。湖水明亮如镜映衬短发，顿觉月色余晖照遍绿野。想要告诉瞿塘城下之客，泱泱大势让人看海如杯。

其三：化远为近堪能审视天地，乘风行于浩浩秋月之空。锄地开荒已凌穷极之地，坚韧耐冷何堪进入不毛。商声顿起歌颂尔等之辈，指点云气属于我们之类。故乡落叶乔木知晓多少，南飞之乌鹊并不算劳顿。

[出典]

晋·葛洪《神仙传·壶公》。

[解读]

传说中化远为近的神仙之术。晋·葛洪《神仙传·壶公》："费长房有神术，能缩地脉，千里存在，目前宛然，放之复舒如旧也。"

[诗歌浅解]

其一：月与云相随，皎洁令织女疯狂，月景凄美，隔林花暖，怎奈饶公身处异乡，无法摆脱"人间火宅"的束缚，愁苦寄托孤月，前方究竟是什么？茫然令人失落。

其二：月下流水湍急汹涌，人到此处所有困扰皆随水气蒸腾而去，泱泱远大之势，令人顿时心胸开阔，视大海如同杯水。

其三：饶公此诗从人类登月入不毛荒地之事，与自己羁旅他乡进行对比，感叹自身的困顿与登月者相比远不算什么，"俯仰商声歌尔汝，指扐佳气属吾曹。"天生我材必有用！我们的生活不算劳顿。

206. 山间岂易忘岁月

[饶诗]《瑶山集》

黄牛山歌和天水赵文炳

此间非同谷，胡为牵萝补茅屋。
崩榛正满馗，长镵曲柄子安归。
尚怜朝士风中老，裂冠毁冕收身早。
空有新声续水云，坐叹凝霜沾野草。
从来多垒儒生耻，忍见呼兵蒙山道。
山间岂易忘岁月，日下几曾伤流潦。
栖栖此日湄江湄，故都故国有所思。
携家黄牛岭头住，几时骑牛函谷去。
渭水滔滔尽北流，终南兀兀肯南顾。
劝君休唱黄牛歌，泪似秦川呜咽多。

放翁犹堪绝大漠，祖生微闻渡黄河。
　　丘山会有万牛挽，莫伤只手无斧柯。

[释义]

　　此处并不是同谷县区域，为何还要萝草遮补茅屋。崩折的杂草正布满道路，农具在手您将走向何方。怜惜中央大员老于风中，绝意于仕宦而早早收身。空有新诗可接续水云词，坐叹寒霜凝结沾上野草。寇乱频繁向来是儒士耻辱，不忍蒙山惊呼敌兵将至。困居山里岂易忘却岁月，眼下数次望逝水而感伤。今日惊惶于湄江之江湄，怀念当年的故国之故都。您携家眷住在黄牛岭上，何时能够骑牛离开乱世。滔滔一江渭水向北而流，终南山高可以朝南而望。劝您不要再唱黄牛歌，否则眼泪将如秦川流水般多。陆游犹能横绝大漠，隐约听闻祖逖曾渡黄河。定有万千志士挽国家于将倾，不要因手中没有武器而悲伤。

[出典]

　　南梁·任昉《述异记》。

[解读]

　　"山间岂易忘岁月"句用王质入山之典，诗中道出困居山里却仍能感到岁月流逝。南梁·任昉《述异记》："信安郡石室山，晋时王质伐木至，见童子数人棋而歌，质因向之。童子以一物与质，如枣核。质含之，不觉饥。俄顷，童子谓曰：'何不速去？'质起视，斧柯烂尽。既归，无复时人。"

[诗歌浅解]

　　赵文炳曾积极出仕，希图匡救时世，其性情刚毅，是一个有为之士。在政治理想得不到实现的情况下，他只能退而教书育人，但终究心怀天下。在面对如此战火燎原、山河破碎之世时，饶公和赵文炳都不可能满足于在深山之中保全性命，但作为手无刀兵的文士，毕竟也难能以一己之力影响时局，因此只能苦苦自全。愈是仅能独善其身，便愈发为自己祖国之罹难而悲痛叹恨。

207. 树如此

[饶诗]《瑶山集》

宿七里村

夜投七里村，又行二百里。
水边沙外人，天寒树如此。

[释义]

　　夜里投宿七里村落，又复跋涉二百余里。人在水边沙岸之外，天寒树苦人更为甚。

[出典]

　　南朝·刘义庆《世说新语·言语》。

[解读]

　　谓人所承受的遭际变迁犹胜过树。《世说新语·言语》："桓公北征，经金城，见前为琅琊时种柳，皆已十围，慨然曰：'木犹如此，人何以堪。'攀枝执条，泫然流泪。"南梁·庾信《枯树赋》："树犹如此，人何以堪。"宋·辛弃疾《水龙吟·登建康赏心亭》："可惜流年，忧愁风雨，树犹如此。"

[诗歌浅解]

　　饶公避乱夜宿七里村，奈何敌情告紧，大家只能转移到二百里外的安全地方避难。本诗描绘了寒天冻地中深夜赶路的艰辛经行。长期离乱相催，让饶公饱受蹉跎。世道纷乱更兼天气恶劣、环境艰苦，连树也不堪忍受，更何况人之肉身？

208. 三月火

[饶诗]《集外诗》

闻警移居村夜坐月奉寄罗元一羊石

霜风颠汤魂，羸月峭戛骨。

慴晞三月火，怯对一庭雪。
哀雁愁边鄙，鸣鸡警市卒。
南裔传飞旐，吾子何滞粤。
翔翻仰心惮，殷雷俯身蹶。
梅岭非夷隰，扶桑亦隳突。
净土孰可求，厚地将安窟。
谁谓四海宽，坐伤孤客瘁。
曩日朱明饮，念之遂如没。
胡尘正浩荡，兵马不可歇。
良晤倘有谐，我当讯皓月。

[释义]

寒风吹倒焦虑心魄，残月冷峻如同刮骨。害怕望见连月战火，不敢面对满庭霜雪。悲哀鸿雁边城人愁，鸣鸡警醒城中守备。南人传递飘扬魂幡，您为何滞留于广东。望见飞机心中畏惧，听到炮火俯身跌倒。梅岭虽然不是平地，日寇亦能骚扰横行。何处可以求得净土，大地哪里能够藏身。谁说四海之内宽广，坐为羁旅者而哀伤。昔绍武帝不饮敌水，自尽而死令人怀想。日寇之乱其势浩大，军队鏖战不能歇息。与您会面若能成真，我向明月询问其期。

[出典]

西汉·司马迁《史记·项羽本纪》。

[解读]

项羽引兵西屠咸阳，杀秦降王子婴，烧秦宫室，火三月不灭。

[诗歌浅解]

1939年6月潮州沦陷，饶公只能被迫携家取道香港、而欲至云南与迁校后的中山大学汇合，后因生病滞留在港。而此时中山图书馆馆长罗香林仍坚守在广州组织转移藏书的工作，作为曾与之有学术往来的后学，饶公十分关心他的安危，因此寄诗加以慰问，同时寄托自己因国家罹难而背井离乡的哀思。

209. 上清沦谪

[饶诗]《苞俊集》

奉题中山大学《纪念陈寅恪教授国际学术讨论会论文集》谨次其《寒柳堂诗存》最末一首"题有学集高会堂诗"原韵。此次穗垣高会,自史无前例亦若有宿缘也

苦向书丛觅骈枝,古辞今典恰相期。
上清沦谪开来学,绝代兰芬系所思。
万里西风关运会,廿年南服久栖迟。
绸缪胜义空今古,莫道因缘仅一时。

[释义]

刻苦书中寻觅偶句俪辞,古辞赋今典故恰好相遇。神仙贬谪人间开启后学,绝代兰草芬芳有所寄托。万里西风事关时运际会,二十年来隐遁南方之地。推敲妙义古今无人相比,莫要说道因缘仅是一时。

[出典]

《灵宝本元经》。

[解读]

上清,道教传说中神仙家的最高天界。《灵宝本元经》:"四人天外曰三清境,玉清、太清、上清,亦名三天。"沦谪,谓神仙被贬谪到人间。

[诗歌浅解]

陈寅恪为中国现代最负盛名的历史学家、古典文学研究家、语言学家、诗人,饶公奉题其论文集,将陈公比作神仙谪居人世,是对其为人和学问的莫大肯定。饶公一辈子做学问,同陈公为志同道合之辈,诗中说道因缘,实际上可体现饶公对此番题诗非常重视,亦表现了对陈公惺惺相惜之情。

210. 上神知乘光

[饶诗]《白山集》

和《岩上宿》

修林无静柯,且从岩下歇。
清川见停流,断壑窥圆月。
暝色满高楼,朔风何翯发。
上神知乘光,清徽悟超越。
逃泽不乱群,直木恶先伐。
霞采倘可咽,胜赏出穷发。

[释义]

  茂密树林没有依傍的枝柯,姑且就在这岩石之下歇息。寂静的山川泉流停滞,壑谷隙缝中窥探空中的圆月。夜色照亮整座高楼,北风无比的寒冷。至上的神人能驾乘光芒,高尚清徽悟出空色两忘浑然融化的境界。逃于泽地不"惑乱"百姓,挺拔成材的树木最先被砍伐。何况朝霞之采还可吞咽,到此赏阅无人烟之地的美景。

[出典]

  战国·儒家学者《礼记·礼运》。

[解读]

  上神,神灵;天神。《礼记·礼运》:"修其祝嘏,以降上神与其先祖。"孔颖达疏:"上神谓在上精魂之神,即先祖也。指其精气,谓之上神;指其亡亲,谓之先祖。协句而言之,分而为二耳。皇氏熊氏等云:'上神谓天神也。'"上神乘光,庄子《外篇·天地》:"'愿闻神人。'曰:'上神乘光,与形灭亡,是谓照旷。致命尽情,天地乐而万事销亡,万物复情,此之谓混溟。'"

[诗歌浅解]

  此诗为和韵诗,谢灵运于公元423年(宋景平元年)辞去永嘉太守之职,回到始宁的祖居,又营造了一些新的庄园别墅,其一在石门山上(今浙江嵊州境内)。谢诗写夜宿于石门别墅的岩石上,外物与内情相激的特殊感觉。在诗中,诗人表达了自己希望志同道合、情趣相通的朋友与自己共赏这秋夜景色;另一方面又显示了自己不与凡俗同流的品格,孤独高傲、睥睨一世的心情。

饶诗亦从岩上歇息取景,描绘了阿尔卑斯山脉凄冷的夜景。彰显了自己不与凡俗同流的高贵品格,对隐逸山林的向往以及对世俗险恶的厌恶之情。

211. 丧我

[饶诗]《白山集》

见"力命"条注。

[释义]

见"力命"条注。

[出典]

《庄子·齐物论》。

[解读]

丧我,忘记自我。《庄子·齐物论》:"南郭子綦隐机而坐,仰天而嘘,答焉似丧其耦。颜成子游立侍乎前,曰:"何居乎?形固可使如槁木,而心固可使如死灰乎?今之隐机者,非昔之隐机者也。"子綦曰:"偃,不亦善乎,而问之也。今者吾丧我,汝知之乎?女闻人籁而未闻地籁,女闻地籁而未闻天籁夫?""译文:南郭子綦靠着几案而坐,仰首向天缓缓地吐着气,那离神去智的样子真好像精神脱离了躯体。学生颜成子游陪站在跟前说:这是怎么啦?形体诚然可以使它干枯像死灰那样吗?你今天凭几而坐的情景大不一样呢?子綦答:偃,你这个问题不是问得很好吗?今天我忘掉了自己,你知道吗?你听见过"人籁"却没有听见过"地籁",你即便听见过"地籁"却没有听见过"天籁"啊!

[诗歌浅解]

见"力命"条注。

212. 三驱

[饶诗]《白山集》

Fontainebleau森林拿破仑行宫　　用发归濑韵

　　长算屈短日，终古月常圆。
　　雕墙倚灵琐，限曲溯涓涟。
　　树昏疑接海，风起欲拔山。
　　向来畋猎地，三驱有缓前。
　　飞毂行留影，分翠高暨天。
　　阴凝势方巩，阳回力犹邅。
　　当年叱咤处，八荒吞无难。
　　长林纷在眼，积愤究谁宣。
　　盖世伤促路，逝水感徂年。

[释义]

　　长算屈于短日，从古至今明月常圆。华美的墙壁紧挨着行宫大门，蜿蜒曲折的溯山之水轻泛涓涟。林木昏黑连接云海，风起苍穹拔地摇山。向来在畋猎之地，三驱有缓前之禽。驾车飞驰行进留影，山色分翠与天高齐。阴气凝结其势方牢，阳气始回仍难行不进。当年叱咤风云之处，横扫八方荒远无难之地。长林使眼前纷杂，积愤到何处诉说。才能、功勋等压倒当代却徒伤生命短促，时间、年华像流水一样消逝，一如往岁。

[出典]

　　《周易·比卦》。

[解读]

　　三驱，古王者田猎之制。谓田猎时须让开一面，三面驱赶，以示好生之德。《周易·比卦》："九五，显比，王用三驱，失前禽，邑人不诫，吉。"孔颖达疏："褚氏诸儒皆以为三面着人驱禽。必知三面者，禽唯有背己、向己、趣己，故左右及于后，皆有驱之。"一说，田猎一年以三次为度。陆德明释文引马融云："三驱者，一曰干豆，二曰宾客，三曰君庖。"

[诗歌浅解]

　　Fontainebleau（枫丹白露宫）是法国最大的王宫之一，在法国北部法兰西岛地区赛纳——马恩省的枫丹白露，从12世纪起用作法国国王狩猎的行宫。诗歌直接切入主题，抒发对平生谋长远之事而短日促路的感叹，再由此转而描绘行游之景，写到拿破仑行宫的华丽与自然完美结合特征，并生动地再现了周围景观的不同风神，结尾之处再次因景入情，呼应起句阐发生命短促，时间消逝的现实之感，悲愤中带着忧伤，痛苦中夹杂着无奈。

T

213. 拖蓝

[饶诗]《黄石集》

车中即事

其一
大木万株据急流,苍山衔雪敞平畴。
老翁自笑如新妇,闭置车中强说愁。
其二
文章独爱翻波澜,漫写惊湍笔已残。
迎面千峰苦不语,临江有竹报平安。
其三
环湖无际尽拖蓝,雪影澄波月印潭。
浓雾含诗诗似梦,眼中云物尽江南。

[释义]

其一:千万大树挺立水边,青山连雪面向原野。老翁自笑如同新娘,封闭车中勉强言愁。

其二:为文独爱波澜起伏,随意挥洒笔力已残。面前千峰苦苦不言,江边青竹报告平安。

其三:环绕湖面无际碧蓝,雪影清波月映水潭。浓雾饱含如梦诗意,眼中风物皆似江南。

[出典]

典出"远水拖蓝"。五代·荆浩《画山水赋》:"远水拖蓝,山色堆青。"

[解读]

1971年春,饶公利用在美国耶鲁研究院讲学假期,饶公从美国前往加拿大,历游大谷、黄石公园诸胜。沿途湖光隐秀,山合水沓,目不暇接。饶公在车中即景作诗,"环湖无际"道出了乘车之远,"拖蓝"更是将车中观水之蓝色写绝。

[诗歌浅解]

其一：饶公虽"闭置车中"，但神飞天外，观望远处的巨木急流，苍山白雪和一望无际的平原。逸兴遄飞，以诗歌书写激情。自比"新妇"，不可谓不大胆，不可谓不新颖，不可谓不贴切。新妇感受生活中的愁绪时婉转细腻，饶公感受自然造化之宏伟而产生的微妙感情亦如是婉转细腻，如此比喻也流露出天真幽默的情趣。辛弃疾说"少年不识愁滋味，爱上层楼，为赋新词强说愁"，饶公用此典故是自比少年，诗中饱含幽默旷达，老当益壮的诗人情怀。

其二：前两句饶公表述出自己在文学创作上的观点：文章要波澜起伏，曲折动人；而饶公在创作上更是孜孜以求，"漫写惊湍"。后一联对仗，"山不语"而"竹报平安"，"山""竹"原本俱为自然景物，然而在诗中，饶公使它们和人一样具有语言、思考的能力，自己则成为他们的伙伴，理解"山"的沉默，听懂"竹"的话语。这是传统文化中人与自然和谐一统精神的体现。饶公底蕴深厚，将这种思想反映在诗歌中，深入浅出，妙趣天成，在描景中蕴藉深刻思想。

其三：本诗描写无边无际的碧蓝湖水，白雪清波，明月倒影，雾气迷蒙。整幅图景如诗如画，故饶公言"浓雾含诗"，迷蒙的景色中饱含诗意，而诗意又恍如梦境，令人迷醉。全诗以"云物尽江南"收尾，将读者思绪陡然拉至江南，江南风光对于中国读者来说是熟悉而亲切的，如此一来更有利于饶公传达所欲描摹之地的风光之美，且为读者留下广阔的想象空间。

214. 投鞭断流

[饶诗]《西海集》

登巴黎铁塔放歌

高标特起支山川，皋原千里此脊椽。
攀登吾意独茫然。苍苍上有日月悬。
悬车辘轳响连连，烈风吹我帝座前。
我眼因之穷无边，下窥城郭蚁附膻。
此中陵谷几变迁，忆昔蛮触相熬煎，
断流千里争投鞭。
名王衔璧既牵挛，万兆辇致莫敢愆。
黎民倾囊有余钱，积愤难将山谷填。
大辱谁教江海湔，造为此塔上撑天。

岂同士马斗精妍。即今都会何阗阗。
奔车日夜喧哀弦。吐茵时见口流涎，
文章绮靡出市廛。润色繁华推后贤。
沃土由来非自全，势高气厚理则然。
我来窥天废朝馐，摩挲乔木参风烟。
嘉日游人趋涌泉，莽苍一气接原田。
江流滔滔去蜿蜒，逝者如斯百喟缠。
谁从碧落整乾坤，欲起拿翁笑拍肩。

[释义]

　　铁塔特立拔地而起，旷野千里成此脊屋。攀登而上我心茫然。海天苍苍日月悬挂。悬车轱辘异响连连，烈风吹拂帝座于前。视野开阔目视千里，下窥人影如蚁附膻。普法之境几经变迁，昔日纠纷尽受煎熬，投鞭断流席卷全国。俘虏君王赔款之由，投掷万金莫敢耽延。国民倾囊捐输踊跃，心中怨愤难填山谷。江海浪淘难洗耻辱，顶天立地建成此塔。岂是彰显士马精妍。当今都城繁荣昌盛。车水马龙诉尽辛酸。醉酒失态口角淌涎，文艺麇集佳品此出。增彩润色举荐后贤。疆域从来无法自全，势高气厚理当如此。废寝忘食前来窥天，轻抚乔木参悟世情。嘉日游人络绎不绝，空旷无际接连原野。大江滔滔萦回屈曲，逝者如斯喟然长叹。谁在碧空整顿乾坤，拿翁拍肩笑解心疑。

[出典]

　　北魏·崔鸿《前秦录》。

[解读]

　　《西海集·登巴黎铁塔放歌》的"断流千里争投鞭"化用"投鞭断流"之典。据北魏·崔鸿《前秦录》载，东晋孝武帝太元年间，前秦苻坚统一北方后，决心调集百万大军，乘势一举消灭东晋，统一全中国。苻坚召集群臣商议，但大臣们多不赞成，其中有一位名叫石越的下属劝阻说："从星象来看，今年不适合南进。何况晋据着长江的险固，其君王又深获人民拥戴。我们不如暂时固守国力，生产整军，等晋内部松动，再伺机攻伐。"苻坚很不以为然地说："星象之事，不尽可信。至于长江，春秋时的吴王夫差和三国时的吴主孙皓，他们都据有长江天险，最后仍不免灭亡。现在朕有近百万大军，光是把马鞭投进长江，就足以截断江流，还怕什么天险？"苻坚不顾大臣们反对，执意出兵伐晋，亲自率领八十万大军，逼临淝水，准备攻打东晋。东晋派大将谢玄、谢石带领八万精兵抗敌。苻坚轻敌，想凭借优势快攻，却遭到晋军顽强抵抗，并在淝水被晋军打败，前秦从此一蹶不振。后来

"投鞭断流"这句成语,就从原文中"以吾之众,投鞭于江,足断其流"演变而出,后用来比喻军旅众多,兵力强大。

[诗歌浅解]

　　此诗详细阐述了埃菲尔铁塔建立的历史背景和法国人民磨难的经历。逝者如斯,如今的铁塔已成为了众人问天远眺之旅游胜地,铁塔之下的繁华都市的光环亦不能洗尽当年所受的耻辱,对此谁都无能为力。究竟是谁掌管天地世事的变迁,即使是拿破仑在世,也终究无法解答这些问题,只能轻笑而过。

215. 他山

[饶诗]《西海集》

题哥耶(Goya)画斗牛图　　用韩孟斗鸡联句韵

青咒排山来,红绫张以待。
赫曦照临处,奇服戢光彩。
追逐罔造次,格斗濒危殆。
周旋临大敌,壁立弥自在。
疾似风扫叶,安如戟前镦。
涤荡踞高原,秋风拂爽垲。
旁观久噤瘁,往复向嵬磊。
进不以险移,退未因患改。
哀呼声震慄,驰骤毛翻寉。
脱手势小挫,回头勇百倍。
侧睨虎豹姿,展转蛟龙醢。
哐人怒何强,履尾气终馁。
躲闪信能事,机巧出欺绐。
叩歌非宁戚,迈步笑章亥。
力竭方就死,牛乎汝何罪。
以斗搏人欢,厥过畴能浼。
但以智争赢,何殊宝为贿。
嗜杀久成俗,传自爱琴海。
至今变加厉,好之骄且怠。
助叫喧旅人,丕绩此嘉乃。
君看哥耶笔,水墨懒加彩。

　　　　白手战方酣，戎车奔屡凯。
　　　　时已蔑恻隐，道焉得大隗。
　　　　饮血思鸿濛，夬履愬真宰。
　　　　聊为自警篇，他山庶可采。

[释义]

　　怒牛排山倒海闯来，红布展开以待冲撞。曦光披洒照耀勇士，光彩奇服令其失色。竞相追逐罔觉轻率，如此肉搏险境环生。反复较量如临大敌，伫立其中灵活自如。疾进如狂风扫落叶，安然若矛戟之金镦。似雨纷飞荡洗高原，秋风过处爽朗干燥。从旁观察令人寒噤，往复回环如攀高地。勇往不因风险移动，退避未因困境而改。哀呼之声使人战栗，驰骋周旋皮毛翻白。微小挫折适当脱手，回过脸来勇增百倍。侧眼端倪虎豹之姿，辗转之间已成肉酱。呰呰逼人气势强大，身蹈危境气终消殆。躲闪回避方显本事，机智巧妙善用谋略。非叩歌喂牛之宁戚，迈步大笑章亥之徒。身疲力竭痛苦而死，牛儿你究竟犯了何罪。以搏斗讨人们欢心，倒地不起受尽耻辱。以智克力以争促赢，何相异于贿宝赠物。喜好杀戮久成风俗，自爱琴海流传开来。至今更加变本加厉，甚爱此事既骄且怠。旅人为之助威呐喊，勇士得胜获取荣誉。请君欣赏哥耶画笔，朴素水墨不加色彩。徒手交战十分激烈，戎车出战纵横驰骋。时下轻视恻隐之心，如何祈求神明庇护。泪流满面追思往昔，莽撞祷告苍天真宰。赋作此诗警示自己，他山之石庶可采之。

[出典]

　　《诗·小雅·鹤鸣》。

[解读]

　　《题画诗·题哥耶（Goya）画斗牛图用韩孟斗鸡联句韵》："聊为自警篇，他山庶可采。"他山，即他山之石。《诗·小雅·鹤鸣》："它山之石，可以为错。"毛传："错，石也，可以琢玉。举贤用滞，则可以治国。"郑玄笺："它山喻异国。"又："它山之石，可以攻玉。"毛传："攻，错也。"本谓别国的贤才也可用为本国的辅佐，正如别的山上的石头也可为砺石，用来琢磨玉器。后因以"他山之石"喻指能帮助自己改正错误缺点或提供借鉴的外力。

[诗歌浅解]

　　饶公用韩愈、孟郊等人的《斗鸡联句》诗韵，加之连用"他山之石""宁戚饭牛""大章和竖亥"等典故，将斗牛场面的壮观、格斗的惊心动魄全面刻画出来，哥耶的《乡村斗牛》图的内容富有强烈的刺激性，千百年来，这种人牛之战吸引着世界各地的人们，同时也饱受争议。饶公观哥耶斗牛之画，对斗牛之事恻隐落泪，诗中"牛乎汝何罪"体现其博爱之精神。

216. 橐籥天地间

[饶诗]《南海唱和集》

题双玉籤图　　二十一叠前韵

> 岁暮景常新，开轩烘嫩日。
> 无忧且无过，读易遂五十。
> 橐籥天地间，暂休动愈出。
> 卜筑双玉籤，栽柳荫檐隙。
> 犹有气如山，披图梦宿昔。
> 菱荷纷映蔚，鸥鹭共几席。
> 入海久忘机，龙吟时破壁。

[释义]

　　一年将终而佳景常新，开启窗户迎接柔和的初阳。无忧无虑得过且过，知非年学《易》知天命。天地之间犹今之风箱，虚而不屈动而愈出。定居于双玉之楼阁，栽植柳荫于屋檐之隙。心中犹有气如山，观图幻想夜宿其中。菱、荷错落有致交相辉映，鸥鹭忘机共舞几席。入海而忘却尘世，乘云长啸破壁成龙。

[出典]

　　春秋·老子《道德经》。

[解读]

　　《南海唱和集·题双玉籤图二十一叠前韵》："橐籥天地间，暂休动愈出。"《道德经》第五章云："天地之间，其犹橐籥乎？虚而不屈，动而愈出。"《道德经》注："所以说天地之间，就好像一个风箱一样。如果没有人去摇动它，它就虚静无为，但是它生"风"的本性仍然是不变的，如果有人去拉动它，那么风就自然吹出来。"

[诗歌浅解]

  此诗系饶公为画家李超人绘制的《双玉筱图》题诗,诗中饶公用典"橐籥天地间"来自《道德经》,老子说"天地之间,其犹橐籥乎?虚而不屈,动而愈出。"橐籥就是皮囊做的风箱,它是古代铸造兵器冶炼时的加速器。天地之间就像橐籥一样,不断运动它,它不断往外出东西,虽然它中间是虚的,但它不会塌陷,"动而愈出",天地之间就是这个"道",在这里饶公悟出了道的空性,人要仿天之道,把自己放空,人生苦短,岁暮景新。此题画诗反映了饶公追求人生的虚静无为,淡泊不以世事为怀的隐遁心态。亦从侧面体现出画作超凡脱俗,达到"天人合一"的艺术境地。

217. 抟风背

[饶诗]《总辔集》

玖磨川　　用东坡放鱼韵

谁凿灵渠向大块,扶摇直是抟风背。
缒地如嵌青玉簪,经天似绕黄河带。
车奔夸父欲逐日,浪细鱼儿真可脍。
乍动离魂混南北,岂同易水论琐碎。
不是当年讨熊袭,那许如今钓蛟濑。
生世畴容逃尘网,几辈能来超象外。
徒将句作水龙吟,更喜秋与风涛会。
畅游坡老扣两舷,道术相忘渺江海。

[释义]

  是谁开凿灵渠于天地间,真是抟扶摇乘风直上。拔地而起如镶嵌青玉簪,经天地似环绕黄河襟带。车马奔腾如同夸父逐日,浪花细腻鱼儿真可生吃。乍动离魂远游混迹南北,岂敢同易水论细碎之思。不是当年讨伐野人熊袭,那许如今在此钓水中蛟龙。生世耗尽身心逃离尘网,儿孙之辈而能超然象外。徒将诗句当作为水龙吟,更欣喜秋天与风涛相会。畅游如同坡老扣舷而歌,忘乎所以一举横绝江海。

[出典]

  《庄子集释》卷一上《内篇·逍遥游》。

[解读]

《庄子集释》卷一上《内篇·逍遥游》："抟扶摇而上者九万里。"扶摇，旋风。后因称乘风捷上为"抟风"。

[诗歌浅解]

此诗作于2004年，记录饶公当年与冈村繁同游日本三大川之一的玖磨川印象，这里曾经是"野人熊袭盘踞之地"。此诗由景触发而产生的想象，但想象的依据则是诗人平时对自然景物的深刻体会。

218. 顽石

[饶诗]《苞俊集》

题画　　次倪鸿宝韵

无端误上米家船，铁砚磨穿不羡仙。
顽石看人空说法，山公未悔作张颠。

[释义]
　　无端误闯米家山水画境，铁铸砚台磨穿不羡神仙。顽石领会僧人讲述佛法，山公未后悔作张旭之辈。

[出典]
　　《莲社高贤传》："竺道生入虎丘山，聚石为徒，讲《涅槃经》，群石皆点头。"

[解读]
　　"生公说法，顽石点头"此说源于道生法师的典故。当年，道生法师因为坚持"众生皆有佛性"，不容于寺庙，被众人逐出。回到南方，他住到虎丘山的寺庙里，终日为众石头讲《涅槃经》，讲到精彩处，就问石头通佛性不？群石都为此点头示意。围观者将这一奇迹传扬开去，不到十天拜他为师的人越来越多。

[诗歌浅解]
　　饶公题画，将画作中的米家山水画风形象地展现在诗中，对画者那种坚持不懈持之以恒的创作态度表示欣赏，顽石看人、山公未悔，将画中景物拟人化，意体现出画作的灵气。

219. 巫山云雨

[饶诗]《苞俊集》

武夷杂咏

其三
上清沦谪久离群,不是巫山亦雨云。
怪底柳郎多狡狯,武夷君作云中君。

[释义]

　　上天沦落到此早已离群,不是巫山神女亦能兴雨。都怪柳永赋作狡黠之词,将武夷山君变成云中君。

[出典]

　　战国·楚·宋玉《高唐赋》。

[解读]

　　《苞俊集·武夷杂咏》其三"上清沦谪久离群,不是巫山亦雨云",化用了"巫山云雨"的典故。巫山云雨语出战国·楚·宋玉《高唐赋》:"妾在巫山之阳,高丘之阻。且为朝云,暮为行雨,朝朝暮暮,阳台之下。"巫山云雨是由神女幻化而成的自然现象,根据原始宗教观念,神女与国王交合是天地交会,能够产生降雨,进而使谷物丰收、人民富足、国家强盛。国王与神女交媾致雨并促进丰收、富足和强盛的观念是特定民俗背景下的产物,后来由于文化背景的改变,后人大多对这一古老观念并不了解,加上男欢女爱又是最贴近人们生活的,最易被人联想起来,才将原本神圣庄严的国家大事误解为缠绵的儿女情长,乃至其成为男欢女爱的代名词。

[诗歌浅解]

　　武夷山兴云降雨,较早吟咏其态的是柳永,饶公于诗中戏称,将武夷山当成巫山,把其用作云中君,怪就怪柳永那首狡辩之词。这种写法让诗既表现了武夷山景的特色,又显得生动活泼。

220. 无愁果有愁

[饶诗]《西海集》

罗马圆剧场（Colosseo）

其二
欲谱无愁果有愁，北齐歌吹亦温柔。
白杨风起多冤魂，掷尽头颅可自由。

[释义]

　　欲谱无愁暗藏无尽哀愁，北齐贪纵之歌亦温柔。白杨树下风起冤魂众多，为国抛尽头颅可换来自由。

[出典]

　　唐·李商隐《无愁果有愁曲北齐歌》。

[解读]

　　唐·李商隐《无愁果有愁曲北齐歌》，北齐高纬时称"无愁天子"，无愁真无愁吗？大兴土木"竞为贪纵，人不聊生"。武平七年（576）十月，北周武帝发兵攻北齐，六个月后灭北齐，高纬身首相异，果然无愁暗藏无尽哀愁。李商隐借此对时政微意托寓其中。饶公此诗亦化用其意表达自己对修建圆剧场的罗马皇帝的不满。

[诗歌浅解]

　　公元72年，罗马俘犹太人三万驱使建罗马圆剧场，历经八年建成。可现在的剧场已物是人非，饶公在诗中告诫人们，有时看到的并非真实的现象，荒淫的北齐皇帝亦有人称他为"无愁天子"，其实无愁暗藏无尽哀愁，北齐皇帝最后身首相异。而那些为国家捐躯的枉死之人，其精神值得人们去缅怀。

221. 屋漏痕

[饶诗]《西海集》

中峤杂咏

暂游千里未消魂，雪后山成屋漏痕。

妙句佳书同一理，几时悟到十玄门。

[释义]

　　游赏千里未觉销魂，雪后山如屋漏之痕。诗歌书法本是同源，何时悟到圆融无间。

[出典]

　　唐·陆羽《释怀素与颜真卿论草书》。

[解读]

　　《西海集·中峤杂咏》有句："雪后山成屋漏痕。""屋漏痕"为书法术语。比喻用笔如破屋壁间之雨水漏痕，其形凝重自然，故名。唐·陆羽《释怀素与颜真卿论草书》载：颜真卿与怀素论书法，怀素称："吾观夏云多奇峰，辄常效之，其痛快处，如飞鸟出林，惊蛇入草，又如壁坼之路，一一自然。"颜真卿谓："何如屋漏痕？"怀素起而握公手曰："得之矣！"

[诗歌浅解]

　　1976年5月23日，雷威安夫妇驱车载饶公从巴黎到波尔多城游玩，共行二千公里，饶公沿途写诗三十一首。此系其中之一首，此诗写游赏感触，由景入诗，阐述诗书画同一的道理。

222. 五车书

[饶诗]《题画诗》

过龙湖刘均量故居五律

回首龙湖路，踟蹰古寨隅。
世怀方伯第，我眷故人居。
旗鼓非畴日，庭梧孰扫除。
流连虚白室，胜读五车书。

[释义]

　　回首潮安龙湖之路，古寨一隅徘徊不前。世人怀念方伯之第，我则眷恋故人居所。居前并非昔日旗鼓，庭院梧桐是谁扫除。虚白之室流连忘返，胜过读遍五车之书。

[出典]

典出《庄子·天下》。

[解读]

《题画诗·过龙湖刘均量故居五律》："流连虚白室，胜读五车书。"五车书，典故名，惠施的学问广博，方术很多、本事很大，他的读书多达五辆车。他分析事物之一，说："大到极点而没有边际的，称为'大一'；小到极点而没有内核的，称为'小一'。没有厚度，不可累积，但能扩大到千里。天和地一样低，山和泽一样平。太阳刚刚正中的时候就偏斜，万物刚刚生出就向死亡转化。大同和小同相差异，这叫'小同异'；万物完全相同也完全相异，这叫'大同异'。南方既没有穷尽也有穷尽，今天到越国去而昨天已来到。连环可以解开。我所知的天下的中央，在燕国之北越国之南。泛爱万物，天地合为一体。"

[诗歌浅解]

2003年5月，饶公到潮州龙湖古寨参观好友刘均量（1911~1993）故居。早年饶公曾为刘氏题匾"虚白斋"，现昔人已逝，庭梧依旧，诗中洋溢对故人的洋溢和缅怀之情。

223. 无外

[饶诗]《长洲集》

第六十六首

我意在无外，思来拍水浮。
偶然百首诗，足轻万户侯。
碧桃未著花，对客只含羞。
寻诗如寻花，崎岖亦经丘。
无怪溧阳尉，一吟双泪流。
拾得真吾师，神与化俱游。

[释义]

我意在于无我之物，在至大处，思绪来时犹如拍水浮游一样自在。偶然吟得百首诗歌，其价值足以轻视食邑万户的侯爵。碧桃未开花，遇客而含羞未放。作诗如同寻花，其过程如同跋山涉水一样艰苦。无怪乎溧阳尉孟郊，得句一吟双泪流。拾得真是我的老师,追求诗歌达到真谛,能使诗歌出神入化。

[出典]

《庄子·天下》《管子·版法解》。

[解读]

《长洲集》录阮籍《咏怀诗》第六十六首:"我意在无外,思来拍水浮。""无外"犹无穷,无所不包。《庄子·天下》:"至大无外,谓之大一。"《管子·版法解》:"天覆而无外也,其德无所不在。"《吕氏春秋·下贤》:"其大无外,其小无内。"高诱注:"道在大能大,故无复有外。"晋·葛洪《抱朴子·论仙》:"天地之间,无外之大,其中殊奇,岂遽有限?"又指远方。

[诗歌浅解]

阮诗以久困凡尘,感悟世间权势须臾变化,不可贪恋。心底思念故园,愿脱去凡尘枷锁,佩剑神游于山河之间。诗中传达出对自在生活的迫切向往。饶诗亦以自在闲游为内容,但更为洒脱自如。诗中洋溢着自得与惬意。意在无外,思来拍水,极其大气,碧桃含羞,更著欣喜。又道寻诗不易,郊岛二人为诗流泪可以理解。但境界不高,不如自己,以拾得为师,自如惬意。

224. 问奇向子云

[饶诗]《羁旅集》

董彦堂远朦所著殷历谱报之以诗

九州共识邯郸淳,能读契龟接典坟。
汲冢竹书难辑缀,尧年巧历极纷纭。
何人稽古追秦近,许我问奇向子云。
牢落山川空爱宝,清风兰蕙为谁薰。

[释义]

九州谁人不识邯郸淳君,殷代契刻古籍皆能读懂。汲冢竹书难以编辑撰写,彦堂殷历超群横空出世。何人考察古事直追秦汉,容我讨教子云奇字之法。只慕幽山不爱奇珍异宝,清风吹拂兰蕙为谁而生。

[出典]

东汉·班固《汉书·扬雄传下》。

[解读]

《羁旅集·董彦堂远媵所著殷历谱报之以诗》："何人稽古追秦近，许我问奇向子云。""问奇向子云"中的子云指扬雄（公元前53—公元18），字子云，蜀郡成都人。西汉后期著名学者、哲学家、文学家、语言学家。扬雄从小刻苦学习，博览无所不见，不学习章节、句子，熟悉词语解释。见《汉书·扬雄传下》："间请问其故，乃刘棻尝从雄学作奇字……雄以病免，复召为大夫。家素贫，耆酒，人希至其门。时有好事者载酒肴从游学，而巨鹿侯芭常从雄居，受其《太玄》《法言》焉。"后以"载酒问奇字"谓人勤奋好学。

[诗歌浅解]

当年邯郸淳能写古文字，扬雄能作奇字，而既能读懂契刻甲骨文又能编撰的人绝无仅有，董彦堂却皆能为之，不得不令人佩服。饶诗从侧面衬托董彦堂殷历谱之超绝，又以"兰蕙"香草表现其脱俗高雅之品格，以表达自己的敬意。

225. 无忧花树

[饶诗]《佛国集》

缅甸蒲甘（Pagan）石洞，壁绘蒙古骑士，惊喜题此　　次东坡开元寺韵

旧传黄祸撼山川，骏马西驰奔猰㺄。
六师所至无敌手，炎火烧天人摧肩。
此间兀立五千塔，争姿摹影罗青莲。
宣哀宝铎动永夜，涤尘法雨庇遥天。
一从玄关失幽楗，坚林焚燎涸灵泉。
但看幡风花前落，无复镜月定中圆。
今从图画瞻猛士，乍惊尘壁挂星躔。
众阶野兽穿窟穴，一鸟庭树飞苍烟。
日月缠迫归空灭，往事悲歌徒口传。
行程旧帙难稽览，无忧花树尚香鲜。
天衣飞动磔毛发，金躯久已废止观。

[释义]

　　旧时相传蒙古铁骑震撼整个山川，天地间骏马西驰猋狻奔逃。蒙古大军所至之处毫无敌手，硝烟滚滚灼烧天际人间。这里兀立着五千个佛塔，它们争相竞姿摹影传神。宣哀大钟永夜长鸣，法雨清洗凡尘庇佑天地万物。入道的法门失去了暗锁，草木焚毁灵泉干涸。但看幡风掠过树上花落，不再有镜月能在禅定中圆满。今从壁绘瞻仰蒙古骑士，惊喜地看到灰尘遮掩的墙壁之上星辉璀璨。众多野兽穿行于窟穴之中，枝头鸟儿离开庭树飞入那苍茫的云雾。日月运行岁月迫人终入空灭之境，往事悲歌仅凭口头传颂。早已消逝的印迹难以在旧书中查到，无忧花树至今尚且香鲜。天衣飞动毛发张磔，眼前的金躯久已荒废了"止观"这种修行法门。

[出典]

　　无忧花树，梵名asoka，音译为阿输柯树、阿叔迦树。相传释尊于此种树下诞生。

[解读]

　　《佛国集·缅甸蒲甘（Pagan）石洞，壁绘蒙古骑士，惊喜题此。次东坡开元寺韵》："行程旧帜难稽览，无忧花树尚香鲜。"2500多年前，在古印度的西北部，喜马拉雅山脚下（今尼泊尔境内），有一个迦毗罗卫王国。国王净饭王和王后摩诃摩耶结婚多年都没有生育，直到王后45岁时，一天晚上，睡梦中梦见一头白象腾空而来，闯入腹中——王后怀孕了。按当时古印度的风俗，妇女头胎怀孕必须回娘家分娩。摩诃摩耶王后临产前夕，乘坐大象载的轿子回娘家分娩，途径兰毗尼花园时，感到有些旅途疲乏，下轿到花园中休息，当摩诃摩耶王后走到一株葱茏茂盛开满金黄色花的无忧树下，伸手扶在树干上时，惊动了胎气，在无忧树下生下了一代圣人——释迦牟尼。从此，无忧树被奉为佛教圣树。《过去现在因果经》："夫人见彼园中有一大树，名曰无忧，花色香鲜，枝叶分布极为茂盛，即举右手，欲牵摘之，菩萨渐渐从右胁出。"

[诗歌浅解]

　　公元后7世纪，讲缅甸语的藏缅族人开始从当今云南的南诏国移居到伊洛瓦底河流域。849年，缅甸族弥补骠族留下的权位空缺，在蒲甘建立了一个小国。直到阿奴律陀统治时期（1044~1077）蒲甘国的影响才扩大到当今缅甸的许多地区。1057年阿奴律陀国王占据了孟国的首府萨通，缅甸开始信奉来自孟人的小乘佛教。在康瑟达统治期间（1084~1113），在孟国的佛经的基础上创造出了缅甸佛经。蒲甘国因为贸易而繁荣起来，于是国王在全国建造了许多宏伟的寺庙和宝塔，随着政治中心的南迁、年久失修等原因，现存佛塔不过5000座。佛塔内的浮雕壁画，技艺精巧，构图朴素，栩栩如生。饶公此诗再次由古及今，因景入情，全诗场面宏大，鲜艳富丽，笔调细腻生动，含蓄不露。领略缅甸蒲甘（Pagan）石洞艺术精华的同时穿越历史，无论过去多么辉煌，在"日月缠迫"之下终归"空灭"。岁月消逝，文明在自然和历史面前显得黯然无力。在往日的慷慨悲歌以及眼前萧寥的强烈对比之下，淡淡的忧伤顷刻显现在诗歌的字里行间。对这一切，无论是饶公还是我们，都只能回报以一声长叹；唯一让我们感到欣慰的是，先贤遗留下来的这些宝贵的浑厚雄壮的艺术。

226. 翁仲

[饶诗]《佛国集》

Angkor城杂题

其三
兵车画壁尚辚辚，无限边愁泥杀人。
还似斗鸡盈水陆，抱关翁仲拥城闉。

[释义]

　　壁画中那驰骋的兵车栩栩如生仿佛传来辚辚之声，边愁无限令人难以释怀。700年前的真腊斗鸡的情景依然清晰刻画在这里，把关的翁仲仍旧坚守着瓮城的重门。

[出典]

　　翁仲，原本指匈奴的祭天神像，大约在秦汉时代就被汉人引入中国，当作宫殿的装饰物。

[解读]

　　《佛国集·Angkor城杂题》（其三）："还似斗鸡盈水陆，抱关翁仲拥城闉。"翁仲，初为铜制，号曰"金人""铜人""金狄""长狄""遐狄"，但后来却专指陵墓前面及神道两侧的文武官员石像，成为中国两千年来上层社会墓葬及祭祀活动重要的代表物件。像了人像外，还包括动物及瑞兽造型的石像。

[诗歌浅解]

饶诗通过吴哥壁画的描述，700年前的景象跃然纸上：辚辚驰骋的兵车，边人征战之沙场，市集里斗鸡之人，抱关守护的翁仲，一个个都鲜活了起来，吴哥群寺里的众神不再是冷冰冰的石块，众神的国度也不再遥远。

227. 无李论

[饶诗]《南海唱和集》

见"夺席"条注。

[释义]

见"夺席"条注。

[出典]

宋·米芾《画史》。

[解读]

无李论，指认为李成真迹稀少之论。李成的绘画在北宋时极受重视，开封的王公贵戚竞相请他作画，但李成志节高迈，不为权势所动，故其画甚不易得。李成死后画名益著，其孙李宥任开封尹时，以重金收购李成作品，北宋皇帝中神宗、微宗等尤酷爱李成画，刻意搜访，遂造成李成真迹稀少，而赝品却大量流传。北宋米芾自谓平生曾见李成画三百本，而其中只有两件是真迹，因而欲作"无李论"。由此也可看到李成的绘画受到社会欢迎和赏识的程度。

[诗歌浅解]

见"夺席"条注。

228. 万叶集

[饶诗]《总綮集》

《万叶集》试译四首

其一

太和之间，环万山兮。香具之巅，峻及天兮。登临望极，瞻故国兮。原野茫茫，炊烟扬兮。湖海腾波，鸥争翔兮。岛国丰熙，兹惟大和之里兮。

其二

春去而夏还兮。白纻之衣已干兮，于天香具之山兮。

其三

秋之徂兮，龙田之山兮飞雁纷纷。爱居爱处兮，镇思君。

其四

百济、野之荻兮，叶茁新枝。春归有待兮，可闻莺啼。

[释义]

其一：天地之间，万山环绕。香具山巅，险峻及天。登临远望，瞻仰故国，原野茫茫，炊烟飘扬。湖海泛波，鸥鸟争翔。岛国丰饶，唯有大和之地。

其二：春天已逝夏日已来，甘寿明神白衣已经干透，在这天香具山中。

其三：秋天消逝，龙田山上大雁纷飞。无论身在何方，身在何处，我时刻思念您。

其四：百济、野之荻，枝叶出新芽。春天未至，已经听到莺啼。

[出典]

《万叶集》，是日本最早的诗歌总集，相当于中国的《诗经》。所收诗歌自4世纪至8世纪中叶长短和歌。

[解读]

《万叶集》是日本俳句经典，读起来和唐诗很像，但是诗歌格式不同。该集的编次方法，各卷不同。有的卷按年代编次，有的卷按内容分为杂歌、挽歌、相闻歌（广义指赠答歌，狭义指恋歌）三大类，有的卷还设譬喻歌防人歌（戍边兵士歌）等目。

[诗歌浅解]

其一：此诗为舒明天皇作，日本第34代天皇，诗中表达了国泰民安、人畜兴旺的美好景象。

其二：此诗阐述了香具山甘寿明神的神话传说，传说此山为天上落下的神圣之山，所以又称天之香具山。每当春夏之交，甘寿明神便用这里的神水浸湿白布衣衫，然后在阳光下晒干，以辨明人心的真伪。这种白光现象后逐渐蜕变为一种传闻。

其三：此诗描写秋思，赋诗之人情谊真挚，句句珠玑。

其四：此诗描绘百济春意，春虽未至，但可闻鸟鸣莺啼。

229. 五丁

[饶诗]《佛国集》

见"百丈倒净瓶"条注。

[释义]

见"百丈倒净瓶"条注。

[出典]

唐·欧阳询等《艺文类聚》卷七引汉·扬雄《蜀王本纪》。

[解读]

《佛国集·阿旃陀（Ajantā）石窟歌 次东坡芙蓉城韵》："山深难以测堪冥，凿窟何年费五丁。"五丁，神话传说中的五个力士。《艺文类聚》卷七引汉·扬雄《蜀王本纪》："天为蜀王生五丁力士，能献山，秦王（秦惠文王）献美女与蜀王，蜀王遣五丁迎女。见一大蛇入山穴中，五丁并引蛇，山崩，秦五女皆上山，化为石。"一说"秦惠王欲伐蜀而不知道，作五石牛，以金置尾下，言能屎金，蜀王负力。令五丁引之，成（蜀）道，秦使张仪、司马错寻路灭蜀，因曰石牛道。"见北魏·郦道元《水经注·沔水》引东汉·来敏《本蜀论》。此泛指力士。

[诗歌浅解]

见"百丈倒净瓶"条注。

230. 五十弦

[饶诗]《南征集》

> Danis Hwaks辞牛津大学中文教授，专志译红楼梦，媵之以诗

> 举世滔滔识子贤，甘经高爵事陈编。
> 种桃当有千年计，鼓瑟谁张五十弦。
> 移老入闲良有道，抛春坠梦惜无边。
> 曹家往事低徊久，一帙红楼赖汝传。

[释义]

人人茫海识得你的贤才，甘愿抛却高薪潜心译书。苦心耕耘自有远大理想，弹奏琴瑟令人难以为怀。遐龄大耋之年有所寄托，远离尘俗追求没有止境。曹家往事令人回味已久，一帙红楼有劳您老传承。

[出典]

《史记》卷二十八《封禅书》。

[解读]

传说中善弦歌的女神素女所鼓之瑟为五十弦。后指悲哀的乐曲，或美称音乐、瑟。《史记》卷二十八《封禅书》："太帝使素女鼓五十弦瑟，悲，帝禁不止，故破其瑟为二十五弦。"

[诗歌浅解]

此诗为赠诗，诗中对Danis Hwaks辞牛津大学中文教授专志译《红楼梦》一事由衷敬佩，对其能有如此远大的理想以及勇气表示赞赏。

231. 雾豹

[饶诗]《南征集》

> Batur山远望

> 谷狠山狂大泽焚，风行波细复成文。
> 崖焦黄炙岭头热，地迥碧添湖外云。

暂付诗心追寂寞，欲呼雾豹隐氤氲。
天南重咏陆浑火，春暖桃花水上曛。

[释义]

　　谷艰狠山狂热大泽焚毁，风吹拂水波细赋成诗文。崖壁已曛蕉黄，山岭炙热，大地遥远碧色衬着湖云。暂且赋作诗歌聊解寂寞，想要呼唤隐处雾豹云气。南地重咏陆浑山火诗韵，春天日暖桃花水上曛香。

[出典]

　　汉·刘向《列女传·陶答子妻》。

[解读]

　　汉·刘向《列女传·陶答子妻》载，答子治陶三年，名誉不兴，家富三倍。其妻谏曰，能薄而官大，是谓婴害，无功而家昌，是谓积殃。南山有玄豹，雾雨七日而不下食者，欲以泽其毛而成文章也，故藏而远害。答子妻指出其夫贪求大富，不顾后害。她说，南山有黑豹，雾雨中七日不下山觅食，是因为自己爱惜斑斓的皮毛，所以藏身远离雨害。后因以"雾豹"指隐居伏处，退藏避害的人。

[诗歌浅解]

　　1972年6月，饶公到巴厘岛旅游，该岛位于爪哇岛东部，面积5620平方公里，岛上热带植被茂密，是举世闻名的旅游岛。Batur山在巴厘岛的东北面，海拔1717米，是全岛较矮小的一座活火山。饶公临Batur山，回忆1917年该处发生地震山崩，坍屋6.5万间，毁坏寺庙近百座，如此的大灾难，幸好Batur山附近诸村村民无恙，现村临大湖，村屋多以黄红青诸色石砌成，绚美可爱。

232. 文牺

[饶诗]《南征集》

斗鸡

山川断取豁灵襟，最爱淳风太古心。
乐此斗鸡存旧俗，喜无射雉贼珍禽。
退之应怯赓联句，杜老徒矜树栅吟。
自悼文牺甘曳尾，寒江注目暮云深。

[释义]

山川截取令人心胸开阔，最爱敦厚古朴仁人之心。遗留斗鸡作乐之旧风俗，幸喜没有残杀珍禽的贼人。韩愈谨慎对待诗歌赠答，杜工部只能矜持树栅之吟。自觉畏怯此等雅逸生活，注目寒江之上暮云深沉。

[出典]

《庄子·列御寇》。

[解读]

文牺，身披彩绣以备宰杀供祭祀用的牛。语本《庄子·杂篇·列御寇》："或聘于庄子，庄子应其使曰：'子见夫牺牛乎？衣以文绣，食以刍菽，及其牵而入于太庙，虽欲为孤犊，其可得乎？'"后用以喻仕宦虽享厚禄，终必罹祸。此指闲逸生活。

[诗歌浅解]

饶公一直向往敦厚古朴、恬静雅逸之生活，他来到Gianjar镇这个巴厘岛斗鸡最有名之地，斗鸡之旧俗令其想到韩愈、孟郊《斗鸡联句》、杜甫《催宗文树鸡栅》，诗人们对鸡均情有独钟，而此次错过观赏时间，无法亲眼一睹斗鸡的激烈场面，竟为此感到十分惋惜。

233. 无待

[饶诗]《苞俊集》

题姚宋画册　　用前韵为均量

渐江画笔冷且清，向来上智不论形。
枯禅流风终不沫，衍派姚祝尤瑰英。
临池拂纸生萧槭，端居老屋坐沉冥。
绵蛮鸟语春未老，胸中丘壑兀峥嵘。
化圆为方多折笔，一峰胎息加砻硎。
值月相邀忘世改，与猿同宿不心惊。
松风出硐幽韵远，收视无待取倾城。
山似波涛多起伏，水于寥廓等门庭。
转翠谁人开胜境，鉴古有眼如曙星。
画者凝神载营魄，赏者应物不将迎。

障道纯情已即惰，游方何计避重轻。
因正得奇岂貌似，命意幽深非世情。
今看笔墨结涩处，昏鸦数点孤舟行。
危桥濯足数飞鸟，千里入望心忧茕。
丹青信可涤玄览，含情自昔易为盈。
瓜子能镌诸罗汉，尺幅使我咏遐征。
绝技于今难再见，披图畴不寸心倾。

[释义]

姚宋画作笔下冷艳有情，向来真正之智不重其形。枯禅的风格终究能传承，姚宋祝昌尤是瑰宝精英。临池展开纸卷树叶零落，端居老屋静坐低沉冥寂。绵蛮鸟鸣之声春未离去，胸中囊括兀傲峥嵘丘壑。化圆为方技法多是折笔，山峰节奏气息细致打磨。适逢月夜相邀忘却世俗，与山中猿猴同宿不心惊。松风自山谷出幽静韵远，尽收眼底"无待"自然倾城。山如同波涛连绵而起伏，水尤空旷深远等平门庭。天地变得翠绿谁开胜境，鉴赏古画眼如启明星。作画之人凝神寄托灵魂，赏画之人应景无须迎合。阻碍纯美之情已是懒惰，云游四方何曾计较重轻。因心正得奇状岂是相似，寓意幽深绝非世俗之情。现在看那笔墨结涩之处，黄昏鸦鹊数只伴舟而行。破败桥下洗足惊起飞鸟，千里尽入眼底心中忧思。画作可以令人祛除杂念，饱含深情自古变得盈满。瓜子能够镌刻诸位罗汉，尺幅之中使我思绪飘远。此绝技在今天难以再见，展开画卷处处让人心倾。

[出典]

《庄子·逍遥游》。

[解读]

无待，是指人的思想及行为不受任何条件的制约和束缚，无所依赖、无所凭借，摆脱了客观世界的束缚，是一种精神的绝对自由状态。《庄子·逍遥游》："足于己，无待于外之谓德。"能够做到"无待"，也就基本上可以做到自由逍遥了。

[诗歌浅解]

姚宋可在瓜子上作画，为古今绝艺。其画风取法自然，能够不媚于俗。饶公诗歌饱含对姚宋的赞赏之意，亦在诗中表达了自己追求"无待"的道家之境，唯有摆脱世俗之缚，才能使精神独立于世界。

234. 乌尾讹城角

[饶诗]《瑶山集》

见"留花门"条注。

[释义]

见"留花门"条注。

[出典]

《后汉书》。

[解读]

乌尾讹城角,乌鸦的尾羽在城墙上摇摆不定。《后汉书》载有汉桓帝时京都之童谣:"城上乌,尾毕逋。"盖桓帝卖官鬻爵,故童谣以城上乌鸟来讽刺处高位者敛财夺利。唐·杜甫《日暮》:"日落风亦起,城头乌尾讹……将军别换马,夜出拥雕戈。"

[诗歌浅解]

见"留花门"条注。

235. 五里沉雾迷

[饶诗]《瑶山集》

瑶山咏

薄薄瑶山酒,日日不离口。
瑶女未解愁,楚客空搔首。
村村闻鸠舌,家家尽堘墉。
老松八千尺,日傍北风吼。
山花乍吐妍,山石渐变丑。
五里沉雾迷,公超挟我走。
本性侣麋鹿,何意跨苍狗。
世乱隐伴狂,捉襟时见肘。
赤足拖狐裘,此趣笑谁有。
万方声一概,到此忘阳九。
所欠花猪肉,无食使人瘦。

行歌耸驴肩，归路逐牛后。

长啸叫孙登，客梦落林薮。

[释义]

　　淡淡薄薄瑶山之酒，天天饮酌不离我口。瑶女不解离乡之愁，客居之人空自搔首。村落口音如同鸟语，家家户户以泥封窗。老松有八千尺之高，北风每天在旁怒吼。山花刚刚绽放靓丽，山石渐渐从丑变美。五里之内山雾弥漫，张楷挟我疾速奔跑。本性爱与麋鹿为伍，哪曾想过跨坐苍狗。世事纷乱隐居佯狂，拉起衣襟常现手肘。赤脚拖曳狐皮裘衣，笑此乐趣谁人能有。全国各地均处战乱，到此处可暂忘灾厄。只是还想要花猪肉，无肉可食使人消瘦。在驴肩上且行且歌，跟在牛后寻得归途。大声呼唤招来孙登，羁旅之梦落在山间。

[出典]

　　《后汉书·张霸传》。

[解读]

　　《瑶山咏》诗中："五里沉雾迷，公超挟我走。"其中"五里沉雾迷"系指东汉时张楷隐居山中好道术，能作五里大雾。《后汉书·张霸传》："楷，字公超，通《严氏春秋》《古文尚书》，门徒常百人。宾客慕之……楷疾其如此，辄徙避之……不至官，隐居弘农山中，学者随之，所居成市……郡时以礼发遣。楷复告疾不到。性好道术，能作五里雾。"

[诗歌浅解]

　　抗战期间饶公在瑶山之中，避难良久，渐渐熟悉了此间的风物。一方面，这里花草木石皆有可观，充满了自然大美，其较之群山之外亦相对安宁；另一方面，国家仍处在战乱之中，令人烦忧，而山村的生活条件也颇为恶劣，耳边的瑶族方言更时刻提醒饶公：自己仍身在异乡。热爱自然本来是饶公的天性，可是，在这种家国困境中，他却心有郁结、总不能尽情享受野趣。对山林之美的欣赏，与思乡怀人之感、忧心家国之情相互交错，共同构成了饶公彼时复杂的情怀。

236. 吾与点

[饶诗]《集外诗》

重至揭阳乔南里月下作

已偷数日闲，凫鸭即麋鹿。
方池一角青，来作客不速。
四载饱离乱，突兀仍此屋。
中庭卧明月，浮云每加腹。
翛然吾与点，胸次出新沐。
天得一以清，此意今才觉。

[释义]

　　已经偷得数日闲暇，野鸭麋鹿栖息相伴。方池一角如此青绿，来此作为不速之客。四年以来饱经离乱，此屋仍旧高耸而立。月光沉于庭院之中，浮云宛若飘在腹上。孔子认同曾点之自在，胸次舒畅如出新沐。天得到道故而清明，此中真意今方觉省。

[出典]

　　《论语·先进》。

[解读]

　　《论语·先进》："（曾点）曰：'暮春者，春服既成，冠者五六人，童子六七人，浴乎沂，风乎舞雩，咏而归。'夫子喟然叹曰：'吾与点也。'"

[诗歌浅解]

　　1942年9月，饶公重回揭阳乔南里，距离上次来此已时隔四年。这四年间，人久经离乱，这里的房屋却仍一往如旧，令饶公不禁感怀今昔。而与四年前相比，如今的饶公饱经蹉跎，更加淡定从容、更与宇宙自然之大道相趋近，其诗境亦超乎凡俗。

237. 无生

[饶诗]《苞俊集》

大同华严寺展出秘笈,有雍正本《金光明经》,前为宋慈觉大师宗颐序文。记《宋史·艺文志》,著录僧宗颐《劝孝文》,深喜名与之同,或有宿缘,因而赋此

同名失喜得名僧,代马秋风事远征。
托钵华严宝寺畔,何如安化说无生。

[释义]

名僧与我同名让我窃喜,秋风代替奔马将事远传。持钵修行华严宝寺之畔,何如安化佛意说无生忍。

[出典]

《大般若经》卷四四九《转不转品》。

[解读]

《大般若经》卷四四九《转不转品》云(大正7·264b):"如是不退转菩萨摩诃萨,以自相空,观一切法,已入菩萨正性离生,乃至不见少法可得。不可得故,无所造作。无所造作故,毕竟不生。毕竟不生故,名无生法忍。由得如是无生法忍故,名不退转菩萨摩诃萨。"此谓菩萨观诸法空,入见道初地,始见一切法毕竟不生之理,名无生法忍。

[诗歌浅解]

1981年9月中旬,饶公赴山西太原开会,会议结束后到大同华严寺参观,他发现该寺收藏的雍正本《金光明经》前面有宋代慈觉大师宗颐序文,僧人"宗颐"的法号正是饶公本人用了60多年的名字(其年饶公64岁)。因同名的因缘,饶公赋诗一首以作纪念。

238. 乌丝

[饶诗]《冰炭集》

以Lilas插胆瓶浸赋

其一
案头清供伴低徊，脉脉佳人把绣裁。
报道新晴簷雪霁，早花含蕊待春来。
其二
眉梢眼底挂垂垂，月榭烟寮晚更宜。
多少鸾笺愁寄与，且扶乡梦写乌丝。

[释义]

其一：几案清供欣赏让我流连，脉脉花儿如佳人绣裁出。似报屋檐雪停晴天到来，花儿早放等待春天到来。

其二：垂垂悬挂尽入眉梢眼底，台榭烟屋傍晚更加相宜。花费多少彩笺寄与忧愁，姑且将乡梦写入乌丝栏。

[出典]

唐·李肇《唐国史补》。

[解读]

乌丝栏，版本学习用语。谓书籍卷册中，绢纸类有织成或画成之界栏，红色者谓之朱丝栏，黑色者谓之乌丝栏。唐·李肇《唐国史补》卷下："宋亳间有织成界道绢素，谓之乌丝栏、朱丝栏。"

[诗歌浅解]

其一：饶公作诗赋紫丁香（Lilas）插胆瓶浸泡，诗人低徊其旁，花儿脉脉含情，就像是"佳人把绣裁"，田花儿还未绽放，却好像告诉诗人"新晴簷雪霁"，"早花含蕊"则是美好春天的细腻刻画。

其二：饶公与插在胆瓶的紫丁香朝夕相对，似乎向它倾诉衷情。瓶花如此宜人，撩其饶公自己思乡之情愁，无奈情愁无法宣泄，只能将乡梦写在笺纸上的乌丝栏中，聊表心迹。

239. 五岳图

[饶诗]《白山集》

和石壁立招提

偷来五岳图，兼天净未已。
远霭在空濛，穷照到无始。
毋劳大匠斲，登高损屐齿。
悲风千里来，深谷寒云起。
虚室既生白，河清应可俟。
须弥旧有山，祇洹今无轨。
何缘露电叹，已入冰壶里。
欲观空非空，须尽理外理。

[释义]

  偷来了五岳真形图，天地间澄净一片。远远的云霭虚无飘渺，穷形尽照直到无始之境。不用劳烦技艺高超之木匠斲琢，登此高山就会将屐底之齿磨损。凄厉的寒风千里袭来，幽深的山谷寒云升起。人能清虚无欲则道心自生，黄河水清之日是可以等到的。须弥旧曾有山，祇园今已人烟罕至。何以感叹时光稍纵即逝，历史已经给人们留下冰清玉洁的形象了。想要体悟空非空的真谛，需要懂得理外之理。

[出典]

  《续谈助》卷四引《汉孝武内传》。

[解读]

  即五岳真形图。道教符箓，据称为太上道君所传，有免灾致福之效。今河南登封县嵩山中岳庙内存有此图的碑刻。《续谈助》卷四引《汉孝武内传》："（汉武帝）先承王母言，以五岳图授董仲君；又承上元夫人言，以五帝六甲灵飞十二事授李少君。"

[诗歌浅解]

  饶诗从不同的角度阐发了顿悟解脱的佛理，与其感叹时光易逝，不如泰然面对，领悟"理外理"，进入清虚无欲的"空非空"之境。诗歌清静恬淡，自然名雅。

240. 尾闾

[饶诗]《白山集》

红岩Côte d'Azur地中海沿岸每见之，画家喜摹状焉　　用富春渚韵

> 暧暧丹树林，漠漠苍山郭。
> 我来嗟已晚，原隰变绿薄。
> 圻岸屡土崩，星石纷棋错。
> 四海观尾闾，九州此为壑。
> 登楼欲去梯，绘境欣可托。
> 舞卷去帆轻，烟消高柳弱。
> 神奥各全想，扪酌许偿诺。
> 伤嶷爱折楞，契阔悲濩落。
> 响濡看巨鳞，升沉念微蠖。

[释义]

迷蒙隐现的丹红树林，茂盛地植根于苍山之边。我来此地嗟赞显然已晚，广阔低湿的原野已悄然变样。曲折的海岸崩溃破败，天地星石像棋子般错落分布。这里是世界各地海洋泄水之处，大陆河流汇聚之地。攀登高楼欲将楼梯丢弃，如画般的境地足以使心灵有所依托。起舞飞扬去帆轻盈，烟雾消散高柳柔弱。神秘深奥凭君自己琢磨，达到"若可扪酌、有所期诺"的艺术效果。伤其所以嶷而爱折楞不隽的画法，辛勤劳苦感叹沦落失意的境地。观看海中大鱼吹泡吐沫，树上蠖虫一屈一伸地前行。

[出典]

《庄子·秋水》。

[解读]

"尾闾"，古代传说中泄海水之处。《庄子·秋水》："天下之水，莫大于海。万川归之，不知何时止而不盈；尾闾泄之，不知何时已而不虚。"成玄英 疏："尾闾者，泄海水之所也。"

[诗歌浅解]

Côte d'Azur，蓝色海岸，或称法属里维耶拉，地处地中海沿岸，属于法国东南沿海普罗旺斯–阿尔卑斯–蓝色海岸大区一部分，为自瓦尔省土伦与意大利接壤的阿尔卑斯省芒通（Menton）之间相连的滨海大片地区。"蔚蓝海岸"被认为是最奢华和最富有的地区之一，世界上众多富人、名人多汇集于此。山水是自然形态的东西，将之化入诗文，不可避免地染上作者的主观色

调。地中海沿岸的风光景物，在饶公豁达开朗、恬淡自然的心态影响下悄然变化，成了另一番景象，宛如变成巨幅写意山水画，让人一下子胸怀开阔，心地光明。然而，诗歌并未就此而驻笔，诗人进而将山水画技法描摹入诗，似乎在向人们阐释大自然是怎样细致雕琢眼前景物并将之纳入天然之画，整首诗情、景、理圆融无碍，让人不禁感叹大自然的神奇，赞叹作者的用功之深。

X

241. 西狩获麟

[饶诗]《西海集》

见"虱处裈中"条注。

[释义]

见"虱处裈中"条注。

[出典]

见《春秋》。

[解读]

《西海集·哥多瓦（Cordoba）歌次陆浑山火韵》："莫思西狩战尘昏，木司塔辛玉石焚。""西狩获麟"一词，源自《春秋》中的一句话："西狩获麟"，后演变为孔子写《春秋》"绝笔于获麟"的传说。孔子认为麟是"仁兽"，天下有道时才出现，现在天下无道，出非其时，且被微贱之人猎获，因而伤感。于是写下"西狩获麟"这句话后，就不写《春秋》了。

相传鲁哀公十四年在大野狩猎获麒麟。《左传·哀公十四年》："春，西狩获麟。"杜预注："麟者，仁兽，圣王之嘉瑞也。时无明王，出而遇获。仲尼伤周道之不兴，感嘉瑞之无应，故因鲁《春秋》而修中兴之教。绝笔于'获麟'之一句，所感而作，固所以为终也。"

《公羊传》对之解释道：春，西狩获麟。何以书？记异也。何异尔？非中国之兽也。然则孰狩之？薪采者也。薪采者则微者也，曷为以狩言之？大之也。曷为大之？为获麟大之也。曷为为获麟大之？麟者，仁兽也。有王者则至，无王者则不至。有以告者曰："有麕而角者。"孔子曰："孰为来哉！孰为来哉！"反袂拭面涕沾袍。颜渊死，子曰："噫！天丧予。"子路死，子曰："噫！天祝予。"西狩获麟，孔子曰："吾道穷矣。"《公羊传》在解释时所说的"有王者则至，无王者则不至"和"吾道穷"是《谷梁》《左传》所无的。既然如此，这两句话肯定是最重要，最能够代表公羊学派观点的两句。即"麟为孔子受命之瑞"。

东汉时期的王充在《论衡·指瑞篇》中就作如下介绍："《春秋》曰：'狩获死麟。'人以示孔子。孔子曰：'孰为来哉？孰为来哉？'反袂拭面，泣涕沾襟。儒者说之，以为天以麟命孔子，孔子不王之圣也。"

但是后来的何休解释说："夫子知其将有六国争强，从横相灭之败，秦项驱除，积骨流血之虞，然后刘氏乃帝。深闵民之离害甚久，故豫泣也。"这段话很明显与上一段话不符合，可以看出公羊家将"麟为孔子受命之瑞"改变成了"麟为汉将受命之瑞"。

[诗歌浅解]

见"虱处裈中"条注。

242. 惜誓

[饶诗]《长洲集》

第四十三首

寄情极八荒，栖迟穷海裔。
作诗行自念，论文或叹逝。
深藏岂自珍，奇想喻天际。
语及平生欢，感怆辄难制。
骐骥等犬羊，谁与诵惜誓。

[释义]

寄托情感遍及八方荒远之地，漂泊失意走遍边远的他方。作诗抒发自己的感想，论文叹息岁月的飞逝。深藏岂是为了珍惜己体，要的是在大自然这天际中寄托自己奇思。待到诗歌涉及自己平生的悲欢离合，感慨悲伤的情绪难以控制。在这个骐骥与犬羊同等对待的时代，我将同谁朗诵惜誓呢？

[出典]

《楚辞》篇名。

[解读]

《长洲集》录阮籍《咏怀诗》第四十三首："骐骥等犬羊，谁与诵惜誓。""惜誓"，作者不详，或谓汉贾谊作。王逸注："《惜誓》者，不知谁所作也。或曰贾谊，疑不能明也。惜者，哀也；誓者，信也，约也。言哀惜怀王与己信约，而复背之也。古者君臣将共为治，必以信誓相约，然后言乃从，而身以亲也。盖刺怀王有始而无终也。"亦借指遭谗见忌的怨愤之作。

[诗歌浅解]

饶公是在诗中寄托自己的感受，他吟诗作赋是为了在大自然中寄托自己的奇思妙想，而对此骐骥与犬羊同等对待时代中，人们无法寻觅到知音，对此，饶公内心感到苦闷，感慨悲伤之情只能诉于诗中。

243. 虚白室中生

[饶诗]《长洲集》

第六十一首

照海灯火繁，真如不夜城。
向来夜参半，阒已无人声。
晨起行江溃，丽日媚郊坰。
亦知和为贵，关关林鸟鸣。
我歌君子行，唤起古今情。
何日谢尘嚣，虚白室中生。

[释义]

城市繁华的灯火倒映在海面，五光十色如同白昼的不夜城。向来半夜来临之时，喧闹已过而人声寂静。清晨早起步行至江边，和煦的阳光更增郊野的明媚。谁都知道以和为贵，山林中到处是和谐的鸟鸣声。我吟诵《君子行》，古今各种情感悄然而生。哪一天我抛却世间的纷扰，过个清虚无欲的宁静生活。

[出典]

《庄子·人间世》。

[解读]

《长洲集》录阮籍《咏怀诗》第六十一首："何日谢尘嚣，虚白室中生。""虚白室中生"即虚室生白。谓人能清虚无欲，则道心自生。《庄子·人间世》："瞻彼阒者，虚室生白，吉祥止止。"司马彪注："室比喻心，心能空虚，则纯白独生也。"《淮南子·俶真训》："由此观之，用也必假之于弗用也。是故虚室生白，吉祥止也。"高诱注："虚，心也；室，身也；白，道也。能虚其心以生于道，道性无欲，吉祥来止舍也。"

[诗歌浅解]

  饶诗抒发了自己想退隐过宁静生活的向往之情，虽然饶公每每在诗中透露他向往宁静的山林生活，学校的教研活动实际上让他十分忙碌，他通过庄子的"撄宁"来排除干扰，使自己心神宁静。饶公能够在尘嚣中保持他一贯的风格，这才是真正的隐逸。

244. 萧八乞桃种

[饶诗]《羁旅集》

诗成后二日，与画师萧三同游梅窝银矿潭，竹树荒翳，涧水清浅。余笑语：梅窝无梅，须君写桃下种矣！归途口占，戏为此诗，三叠前韵

穷陬海水未扬波，趁墟人往如穿梭。
对此茫茫吾安放，照影欲借青铜磨。
江边独树真画本，遥岑待补倪迂坡。
适来但惜秋已过，荒塘有鸭竟无荷。
记曾风雨此登顿，欹车泥滑陷盘涡。
汤汤骇浪割无际，崩山浸灌路成河。
即今日落千山静，临川微步尘生罗。
天长海阔飞鸟没，惟见归犊如负驼。
方冬流涸石乃出，坐令飞瀑类委蛇。
会挹沧江添勺水，试从岩隙寻僧窠。
无梅偏与黄昏近，童山其奈濯濯何。
不如萧八乞桃种，笔端应有神来呵。

[释义]

  偏僻角落海水未曾扬波，赶集穿梭人来人往之中。茫茫之境我将如何安定，欲借青铜磨镜照我孤影。江边独树真为天然画景，陡峭山崖留待倪瓒填补。刚来但觉秋过甚为惋惜，荒野鸭子戏水却无荷花。当初风雨之中登临此地，道路泥泞坐车陷入困境。惊涛骇浪似乎永无止境，山洪泥流倒灌使路成河。如今落日之中千山静谧，水旁行走脚下蒙上水雾。天长海阔飞鸟出没其中，唯见往返牲口负驼千金。冬季河水干涸石头显现，致使瀑布如此绵延屈曲。从沧江中舀取河水添置，试从崖隙寻找僧人住地。梅窝无梅黄昏已经临近，山川怎能忍耐草木不生之境。不如向萧实乞桃树栽种，下笔如同神灵前来呵护。

[出典]

唐·杜甫《萧八明府实处觅桃栽》。

[解读]

晋人潘岳又潘安(513—581)"为河阳令,栽桃李,号河阳满县花",诗圣杜甫对此仰慕不已,在成都草堂落成时曾赋诗向时任县令的友人萧实索要桃树:"奉乞桃栽一百根,春前为送浣花村。"杜甫写诗向县令要桃树苗一百根,要求在春节前送到浣花村,以便应时栽种。萧县令不负杜甫所望,如期按数送到。杜甫把秧苗种好,又选了五棵苗壮的栽到院子里。春风送暖,春雨滋润,树苗长势喜人,生出茂密枝条,把院子里的甬路都挡住了,杜甫不忍心把它们剪掉,宁可绕着走。有一夜,狂风大作,吹折桃枝数根,杜甫伤心,大骂这风欺人太甚:"手种桃李非无主,野老墙低还是家。恰似春风相欺得,夜来吹折数枝花。"

[诗歌浅解]

此诗回忆与萧三同游梅窝银矿潭所见所思,已近冬季,万物枯萎,河流干涸,荒地之中寸草不生,使饶公萌生乞桃栽种之想,虽为戏作,亦体现饶公对田园生活的向往之情。

245. 殉法

[饶诗]《佛国集》

那伽跋陀那(Nagapattinam)访汉塔废址　　用东坡罗浮山韵

　　黄支之大莫与京,黄支名德多马鸣。
　　汉塔建自咸淳岁,西书记载何分明。
　　蓬转牢居往殉法,几人九死求一生。
　　自古孤征接踵至,以智为猎道为耕。
　　胜处何曾忘述作,含德已足比老彭。
　　鸿崖巨浸鲸波横,投躯慧巘万事轻。
　　茫茫象碛栖遑处,天魔帝释面目狞。
　　欲奋智刃斩云雾,祇山挂想如门庭。
　　此间去海不咫尺,僧徒往返路必经。
　　我来踟蹰荒郊外,遗基无复睹前铭。

自济三衣惭法朗，空飞一雁忆苏卿。
南溟九月犹初夏，芳草连天与云平。

[释义]

　　黄支国地缘辽阔，名德之士如马鸣者众多。宋咸淳三年建塔立碑于此，马可·波罗记载非常详细清晰。流离、蓬转、牢居、轻生以殉佛法，历史上许多人九死求一生才得到。从古至今孤身求法的人接踵而至，以智力和道德作为追求和耕耘的对象。来到如此美好的地方也没有忘记将它们记录传承下来，他们的德行与老彭相比而毫不逊色。浩浩鲸波，巨壑起滔天之浪，然而将自己的一生奉献给这灵山慧巘是值得的。茫茫象碛，栖遑之处，天魔帝释露出狰狞的面目。先贤们挥起智慧之刃劈斩眼前的云雾，才得以使净土祇园从此门庭如市。此地距离海岸并不遥远，亦是僧徒往返的必经之路。今天我逗留在此荒郊野外，没有发现任何汉塔废址遗留下来的铭文。如此凄凉实在愧对乞食自济三衣的法朗啊！天空中掠过的孤雁让我想到苏卿年老归国的情景。九月南方的天气犹如初夏，芳草碧绿与天边的云朵相接连。

[出典]

　　唐·高德义净《大唐西域求法高僧传·卷上》序。

[解读]

　　汉唐以来，中土高僧西行求法前赴后继，为了证获圆满的生命光明而殉法，舍生忘死求取正道。人们耳熟能详的法显法师、玄奘法师等大德是众多西行僧中求法圆满的成功者，但在他们成功的背后，史书也记录了大量求法献身的先驱。他们有的卒于西行之路，有的因疾而终于他乡，有的舍己救人。《佛国集·那伽跋陀那（Nagapattinam）访汉塔废址用东坡罗浮山韵》："蓬转牢居往殉法，几人九死求一生。""殉法"出自《大唐西域求法高僧传·卷上》序云："观夫自古神州之地，轻生殉法之宾。显法师则创辟荒途，奘法师乃中开王路。其间或西越紫塞而孤征，或南渡沧溟以单逝，莫不咸思圣迹罄五体而归礼，俱怀旋踵报四恩以流望。然而胜途多难宝处弥长，苗秀盈十而盖多。结实罕一而全少，寔由茫茫象碛长川吐赫日之光，浩浩鲸波巨壑起滔天之浪。独步铁门之外，亘万岭而投身，孤漂铜柱之前，跨千江而遣命，或亡餐几日辍饮数晨，可谓思虑销精神，忧劳排正色。致使去者数盈半百，留者仅有几人。设令得到西国者，以大唐无寺，飘寄栖然为客遑遑，停托无所，遂使流离蓬转牢居一处，身既不安，道宁隆矣。呜呼！实可嘉其美诚，冀传芳于来叶，粗据闻见撰题行状云尔，其中次第多以去时年代近远存亡而比先后。"

[诗歌浅解]

诗中描绘了黄支国汉塔建立以及它繁荣数代的辉煌历史，当年众多僧人不远千里长途跋涉来此求法的虔诚感动着一代又一代的人，而如今汉塔遗址已经荒废已久，面目全非。这种凄凉之境犹如当年苏武阔别家国数十年之后，回到家国时无家可归一般让人怜惜，对此饶公叹惜不已却又无能为力。

246. 西风无用忆鲈鱼

[饶诗]《佛国集》

余初来南印，由孟买飞临麦德利斯（Madras），旋自新德里复经此赴锡兰。迨适缅甸，又由哥伦坡历此往加尔各答，凡三临此都。昔无为子以王事而从方外之乐。余何人斯，游于方内，而寄情无始，其为神趣，岂山水而已哉

因次东坡送杨杰原韵，以志余衷

三巡海峤以送日，面与秋山相竞赤。
黝肤娇女映芙蕖，譬操白蟹配丹橘。
已把龙宫吞八九，浅倾溟海当杯酒。
不怕漂流耶婆提，长风天半屡招手。
便从竖亥步太虚，胸如夏屋但渠渠，
尽道孤游生情叹，西风无用忆鲈鱼。
我到天竺非求法，由来鹏鹫谁堪敌。
且循石窟诵楞严，一庇南荒未归客。

[释义]

三次经过麦德利斯（Madras）并在此迎接夕阳，落日照脸与西边之山相映泛红。皮肤黝黑的娇美姑娘与江边的荷花相互媲美，此时正是采橘尝蟹的好季节。龙宫的螃蟹估计已被我们吃掉十之八九，索性把溟海浅倾当酒入肚。不怕漂泊到耶婆提之境，天空中的长风已屡屡向我们招手。不如跟从竖亥步入太虚的境地，心胸宽广犹如夏屋高大而深广，尽情诉说独自游赏而萌发的各种感叹，西风无须勾起莼鲈之思。我到天竺非来求得佛法，历来有谁能够对抗鹏鹫诸等恶禽？姑且沿着石窟诵读楞严经咒，借此庇佑我这位在南方荒凉地方的未归之客。

[出典]

《世说新语·识鉴》。

[解读]

"西风无用忆鲈鱼"出自《世说新语·识鉴》:"张季鹰辟齐王东曹掾,在洛见秋风起,因思吴中菰菜羹、鲈鱼脍,曰:'人生贵得适意尔,何能羁宦数千里以要名爵!'遂命驾便归。俄而齐王败,时人皆谓为见机。"后来被传为佳话,"莼鲈之思"也就成了思念故乡的代名词。宋·辛弃疾:"休说鲈鱼堪脍,尽西风,季鹰归未?"西风吹起之时的10月、11月份正是鲈鱼盛产之际。

[诗歌浅解]

饶公最信缘分,先后有三次经临麦德利斯(Madras)此等佳事,必当成为饶公笔下诗歌的咏诵对象。金奈(泰米尔语:"Chennai")以前称为马德拉斯(英文"Madras"),南印度东岸的一座城市。它坐落于孟加拉湾的岸边,是泰米尔纳德邦的首府,印度第四大都市,世界100大都市地区之一。金奈是达罗毗荼文化的宝库,是一个没有受到伊斯兰教文化影响的纯粹的印度文化之地。饶公在诗中借"我到天竺非求法"将自己此行与历史中的玄奘、法显等人区分开来,以一个历史学家来看印度文化。在饶公的其他文集之中,他认为,中国的禅宗是佛教在中国的一个创造,与印度完全不相干,而先生对中国禅宗的看法,是看重它的另一方面,生活艺术。在艺术方面能够引起中国文人的共鸣,比如语言艺术,苏东坡、黄庭坚等都运用得非常好,借相反的言语或是借描绘他物制造一种新的境界,除了语言艺术,还有书画艺术中的禅境,开拓了中国文学艺术的新领域。

247. 宣化

[饶诗]《佛国集》

金塔(Phnom-penh)二首

其一

竟以蒿丘浪得名,孙吴宣化到堂明。
即今举目山川异,愁听江流日夜声。

其二

稻田漠漠淡云遮,碧水苍烟去路赊。
乍听乡音翻疑梦,此身谁信老天涯。

[释义]

其一：此地竟以蒿丘浪作为名，吴国南宣国化直至堂明之地。如今举目四望山川早已迥异，江河日夜流水之声让人听而生愁。

其二：天空中的浮云遮蔽着这片广阔无垠的稻田，碧水蓝天云雾苍茫前方的道路如此遥远。惊愕地听到熟悉的乡音不免让我产生真耶梦耶的疑惑，此身谁会愿意终老天涯。

[出典]

宣化，南宣国化。

[解读]

《佛国集·金塔（Phnom-penh）二首》（其一）："孙吴宣化到堂明。"宣化，南宣国化。吴国对两广地区的开拓，公元226年交趾太守士燮死，孙权接受交州刺史吕岱的建议，把合浦以北划为广州，吕岱为刺史；交趾以南为交州，戴良为刺史。但士燮的儿子士徽一面自署交趾太守，一面"发兵拒良"。对此，吕岱力排众议，亲率3000水军"晨夜浮海"，突然兵临交趾城下，迫使士徽束手就擒，避免了割据。接着，他率军平定了九真（今越南清化、河静二省及义安省东部地区），派遣朱应和康泰出使南海诸国，进行外交活动。传闻朱应和康泰经历有一百多个国家，他们出使远至林邑，大概就是今天越南的中部、柬埔寨和南洋群岛一带。史载"扶南、林邑……诸王各遣使奉贡"，从此开始了中国和南海诸国的正式往来。吕岱的这举措，在我国历史上可与东汉时期班超遣使访问西域各国一事相媲美。

[诗歌浅解]

其一："金塔"，即金边，"金边"。当地流传着一个动人的故事：很早很早以前，有一位名叫"奔"的年老妇人居住此地，她心地善良，同所有相处和睦，人们尊敬她，亲切地称她为"丹那奔"，即"奔老婆婆"。一天清晨，丹那奔在河中发现四尊铜佛像和一尊石佛像，认为是佛祖遇难，于是请来邻居，用隆重的仪式，将佛像迎进自己家中。丹那奔又和邻居一道在自家门前筑起一座小山，在山上用砖木修筑一座佛寺，将佛像供奉在佛寺里。后来，人们为了纪念奔老婆婆，便把这个地方称为：法百囊丹那奔（即奔老婆婆的山庙）。据《柬埔寨年志》上记载，塔山建于公元14世纪，其后半个多世纪里，当时柬埔寨都城吴哥由于不断受到西边暹罗的侵犯，于是国王派出两名大臣去寻找适宜建立新都的地方，最终确定移都法百囊丹那奔。1434年6月，柬埔寨正式迁都，并把这座新城命名为：百囊奔。当时的华人把新都称为"金塔"，后来为了和奔老婆婆联系起来，便改称为"金奔"。而在中国广东沿海一带,"奔"和"边"发音十分近似,渐渐便念成"金边",于是"金边"这个名称便流传开来,并沿用至今。随后,把原来的那座百奔婆婆的庙宇另称为"塔山"。金塔诗其一简略地描述了金边地名的缘起、金边与中国正式往来的历史过程,结尾再次因景入情,抒发作者对历史变迁带来的沧桑之感。

其二:《金塔》诗其二从远处着笔,写饶公极目金边地区时的所见所感,"淡云遮""去路赊"极力写出所在地区的偏远。故乡不可见,不仅因为距离遥远,还因为路途阻隔,更何况眼下又被淡云遮掩。其视野由远而近、由大而小地收缩,那原本悠悠的乡思变得越来越浓了。只有饶公这样亲身经历过背井离乡羁旅生活的人才能够在记录的文字间洋溢感伤之情,撩拨出那彻骨伤痛:"此身谁信老天涯。"

248. 徐青山

[饶诗]《南海唱和集》

赠琴师容翁心言　　十六叠前韵

泠泠七弦琴,薰风拂夏日。
至乐忘年义,不觉垂八十。
莫谓蓬户间,清歌金石出。
宗派溯广陵,沾溉遍遐隙。
心逐徐青山,疏淡惟师昔。
三复廿四况,寝馈共枕席。
希声孰知音,白云时挂壁。

翁年七十余,祖庆瑞,原籍黑龙江,著《琴瑟合谱》。瑞受之李澄宇,澄宇得传于徐越千周子安之徒,盖五知斋一脉也。瑞授大兴张瑞珊,著《十一弦馆琴谱》,其徒刘铁云为梓行。书中刘氏于《广陵散新谱》后记叙传授渊源甚详,足以补苴琴史。余曾从容翁问指法年余,性懒而拙,愧未能窥其万一耳。

[释义]

七弦琴音悠扬动听,如夏日东南之暖风。妙乐使人忘年忘义,不觉已年垂八十。寂寥蓬户之中,清歌如掷地金石之声。源远流长直追广陵之宗,沾溉后人其泽甚远。追随徐氏之琴艺,以之为师使节奏疏朗有致。多次演习溪山廿四琴况,以之为伴废寝忘食。大音希声何觅知音,白云终年挂壁而不行。

[出典]

徐青山，名谼，原名上瀛，号青山，江苏娄东（太仓）人。虞山派集大成者。

[解读]

《南海唱和集·赠琴师容翁心言　十六叠前韵》："心逐徐青山，疏淡惟师昔。"徐青山武举出身，曾参与抗清。后改名谼，号石帆，隐居吴门。幼年时在家乡从虞山派琴家张渭川学琴，以后又向施磵盘、沈太韶等琴家学习，吸收各家之长，刻苦磨炼；终于在艺术上取得相当高的造诣。他吸收《雉朝飞》《乌夜啼》《潇湘水云》等以快速见长的名曲，编入《大还阁琴谱》，琴风"徐疾咸备"，弥补了严澄只求简缓而无繁急的不足。所著《溪山琴况》是据《琴声十六法》（徐越千著）进一步分析补充为二十四况，对琴曲演奏的美学理论有系统而详尽的阐述。原文刊于《大还阁琴谱》，另有《万峰阁指法闷笺》一卷。

[诗歌浅解]

此诗对容翁的琴技以及师承渊源进行叙述，对自己性懒而拙未能窥其万一深表惭愧，对知己难求、知音难觅表示无奈。

249. "小草"与"远志"

[饶诗]《集外诗》

寄古层冰丈梅州

别围嗟无人，危邦方弃智。
萧寥长掩关，澄清愧揽辔。
孤鸿自天末，万虑丛胸次。
神交十年所，许我一头地。
相期滋蕙兰，未能骋骍骥。
道术看腾骞，经史孰鼓吹。
蕴真惬抱一，成纯赖不二。
感物拔连茹，因风欲奋翅。
眇眇阻山河，拳拳激遐思。
大音贵希声，小草明远志。
相依平生怀，自了齐物意。

感德溯程江，佳人栖衡泌。

大哉时义存，白心在蓬累。

[释义]

感叹林苑空无人迹，国势危急才弃淫巧。关隘寂寥长期掩闭，欲要清明愧于揽辔。孤雁天边飞来，万千忧虑心中生起。与您神交已有十年，蒙您许我露才显名。与你相约共种兰草，却未能够策马远行。大道学术须将高扬，谁为经史之学张目。蕴藏真元抱一守道，成就纯一赖无二心。感怀人事接连遭扰，乘风欲要振起双翅。眇眼远望山河阻隔，诚挚之心激起遐想。大音在于无发之声，草虽小却明其远志。寄托相依平生情怀，早已了解齐物之意。感激恩德程江而溯，佳人隐居衡泌之地。大哉易贵时变之义，且借飞蓬表明心迹。

[出典]

明·李时珍《本草纲目》。

[解读]

《集外诗·寄古层冰丈梅州》："大音贵希声，小草明远志。"古书《本草》载有"远志""小草"之名，乃是同一种草的两个不同名称。明·李时珍《本草纲目》注其本经："远志。释名：苗名'小草''细草''棘菀''葽绕'。时珍曰：'此草服之能益智强志，故有远志之称。'"南朝宋·刘义庆《世说新语·排调》："处则为远志，出则为小草。"此乃郝隆之语，谢安本在东山隐居，后因朝命屡降，才出山就职。郝隆机敏多智，恰巧借用桓温向谢安发问之机，抓住远志两称与谢安出山之事相似的特征，语意双关，对谢安作了并不带恶意的嘲讽，使谢甚不自得。后因用为咏隐居待时与出仕从政之事的典故。故"远志""小草"虽是草名，亦常被直取其字面义以言事。此谓草虽小却志存高远。

[诗歌浅解]

中山大学中文系主任古直（1885—1959）不仅自身学术造诣颇深，而且十分爱护和栽培晚辈。1934年古直曾把饶公创作的《优昙花诗》发表在中山大学中文系《文学杂志》（第11期）之后，接着更推荐其前往南华大学任教；而饶公当时滞留在香港，未能成行。饶公感激前辈的帮扶栽培，因此寄诗，解释其不能前往之因由，并致以谢意。

250. 衔石

[饶诗]《南征集》

升旗山与遥天同登

青霭平分坐拥毡,登高游目对遥天。
枕流未觉人将老,衔石从知海可填。
桃李春风思往日,江湖满地送流年。
过云如马浑无迹,叱驭穷山且着鞭。

[释义]

　　云分天色人如安详坐毡,登上高山放眼眺望高空。寄迹四方未觉老之将至,从来便知衔石可填大海。追忆往日良师谆谆教诲,江湖满地目送流逝光阴。云过如同飞马不留踪迹,姑且扬鞭奋蹄不畏山艰。

[出典]

　　《山海经·北山经》。

[解读]

　　"衔石填海"。比喻为实现既定目标,坚韧不拔地奋斗到底。《山海经·北山经》:"炎帝之少女名曰女娃。女娃游于东海,溺而不返,故为精卫,常衔西山之木石,以堙于东海。"

[诗歌浅解]

　　饶公与萧遥天登高,感慨时光易逝,人之将老,然而他并非诉苦,而是告诉世人面对人生之险境要临危不惧,坦然面对自己的人生磨难,扬鞭奋蹄展现自己的英姿。

251. 象胥

[饶诗]《苞俊集》

荐福寺

唐都双塔著高标,相去慈恩一里遥。
膜拜遐方还踵接,象胥译事已冰消。

空余行纪传天竺,想见驮经越灞桥。
落日古槐人迹少,西风台殿叶萧萧。

[释义]

唐朝双塔为此地最高标,距离慈恩寺有一里之遥。边远之地膜拜依旧多人,象胥翻译之事早已消失冰消。只有故事游历传于天竺,想见白马驮经越过灞桥。黄昏落日古槐人迹稀少,台殿西风吹拂落叶萧萧。

[出典]

汉·周公旦《周礼》。

[解读]

象胥,《周礼》官名。古代接待四方使者的官员。亦用以指翻译人员。《周礼》谓秋官司寇所属有象胥。旧注谓"通夷狄之言曰象;胥,其才能者也"。

[诗歌浅解]

饶公游历荐福寺,并借诗缅怀古诗,诗中借用白马驮经之典,讲述当年佛教传入中国的故事,加重了全诗的历史感和文化感。

252. 象法

[饶诗]

见"骑牛函谷去"条注。

[释义]

见"骑牛函谷去"条注。

[出典]

宋·释普济《五灯会元·七佛·释迦牟尼佛》。

[解读]

"象法"犹言象教之法,即佛法。此句谓山花即含有佛法,系化用"拈花一笑"之典。"世尊在灵山会上,拈花示众,是时众皆默然,唯迦叶尊者破颜微笑。世尊曰：'吾有正法眼藏，涅槃妙心，实相无相，微妙法门，不立文字，教外别传，付嘱摩诃迦叶。'"

[诗歌浅解]

见"骑牛函谷去"条注。

253．羡门期

[饶诗]《瑶山集》

勾漏洞仿孟郊体

星搥与霜锯，何年化此奇。
其棱刓日月，其骨堆琉璃。
入门惊昼晦，呵壁觉天攲。
初如探耳漏，旋似植断菑。
漏地不漏天，其妙不可知。
偶得泉流涎，涓滴不盈卮。
积水或成潭，其下喘蛟螭。
丹砂非可求，碧藓一何滋。
昔人兴峡哀，我今为洞悲。
凝幽少人来，凿空至今疑。
钩我零落肠，起我深长思。
俯仰一线天，咨嗟百丈梯。
扪崖自快意，不必羡门期。

[释义]

自然造化天工之成，何年化出此等奇观。其棱角能削掉日月，其架构如同堆琉璃。进洞惊见昼暗如夜，呵壁始觉天穹倾斜。开始如探禹耳之漏，旋即之状身如断菑。下方通达上方闭塞，其中妙境人所不知。偶然看到泉水渗流，涓流一时不能满杯。长期积水竟成深潭，潭水之中鱼龙疾游。丹砂并非可以获求，绿藓滋生如此之多。前人吟作《峡哀》之诗，如今我写洞中之悲。聚幽清处少有人来，谁探此洞今所不知。钩了我的萧索愁肠，引起我的深长哀思。俯仰岩缝一线之天，嗟叹这百丈的天梯。摸扶崖壁自感快意，不与羡门仙人相约。

[出典]

《史记·秦始皇本纪》。

[解读]

与羡门仙人相约。《史记·秦始皇本纪》："三十二年，始皇之碣石，使燕人卢生求羡门、高誓。"裴骃《史记集解》载韦昭注："古仙人。"金·元好问《松筦同希颜钦叔裕之赋》："扪霞直与羡门期，一笑桑田海波白。"

[诗歌浅解]

两广之交多有喀斯特地貌，岩生溶洞，石如钟乳。这些伴地下河而生的奇景，藏于幽深之处，不易为人所发现。饶公在艰苦的避难生活中，际遇于这种罕见的景观，为其奇特瑰丽而赞叹不已。不过，纵然洞中的美景，也仍引起了饶公的感伤，让他不禁想起了孟郊的《峡哀》之诗。"以我观物，故物皆着我之色彩"，殆此之谓也。

254. 萧寺

[饶诗]《苞俊集》

翠屏山

其一
悬渡从知理不诬，玲珑杰观出虚无。
却于冥漠高寒处，悟到阴晴众壑殊。

其二
微径通幽级百层，不空灵处见空灵。
野云来去都无迹，萧寺万山一病僧。

[释义]

其一：从来就知悬空道理不假，玲珑杰构景观虚无中出。在这玄妙莫测高寒之处，悟出了阴晴群山的悬殊。

其二：小径连通幽静台阶百级，不是空灵之处却见空灵。旷野之云来去没有踪迹，群山之中佛寺有一病僧。

[出典]

唐·李肇《唐国史补》。

[解读]

唐·李肇《唐国史补》卷中："梁武帝造寺,令萧子云飞白大书'萧'字,至今一'萧'字存焉。"后因称佛寺为萧寺。

[诗歌浅解]

悬空寺位于山西浑源县翠屏山中,是国内仅存的佛、道、儒三教合一的独特寺庙。该寺庙始建于1500多年前的北魏王朝后期。1981年9月中旬,饶公在山西考察一个多月,期间他到恒山金龙峡参观。

其一:金龙峡山势陡峻,悬空寺如其名,悬于半空,宛如飞鸟,寺外流水汇集,山中雾气迷蒙,山色水色融于天际,使山中平添虚无玄妙之境,让饶公有所感悟。

其二:山中通往寺庙的台阶逾百级,平凡之处尽显空灵,登上建在悬崖绝壁上的悬空寺,饶公自己做了空中飞人,有"铁扁担"担住寺庙,让饶公心里有一丝慰藉。

255. 薜萝

[饶诗]《苞俊集》

大雨中登岳阳楼

风昏青草始微波,万念凭高集鬓皤;
日月此中互出没,古今一霎只蹉跎。
希文忧乐先天下,屈子行吟带薜萝;
盛世不劳洗兵马,倚栏共赏雨滂沱。

[释义]

风尘昏暗青草微微波动,高处思绪让我两鬓斑白;太阳月亮在此交替出没,古今一霎之间蹉跎虚度。范希文先天下之忧而忧,屈原行吟带着薜荔女萝;大国盛世无须洗净兵马,倚栏共同赏略大雨滂沱。

[出典]

《楚辞·九歌·山鬼》。

[解读]

薜荔和女萝。两者皆野生植物，常攀缘于山野林木或屋壁之上。《楚辞·九歌·山鬼》："若有人兮山之阿，被薜荔兮带女萝。"后借以指隐者或高士的衣服。

[诗歌浅解]

饶公大雨之中登岳阳楼，感叹岁月蹉跎，两鬓皆白的无奈；又从身处之地联想到当年范仲淹、屈原等先辈留下的诗文，哀伤战乱给人带来的灾难；更加庆幸自己生活在太平盛世之中，不用担心兵荒马乱给自己带来身心伤害；雨中赏略岳阳楼景色，内心无比的恬然自信。

256. 向来识佛面

[饶诗]《白山集》

侯思孟约郊游，以失眠未赴，报之以诗　　用邻里相送韵

嘉约违攀跻，咫尺等楚越。
嵇生朝慵起，艳赋爱绮发。
向来识佛面，未曾计日月。
心知逗晓晴，雨到中宵歇，
小疴无足虑，顿悟笑所阙。
雪后变冬温，蛰虫催春别。
飞鸿看有时，佳兴在冥蒐。

[释义]

未赴登山郊游的嘉约，让原本咫尺的距离瞬间如同楚越一般遥远。失眠让我如嵇康赖床未赴约，以此浓词艳赋表达我的情思。向来心识佛面，无论是白天还是黑夜。心知雨至半夜便会歇息，破晓天气便会放晴，虽有小病不足为虑，顿悟就能够一笑置之。大雪后万物返温，初醒虫豸静候着春天的来临。飞翔鸿雁等待着时机，美好的雅兴要留待幽人清赏。

[出典]

宋·圆悟克勤《碧岩录》。

[解读]

《碧岩录》:"马大师不安,院主问:'和尚近日尊候如何?'大师云:'日面佛,月面佛。'"马大师身体不好,别人问他气色如何。他就答非所问,我一直看着佛,无论是白天还是黑夜。

[诗歌浅解]

饶公失眠未赴嘉约,以诗相赠,诗中表现了自己无奈与愧疚之情,巧用《碧岩录》马大师的典故告知友人自己的身体状况,并通过雪后冬温、蛰虫催春、飞鸿待时等一系列大自然景物的描写衬托自己对小病初愈的期待,情与景结合得较紧密、自然。结尾处与朋友约定共赏美景,感情诚挚真切。

257. 雪堂

[饶诗]《白山集》

题宋乔仲常后赤壁赋图　　用从游京口韵

一苇随所适,初冬月色高。
地上见人影,画笔一何超。
结梦在中流,沉思绕行镳。
独鹤飐激水,徘徊临桂椒。
居然万里势,纸面动风潮。
仿佛步雪堂,夜分归临皋。
主人饮我酒,使我颜如桃。
嘉会不可常,白日去昭昭。
何必感须臾,双鬓非愁苗。
长江浩无穷,云海深做巢。
自是萦旧想,披图兴行谣。

[释义]

任小船飘荡于水中,初冬的明月高悬天际。地上隐现人的影子,画家用笔是何等的高超。与眼前的水景结梦情缘,泛舟前行静静地思考。孤鹤激水泛起美丽的涟漪,流连于袅袅不绝的芳香之旁。画中竟然涌现气吞万里之势，纸面风潮浮动渐起。仿佛追随苏轼的足迹，饮酒夜半返归临皋。主人与我相邀饮酒，使我颜如桃瓣染着酒红。嘉会并非天天有之，昭昭白日离人远去。何必哀时光之须臾，双鬓非为白发而生。浩瀚无穷的长江之水，苍茫云海深做巢。自然而然萌生隐居的想法，欣赏佳画兴起行谣。

[出典]

宋·苏轼《雪堂记》。

[解读]

宋·苏轼在黄州，寓居临皋亭，就东坡筑雪堂。故址在今湖北省黄冈市黄州东。宋·苏轼《雪堂记》："苏子得废圃于东坡之胁，筑而垣之，作堂焉，号其正曰'雪堂'。堂以大雪中为之，因绘雪于四壁之间，无容隙也。起居偃仰，环顾睥睨，无非雪者。"此指苏轼《后赤壁赋》之文。

[诗歌浅解]

宋·乔仲常《后赤壁赋图》据苏轼的名篇《赤壁赋》绘制而成，可视为一件山水人物作品。画卷依原赋叙述的顺序次第展开，将赋文内容分段移录于画面上。每段描绘一个情节，图卷首尾呼应，人物异时同图"多次出现"。该图的画法，不仅人物取白描法，图中的山石、冈草、树石也仅用墨笔勾皴，不事渲染，更不加色彩。用笔苍劲简逸，时见带有飞白的干笔，画风清空洒脱。饶公自己作为画家，他在诗中突出其本人的发现"地上见人影"，这"影"的乔仲常创作的一个特点，饶公认为唐宋画家喜绘人影，如戴嵩画牛，瞳中有牧童影，这些是古代画家之笔精显墨妙的呈现。饶诗借图兴咏，在赞叹画作技艺高超之同时，抒发观赏山水景色时的闲情逸致，展现诗人超尘绝俗的思想意识。

258. 笑啼随赤子

[饶诗]《白山集》

寄答吉川教授及京都诸君子　　用初发都韵

忆赋秋醒词，中天月流素。
西驰迫行役，枫叶未沾露。
三度旅京洛，无由及冬暮。
睽携游子心，只是倦朋旧。

风物何清婉，畴不思玄度。
敷藻漱芳华，稽古骋翔步。
锱铢精讨论，妍蚩辨好恶。
倚声我所耽，含毫生远慕。
野云看孤飞，却立空四顾。
为山积九仞，徒复宝康瓠。
笑啼随赤子，东西罔识路。
幽独赖琴音，流连思清晤。

[释义]

回忆赋作秋醒之词，中天月亮发散出如练的光辉。迫于无奈行役西驰，枫叶还未沾霜露。三次羁旅京都，皆没有机会待到冬季。游子离别之际，总是对朋友旧故眷恋不舍。风光景物如此的清新美好，让人不免想起许玄度来。汲取天地间的精华铺陈文辞，步伐平缓考察古代之事迹。讨论锱铢精细之事，辨别妍蚩好恶之物。热忱按谱填词，向往构思作品。后退站立环顾四周，远眺孤飞之野云。建造九仞高的山，岂是为了簇拥康瓠之徒。赤子随母笑啼，一时罔识东西。静寂孤独的时候有赖琴音相伴，反复推敲思考清雅聪悟之境。

[出典]

清·周济《宋四家词选目录序论》。

[解读]

清·周济《宋四家词选目录序论》："夫词，非寄托不入，专寄托不出。一物一事，引而伸之，触类多通，驱心若游丝之缳飞英，含毫如郢斤之斫蝇翼。以无厚入有间，既习已，意感偶生，假类毕达，阅载千百，馨欬弗违，斯入矣。赋情独深，逐境必寤，酝酿日久，冥发妄中；虽铺叙平淡，摹绘浅近，而万感横集，五中无主；读其篇者，临渊窥鱼，意为鲂鲤，中宵惊电，罔识东西，赤子随母笑啼，乡人缘剧喜怒，抑可谓能出矣。"

[诗歌浅解]

1954年夏天，饶公专程到日本京都调查甲骨文，自此之后，他先后三次到京都讲学。他凭借自己对甲骨文的熟悉，与许多日本汉学家建立了深厚的友谊，吉川幸次郎（1904—1980）是饶公最好朋友之一，他俩交情甚笃，两人唱和的诗词甚多。饶公于诗中表现出对日本友人的无限思念之情，并由此而联想到诗友探讨创作的情景，引出了诗人对诗词创作的独特见解，作词需具备清新高雅,超脱世俗羁绊的意境,正如清代常州派词论家周济所云:"读其篇者,临渊窥鱼,意为鲂鲤,中宵惊电,罔识东西,赤子随母笑啼,乡人缘剧喜怒,抑可谓能出矣。"

259. 檃括体

[饶诗]《南征集》

题马守真兰卷，檃括容甫句为诗

夕韭朝菘看满田，寒流清泚送华年。
灵思已使丛兰泣，宿恨徒教子墨镌。
掩抑荒烟芳草陌，支离疏柳夕阳天。
浮生相感空啼笑，诉与哀弦只惘然。

[释义]

夕之韭朝之松满山遍野，冷流清澈明净送走华年。思绪如兰草沾露般抽泣，旧日之恨徒让文人铭刻。荒烟低沉抑郁芳草阡陌，夕阳下柳絮稀疏分散飘飞。人生共鸣让人哭笑不得，悲凉弦乐诉说只会惘然。

[出典]

词学研究界普遍认为檃括词产生之前，未有此类诗歌文体。罗忼烈先生在谈到檃括体时说："这种体制，不见于杂体诗，在词里却是相当普遍的。"的确，在宋代檃括词出现之前，杂体诗中并无明确标明檃括体的。不过，在新文体诞生之前，总有一些萌芽或者一些潜在发展因素。檃括词也是这样，在此之前，诗歌史上已经有相似性质的作品出现了。真正明确使用檃括这个术语的是苏轼，所以，历来都把苏轼视为开宋代檃括词风气之先者。

[解读]

饶公在《南征集·题马守真兰卷中，檃括容甫句为诗》这里有"檃括"一词，其词的原义是矫正曲木的工具，而词的檃括则是将其他诗文剪裁改写为词的形式。檃括词是非常有特色的文体，它不但丰富了宋词的表现方式，而且也在一定程度上反映了宋人的文学观念和文体观念。苏轼创作有《哨遍》檃括陶渊明《归去来辞》，《水调歌头》檃括韩愈《听颖师弹琴》，《定风波》檃括杜牧《九日齐山登高》，《浣溪沙》檃括张志和《渔歌子》等，也有檃括自己的诗，如《定风波》(咏红梅)檃括自己的《红梅》诗。黄庭坚也创作过《瑞鹤仙》檃括欧阳修《醉翁亭记》，此外还有许多作家写过檃括词。如贺铸"尤长于度曲，掇拾人所弃遗，少加檃括，皆为新奇。"（《宋史》卷四四三《贺铸传》）清人张德瀛《词徵》卷一引申此说："词有檃括体。贺方回长于度曲，掇拾人所弃遗，少加檃括，皆为新奇。常言吾笔端驱使李商隐、温庭筠，常奔命不暇，后遂承用焉。米友仁《念奴娇》，裁成渊明《归去来辞》，晁无咎有填卢仝诗，盖用此体。"除此之外，宋人写檃括词者甚多。如程大昌、曹冠、姚述尧、朱熹、辛弃疾、汪莘、徐鹿卿、刘学箕、林正大、葛长庚、刘克庄、吴潜、方岳、马廷鸾、蒋捷、刘将孙、程节斋等人。此后，《全宋词》还收录无名氏的檃括词。宋代最为"专业"的檃括词人是林正大，他创作的檃括词数量最多。

[诗歌浅解]

　　此诗为题画诗，饶公借墨兰画感悟人生奥理。草木依旧繁茂，流水总是明净，只有老去的年华随时光而流逝，刹那间悲从中生，沾露之兰草仿佛正在抽泣，眼前景物陷入了低沉抑郁之境，岁月如此易逝，生命如此无力，一切让人迷惘。

260. 雍门泣

[饶诗]《羁旅集》

雅琴篇示因明　　和唐司马逸客原韵

　　四夷交侵雅乐废，渌水白雪迥难寻。
　　蜀声骏快吴声婉，判然湖海与山林。
　　南来抽琴几俦侣，时时登陟青萝岑。
　　日暮寒蝉助凄切，久客忧思壮难任。
　　中夜月光来入户，拂衣起坐抚鸣琴。
　　琴兮贵自然，何取轸玉与徽金。
　　泠泠十指间，宛闻太古之遗音。
　　胸吞云梦吾吴子，翛然无名复无己。
　　有声响可追宗文，无弦心欲通栗里。
　　烂柯廿载辞乡国，眼中之人今老矣。
　　疏越数声物尽静，知君深已契妙理。
　　坐忘好客辄移情，松风萧飒秋月明。
　　静听元音生腕底，大弦温润小弦清。
　　惭我推吟乏清脆，对客往往不成声。

时聋久不闻韶雅，天涯难有知音者。
甕门饮泣又几人，落叶微风力宁寡。
关关嘤嘤凤归林，巍巍荡荡洞庭野。
海角于喁乐未央，手挥目送自成章。
佳篇远来抵球璧，索居谁共理笙簧。
不图坡公落儋耳，还使枯桐起峄阳。
且咏南风扇南服，怅望山高楚水长。
轻绰低吟味外味，韵古声希澹可贵。
襄之岘山鲁徂徕，今人孰会琴川意。
盍从此处泯人天，入木三分莫断弦。
覃思有声无文处，相期忘义复忘年。

[释义]

　　外族侵犯雅乐荒废，渌水白雪无处可寻。蜀乐骏快吴音清婉，判若湖海山林之别。远方朋辈抚琴共奏，相邀同登青萝崖壁。夜晚寒蝉增添凄切，久客他乡忧思难耐。夜半月光潜入屋户，撩起衣襟轻抚鸣琴。琴声远凡尘归自然，无须弦柱琴徽作饰。十指之间悠扬流露，宛如听到太古遗音。胸襟开阔我为吴子，超然脱俗无名无己。有声之乐可追宗文，无弦寄意心通陶潜。辞乡廿年人事变迁，相熟之人今已老矣。乐声悠扬万物俱静，君已深知其中妙理。莘农好客移人情致，松风萧飒秋月明亮。纯美之音自手而出，大弦温润小弦清雅。琴声不清脆心中有愧，对客往往五音不全。蔽塞已久韶雅不闻，天涯海角知音难觅。甕门鼓琴令人悲泣，微风寡力轻吹落叶。凤鸾啼鸣归返山林，洞庭之野恩泽博大。海角唱和乐声不止，挥手目送自成章法。佳乐传来珍如球璧，谁与孤者共奏笙乐。苏公落儋来此探奇，使峄阳枯桐声名扬。且将唱响南方之曲，山高水长惆怅张望。轻吹低吟味外之味，古韵希声淡然可贵。襄阳岘山泰安徂徕，今人谁懂琴中之意。何不从此忘却人天，入木三分琴弦莫断。深思有声无文之乐，期待超脱尘俗之境。

[出典]

　　汉·刘向《说苑·善说》。

[解读]

　　《羁旅集·雅琴篇示因明　和唐司马逸客原韵》引用典故有雍门子周的故事。战国时齐国著名琴师雍门子周，抱琴去拜见孟尝君田文孟尝君问道："先生您鼓琴也能使我悲伤吗？"雍门子周说："处于悲伤境况中的人，鼓琴能使他感叹流涕；像您这样，高官厚禄，衣食住行，无不畅意，再会鼓琴的人，也不能让你悲伤。"看到孟尝君洋洋自得，雍门把话锋一转，又说道："不过您威迫过秦国，攻伐过楚国，无论是合纵还是连横都取得成功。但是人无远虑，必有近忧啊！"孟尝君问道："此话怎讲？"雍门徐徐拨动琴弦，若有所思地说："难道您就没有忧患吗？像秦楚这样的强国，要对你这小小的薛邑封地进行报复，易如反掌。千秋万岁之后，庙堂无人祭祀，高台倾塌，曲池干涸，坟墓上童竖放牧，樵夫为歌。人们想到如此尊贵的您也落到这境地，都会为您难过的。"孟尝君听到这里，已是两眼泪水汪汪。雍门子周又引琴而鼓，拨动宫商羽角之音，一曲未终，孟尝君已是涕泪交加，泣不成声，叹道："先生一鼓琴，已令田文我立即如破国亡邑之人了！"后遂以"雍门泣""孟尝泪"等写悲伤，感叹沦落之意，犹司马青衫也。

[诗歌浅解]

琴能使人悲伤。"雍门之泣""晋王之涕"，都是琴声为之。琴既为冶心之具，又为感伤之具，可陶冶性情，变化气质，令人达到和谐境界，古琴尤胜，了解琴音，正是一种精神享受。对于能够弹奏的人来说，尚不失为道德的陶冶。饶公在作品之中即阐述其对琴乐的观点。

261. 优孟哭马

[饶诗]《西海集》

沙波宫（Château de Chambord）听古乐

绛宫近在水桥西，缺月微茫众草低。
遥想沙丘方猎罢，隔江尽唱白铜鞮。
犬马纷纷实苑台，百年云雨只蒿莱。
若论优孟齐卿相，解道人间莫里哀。

[释义]

沙波宫殿傍水临桥，天无明月众草低伏。遥想当年田猎兴罢，隔江尽唱白铜鞮歌。犬马沙丘驰骋田猎，百年沧桑只剩杂草。若论天下谁与优孟比肩而立，人世间唯有莫里哀。

[出典]

详见《史记·卷一百二十六·滑稽列传第六十六》。

[解读]

《西海集·沙波宫（Château de Chambord）听古乐》中提及"优孟"此人。优孟是春秋楚国著名优人。在他身上，有一个"优孟哭马"的典故。楚庄王有一匹好马，楚庄王非常喜欢它，经常给马穿上绫罗绸缎，把它安置在华丽的宫殿里，专门给它准备了一张床作卧席，拿枣脯喂养它。马的生活水平过于优越，肥胖得不得了，生病死了。楚庄王非常伤心，命令大臣为死马治丧，准备用棺椁装殓，按大夫的葬礼规格来安葬它。庄王身边的大臣觉得这事太过分，争着劝谏，不同意这样做。庄王大怒，下令说："如果再有胆大敢为葬马的事情进谏的，立刻处死！"

优孟听说了，就走进宫殿大门，仰天大哭，一把鼻涕一把泪的。庄王很吃惊，问他为什么哭得这么厉害。优孟哭涕着回答说："宝马是大王的心爱之物，理应厚葬。堂堂楚国，地大物博，国富民强，有什么要求办不到？大王却只用大夫的规格安葬它，太薄待它了。我建议用君王的规格来安葬它。"庄王忙问："那怎么办好呢？"

优孟回答："用雕刻的美玉做棺材，用最上等的梓木做外椁，拿豫章出产的楩、枫等高级木材做题凑，老人和孩子背土筑坟，然后，让齐国和赵国的使节在前面陪祭，韩国和魏国的使节在后面护卫。安葬完毕之后，再为它建立祠庙，用猪、牛、羊各一千头的太牢礼来祭祀它，并且安排一个一万户的城邑进行供奉。诸侯各国如果听说大王这样厚待马匹，肯定会影响很深刻，都会知道大王把人看得很低贱，却把马看得很重。"

庄王说："哎呀！我怎么竟然错到这种地步！现在该怎么办呢？"

优孟说："请让我用对待六畜的方式来埋葬它。用土灶做外椁，用铜锅做棺材，用姜和枣来调味，再加进木兰，用稻草作祭品，火光做衣服，把它埋葬在人们的肠胃里。"

庄王同意，于是就派人把马交给主管膳食的太官，并且告诫大臣们，让他们不要宣传庄王原先的打算。

[诗歌浅解]

见"百铜鞮"条注。

262. 耶溪

[饶诗]《题画诗》

题画杂诗

耶溪小艇欲追诗，荷叶荷花十里姿。

若见宓妃凭问讯，碧梧可有凤栖时。

[释义]

耶溪小艇轻泛追觅诗句，荷叶荷花十里展露英姿。倘若神女宓妃前来询问，碧绿梧桐可有凤凰栖息。

[出典]

北魏·郦道元《水经注》。

[解读]

《题画诗·题画杂诗》中的"耶溪"，即若耶溪，在今浙江绍兴南若耶山下。这一带是古代著名的风景区，《水经注》谓："水至清，照众山倒影，窥之如画。"又名浣纱溪，相传春秋时越国美女西施曾在此浣纱。此地秀异的山水吸引了古代许多骚人墨客，游佳作甚多，浩然此作是较有特色的一篇。唐·孟浩然亦有《耶溪泛舟》一诗，公元730年（开元十八年）冬，诗人孟浩然在长安求仕未成，沮丧地离开长安，在江浙一带漫游。一日，泛舟耶溪（在浙江绍兴城南二十里若耶山下，北流入镜湖），傍晚，在溪边看到了垂钓的老翁，浣纱的村女，他们生活得自然、和乐，无忧无虑，深深触动了诗人之心。因此，写了《耶溪泛舟》，以表达他从大自然中汲取生活欢乐的愉悦心情。

[诗歌浅解]

此诗体现了画作之景，小溪上舟艇轻泛，十里之地尽是荷叶荷花，恐怕会引得宓妃前来询问，如此仙境是否有凤凰栖息其中。

263. 姚黄魏紫

[饶诗]《题画诗》

题画杂诗

不仗春风与补诗，无人赏处有幽姿。
姚黄魏紫皆陈词，最念亭亭玉立时。

[释义]

不用依仗春风增补诗句，无人欣赏亦是幽雅多姿。黄红牡丹皆是就是陈调,最为惦念亭亭玉立之时。

[出典]

宋·欧阳修《绿竹堂独饮》。

[解读]

姚黄是千叶黄花牡丹,出自姚氏民家,魏紫是千叶肉红牡丹,出自宰相魏仁浦家。指宋代洛阳两种名贵牡丹,后泛指名花。欧阳修《绿竹堂独饮》:"姚黄魏紫开次第,不觉成恨俱凋零。"

[诗歌浅解]

此诗点明春花牡丹绽放时亭亭玉立、婀娜多姿的繁盛之景。诗歌不用春风增色,嘉卉亦无须人们品味欣赏,有种孤芳自赏的意味。

264. 鱼山梵呗

[饶诗]《冰炭集》

京都大原山寺听梵呗题赠多纪上人

入谷鸣蝉先洗耳,升堂吹律遏行云。
鱼山遗响今谁继,待起陈思与细论。

[释义]

山谷鸣蝉为我清洗耳朵,登堂吹奏管乐行云亦止。鱼山梵呗遗音今谁继承,待陈思王曹植与之细论。

[出典]

历有《鱼山声明集》《中国鱼山梵呗文化节论文集》《鱼山梵呗声明集》《中国梵呗传承法要》。

[解读]

《冰炭集·京都大原山寺听梵呗题赠多纪上人》:"鱼山遗响今谁继,待起陈思与细论。"鱼山梵呗是中国汉语佛教音乐的原声,源于印度声明学。梵呗,即印度五明之声明,属三学的"定"学法门。我国最早创作梵呗的是曹魏时代陈思王曹植,他尝游鱼山(一作渔山,今山东阿县境),闻空中有一种梵响（岩谷水声），清扬哀婉，细听良久，深有所悟，乃摹其音节，感鱼山之神制，自此，从西域、天竺传来的"梵音"开始适用于汉语咏唱。后鱼山梵呗泛指为传统佛教音乐。

[诗歌浅解]

饶公到京都大原山寺听梵呗，听多纪颖信演奏日本音乐，随成此诗赠多纪上人。诗歌从入山写起，通过"鸣蝉""洗耳""遏行云"衬托梵呗的清新绝俗，感叹鱼山梵呗的神制，诗歌透露出对梵呗能否流传千古的担忧，以及多纪上人对佛教音乐的传承和发扬的赞赏与尊敬。

265. 伊州

[饶诗]《冰炭集》

见"敦煌琵琶谱"条注。

[释义]

见"敦煌琵琶谱"条注。

[出典]

《伊州》敦煌琵琶谱的曲目。

[解读]

《冰炭集·题敦煌琵琶谱二绝》："波磔奇胲豁两眸，乐星残谱认伊州。"我国古代盛名卓著的《伊州》乐舞，是唐中叶时期由西凉府都督盖嘉运进献给长安朝廷的。由于伊州古属凉州府管辖，所以被列入宫廷十部乐《西凉乐》部中。宋·王灼《碧鸡漫志》云："《凉州》《甘州》《伊州》，《西凉乐》也。"《伊州》进入长安后，受到了中原人民和各界人士的喜爱，得到了广泛的流传。但经唐末及五代的战乱，这一优秀乐舞艺术没有保留至今。令人欣慰的是，在今甘肃敦煌石窟资料中，保存着唐乐谱二十五首，其中有两首为《伊州》和《又慢曲子伊州》。

[诗歌浅解]

见"敦煌琵琶谱"条注。

266. 越缦堂日记

[饶诗]《冰炭集》

题听雨楼杂笔为高伯雨

遗事聊追越缦书,一时綦辙费爬梳。
漫同窥日牖中趣,沾溉风流也起予。

[释义]

留下的著作直追越缦书,追随前辈遗泽费人心力。我见识不广如牖中窥日,亦能从中得到启发受益。

[出典]

《越缦堂日记》是清代文史学家李慈铭著作。

[解读]

《冰炭集·题听雨楼杂笔为高伯雨》中的越缦书即《越缦堂日记》,共包括《甲寅日记》《越缦堂日记乙集—壬集》《孟学斋日记》《受礼庐日记》《祥琴室日记》《息荼庵日记》《桃花圣解庵日记》《荀学斋日记》《荀学斋日记后集》九部分。李慈铭洋洋数百万言,不仅记载了清咸丰到光绪四十年间的朝野见闻、朋踪聚散、人物评述、古物考据、书画鉴赏、山川游历及各地风俗,足资后世学者参考,同时书中也记录了他大量的读书札记,"略如四库全书提要之例,而详赡过之",学术价值极高。

[诗歌浅解]

此诗对高伯雨之书直追李慈铭著作表示钦佩,前辈的遗泽使后人受益,并能让自己受到启发,非常珍贵。

267. 阳关曲

[饶诗]《冰炭集》

长沙酒家坐月翌日小女将有远行

其一
驱车一去是长沙,环海繁灯尽着花。

为谢殷勤云外月,相随明日到天涯。
其二
暗水回波意自遐,窗前疏影树横斜。
清泉也奏阳关曲,南去云山路尚赊。

[释义]

其一:此次驱车前去长沙酒家,环海繁华灯光点缀锦花。多么感谢云外殷勤之月,相随直至天明同到天涯。

其二:暗藏之水回流自然遥远,窗前稀疏落影树木横斜。清泉之声如同阳关三叠,一路向南赊借山路前行。

[出典]

"阳关曲"指《阳关三叠》,是根据唐代诗人王维(699~759)诗《送元二使安西》谱写的一首琴歌。

[解读]

《冰炭集·长沙酒家坐月翌日小女将有远行》:"清泉也奏阳关曲,南去云山路尚赊。"唐末诗人陈陶曾写诗说:"歌是《伊州》第三遍,唱着右丞征戍词。"说明它和唐代大曲有一定的联系。后来又被谱入琴曲,以琴歌的形式流传至今。王维的诗是为送友人去关外服役而作:"渭城朝雨浥轻尘,客舍青青柳色新;劝君更尽一杯酒,西出阳关无故人。"谱入琴曲后又增添了一些词句,加强了惜别的情调。

[诗歌浅解]

其一:小女儿饶清芬将远行,作诗饯行,诗歌表达出对女儿的不舍之情:此去不知几时相见,真心感谢明月相随小女,替自己陪伴她直至天涯。

其二:送别小女,饶公借用《阳关三叠》中送别之意,表达了自己心中的惆怅与不舍。

268. 移我情

[饶诗]《冰炭集》

化番社

岸上乍闻捣杵声,九州除此孰清平。

呵春鼓煦非人境,仗此侏离移我情。

[释义]

岸上忽然传来捣杵之声,除此九州哪里称得清平。和乐迎春这里并非人境,依仗陌生乐舞能移我情。

[出典]

清·蒋文勋《二香琴谱》。

[解读]

《冰炭集·化番社》:"呵春鼓煦非人境,仗此侏离移我情。""移我情",《二香琴谱》:"伯牙学琴于成连先生,三年而不成。成连云:'我师方子春在东海中,能移人情。'乃与俱至海上,成连刺船而去,旬时不返。伯牙延望无人,但闻海水汹涌,林岫杳冥,群鸟嘲啾。悄然而悲曰,'先生移我情哉!'援琴而作水仙之曲,遂为天下妙。"

[诗歌浅解]

糅合着日月潭的风光,伴随着委婉的歌声和健美舞姿、清越的杵音,令饶公心旷神怡,达到"移情"之境。

269. 一阳终可复

[饶诗]《长洲集》

第十二首

穷冬龙战野,告我阴疑阳。
譬彼夜篝灯,面暗背生光。
一阳终可复,所戒在履霜。
啼鴂屡先鸣,百草行不芳。
芙蓉攓作衣,薜荔缀为裳。
何方许轻举,霞佩共翱翔。
不尔侣鱼虾,江湖永相忘。

[释义]

　　隆冬有龙战于野之象，此谓阴疑于阳必战。譬如夜里点起篝灯，面暗而背光。一阳初动终可循序往返，所需要懂得"履霜坚冰至"之自然界天道易理。伯劳开始啼叫，即在百花凋残之时。将荷叶拔取作为衣服，用木莲点缀为霓裳。谁允许我轻轻飘扬地飞升上天，陪伴仙女在空中翱翔。与其让"羁旅怀抱"像绳索似地把人捆绑，不如侣鱼虾想忘于江湖。

[出典]

　　《周易·复卦》："反复其道，七日来复。"

[解读]

　　《长洲集》录阮籍《咏怀诗》第十二首："一阳终可复，所戒在履霜。"《复卦》初爻为阳，以上五爻为阴，汉代以来易学家认为其于十二消息卦中值十一月，配地支为子，继于《坤卦》所值十月后。其卦《象传》亦称："刚反动，而以顺行"，以"刚反动"指称其下的震体。

　　因此，饶老继援引《坤卦》上爻"龙战于野"之辞后，引用《复卦》之事。

[诗歌浅解]

　　阮诗借事讽喻，吕延济曰："安陵龙阳以色事主，犹尽心如此。而晋文王蒙厚恩于魏，将行篡夺。籍恨之甚，故以刺也。"阮诗"丹青明誓"，指司马懿受魏文帝明帝两世托孤寄命之重，不应背之。饶诗则借诗反映变化无常的宇宙永恒如一，在宇宙人生中寻找自我。

270. 一夫可当关

[饶诗]《长洲集》

第十三首

苍天与碧海，相去等唯阿。
填海以为门，欲阻西日过。
一夫可当关，保疆不在多。
海诚志士泪，经天复倾河。
风起看云飞，万古一咨嗟。

[释义]

苍天与碧海，相比差别极小。将海填平作为关门，来作为阻断关外侵略。一夫即可当关，保卫边疆不在于人多。千古的志士热诚之泪，如经天倾河注海。风刮起来云飘扬，让人常常感叹这千秋万古的丰功伟业。

[出典]

唐·李白《蜀道难》。

[解读]

《长洲集》和阮籍《咏怀诗》第十三首："一夫可当关，保疆不在多。""一夫可当关"，山海关古称榆关，战国时期即开始修建防御的城墙，秦始皇时把原来不相连的长城连接了起来，并且修了一些城楼，但那时的城墙是土垒的。直到明朝时，为了抵抗关外少数民族的入侵，派大将徐达率军清剿，并且修筑了山海关，从这时候起，明人陆续把北京以及河北山西一带的长城用砖包裹。山海关在临海处，一边是山脉，一边紧靠大海，在冷兵器时代，不易进攻，故云。山海关城楼上的"天下第一关"是当时的书法家萧显所书。唐·李白《蜀道难》："剑阁峥嵘而崔嵬，一夫当关，万夫莫开。"

[诗歌浅解]

两首同样以"悲伤"贯通全诗，阮诗是借诗讲述李斯、苏秦志图富贵，而亦卒贻东门之悔、车裂之殃而抒发对求仁得仁者杀身无怨的理想的难以企及的感叹；饶诗则站在整个历史的角度上，视野更加开阔，感叹千古之中"一夫当关万夫莫开"的志士抛头颅洒热血的伟业的咏叹。

271. 云成泥

[饶诗]《长洲集》

第三十七

出门无所见，飞雨湿轻埃。
山色何青青，扶船送我来。
雨过云成泥，幽意已难排。
云归谷复封，归路安在哉。

[释义]

　　出门什么也没看见，飘飞的细雨淋湿着灰尘。山中的景象何等的青翠，仿佛挽扶着船送我回来。雨过天晴后浮云犹如踩在我脚下的泥土，幽闲的情趣已经难以在我脑中消除。只见浮云封锁了山谷，不知归路何在。

[出典]

　　语出《后汉书·逸民传·矫慎》。

[解读]

　　《长洲集》和阮籍《咏怀诗》第三十七首："雨过云成泥，幽意已难排。""云成泥"，《后汉书·逸民传·矫慎传》："（吴苍）遗书以观其志曰：'仲彦足下，勤处隐约，虽乘云行泥，栖宿不同，每有西风，何尝不叹！'"云在天，泥在地。后因用"云泥"比喻两物相去甚远，差异很大。南朝·梁·荀济《赠阴梁州》："云泥已殊路，暄凉讵同节。"唐·钱起《离居夜雨奉寄李京兆》："寂寞想章台，始叹云泥隔。"此处反其意而行。

[诗歌浅解]

　　两诗皆以雨中景象入诗。阮诗以雨中等人人不来，于是感慨人情淡薄，辛酸哀伤却无人可诉来咏怀。饶诗则更多写雨后的快慰情景。山色青青，竟扶船送我，山之情何盛哉！云泥本殊途，而在诗人眼底，云却在雨后成泥，于是，走在山路上，竟如踩在云里。此情此景，山之幽意，心中的幽意，是怎么也排去不了的。于是，回首之间，只见云锁山谷，不知归路何在。苏轼道："味摩诘之诗，诗中有画，观摩诘之画，画中有诗。"今从饶诗看来，亦在此境。画在诗中，而情亦在诗中。其境，与苏轼"回首向来萧瑟处，也无风雨也无晴"当在伯仲间。

272. 云门颂

[饶诗]《长洲集》

第四十九

　　诗如参活句，妙在不苦思。
　　晚蝉说西风，佳境偶遇之。
　　室迩人则遐，蒹葭以为期。

由来云门颂，亦自等儿嬉。

须放过一著，击节自一时。

[释义]

诗歌的创作有如佛家参悟活句一样，妙在顿悟而非苦思。高柳晚蝉诉说西风消息，佳境偶然获得。房屋就在近处可是房屋的主人却离得远了，在水边思念伊人期待相会。自始以来云门颂，亦等同儿戏。有时需要放过一著，时机一到自然契合。

[出典]

清《五家宗旨纂要卷下·续一一四·二七八上》。

[解读]

《长洲集》和阮籍《咏怀诗》第四十九首："由来云门颂，亦自等儿嬉。""云门颂"为云门宗之祖云门文偃禅师用以接化学人之三种语句，即：函盖乾坤、目机铢两、不涉万缘三句。《五家宗旨纂要·卷下卍续一一四·二七八上》："云门示众云：'函盖乾坤、目机铢两、不涉万缘，作么生承当？'众无语。自代云：'一镞破三关。'后德山缘密禅师遂离其语为三句：涵盖乾坤句、截断众流句、随波逐浪句。""函盖乾坤"，指绝对之真理充满天地之间，且涵盖整个宇宙。"目机铢两"，对参学者应机说法，为活泼无碍之化导。"不涉万缘"，为断除学人之烦恼妄想，谓应超越语言文字，于内心顿悟。此三句若依大乘起信论之哲理诠释之，则第一句为"一心门"，第二句为"真如门"，第三句为"生灭门"。

[诗歌浅解]

阮诗以游故地，不见所思，觉物是人非，唯觉人生孤单清冷，咏怀由此而来。饶诗中"室迩人则遐，蒹葭以为期。由来云门颂，亦自等儿嬉。须放过一著，击节自一时。"既是对阮公的劝慰，亦是对人生的一种体会。人生，亦是如此。须懂得放下，才得真自如。同时，饶诗亦传达出对诗的理解。参活句，不参死句。须妙手偶得，而不苦苦冥思。洒脱，豁达，自然，诗的气象，亦是人的气象。这诗，对后来的写诗者，确是一剂良药。

273. 影答形

[饶诗]《长洲集》

第七十五首

物情如芳草，岁岁有枯荣。
畴能外死生，入彼无畏城。
佛前试拈花，一笑春风生。
一人一事间，胡有种种名。
诗以了一切，何待玉山倾。
陶公岂非愚，乃以影答形。

[释义]

　　物理人情如同芳草，年年有枯萎和茂盛。如果能将死生置之度外，才能有泰然无所畏之德。佛前尝试拈花示众，一笑使春风遍生。时间人事有别，各种事物皆有定性而无种种名。诗歌可以使一切皆了，何须等到玉山倾倒。陶公岂不是愚蠢者，竟还写《影答形》之诗。

[出典]

　　晋·陶潜《形影神》。

[解读]

　　《长洲集》和阮籍《咏怀诗》第七十五首："陶公岂非愚，乃以影答形。""影答形"，是晋·陶渊明《形影神》诗三首之一，《形赠影》《影答形》《神释》，在这三首诗中陶渊明表达了他的人生哲学，诗中他体现了对儒释道思想的辨证取舍。《影答形》诗中主张由立善而留名，希望通过精神上的长生达到永恒，这种主张是儒家的"立德、立功、立言"三不朽的思想，人有了美名则可流芳百世。

[诗歌浅解]

　　阮诗前六句用离骚芳草萧艾意，"一朝再三荣"黄节在阮步兵《咏怀诗》注认为或指王祥之流。王祥，东汉末年隐居20年，仕晋官至太尉、太保。高贵乡公即位，与定策功，封关内侯，拜光禄勋，转司隶校尉。从讨毌丘俭，增邑四百户，迁太常，封万岁亭侯。天子幸太学，命祥为三老。祥有清达之名，然不能忠魏而委曲求全于时，阮籍疾之。此诗盖阮籍自况，对当世表达文人包括自己的无奈。

饶诗在诗中阐述了人情物理皆有盛衰的常理，并再次用禅宗的思想表明自己对此的看法，并借用陶渊明的《形影神》三诗中所创立的自然说。"佛前试拈花，一笑春风生。一人一事间，胡有种种名。"这是饶公为自己的观点做了总结：各种事物都皆有定性和完结，我们无须为其烦忧，并认为诗歌能"了一切"。饶公在这里还指出陶公形影神观点的局限性，他曾在《玉烛新·神》词由序言云："陶公神释之作，哲遣悲悦，但涉眼前，斗酒消忧，行权而已。"这是饶公对形与神哲理作了新的诠释。

274. 一念生三千

[饶诗]《长洲集》

第八十首

我梦向千里，醒来忽在兹。
一念生三千，复与千里期。
青天延明月，欲结新相知。
月乎投我怀，解佩而要之。
愿心如圆月，遍照去来时。

[释义]

我梦见我在千里之外，醒来犹如真的在那边。这一念三千虽是妄心，但与我期望到千里之外的心思是同源同体。蓝天迎接明月的到来，想要结交新的知心朋友。明月似乎正中下怀，解下佩带的饰物邀请明月。愿我的心如同圆月一般，照遍过去与将来。

[出典]

隋唐·智顗《摩诃止观》（第五卷）。

[解读]

《长洲集》录阮籍《咏怀诗》第八十首："一念生三千，复与千里期。""一念生三千"，一念三千说是天台宗极其重要的义理。所谓一念三千，即是在当下的一念之中，具足三千世间的诸法性相之意。《摩诃止观》第五卷上云："夫一心具十法界，一法界又具十法界、百法界；一界具三十种世间，百法界即具三千种世间。此三千在一念心，若无心而已，介尔有心，即具三千。"

[诗歌浅解]

阮诗表达自己内心的痛苦,就像望佳人而佳人不在兹,招松乔而松乔不来,自己只能抱孤芳而长逝。

饶诗中富含禅境,将梦境与现实相交,让人不知何为梦境、何为现实,这是诗中特有的意境;诗中对孤芳自赏的作为,清高的饶公有自己的看法;想结交新友,所以还是主动邀请月亮吧,让身旁有明月相伴。最后一句"愿心如圆月,遍照去来时"表现出饶公的坦荡从容的心态。

275. 喻老

[饶诗]《羁旅集》

后饮酒十首和方密之用陶公韵

密之此诗,仅见流离草,世间罕觏,不避续貂之诮,和之亦聊志向往之私而已。

其一

楚冢发奇书,先德而后道。
韩非岂解此,徒然作喻老。
几人身佩玉,而心如木槁。
天末残云飞,卷舒意自好。
苍翠满空林,伫兴以为宝。
秀色落吾诗,有怀出系表。

[释义]

楚地墓穴发掘奇书,先有品德后有正义。韩非岂解其中道义,徒然赋作《喻老》篇章。有多少人身佩美玉,内心如同干枯之木。天之尽头片云飘飞,卷缩伸展自然恣意。空旷林际苍翠挺拔,蓄积情感以此为宝。将此秀色化入吾诗,感怀超出言辞之外。

[出典]

韩非子《喻老》。

[解读]

《羁旅集·后饮酒十首和方密之用陶公韵》(其一):"韩非岂解此,

徒然作喻老。""喻老",韩非子《喻老》篇在短篇幅中,用二十五则历史故事和民间传说分别解释了《老子》十二章,其中《德经》八章、《道经》四章,使《老子》抽象的哲学思想有了具体可感的呈现,在中国哲学史和训诂学史上起着发凡起例的作用,同时也使他的刑名法术之学有了比较精深的理论凭借。

[诗歌浅解]

此诗前阕着重阐述老子《道德经》的真正旨意:先德而后道。认为《德篇》在先《道篇》在后才是老子本身撰文的顺序。后阕描写楚地自然风光,抒发自然旨趣。

276. 幼安床

[饶诗]《南海唱和集》

见"青眼"条注。

[释义]

见"青眼"条注。

[出典]

幼安床,汉末隐士管宁(字幼安)之事迹。

[解读]

《南海唱和集·自题长洲集二十二叠前韵》:"独有幼安床,坐久已穿席。"管宁平日常坐一木榻(古人坐法,双膝跪平,臀部放在脚后跟上),有五十年之久,从未伸开两腿随便坐过,致使木榻放膝盖的地方都磨穿了。后以此典形容人恬淡隐居。

[诗歌浅解]

见"青眼"条注。

277. 曳尾污泥出

[饶诗]《南海唱和集》

寄棪斋伦敦　三十二叠前韵

海角久滞书，真同隔天日。
拙编劳挂齿，繙阅胡至十。
神物惊知己，曳尾污泥出。
相守短檠灯，楮床固墙隙。
卜官废已久，缒幽穷曩昔。
荆公老作赋，文仲许分席。
坠献不足征，看取蜗书壁。

[释义]

　　海角天涯音书久滞，相离万里如隔天日。拙作劳君挂齿，翻阅十遍不遗一字。上古神物令知己惊喜，曳尾而生于污泥之中。相守于短檠灯下，用龟甲支床足牢固墙壁。占卜之事荒废已久，只能深入探索考证往昔。王荆公老来赋作龟诗，文仲期望与其分席而坐。殷代文献贫瘠难征，古人之妙仍需观鸟篆蜗书。

[出典]

　　《庄子·秋水》。

[解读]

　　《南海唱和集·寄棪斋伦敦三十二叠前韵》："神物惊知己，曳尾污泥出。"曳尾污泥出，指出土的殷代文物。《庄子·秋水》："庄子持竿不顾，曰：'吾闻楚有神龟，死已三千岁矣，王巾笥而藏之庙堂之上。此龟者宁其死为留骨而贵乎？宁其生而曳尾于涂中乎？'二大夫曰：'宁生而曳尾涂中。'"涂，污泥。原典比喻与其显身扬名于庙堂之上而毁身灭性，不如过贫贱的隐居生活而得逍遥全身。

[诗歌浅解]

　　得知李棪斋对自己的著作翻阅十遍而不遗一字，饶公甚为惊喜，借王安石《同王濬贤良赋龟得升字》诗意向棪斋致谢，诗歌引经据典，既体现了饶公对棪斋的情谊，也表达了对殷代甲骨研究的看法。

278. 忆当会计初，侯伯奔骇汗

[饶诗]《江南春集》

禹陵　用坡老游涂山韵

此穴非涂山，飞甍起天半。
其鱼事已往，乘樏休重叹。
过家三不入，万古归一粲。
俗传生石纽，嵩阙还郊裸。
圣者能任劳，吐哺有周旦。
来朝只乌鹊，相随凫鸭乱。
地灵不爱宝，丘珑出圭瓒。
兹山类覆醖，万卉方烂漫。
忆当会计初，侯伯奔骇汗。
致功须忘身，一诚即彼岸。

[释义]

　　此处山洞非当涂山，屋檐突翘半空之中。大禹治水已成往事，登山不要再度感叹。大禹治水三过家门而不入，博得万古为之一笑。据说他生在四川汉川，疏通洪水祭祀天地。圣人能够任劳任怨，周公吐哺礼贤下士。来此朝拜的只有乌鹊，跟随漂浮游动的野鸭。大地灵异而不吝惜宝物，山坡上出现玉制酒器。这山好似覆盖着宴乐气氛，各种花草正烂漫生长。记得当年在会稽山会合诸侯，诸侯们奔来并流下惊惧汗水。集中精神做大事要奋不顾身，秉持诚恳之心就能到达彼岸新境。

[出典]

　　汉·班固《答宾戏》。

[解读]

　　《江南春集·禹陵用坡老游涂山韵》："忆当会计初，侯伯奔骇汗。" 本句记述大禹会盟诸侯之事。"会计"即"会稽"，传说当涂山即为会稽山，"会计初"是当初会盟诸侯的意思。"侯伯"指诸侯，各部首领，汉·班固《答宾戏》："曩者王涂芜秽，周失其驭，侯伯方轨，战国横鹜。""骇汗"，本意为因惊骇而出汗，欧阳修《相州昼锦堂记》："奔走骇汗，羞愧俯伏"，此处指大禹杀防风氏令诸侯惊惧，《国语·鲁语》："昔禹致群神于会稽之山，防风氏后至，禹杀而戮之。"

[诗歌浅解]

饶公要描写大禹陵，开篇却写"此穴非涂山"，涂山与此诗关系何在？涂山是传说中大禹治水劈山、娶妻、会合诸侯之地，只一句便将和大禹相关的重要文化意象都囊括入诗，饶公用意之深，笔法之妙，不可不知。诗中，饶公叙述大禹带有传奇色彩的出生经历，着重描绘了大禹治水，开山通路，三过家门而不入，并会合诸侯，治理天下的历史功勋。提出"致功须忘身"，要想做成有益百姓的大业就要不计个人得失，表达出对大禹以及历史上像大禹一样为百姓做出巨大贡献的先人们的真诚景仰与赞颂。同时我们也应看到，饶公一生孜孜不倦，为民族文化事业做出不可磨灭的贡献，"致功须忘身"也表达出饶公的个人理想，更是饶公自身的最好写照。

279. 晏坐

[饶诗]《江南春集》

别雁荡山

峨峨雁荡峰，奇秀信天剖。
传闻阿罗汉，伐木临巨薮。
其下有双潭，龙湫入户牖。
贯休经行处，晏坐弹指久。
周邠作山图，嗟叹出坡叟。
顷者历览来，温台落吾手。
苍崖何巉绝，扪壁骏奔走。
俯视中折瀑，如柳生在肘。
远近诸奇观，一一略指觏。
向来不解饮，对山屡举酒。
作诗谢山灵，友于意良厚。
别去雨濛濛，停车三回首。

[释义]

巍峨陡峭雁荡山，奇特秀丽似被苍天切削而成。传说中有位阿罗汉，伐木临湖发现此山。山脚下有一对水潭，龙湫之景进入门窗。贯休经过阿罗汉所行之处，当时的闲坐已一瞬千年。周邠画成《雁荡山图》，东坡写下咏叹妙句。往事一一回顾，温台落入我手。苍茫山崖何其险峻，骏马紧贴山壁奔跑。俯视中折瀑景观，好似肘上生瘤。远近各处奇观，一一略意指点观看。

从来不善饮酒，频频对山举杯。作诗感谢山神，情意温良敦厚。离去之时烟雾濛濛，停车驻足几度回望。

[出典]

宋·沈括《梦溪笔谈》。

[解读]

《江南春集·别雁荡山》："贯休经行处，晏坐弹指久。"诺讵罗曾在龙湫前晏坐，唐代僧人贯休经过此处时曾作诗记录此事，云"雁荡经行云漠漠，龙湫晏坐雨濛濛"，本句记述这一史事。宋·沈括《梦溪笔谈》："阿罗汉诺讵罗居震旦东南大海际雁荡山芙蓉峰龙湫。唐僧贯休为《诺讵罗赞》，有'雁荡经行云漠漠，龙湫宴坐雨濛濛'之句。""晏坐"意为闲坐，安坐，清·赵翼《渔塘即事》诗："茅斋小窗明，晏坐将读《易》。""弹指久"形容时间过得极快，仿佛只弹指一瞬间其实已经过去很久了，宋·苏轼《吴子野将出家赠以扇山枕屏》诗："千岩在掌握，用舍弹指久。"

[诗歌浅解]

饶公在雁荡山流连多日，饱览奇观，将要离去，乃作此诗。诗中既有对奇景的描绘，更蕴含深沉思考。开篇一句"峨峨雁荡峰"横空出世，好像雁荡山陡然落在读者眼前，简洁干脆而力道不凡，为全诗奠定豪放雄阔的基调。随后，饶公描写阿罗汉开辟雁荡山的传说，周邠作《雁荡山图》寄给东坡并得到东坡和诗的典故。这些历史传说使雁荡山在自然之美以外还饱含文化意味，这才是中国文人热爱山水的真正原因，文人们更看重此中凝结的人文意味。饶公的书写不仅是对历史的回顾，对前人的追思，更表明一种诗歌传承的精神。而后饶公对山举酒，感谢神灵。这是"天人合一"思想的体现，人与自然同等、一体，自然也有思想，人可以与之交流。结句"停车三回首"表达饶公对雁荡山的无比留恋，更衬托出此山难以言说的美妙。

280. 野人献曝

[饶诗]《瑶山集》

见"辟谷"条注。

[释义]

见"辟谷"条注。

[出典]

《列子·杨朱》。

[解读]

《瑶山集·寄题牛矢山房课子图为简又文》:"野人曝背献芹子,田夫泥醉卧苍苔。"野人曝背献芹子,即"野人献曝""野人献芹"之典,指生活艰苦者认为日照、野芹是宝贵的美好之物。《列子·杨朱》:"昔者宋国有田夫,常衣缊黂,仅以过冬。暨春东作,自曝于日,不知天下之有广厦隩室、绵纩狐貉,顾谓其妻曰:'负日之暄,人莫知者,以献吾君,将有重赏。'里之富室告之曰:'昔人有美戎菽、甘枲茎芹萍子者,对乡豪称之。乡豪取而尝之,蜇于口,惨于腹,众哂而怨之。其人大惭。'子此类也。"

[诗歌浅解]

见"辟谷"条注。

281. 玉兔捣药

[饶诗]《白山集》

山中见月　　用出西射堂韵

昔年捣药窟,寂寞抱高岑。
得地恐石田,窥天只泥沉。
初阳不到处,终古惟穷阴。
劳君苦登顿。芳意一何深。
人力真胜天,繁星复如林。
形与影竞驰,何以宁此心。
已知即无知,所尚在灵襟。
空山不见人,有月惜无琴。

[释义]

从前捣药修炼之地,寂寞萦绕着冷山。地幅辽阔却多石而不可耕,堆积其中的唯有泥土沉淀。初阳照射不到那里,终日阴沉萧寥。山路崎岖劳君登顿,芳意究竟有多深啊!人力真的可以胜天,繁星如同茂密的森林。形影相随相互竞驰,怎样才能使心里平复呢?已知即无知,体会其中的奥理取决于自己的心态。空寂的山中没有人烟,如此的月色没有琴弦相伴甚为可惜。

[出典]

汉乐府《董逃行》。

[解读]

《白山集·山中见月　用出西射堂韵》："昔年捣药窟，寂寞抱高岑。"捣药窟，玉兔捣药，道教掌故之一。相传月亮之中有一只兔子，浑身洁白如玉，所以称作"玉兔"。这种白兔拿着玉杵，跪地捣药，成蛤蟆丸，服用此等药丸可以长生成仙。久而久之，玉兔便成为月亮的代名词。

[诗歌浅解]

此诗借景抒情，诗中前部分，以山中的寂月，土地之贫瘠，描写自然环境的恶劣和人力的艰辛。后半部分笔锋一转，从消沉过渡为乐观，认为"人力真胜天"，已知与无知的区别，关键取决于人心，相信通过人们的努力，任何困难都可以被克服。

282. 衍派隔山

[饶诗]《题画诗》

题画绝句

衍派隔山出愈奇，平沙折苇雁来时。
笔端芍药偏含雨，肘外寒蝉独挂枝。

[释义]

延绵山峰愈加险峻奇特，沙丘芦苇弯曲去雁归回。笔端芍药湿润如含雨水，肘外寒蝉独挂枝头之上。

[出典]

赵少昂（1905~1998）师承高剑父之弟高奇峰，故称其"衍派隔山"。

[解读]

居廉（1928~1904），字士刚，号古泉，又号隔山老人、隔山樵子。居廉早年得其堂兄居巢（1811~1865）启蒙授艺学画，后画艺大进，与其兄齐名，世称"二居"，时人称为"居派"，亦称"隔山派"。岭南画派奠基人高剑父、陈树人等早年皆出其门下，因而居廉被尊为"岭南画派祖师"。高剑父、高奇峰、陈树人并称"岭南三杰"。高奇峰间接地继承了居派花鸟画技法和风格，而赵少昂16岁拜入高奇峰门下，成为高的最佳传人。

[诗歌浅解]

山峰延绵，沙滩芦苇遍地，芍药花丰润惊艳，大雁空中飞掠，寒蝉栖身树中，写意山水往往透出意境。

283. 鱼尾

[饶诗]《冰炭集》

春阴四首

其三
万花溅泪汝何堪，瞶瞶彼苍睡尚酣。
向晚断霞千里赤，惊心鱼尾是天南。

[释义]

万花溅泪之感谁能承受，天空昏昏沉沉尚未醒来。临近夜晚断霞千里红艳，鱼尾惊心以为这是岭南。

[出典]

《诗·周南·汝坟》。

[解读]

《诗·周南·汝坟》："鲂鱼赪尾，王室如毁。"朱熹注："赪，赤也。鱼劳则尾赤，鲂尾本白而今赤，则劳甚矣。"王室如毁，谓王室之政酷烈也。

[诗歌浅解]

花本为物，但因人之感情，移情于物，生出溅泪悲凉之感。饶公身处异乡，春天的景象与故乡如此相似。"惊心鱼尾"，以为真回到了故乡，思乡之切，春愁之深从中生出。

284. 咬遍春边醉

[饶诗]《冰炭集》

初食高丽蓟

其一
密瓣层层意自深，新蓬初剥见同心。
从君咬遍春边醉，后夜相思那可寻。

其二
横波无赖是阿侬，抽尽茧丝意更慵。
调以白盐掺素手，世间何物似情浓。

其三
浮香如荠舌留甘，红豆春来尚困憨。
还向东风将酒祝，柔肠空欲绕吴蚕。

[释义]

其一：一层一层密瓣其意颇深，剥开新叶喜见共同本心。随君咬尽此等春天美味，莫等后夜燃起思念之情。

其二：阿侬眼神可爱暗送秋波，抽尽蚕丝其意更加慵懒。用白盐放手中加以调味，世间有什么东西比情浓。

其三：溢出香气如荠唇齿留甘，春天来临红豆依旧困憨。还须迎着东风把酒言欢，空寂柔肠想要绕着吴蚕。

[出典]

唐《四时宝镜》。

[解读]

立春这一日，民间讲究要买个萝卜来吃，叫作咬春。因为萝卜味辣，取古人"咬得草根断，则百事可做"之意。唐《四时宝镜》："立春日，食莱菔、春饼、生菜，号'春盘'。"

[诗歌浅解]

60年代，饶公游学法国，在学生汪德迈家中，初食高丽蓟后赋写的诗词。

其一：高丽蓟也叫法国百合、荷花百合，这种菊科多年生草本植物本身充满趣味，饶公从品食高丽蓟咏叹出富含哲理的诗句，又联想到咬春的习俗，从中烘托出饶公对高丽蓟的喜爱和好奇之心。

其二：饶公由吃高丽蓟联系到人最为脆弱的感情，我们经常败在感情用事之上，以至于"抽尽茧丝"还不休，不由得感叹究竟世间有什么东西比情更浓呢？这实际上是一个永远解不出来的难题。

其三：由食蓟联想到相思之情。春天已到，相思愁苦仍旧持续，想要抒发心中苦闷，还得借助东风把酒祝，体现了五味杂陈的人生。

285. 盐柱

[饶诗]《苞俊集》

戴密微先生挽诗　　用杜公追酬高蜀州诗韵

九原大雅不可作，杨柳方稊伤殂落。
延年美意只空谈，旧交转眼忽成昨。
梦成盐柱到区夏，学如山海何开廓。
陀邻尼经无量门，总持龙宝费搜略。
谢客微言散霏蕤，梵志畅机追茑寞。
爱我丹青步云林，誉我句势比秋鹗。
泣麟欢凤不堪论，白首他乡空默存。
吟句情殷易簧日，怀人家寄西南坤。
死生非远理难睹，凡夫妄执生迷奔。
微公谁与祛吾惑，挥涕何堪过里门。
书契纪纲久散乱，黑白安能定一尊。
不闻邻笛增腹痛，摩挲遗帙苦招魂。

[释义]

奔赴黄泉高雅无法再作，杨柳新芽初发随即凋落。乐观令人长寿沦为空谈，旧时至交转眼留在昨天。梦想盐柱屹立中原之地，学识如山海般多么开阔。陀邻尼经无量法门经书奥义，煞费心思搜略研究汉学。细语辞别在花瓣纷飞地，佛义畅通已达无形之境。爱我丹青创作共步云林，称我文句好比秋鹗之姿。哀伤国家衰败无法谈论，发白身处他乡如此空寂。深情吟诗在此哀伤之日，思家怀友心寄于西南方。生离死别之事不忍见到，凡夫求生之欲令人迷茫。公卿谁能祛除我的困惑，擦拭涕泪无脸面对故乡。文书纲领长久已经散乱，大小事务怎由一人定夺。还没听到笛声已经腹痛，抚摸遗稿痛苦为你招魂。

[出典]

《圣经·创世记》。

[解读]

《圣经·创世记》记载：所多玛与蛾摩拉是摩押平原五城中的两个。所多玛和蛾摩拉的罪恶甚重，声闻于耶和华，耶和华要派两位天使去毁灭这城。天使将城主罗得和他的妻子、两个女儿解救出来，但警告他们不能对所多玛城有留恋之意，罗得的妻子不听警告，在后边回头一看，就变成了一根盐柱。

[诗歌浅解]

戴密微（Paul Demiéville，1894—1979），法国汉学家，敦煌学著名学者。是饶公的挚友，戴密微的离世令饶公痛苦万分。诗歌对戴密微在汉学领域的贡献给予高度评价，对学界失去如此难得的人才倍感痛惜，亦对自己失去友人倍感哀伤。生离死别，人们无法改变，何况戴密微这样的知音辞世，这种无力感、无奈感在饶公的笔下尤为深切，令人难以承受。

286. 禹迹

[饶诗]《苞俊集》

余于1963年尝游四刹吉，归途有诗。和坡公至梧示子由韵。14年后，重临泰京，乡人款遇情谊逾前，而诗坛诸耆宿，于余眷慕尤深，枉赠既伙，感赋奉酬，再叠苏韵

黎民奔徙自桂湘，禹迹能不包炎方。
我昔遥临四刹吉，穷边九壤何茫茫。
重来父老情弥重，钟爱使我中心藏。
回头十四年间事，饱看松柏参天长。
忆昔天历歌回使，黄骊青䭴驰相望。
温柔敦厚德化远，春秋未作诗岂亡。
天界群公主风雅，要使兹意留遐荒。
便能朔译通南讹，十洲行处皆吾乡。

[释义]

黎民百姓迁徙来自湖广，足迹怎么能不包括南方。过往我自远方到四刹

吉，九州一望无垠令人茫茫。故地重游乡亲情谊弥重，钟爱之情使我心藏温暖。后手十四年来发生之事，看遍松柏长成参天大树。忆天历年罗徼作回使歌，黄骊马青骍马奔驰相望。温柔敦厚德声传遍千里，不作春秋诗歌岂会消亡。上天意让公卿推崇风雅，就是要使此意长留荒地。便能 从北境迁讪到南方，十洲行处皆是我的故乡。

[出典]

《书·立政》。

[解读]

相传夏禹治水，足迹遍于九州，后因称中国的疆城为禹迹。《书·立政》："其克诘尔戎兵，以陟禹之迹。"

[诗歌浅解]

1963年饶公曾游泰国四刹吉，1977年故地重游，回顾十四年前当地百姓的情谊以及诗坛先辈的睿智，感慨颇深，因作此诗，表达对四刹吉温柔敦厚民风的崇敬，对自己长年在外羁旅生活而能遇到许多志同道合之士感到温暖，由衷感叹只要天地有情到处皆可成为自己故乡的信念。

287. 云雷何故作经纶

[饶诗]《苞俊集》

登严濑钓台　　再用前韵

两度富春搜画稿，痴翁闻之当绝倒。
矶头一顾大江横，公竟渡河公莫恼。
台高百丈曷垂缗，无故收身何太早。
波光七里无片云，藐姑仙山难媲好。
自可窅然丧天下；尧舜秕糠等尘扫。
指点江山属斯人，登临我亦不服老。
几点微雨沾人衣，但觉劳生徒草草。
云雷何故作经纶，绿章还待问苍昊。

[释义]

两度奔赴富春收集画稿，太痴道人听到应该称绝。河岸马头回顾横流大江，竟要渡过河流莫要烦恼。台高百丈何不放绳垂钓，闲来无事起身有些过早。七里波光闪烁天空无云，藐姑仙山难以与之媲美。自然深远而能隔绝天下，扫尽尧舜秕糠无用之物。指点江山之事属于他辈，登临高台我亦从不服老。几点微微雨滴沾人衣衫，但觉劳碌一生如此草率。云雷何作经纶让生命艰难，还要等待绿章寻问苍天。

[出典]

《易·象》。

[解读]

《易·象》曰："云雷，屯。君子以经纶。" 意思是《屯卦》上为坎，坎是云，下为震，震是雷。上体一阳陷于两阴之间为险，下体为震为动，"动乎险中"，此为屯卦。象征着天地草创万物初始生命的艰难时刻。

[诗歌浅解]

饶公赏略富春山麓严子陵钓台之景，认为此地能够使人暂时摆脱凡尘俗忧，还人一个清净的心境。然而，几点微微雨滴沾入衣衫，却使饶公感叹自己劳碌一生且每每草率而行，这让他自己感到有些懊悔。此情此景之下，饶公又以哲人之眼观物，借《屯卦》表示国家正在发展，于是在诗中呼吁有才德的人应施展抱负，把才智投入到建设国家的事业中去。

288. 尧舜秕糠

[饶诗]《苊俊集》

见"云雷何故作经纶"条注。

[释义]

见"云雷何故作经纶"条注。

[出典]

《庄子·逍遥游》。

[解读]

尘垢秕糠。比喻琐碎而没有用的东西。尧舜秕糠则是世未有尘垢秕糠而足以陶铸尧、舜两帝。《庄子·逍遥游》："之人也，物莫之伤，大浸稽天下而不溺，大旱金石流土山焦而不热，是其尘垢秕糠，将犹陶铸尧舜者也，孰肯以物为事。"意思为：至人是无我的，外界什么情况都影响不了他。下大雨，普天下都受到浸淹，然而至人是不会溺死的；天大旱了，泥土石头都要被焦死了，然而至人并不觉得热。正因为这样尘垢秕糠，就好像陶铸尧舜一样啊？有那一个人情愿为天下万物所牵制呢？

[诗歌浅解]

见"云雷何故作经纶"条注。

289. 一曝十寒

[饶诗]《南海唱和集》

见"侧商"条注。

[释义]

见"侧商"条注。

[出典]

《孟子·告子上》。

[解读]

一日曝之，十日寒之。又作"一曝十寒"。原意是说，虽然是最容易生长的植物，晒一天，冻十天，也不可能生长。比喻学习或工作一时勤奋，一时又懒散，没有恒心。亦作"一暴十寒"。《孟子·告子上》："无或乎王之不智也。虽有天下易生之物也，一日暴之，十日寒之，未有能生者也。

[诗歌浅解]

见"侧商"条注。

290. 卮言

[饶诗]《南海唱和集》

题龙宿郊民图并寄杨联升教授　　廿六叠前韵

行都尚妩媚，忆当南渡日。

笼袖载歌舞，吴儿复十十。
　　羡彼太平人，娭春渡头出。
　　兹图岂异此，肤寸窃窥隙。
　　好事东维子，陨涕说畴昔。
　　陈义既坚深，符采纷盈席。
　　伊余亦何为，卮言徒向壁。

[释义]

　　钱塘行都妩媚柔情，让人追忆靖康南渡之时。骄民笼袖载歌载舞，吴地少年十五成群。羡慕太平盛世之人，河岸乘船嬉戏而出。兹图表达与此何异，窥一斑而知全豹。好事的东维子杨铁崖，陨涕烦忧当年之事。陈说的道理坚深可信，文艺才华烂然后人纷袭于此。我这么说有何用意，只是借助诗歌表达对此事的看法。

[出典]

　　《庄子·寓言》。

[解读]

　　亦作"卮言"。自然随意之言。一说为支离破碎之言。《庄子·寓言》："卮言日出，和以天倪。"成玄英疏："卮，酒器也。日出，犹日新也。天倪，自然之分也。和，合也……无心之言，即卮言也。是以不言，言而无系倾仰，乃合于自然之分也。又解：卮，支也。支离其言，言无的当，故谓之卮言耳。"后人亦常用为对自己著作的谦词，如《艺苑卮言》《经学卮言》。

[诗歌浅解]

　　饶公借诗意与杨联升教授探讨《龙宿郊民图》中"笼袖骄民"四字的正确写法和含义，诗歌涵盖了画作的风物描写以及饶公的考证举隅，委婉而义切地表达了对"笼袖骄民"四字写法的理解。

291. 一以疵十

[饶诗]《南海唱和集》

　　　　道风山上迎月示同游诸子兼柬存仁教授　　四十六叠前韵

　　　　自笑真南人，学如牖窥日。

责善须良朋,列一漫疵十。
神明祛练久,终见佳致出。
登峰到此山,奇花烂林隙。
留连讵忘返,相见如宿昔。
圆月昵可亲,澄流归一席。
遇象意能鲜,水绕东西壁。

[释义]

笑自己是实在的南方人,做学问如庸中窥日。朋友之道在于劝勉从善,不因有过错而否定其功劳。去除尘念修炼智慧已久,终可成佛感悟美好的情操。来到此山登上顶峰,林边山花奇巍而绚烂。流连美景竟忘记归回,佳境悠悠如往昔。月圆之夜昵交可亲,水色澄碧汇聚而流。遇上物象能显鲜丽,山环水绕东西之崖壁。

[出典]

宋·苏洵《嘉佑集卷九·史论》。

[解读]

一以疵十,不因有过错而否定其功劳。宋·苏洵《嘉佑集卷九·史论》:"夫颇、食其皆功十而过一者也,苟列一以疵十,后之庸人必曰:'智如廉颇,辩如郦食其,而十功不能赎一过。'"

[诗歌浅解]

佳景相约,友人相伴。山中迎月,濯洗心灵。诗中述说美好之事,并在其中对存仁教授做出友善的评价。柳先生曾名柳雨生。柳雨生在上海沦陷时期的作为,陈青生《抗战时期的上海文学》(上海人民出版社,1995年版)一书和张曦《悖离现代文学传统的"大东亚文学"作家》(《中国现代文学研究丛刊》2003年第一期)一文中都有专节的评述。概括地说,柳雨生是当时上海"中日文化协会"等日伪文化组织的主要成员。1942年11月及次年8月,他两度作为"上海代表"出席在日本举行的"大东亚文学者大会",积极鼓吹"大东亚文学",是极为罕见的在自己的作品里明确鼓吹"中日亲善""大东亚共存共荣思想"的作家。饶公以"列一漫疵十",认为不要因有过错而否定其功劳。"神明祛练久,终见佳致出。"心中杂尘已祛除,终可完善高雅的情操,体现了饶公豁达和宽容。

292. 燕喜亭

[饶诗]《瑶山集》

见"陑厄歌"条注。

[释义]

见"陑厄歌"条注。

[出典]

唐·韩愈《燕喜亭记》。

[解读]

位于广东清远连州燕喜山麓,始建于唐代贞元年间,距今已有一千二百余年的历史。韩愈被贬至此地时曾游兹亭,将它命名为"燕喜亭",并写下《燕喜亭记》。其后,刘禹锡、孟郊、周敦颐、张浚等人均先后至此,留下了石刻的诗文或题字。

[诗歌浅解]

见"陑厄歌"条注。

293. 犹龙

[饶诗]《苞俊集》

陪李石根李仲唐诸公,游鳌屋楼观,碾药石下作

同到犹龙地,新来拜古祠。
白云传道履,绿树隐仙姿。
羽盖今何许,丹砂不可期。
空留药臼在,宫羽未差池。

[释义]

一同来到道深之地,初次前来拜访古祠。白云弘扬躬行仁道,绿树隐藏仙人姿态。仙人车架今在何方,朱砂药石不可偶得。唯有药臼依旧存留,燕子依旧张舒尾翼。

[出典]

《史记·老子韩非列传》。

[解读]

犹龙：谓道之高深奇妙，如龙之变化不可测。《史记·老子韩非列传》："孔子去，谓弟子曰：'……至于龙吾不能知，其乘风云而上天。吾今日见老子，其犹龙邪！'"此指楼观。

[诗歌浅解]

道教楼观派祖庭即在陕西省周至县，苏东坡诗"此台一览秦川小，不待传经意已空"，便是赞咏此地。饶公与友人游览此地，体验山中道骨仙姿般的景色，缅怀当年道士于此炼丹药之事，感叹岁月易逝之悲。

294. 相吹有野马

[饶诗]《苞俊集》

题伍蠡甫丈长卷八段锦小景

其四
潜口隐雾深，但闻哀湍泻，
即兴休怅然，相吹有野马。

[释义]

潜口隐于雾气深处，却能听见哀鸣急泻。乘着兴致莫要怅然，呼吸吹动有野马也。

[出典]

《庄子·逍遥游》。

[解读]

《庄子·逍遥游》："野马也，尘埃也，生物之以息相吹也。"野马，尘埃，运动的物体可以用自己呼吸吹动。

[诗歌浅解]

潜口飞瀑悲鸣，山雾隐约，让人忘记怅然。

295. 游圣

[饶诗]《白山集》

和《净土咏》

直是玻璃国，何须出四城。
共风与连韵，游圣证无生。
碧虚望晴色，琪树尽玄英。
神趣岂山水，杖策且遐征。

[释义]

　　这如同玻璃般美丽的雪之国度，如此净土何须再到他方寻觅。诗情画意风生妙韵，游于圣人之门求证不生不灭之境。望见碧空的晴色，如同仙树带来繁荫。神韵趣旨岂止是这山水之间，拄杖是要踏上更远的征途。

[出典]

　　《孟子·尽心上》。

[解读]

　　游圣：游于圣人之门。《孟子·尽心上》："孔子登东山而小鲁，登泰山而小天下，故观于海者难为水，游于圣人之门者难为言。"

[诗歌浅解]

　　谢灵运《净土咏》诗的前半部即写阿弥陀佛本缘故事，诗的后半部分写作者自己的感想：与其待衰朽之年无所依赖与寄托，还不如随顺自然，年轻时及早修持精进，以期往生净土。

　　饶诗前半部分写雪景，感叹雪地的纯美宛若仙境。后半部分阐发自己无畏艰险"杖策""遐征"的志气，从诗中可以窥探饶公独立之精神，愤恨世俗、不畏世俗的崇高人格。

296. 养生始尽年

[饶诗]《白山集》

和《江中孤屿》

抽青还配白，冰谷此周旋。
霜雪非不流，得地终遐延。
泪涛安可凝，犹欲涨平川。
情云心上飞，如花散绮鲜。
惟山为表灵，将诗万口传。
一日抵千秋，且结东西缘。
莫信蒙庄语，养生始尽年。

[释义]

草木发芽变绿了雪花依附其上，冰冻的山谷仍旧与春天周旋相逐。霜雪并非没有融化，只是冰冻三尺，非一日之寒，泪涛汹涌安可凝固，似乎要淹没广阔的平地。山情云意在心中流淌，像花儿一样绽放香鲜艳丽。只有山川显灵了，将诗歌传诵千里。一日的时间便可抵千年，使东西方结下缘分。不要轻信庄子所说的，养生方可终其天年。

[出典]

《庄子·养生主》。

[解读]

《庄子·养生主》："吾生也有涯，而知也无涯；以有涯随无涯，殆已！已而为知者，殆而已矣！为善无近名，为恶无近刑。缘督以为经，可以保身，可以全生，可以养亲，可以尽年。"

[诗歌浅解]

谢灵运在《登江中孤屿》诗中写自己出任永嘉太守，由于阅尽江南风景而急切想探寻新异胜景，终觅得江中孤屿而产生惊喜之情，后感叹此等山水皆为表现天地的灵秀神异之气，然而世人却不知欣赏它的价值，则其蕴藏的自然意趣又有谁能为之传述呢？寄托了自己怀才不遇和厌世疾俗的孤愤。接着诗人又驰骋飘逸的想象，由江屿的灵秀联想到那昆仑山的仙灵，顿觉自己离世间尘缘之事是那样遥远，仿佛遗世独立一般。最后议论：我现在终于相信了，领悟了安期生的长生之道，从此可以安心养生、以终天年了。

饶诗承接谢诗之境，书写眼前春意黯然而冰雪迟迟未曾融化的特殊景象，感叹美好的东西未必能够及时地被发现，劝告怀才不遇的人要安心处世，只要"情云心上飞，如花散绮鲜"，斗志不灭，迟早会有成功一日的到来。结句反驳谢诗：切莫听信蒙庄所说的唯有领悟了安期生的长生之道，方可以安心养生、以终天年。

297. 指天比南嶷

[饶诗]《白山集》

Jardin des Feuillantines访Victor Hugo故居　　用初发石首城韵

古来京洛地，素衣易变缁。
独有江海人，高唱秋怀诗。
落日爱黄昏，玉碎悲素丝。
割霜月如镰，南亩更念兹。
山鬼一何哀，歌断寒飔飔。
声酸欧阳赋，神泣鲍家辞。
异曲各示工，萧条不同时。
我来庭户阗，踯躅欲安之。
风徽感气类，敢效青冥期。
丧明伤西河，指天比南嶷。
清芬不可接，怀贤增凄其。
但看林木秀，飒飒朔风欺。

[释义]

自古以来京洛之地，都没能逃脱兴衰的规律。唯有浪迹四方羁旅之人，高声歌唱秋怀之诗。落日偏爱黄昏，玉碎山崩悲催白发。镰刀般的月牙映照遍地霜雪，田野更是"这样"一片秋霜覆盖的萧条景象。山神们是多么的哀怨，歌曲唱罢寒风飔飔。声音酸楚情如欧阳修之《秋声赋》，悲痛欲绝神似鲍照之辞。他们与雨果有异曲同工之妙，即使萧条异代不同时。我来到这个门庭若市的地方，徘徊欲使自己静下心来。其风范影响着意气相投之人，仿效他的行为而敢与权高之人抗争。哭瞎眼睛感伤西河丧子之痛，指着老天向着南面的九嶷神山。高洁的德行他人无法企及，缅怀贤人添增内心的凄凉悲伤。但看天地间秀美的繁荫，飒飒寒风步步入侵。

326

[出典]

战国·楚·屈原《离骚》。

[解读]

指天比南嶷：战国·楚·屈原《离骚》："指九天以为正兮，夫惟灵修之故也。"指天为正，表达自己对祖国对君王的赤诚忠心，并痛惜灵修（楚王）毁约和反复多变。南嶷：屈原《远游·南游》"指炎神而直驰兮，吾将往乎南嶷。"南嶷即南面的九嶷神山。

[诗歌浅解]

此诗为缅怀诗，维克多·雨果（Victor Hugo，1802年2月26日—1885年5月22日），法国浪漫主义作家，人道主义的代表人物，19世纪前期积极浪漫主义文学运动的代表作家，法国文学史上卓越的资产阶级民主作家，被人们称为"法兰西的莎士比亚"。其代表作有：长篇小说《巴黎圣母院》《悲惨世界》《海上劳工》《笑面人》《九三年》，诗集《光与影》。饶诗简略地介绍了雨果的主要创作以及人生经历，这个有着辉煌创作的大作家却有着极其苦痛的人生经历，多情遭弃，丧子之痛（雨果的两个儿子英年早逝，第一个女儿溺死，第二个女儿进了精神病院），晚年孤寂，精神出现了幻化，常与鬼魂交流等等，饶公表达了自己对雨果所获得成就的崇敬以及人生凄惨经历的怜惜之情。

298. 延露

[饶诗]《白山集》

题敦煌写卷云谣集杂曲子　　用道路忆山中韵

数校此卷，三复无斁，略缀绮语，无惧泥犁，惜乎彭羡门之未及睹也。

谁与唱云谣，欲歌歌啴缓。
偷写暗赠人，百读恐肠断。
纸仄艰贮愁，何以摅深欸。
盟镜怕重寻，镇是生愤懑。
素胸雪未消，横眉月更诞。
春去草萋萋，人来花纂纂。
回肠绕夜长，剪灯嫌烛短。
枕泪湿浓翠，腰身倚密竿。

消受到微熏，余寒奈难暖。
　　延露纵多情，低吟应罢管。

[释义]

　　谁与我一同唱响云瑶歌集，一起分享这柔和舒缓的旋律。这偷偷写成赠之与人的诗集，反复诵读恐使人断肠。皱纸中怀藏悲苦之情，何以将内心的激愤抒发出来。当时镜约怕重盟，愤懑之气常生。素胸未消残雪，横眉月色显虚妄。春去春回草木萋萋，人来人往繁花纂纂。长夜漫漫愁绪回肠，修灯夜语嫌烛过短。一枕泪水浸湿浓翠山色，依偎在这茂密的竹林之中。夜色微熏此情令人难以消受，凄寒的景象恐怕难以使我感到温暖。《延露》之曲纵然多情，停罢管乐低吟浅唱。

[出典]

　　西汉·刘安等《淮南子·人间训》。

[解读]

　　"延露"，亦作"延路"。古俚曲名。《淮南子·人间训》："夫歌《采菱》，发《阳阿》，鄙人听之，不若此《延路》《阳局》。"高诱注："《延路》《阳局》，鄙歌曲也。"按"延路"，《文选·马融〈长笛赋〉》"下采制于《延路》《巴人》"，李善注引《淮南子》作"延露"。谢灵运《拟魏太子邺中集诗应玚》："始奏《延露》曲，继以阑夕语。"

[诗歌浅解]

　　《云谣集》系1899年在敦煌石室中所发现之晚唐抄本词曲卷子，原题为"云谣集杂曲子"，共三十首。清末，该集被英国人斯坦因、法国人伯希和掠去，分藏于英国伦敦博物馆、法国巴黎国家图书馆。1971年，法国汉学家戴密微与饶公合作，分以法文及中文编校《敦煌曲》，亦收有《云谣集》，并附以巴黎所藏卷子复印件。此诗用谢灵运诗歌之韵，以《云谣集》的格调创作而成。将《云谣集》"其为词拙朴可喜，洵倚声椎轮大辂"（朱祖谋跋《云谣集杂曲子》）的风格融合到诗作之中，很好地再现了词集多言闺情风月的特色。

Z

299. 炙手可热

[饶诗]《苞俊集》

云冈绝句

其一
大代兴亡与佛随，檐牙交错究瑰奇，
弥天造像穷工巧，想见刘腾炙手时。

[释义]

朝代兴亡如佛缘起缘灭，檐际交错翘出如此瑰奇。弥天造像极其巧夺天工，让人想到刘腾炙手之时。

[出典]

唐·李延寿《北史·刘腾传》

[解读]

《苞俊集·云冈绝句》后半有："弥天造像穷工巧，想见刘腾炙手时。"刘腾（463—523年），字青龙，北魏宦官大臣。出身贫民家庭，祖籍平原城（今属山东），后迁道南兖州谯郡（今安徽亳州）。幼时曾因犯法遭受宫刑。遂入宫当了太监，渐渐地升为小黄门、中黄门。宫中发生了一则丑闻，使刘腾得到了迅速升迁的机会。刘腾因为有功于太后，升为崇训太仆，加衔侍中，封爵长乐开国公。不多久，他得了一场大病。太后以为他将不久于人世，就赏他卫将军，仪同三司的官位。可是后来刘腾的病居然好了，他走马上任，成为一人之下、万人之上的权臣。从此，权倾朝野，炙手可热。

[诗歌浅解]

饶公于云冈，在感叹云冈之造像巧夺天工的同时，感慨朝代兴亡、人世更变无法预料，宛如刘腾升迁之事。

300. 拽尸

[饶诗]《西海集》

罗马圆剧场（Colosseo）废址

其四
门锁修龄白日长，人间换尽旧伊凉。
雄狮猛士真何益，未解拽尸意可伤。

[释义]

年复一年门锁依旧，世间淘尽当年凄凉。雄狮猛士有何益处？难悟西来着实可悲。

[出典]

《景德传灯录·谭州石霜山性空禅师》。

[解读]

《西海集·罗马圆剧场（Colosseo）》（其四）："雄狮猛士真何益，未解拽尸意可伤。""拽尸"拽出死尸，喻悟得西来意。《景德传灯录·谭州石霜山性空禅师》："僧问：如何是西来意？师曰：若人在千尺井中，不假寸绳出得此人，即答汝西来意。僧曰：近日湖南畅和尚出世，亦为人东语西话。师唤沙弥，拽出死尸着（沙弥即仰山也），沙弥后举问耽源：如何出得井中人？耽源曰：咄，痴汉：谁在井中？后问沩山：如何出得井中人？沩山乃呼：慧寂。寂应诺。沩山曰：出也。及住仰山尝举前语谓众曰：我耽源处得名，沩山处得地。"以上禅者讲话，似乎不合常识，实事的禅本身就超越常识。一般人无法从禅心去体悟西来意。其实历代禅师皆契机而答，契机而教，以使闻者悟得一二。饶公用禅悟祖师西来意，即"拽尸"之典，使全诗充满联想空间，悲情叠加。

[诗歌浅解]

当年的门锁依旧存在，然盛极一时的文明古国没落而消失，人们能否真正体悟人生的追求、人类的追求？饶公质问当年罗马统治者的追求，并用"可伤"二字作出回答。

301. 周姬

[饶诗]《长洲集》

第六十四

政宁不忍人，要以下为基。
民劳盍小休，戒在荒于嬉。
相固待不虞，忠信以闲之。
谁能观废兴，重与还周姬。

[释义]

　　政治安宁在于有不忍之心，要以社会底层为基础。百姓何故辛勤劳动而少休息，是为了避免荒废于游乐之中。团结一致来对抗意料不到的事故，忠诚信实来防御这些危机的到来。谁能够把握国家的盛衰兴亡，还得重新温习《周礼》的精华。

[出典]

　　"周姬"指西周时期的著名政治家、思想家、文学家、军事家周公旦。姓姬，名旦，氏号为周，爵位为公。西周政治家。因采邑在周，称为周公，因谥号为文，又称为周文公。

[解读]

　　《长洲集》第六十四首："谁能观废兴，重与还周姬。"相传《周礼》为周公所著，《周礼》的内容虽然保留了不少西周的史料，但掺杂了不少战国乃至汉初才有的内容在里面。书中涉及之内容极为丰富，大至天下九州，天文历象；小至沟洫道路，草木虫鱼。凡邦国建制，政法文教，礼乐兵刑，赋税度支，膳食衣饰，寝庙车马，农商医卜，工艺制作，各种名物、典章、制度，无所不包。堪称上古文化史之宝库。

[诗歌浅解]

　　阮诗在咏怀中反复首阳之叹，"逍遥九曲间，徘徊欲何之"，并"郁然思妖姬"，"妖姬"指妲己，助纣为虐，亦是对当时政治的一种抨击，望以史为鉴。

　　饶诗在诗中阐述了自己的政治观点，认为政治稳定社会安宁必须以社会底层为基础，只有以民为本，重树礼仪，才能团结一致抵抗内外产生的一切危机,《尚书·五子之歌》:"民惟邦本,本固邦宁。"饶公深刻地认识到民众在历史之中的重要位置。

302. 祖师禅

[饶诗]《长洲集》

第七十一首

逃俗无踪蹊,千林忽暮色。
佳句忧中来,胸次常反侧。
清思泛妙香,不谓出荆棘。
便须快捉着,飞去无羽翼。
惟此镜中心,可得勤拂拭。
诗外祖师禅,讵出浮屠力。

[释义]

避离尘俗没有途径,山林忽然进入黄昏。佳句在忧愁中觅得,胸中亦辗转反侧。清雅的情思泛着殊妙的香气,不谓任何艰苦的历程。需要尽快抓住这一时刻的感觉,只因它来无影去无踪。唯有此明镜台,可以让我经常擦拭。诗外工夫在不立文字的祖师禅,出自佛祖之神力。

[出典]

"祖师禅",佛教语。禅宗称祖祖相传、不立文字的禅法为"祖师禅",是以心印心的教外别传。

[解读]

《长洲集》第七十一首:"诗外祖师禅,讵出浮屠力。"元·耶律楚材《丙申元日为景贤寿》诗:"劫外壶天寿无量,请公勤叩祖师禅。"清·黄宗羲《与友人论学书》:"如来禅自真空而妙有,祖师禅自妙有而真空,其归则一也。"清·王士禛《香祖笔记》卷九:"余谓唐宋大家七言歌行,譬之宗门,李杜如来禅,苏黄祖师禅也。"

[诗歌浅解]

"木槿""蟋蟀""螳蛄""蜉蝣"不知生命之短,仍然在其一生之中努力做自己所能做的事情，然此诗非赞美它们，而是借此类虫来表达对国将亡而诸臣则为了自己的官禄而做自己的事情，从不忧国忧民，阮籍看在眼里，恨在心里！

饶诗在诗中阐述了禅宗的思想，不立文字教外别传的"祖师禅"在诗歌创作中的地位进行了阐释，提倡诗歌创作的顿悟和灵感。

303. 坐忘

[饶诗]《长洲集》

第七十六首

诗中有慧剑，欲运之无旁。
此志极上下，扶摇千里翔。
往者固可追，来者良可望。
往来通为一，不坐已先忘。
何必起蒙庄，重与论其常。
日暮溯大江，悲心殊未央。

[释义]

诗歌有斩断一切烦恼的智慧，想要运筹帷幄而无须辅助。这样的志气高极天地，腾空千里而翔。过去的事固然可以追溯，将来的事诚然可以期望。往来相通成为一体，即使不盘坐已经物我两忘。何必说及此种感觉起源于庄周，必须重新与其论此是自然之常理。日暮之时溯溪而行，哀痛的情思久久无法消除。

[出典]

《庄子·大宗师》。

[解读]

《长洲集》和阮籍《咏怀诗》第七十六首："往来通为一，不坐已先忘。"不坐已先忘，此化用"坐忘"一词。道家谓物我两忘、与道合一的精神境界。"坐忘"的理想境界其实是一种精神的超越，是一种"不知之知。""坐忘"的境界就是精神逍遥的境界，是精神自由的体现。《庄子·大宗师》："堕肢体，黜聪明，离形去知，同于大通，此谓坐忘。"郭象注："夫坐忘者，奚所不忘哉！既忘其迹，又忘其所以迹者，内不觉其一身，外不识有天地，然后旷然与变化为体而无不通也。"

[诗歌浅解]

阮诗和饶诗各自阐述了自己对老庄思想的看法，阮诗叹道丧也，认为道亡则礼法安能存，再次阐明诗人对伪礼法的不满，不如两相忘于道，出世归隐，像松乔（赤松子与王子乔）一样过着逍遥自在的神仙生活。

饶诗则从不同角度表明自己的看法，借用作诗取法自然来说明物我两忘并非是庄周的创想，是自然早就已经存在的常理，"往来通为一"，无须盘坐已经物我两忘。

304. 真气

[饶诗]《长洲集》

第八十二首

诗无乎不在，瓦甓亦贲华。
岂不思古人，易奇而诗葩。
老骥千里心，犹秣天山禾。
谁能写其真，而求世俗阿。
真气果吐虹，览者莫惊嗟。

[释义]

诗歌无处不在，砖瓦亦开出多彩的花朵。谁不赞叹我们的古代先贤，《易经》奇特而《诗经》优美。年老之人犹如一匹喂饱了天山禾苗的老马一般，壮志犹存。谁能抒写其真意，而不去追求迎合世俗。用真气写出来的诗篇能吞没彩虹，必定使读者为之震撼赞叹。

[出典]

《素问·上古天真论》。

[解读]

《长洲集》录阮籍《咏怀诗》第八十二首："真气果吐虹，览者莫惊嗟。""真气"人体的元气，生命活动的原动力。由先天之气和后天之气结合而成。道教谓为"性命双修"所得之气。《素问·上古天真论》："恬恢虚无，真气从之；精神内守，病安从来？"唐·王维《贺元元皇帝见真容表》："臣闻仙祖行化，真气临关；圣人降生，祥光满室。"宋·苏轼《上神宗皇帝书》："不善养生者，薄节慎之功，迟吐纳之效，厌上药而用下品，伐真气而助强阳，根本已危，僵仆无日。"明·陈汝元《金莲记·郊遇》："三昧上真气已全，百炼中凡心俱净。"

[诗歌浅解]

　　阮诗借墓前木槿开花，言尘世浮沉，而人已迟暮，不堪狂风吹损。从而引发此生不如西山草悠闲自在的联想，而今若可选择，他宁可停留在少年时的憧憬。饶诗以暮年所为相和。言诗无处不在，上古之人写《周易》，著《诗经》，而自己虽已暮年，却雄心犹壮，他自信终有一天，所写作品呈现在世人面前，必定使读者为之震撼赞叹！字里行间传达出的大气豁然，让人为之击节三叹！

305. 知音岩下叟

[饶诗]《黑湖集》

Mont Tendre（柔山）山上六首

其一
长林无际蔽高岑，危径纡回亦费寻。
俯视白山犹咫尺，濛濛西日见天心。

其二
每从疏处透阳光，密树攒攒累万行。
小犬依人还自得，山花笑我为谁忙。

其三
过岗地势忽焉殊，老木千年自不枯。
蔓草满山风下偃，铃声叱犊上长途。

其四
岚如八大醉中稿，人似半千笔下僧。
乱石问谁曾斧劈，故乡时见此丘陵。

其五
绝顶编篱石作栏，诸峰回首正漫漫。
我来不敢小天下，山外君看更有山。

其六
山椒峻处可题襟，自是入山恐不深。
为谢知音岩下叟，西来只欠一囊琴。

[释义]

其一：无边的林际遮蔽高耸的山峦，险峻曲折的路径令人难以寻觅。俯视远处的白山宛若咫尺，溟濛的天心夕阳隐现。

其二：阳光从树叶的隙缝透出，密树于重峦之中累叠。依人的小狗悠然自得，山花笑我空自忙碌。

其三：翻山越岗地势忽变，千年老树经久不枯。微风拂拭蔓草伏倒，驱赶牛群踏上漫长的路途。

其四：山雾宛如八大山人醉中之画稿，游人酷似龚半千笔下的扫叶僧。可曾有人斧凿奇石而使之凌乱锋利，我那遥远的故乡也常见到如此的山丘。

其五：于绝顶编织篱笆以石头作为栏杆，回首遥望诸峰绵延不绝广袤无垠。我到此处不敢妄断能够使天地尽收眼底，正所谓天外有天而山外有山。

其六：山巅险峻之气令人敞开襟怀，生来入山唯恐不够深入。感到知音难觅情义难抒，西来看山只缺一囊瑶琴。

[出典]

知音岩下叟，伯牙和子期于泰山岩下避雨鼓琴而结为知己的典故。

[解读]

《黑湖集·Mont Tendre（柔山）山上六首》（山椒峻处可题襟）："为谢知音岩下叟，西来只欠一囊琴。"为谢知音、钟子期去世后，俞伯牙觉得世界上再也没有比钟子期更了解自己的知音了。于是，他把自己最心爱的琴弦弄断，把琴摔碎，终生不再弹琴。

[诗歌浅解]

其一：饶诗描绘山峦，往往予人直观的感官享受，并表现出的空灵、静寂的境界。此诗亦然，诗中前两句简洁地描绘了柔山长林密布、山势险阻的独特体貌，后两句以"咫尺白山""见天心"来烘托饶公对眼前山水自然美的喜爱、沉醉、赞赏之情，达到了诗情、画意以及人心完全复合的空灵境界。

其二：饶公此诗营造出一种轻松愉快的美好气氛，诗中由自然风光转而描绘田园风物，诗中毫无雕饰的"田家语"，平直质朴，却自然流畅，"小犬依人""山花窃笑"，雅趣十足。

其三：此诗描绘山路沿途的风光景色，山势奇峻，老树堆填，风偃蔓草,驱牛赶路,这既是对眼前风景的诗意描绘,也表现了羁旅已久的诗人对悠闲恬静的田园生活的向往与渴望。

其四:饶诗善用画作来表现山景,八大之"雾",半千的"僧",如此有代表性的作品,使大自然有意无意的精心构造,立刻呈现于读者面前。三四句笔锋一转,思乡之意忽起,漂泊生活引起的无限愁丝令人伤怀。

其五:登临柔山绝顶,"编篱"筑"石栏",表现出饶公追求天人合一,物我和谐相处的心境。孔子"登泰山而小天下",泰山之高,可以将天地一览无余,实指人眼界要不断寻求突破,超越自我,达到超然物外的境地来对待世间纷扰。饶公此处化用"小天下"之典,在此基础上表达出另一种境界,人在超越自我的同时还要讲求定位正确,使自身能够安时处顺,顺应自然。

其六:世间知音难觅,情义难抒,于此清新隐遁之山林。"自是入山恐不深"令饶公难掩情思,却无处抒怀,"西来只欠一囊琴";体现饶公寄情山水,对避世绝俗,颐养天性之追求。

306. 支公

[饶诗]《羁旅集》

青山禅寺鼓琴次曾履川风字韵

飒飒寒生木末风,潇湘云气十指中。
山高水流浑意表,无方无体谁为雄。
抱琴欲眠青山侧,眼中鹘没夕阳红。
重楼金碧如雕缋,非李将军即王熊。
禅扉深闭晚寂寂,丹崖幽契缅支公。
何年杯渡此驻锡,至今花落春山空。
人静鸢乌亦自得,欲归还倚两三松。
南图天海去咫尺,北依斗极望崆峒。
波翻忽落荒服外,震风夏屋资帡幪。
盛时尚喜朋簪乐,殊方莫叹烝无戎。
澄怀夙早是非泯,射鸭不假竹枝弓。
剩有琴心参太始,聊与拍肩吟醉翁。
俯窥培塿吞蒂芥,荡胸野水青濛濛。
谁把钓竿拂玉树,况闻贝阙邻珠宫。
沉雾冥冥羌昼晦,七圣且复迷西东。
环海诸山晨夕变,不知为岭复为峰。

超然象外安所极，手扪星宿罗心胸。
云林森渺无人野，起余深省但晚钟。
无劳泰山东武曲，作音已足破鸿蒙。
向来会心不在远，休计阆风千万重。
潺潺滴水穿石溜，隐隐暮山映烟虹。
便有藐姑与箕首，敢忘虞夏继黄农。
鲛人浪传踏潮咏，逋客妄觊虎溪逢。
登陇望秦不成弄，将归自抚伤飘蓬。
十年至今犹不复，几人齿豁更头童。
高岩峻极青溪远，猿鸟生哀泣秋虫。
丘陵乔木畅然望，故乡只许梦魂通。
每吟离兽东南下，空堂起坐忆嗣宗。
何当试鼓霹雳引，一为起蛰鞭鱼龙。
啼乌别鹤徒咏叹，岐山思士意何穷。

[释义]

寒风飒飒于枯树中袭来，潇湘云雾弥漫十指之间。山高深水长流令人遐想，神无方易无体谁可称雄。抱琴想要眠于青山之侧，眼中栖鹊出没夕阳美景。金碧辉煌之楼雕绘精美，非李将军即是王熊所为。夜晚禅门深闭四周寂寥，人与崖壁默契缅怀支公。何年乘杯渡水来此驻留，直至今日花落春山空灵。人心宁静禽鸟自在自得，归回还可栖息松树之旁。抱负远大天海咫尺天涯，依靠北斗远望崆峒之上。波涛翻滚忽落边远之地，大屋庇护之下风震无畏。盛年最喜朋友欢聚之乐，身处异域莫叹无人相助。清心寡欲自然是非泯灭，射鸭无须借助竹枝之弓。剩下琴声参悟天地之始，姑且轻拍肩膀吟咏《醉翁》。俯瞰山峦纾解心中不快，荒野绿水迷蒙胸中回荡。谁用钓竿轻拂碧玉之树，听闻南汉曾建都采珠于此。雾气昏昏暗暗如同黑夜，七圣无法分清东西南北。山川环海晨夕变幻莫测，无法分辨山岭或是山峰。超然象外何处使人心安，扪心自问星宿落于胸次。云林浓密浩渺原野无人，傍晚钟声让我深深醒悟。无劳吟奏泰山东武之曲，作者已经畅游鸿蒙太空。向来心领神会不在远近，莫要细数阆风千万山巅。潺潺滴水穿过石头溜走，日落山峦烟虹隐约映衬。藐姑箕首名山藏匿其中，不曾忘却虞夏继承黄农。渔夫迎对浪头踏潮咏唱，隐士妄然窥探虎溪之境。登高遥望秦地乐不成段，将要归回自抚感伤飘蓬。十年至今依旧无法返回，几人牙齿脱落头发花白。岩壁高耸险峻青溪远处长流，猿鸟啼鸣声哀秋虫低泣。畅然眺望山中丘陵乔木，故乡只许我们梦中相遇。每次感叹羁旅渐行渐远，坐在空旷厅堂追忆阮籍。不如尝试演奏《霹雳引》曲，期待惊蛰之声鞭策鱼龙。《乌夜啼》《别鹤操》徒然感伤时事，《岐山操》《思士操》意义深远。

[出典]

"支公",即晋代高僧支遁,字道林,时人也称为"林公"。河内林虑人,一说陈留人。

[解读]

《羁旅集·青山禅寺鼓琴次履川风字韵》:"禅扉深闭晚寂寂,丹崖幽契缅支公。"支遁精研《庄子》与《维摩经》,擅清谈。当时名流谢安、王羲之等均与之为友。《南朝宋刘义庆世说新语·言语》:"支道林常养数匹马。"余嘉锡笺疏:"《建康实录》八引《许玄度集》曰:'遁字道林,常隐剡东山,不游人事,好养鹰马,而不乘放,人或讥之。'遁曰:'贫道爱其神骏。'"

[诗歌浅解]

饶公于青山禅寺鼓琴伤怀,诗中由山寺之景引入鼓琴之感,再由鼓琴之思联想到人生之"惑"与"欲",表达其对人生苦短的无奈以及对隐逸生活的向往。诗中化用各种曲目入诗,体现饶公的音乐学问和天赋的同时,亦开拓了诗歌的境界和内容。

307. 自济三衣惭法朗

[饶诗]《佛国集》

见"殉法"条注。

[释义]

见"殉法"条注。

[出典]

《大唐西域求法高僧传》。

[解读]

《佛国集·那伽跋陀那(Nagapattinam)访汉塔废址用东坡罗浮山韵》:"自济三衣惭法朗,空飞一雁忆苏卿。""自济三衣惭法朗",《大唐西域求法高僧传》:"苾刍法朗者,梵名达摩提婆,襄州襄阳人也。住灵集寺,俗姓安,实乃家传礼义,门袭冠缨。童年出家,钦修是务,遂离桑梓游涉岭南，净至番禺，报知行李。虽复学悟非远，而实希尚情深。意喜相随，同越沧海，未经一月届乎佛逝。亦既至此，业行是修，晓夜端心，习因明之秘册。晨昏励想，听俱舍之幽宗。既而一篑已倾，庶冈蒉于九仞；三藏虔念，拟克成乎五篇。弗惮劬劳，性有聪识，复能志托弘益，抄写忘疲。乞食自济，但有三衣，袒膊涂跣，遵修上仪。虽未成于角立，终有慕于囊锥。凡百徒侣咸希自乐，尔独标心利生是恪，恪勤何始，专思至理，若能弘广愿于悲生，冀大明于慈氏。年二十四矣。"三衣，梵文Tric ī vara的意译。佛教比丘穿的三种衣服。一种叫僧伽梨，即大衣或名众聚时衣，在大众集会或行授戒礼时穿着；一种叫郁多罗僧，即上衣，礼诵、听讲、说戒时穿着；一种叫安陀会，日常作业和安寝时穿用，即内衣。亦泛指僧衣。"自济三衣惭法朗"即为：如此凄凉实在愧对乞食自济三衣的法朗。

[诗歌浅解]
　　见"殉法"条注。

308. 摘云腴

[饶诗]《南海唱和集》
　　见"南岳师"条注。

[释义]
　　见"南岳师"条注。

[出典]
　　宋·黄庭坚《双井茶送子瞻》。

[解读]
　　《南海唱和集·谢彭袭明赠画十一叠前韵》："多君摘云腴，挥写销夏日。"宋·黄庭坚《双井茶送子瞻》："我家江南摘云腴，落硙霏霏雪不如。"说：从我老家江南摘下上好的茶叶，放到茶磨里精心研磨，细洁的叶片连雪花也比不上它。把茶叶形容得这样美，是为了显示他送茶的一番诚意，其中含有真挚的友情。饶公亦有此意。摘云腴，即是摘下肥美的茶叶。茶树长在高山处接触云气，吸日月精华，叶子特别茂盛，采摘加之后的茶叶，醇甘耐泡。

[诗歌浅解]

见"南岳师"条注。

309. 坠献不足征

[饶诗]《南海唱和集》

见"曳尾污泥出"条注。

[释义]

见"曳尾污泥出"条注。

[出典]

《论语·八佾》。

[解读]

《南海唱和集·寄棪斋伦敦 三十二叠前韵》："坠献不足征，看取蜗书壁。"坠献不足征，即为：失落文献难以考证。《论语·八佾》"子曰：'夏礼吾能言之，杞不足征也；殷礼吾能言之，宋不足征也。文献不足故也。足，则吾能征之矣。'"从前大禹掌管天下的时候，他的制度文章成为夏朝的礼制，我能够大致描述这个礼制，但必须要有后人做为证明才可信。如今夏朝的后裔杞国虽然还在，但是已经不足以做为证据了。从前商汤掌管天下的时候，他的制度文章成为殷商的礼制，我也能大致描述这个礼制，但必须有后人做为证明才可信。饶诗借意表达自己对殷代卜人研究的看法。

[诗歌浅解]

见"曳尾污泥出"条注。

310. 招隐辞

[饶诗]《黄石集》

车中作画

树态山容变愈奇，倾危林筏杂熊罴。

生绡愿假大山笔，役使群仙招隐辞。

[释义]

山树姿态越发奇特，木筏穿林熊罴穿行。大山借笔白绢作画，群仙逍遥如作招隐。

[出典]

东汉·王逸《楚辞章句·招隐士》。

[解读]

《黄石集·车中作画》："役使群仙招隐辞。""招隐辞"指西汉淮南王刘安的门客淮南小山（一说为刘安本人）所作的楚辞《招隐士》，表达招徕山中隐者出仕的意思。"役使群仙"指逍遥自在的隐士生活，东汉·王逸《楚辞章句·招隐士》："招隐士者，淮南小山之所作也。昔淮南王安博雅好古，招怀天下俊伟之士……著作篇章，分造辞赋，以类相从，故或称小山，或称大山……小山之徒，闵伤屈原，又怪其文升天乘云，役使百神，似若仙者。虽身沉没，名德显闻，与隐处山泽无异。故作招隐士之赋，以章其志。"

[诗歌浅解]

饶公游览途中，于车内作画记景，并以诗记录自己作画之情境，诗画美景，雅集一身，表现出饶公诗画博通，其作为艺术家的文人本色与悠然情致尽显无遗。饶公作画并以诗记录这种举动，本就饱含诗意，更丰富了此诗本身的韵味。第三句"生绡愿假大山笔"意思是向大自然借画笔，用诗化语言表达出高妙的艺术观点，即作诗、作画都应善于体味生活，观察自然，从最真最淳的自然中取材，才能创作出真挚动人的艺术作品。末句用隐逸之典，表达出饶公愿与山林同乐的静谧心绪。

311. 攒宫

[饶诗]《江南春集》

昆山亭林公园

九州原巘久流连，屡谒攒宫不计年。
七十老翁何所冀，空纡利病托陈编。

[释义]

在祖国大地上奔走不息,多次到皇帝墓前祭拜而忘记岁月。七十岁老人有何希冀?空把一腔抱负寄托书中。

[出典]

明·顾炎武《谒攒宫文》。

[解读]

《黄石集·昆山亭林公园》:"屡谒攒宫不计年。"屡谒攒宫,"屡"是多次的意思。"谒"是拜访、到访,恭敬的说法。"攒宫"指帝王的陵墓。顾炎武是明末清初的遗民,十分忠于明朝,明亡后多次拜谒明代皇帝陵墓,表达不忘前朝的民族情怀,并作了四篇《谒攒宫文》。康熙元年(1662年),谒天寿山、明怀宗思陵,纪念崇祯皇帝殉难十八周年,作《攒宫文一》;康熙三年(1664年),谒天寿山,祭奠崇祯皇帝,作《攒宫文二》;康熙八年(1669年),谒十三陵,作《攒宫文三》;康熙十六年(1677年),谒天寿山、十三陵,作《攒宫文四》。清·陈田《明诗纪事·辛签卷十三》载:"亭林五谒孝陵,四谒攒宫。"

[诗歌浅解]

饶公游览昆山亭林公园,念及清代大儒顾炎武。国家灭亡后,顾炎武毅然起兵抗清,虽然多次失败且亲友被杀,但仍然奔走在中原大地上,要为民族寻找一线希望。70岁高龄的老人念念不忘国家和百姓,这正是中国知识分子的传统精神,学问关天下,苍生常在心。饶公书写顾炎武之所以动人,不仅因为顾炎武是伟大的思想家,他提出的"天下兴亡,匹夫有责"有很大的影响力。更因为饶公的家国情怀与顾炎武和此前无数传统文人的精神一脉相承。饶公书写顾炎武的爱国情怀,更是书写自己的爱国心。

312. 智者大师修禅道场碑

[饶诗]

访唐梁肃撰智者大师修禅道场碑，碑在天台山华顶峰绝顶塔院，以道远不克至怅赋

> 补阙完碑出草莱，巍然一石压天台。
> 几时华顶重攀陟，为吊遗踪认劫灰。

[释义]

梁肃的石碑屹立荒草中，雄伟的大石压在天台山顶。何时再攀到华顶，凭吊智者大师的遗踪并遥想当时的劫难。

[出典]

《唐文粹》卷六十一，《全唐文》卷五百二十。

[解读]

《江南春集·访唐梁肃撰智者大师修禅道场碑，碑在天台山华顶峰绝顶塔院，以道远不克至怅赋》诗中有饶公之补记，内容为：唐右补阙梁肃是碑，建于元和间，台州刺史徐放书。文载《唐文粹》卷六十一，及《全唐文》卷五百二十。东友神田喜一郎先生著《梁肃年谱》云："此碑年代不明，姑列于建中二年，以碑中有自大师没一百八十余载上推。"又谓"《全唐文》作一百九十"，"九"字误，按碑立于元和间，则不当从《文粹》作八十，他时能获拓本。再订正之。智者大师法名智𫖮，俗姓陈字德安，是南朝陈、隋时代的高僧，是佛教天台宗开山祖师。智者大师修禅道场碑，现存天台山华顶智者塔院，碑文二十四行，记智者大师事迹及传授世次极详。碑额题字："修禅道场碑铭"碑文前题字："台州隋故智者大师修禅道场碑铭并序。右补阙翰林学士梁肃撰，朝散大夫台州刺史上柱国高平徐放书。"碑文可参见《唐文粹》卷六十一，《全唐文》卷五百二十。

[诗歌浅解]

智者大师作为一代高僧，身历战乱，为传佛法历尽艰辛，唐代梁肃为之立碑，表彰其人格与功勋。此碑在天台山华顶峰，饶公来此因路远未能前往瞻仰，心中遗憾，乃作此诗。本诗前两句描写石碑巍峨壮观，象征智者大师的高尚人格和奋斗精神，暗含饶公对高僧的敬仰、追思之意。后两句写自己此次未登山顶，今后定要来此凭吊高僧，追随其"遗踪"，回顾其所历"劫灰"，传达出一种严肃的历史思考和沧桑感。虽只短短四句，饶公以"史

诗"精神做成此诗。

313. 坠泪如登岘

[饶诗]《白山集》

晋嘉寄示游青迈素贴山寺，用康乐从斤竹涧韵，追忆曩游，再和一首

> 事往足思存，微处可观显。
> 秋风一披拂，花露想凄泫。
> 残碑有时灭，坠泪如登岘。
> 万里屡骏奔，百年只遐缅。
> 心已生死齐，人尚蜣蜋转。
> 拈花余一笑，所得无乃浅。
> 何似山中云，朝夕任舒卷。
> 当年薜萝枝，犹挂般若眼。
> 石笋插云尖，山蒲经雨展。
> 唾灰久已干，泡水竟谁辨。
> 孤游意少惊，因君还自遣。

[释义]

往事让人思念，在细微之处显得更加深刻。秋风轻拂而来，花上的露水如同凄泫涕泪。残缺的碑石经不起岁月的侵蚀，坠泪如登至岘山凭吊羊祜。大道万里任驰骋，悠远的历史穿越百年沧桑。心中已悟生死齐一之道，人生倔强尚似蜣蜋转丸。拈花徒余一笑，所获得的依旧浅薄。哪里像山中之云，从早至晚任凭舒展卷缩。当年薛荔和女萝的枝叶，犹挂通达明了般若法眼。石笋高耸直入云尖，山蒲经雨而舒展绽放。唾涕早已流干，泡水生灭无常竟与谁辨。孤独的远游缺少了许多趣味，因谢君您我在这里抒发排遣自己的感情。

[出典]

唐·房玄龄等《晋书·羊祜传》。

[解读]

《白山集·晋嘉寄示游青迈素贴山寺，用康乐从斤竹涧韵，追忆曩游，再和一首》有句："残碑有时灭，坠泪如登岘。"在这里饶公信手拈来"坠泪如登岘"，用独特的感悟表达对先贤功德的缅怀。典故说的是晋·羊祜任

襄阳太守，有政绩，后人以其常游岘山，故于岘山立碑纪念，百姓至岘山凭吊羊祜而流的眼泪。后谓因感念地方官德政而流的泪。《晋书·羊祜传》："襄阳百姓于岘山祜平生游憩之所建碑立庙，岁时飨祭焉。望其碑者莫不流涕，杜预因名为堕泪碑。"

[诗歌浅解]

此诗用谢灵运《从斤竹涧越岭溪行》诗韵，追忆以前曾和友人谢晋嘉到泰国清迈游双龙寺，往事如烟，而今天各一方，感叹离别之悲，诗中表达对友人的思念的同时引出了诗人对人生的感悟以及不可辨别的困惑。悠悠人生百年，犹如蜣螂转丸一样辛苦春锄，早已将死生齐一，却依旧不能真正地让心灵如同山云一样舒卷自如，生灭无常令人无法悟透，诗人内心渴望获得平和的心态与现实的矛盾冲突使得悲情暗生。

314. 子墨

[饶诗]《南征集》

见"隐括体"条注。

[释义]

见"隐括体"条注。

[出典]

汉·班固《汉书·扬雄传下》。

[解读]

"子墨"一词语出《汉书·扬雄传下》："故藉翰林以为主人，子墨为客卿以风。"为扬雄作品中虚构的人名，无意义。后以"翰林子墨""子墨客卿"泛指辞人墨客。

[诗歌浅解]

见"隐括体"条注。

315. 濯足

[饶诗]《南征集》

Toba湖绝句

其二
管领湖光一日强，未输濯足问沧浪，
天教活国烹鲜手，来试鱼羹十里香。

[释义]

一日之内领略湖边风景，未比沧浪濯足之事相差。上天示意贵国烹鲜高手，来此尝试十里溢香鱼汤。

[出典]

《楚辞补注》卷七《渔父》。

[解读]

屈原沧浪濯足之典故。本谓洗去脚污。后以"濯足"比喻清除世尘，保持高洁。《楚辞补注》卷七《渔父》："沧浪之水清兮，可以濯我缨；沧浪之水浊兮，可以濯我足。"

[诗歌浅解]

饶公领略Toba湖风景，享受当地最有名的烤鱼名菜，竟觉得此种心境不亚于当年屈原濯足出尘之事，亦可体现当地脱俗之境。

316. 紫微

[饶诗]《黑湖集》

黑湖（Lac Noir）坐对Cervin

其四
谁与铺绵入紫微，中天雪共日争辉。
望云自切思乡意，独向湖边绕一围。

[释义]

谁将千里白雪如铺锦般与浩瀚的苍穹相连接,无垠的白雪与当空的明日争相辉映。仰望天际间的浮云令我满怀乡愁,独自一人环绕黑湖悠然行走。

[出典]

唐·房玄龄等《晋书·天文志上》。

[解读]

紫微,即紫微垣。星官名,三垣之一。紫微星又称北极星,也是小熊座的主星。北斗七星则围绕着它四季旋转。如果把天比作一个漏斗,那紫微星则是这个漏斗的顶尖。《晋书·天文志上》:"紫宫垣十五星,其西蕃七,东蕃八,在北斗北。一曰紫微,大帝之座也,天子之常居也,主命主度也。"此指天空。

[诗歌浅解]

旷野的开阔和空灵,与饶公孤独身躯形成强烈对比,置身于其中的他感到内心的孤寂,思乡之情应景暗生。

317. 知雨有阴谐,知晏有晖日

[饶诗]《南海唱和集》

和叔雍林中见群夷　　七叠前韵

知雨有阴谐,知晏有晖日。
羌笮比中州,其地正相十。
淮南赋招隐,噭阳山中出。
屈子咏离忧,葛藟生石隙。
何处非魑魅,今也曷异昔。
平生试懕心,有胁不至席。
思君不得闲,采秀登绝壁。

[释义]

雌蜥能知阴雨,晖日能感晴日。羌笮之域与中原之地相比,其地辽阔为中原之十倍。淮南小山歌赋《招隐士》之诗,使噭阳为先导寻访隐士。屈原咏叹离忧之苦,葛藟四野缠绕蔓生的情绪。问世间哪里不是鬼怪乱生,从古至今无可区别。平生守摄身心，从未躺下来休息。我思君而不得空闲，采三秀而登于山间绝壁。

[出典]

西汉·刘安等《淮南子·缪称训》。

[解读]

《淮南子·缪称训》："晖日知晏，阴谐知雨。"高诱注："晖日，鸩鸟也……阴谐，晖日雌也。"王念孙疏证："今案《御览》引《淮南子》逸文曰：'蜡知将雨'，又引高诱曰：'蜡，虫也。大如笔管，长三寸余。'《广韵》：蜡，音皆，又音谐……阴谐即是蜡，举其本名，则谓之蜡，能知阴雨，则又谓之阴谐。"

[诗歌浅解]

该诗是饶公"步古人之韵而为今人之诗"的典型之作。古代之典故一经饶公之手，圆融美满地镶嵌到诗中，利用"日、十、出、隙、息、席、壁"这七个固定的韵脚，融情景于议论之中，表达自由自在地隐遁世间的高情，蕴含着远离政治不求功利的价值取向。在饶公人格境界的养成中，独立自由纯洁精粹是其追求的人生境界，此诗全面地显现了饶公的生命精神。

318. 茧足

[饶诗]《瑶山集》

九日杂诗

其五
茧足犹能却曲吟，万山何处白云深。
莫愁九日多风雨，记取壶冰一片心。

[释义]

足下生茧仍能曲行而吟，万山何处最是幽深多云。不须因重阳多风雨而愁苦，记得心如壶冰一般淡泊洁净。

[出典]

明·宋濂《瞿员外墓志铭》。

[解读]

足生茧，指艰辛行路。"胝肩茧足"出自明·宋濂《瞿员外墓志铭》："凡负贩者必多给其直，家人怪问其故，府君曰：'彼人胝肩茧足以求升合利，吾忍与之较耶？'"

[诗歌浅解]

1944年重阳节，饶公却仍困居广西蒙山。在风雨飘摇的这个九月初九，饶公身形受役，心思却随诗兴而扶摇万里。在满怀家国身世之感的同时，他又能以静中涵养的功夫使自己不尽日徒然焦虑，从而保持淡泊的冰心。

319. 凿坏

[饶诗]《瑶山集》

寄慵石丈

先生日日务醍醐，万古诗名属酒徒。
道远常难数字至，春生得见一阳无。
凿坏抱瓮今何世，野析邻鸡晓自呼。
甚欲因公问消息，故乡恐见鬼盈车。

[释义]

先生每天以喝酒为常务，写诗才名从来归属酒徒。距离遥远消息总是难见，春意始生阳气是否初长。困居山里不知今是何世，清晨邻鸡伴着更声鸣啼。迫切想要知道你的消息，只怕故乡满是日寇为患。

[出典]

西汉·刘安等《淮南子·齐俗训》。

[解读]

凿坏：凿穿墙壁而逃以避开前来招其为官之人，指隐居生活。《淮南子·齐俗训》："颜阖，鲁君欲相之，而不肯，使人以币先焉，凿培而遁之。"汉·扬雄："故士或自盛以橐，或凿坏以遁。"

[诗歌浅解]

饶公向故乡的诗坛前辈寄诗问询，体现了其对故乡战时安危的关切之情。首联言石公好酒善诗，本来意气高昂。不过，待到颔联，其所言的艰难险阻就让气氛变得压抑，只能期盼寒冬之后春意能生、阳气能长。到了颈联，写出困居的恶劣环境，其愁苦更甚于前。至于尾联，直问故乡是否为日寇所欺凌，则其忧患之感更远非对自身安危之关切所能比。